링

2

RASEN
by Koji Suzuki

2 나선
THE SPIRAL

권

스즈키 고지

김수영 옮김

황금가지

차례

바다 속으로 한없이 가라앉는 꿈을 꾸다 잠에서 깼다. 파도 소리에 따르르릉 하는 전화벨 소리가 뒤덮이더니, 곧바로 파도에 확 쓸려가듯이 단번에 눈이 번쩍 뜨였다.

안도 미쓰오는 침대에서 팔을 뻗어 수화기를 집었다.

"여보세요……."

수화기에서 잠시 아무 대꾸도 들리지 않았다.

"여보세요."

말끝에 힘을 주어 상대방의 대답을 재촉했더니 소름 끼치도록 어두운 여자 목소리가 들려왔다.

"받았어?"

그 목소리를 듣는 순간, 안도는 검은 물 밑으로 끌려 내려가는 것 같은 허탈감을 느꼈다. 아까 꾸었던 꿈이 다시 떠올랐다. 바닻가에서 갑작스레 높은 파도에 휩쓸려서 상하좌우 방향 감각을 잃고 바다 밑바닥까지 깊이 잠겨 속수무책으로 파도에 농락당하는 꿈……. 언제나 그랬듯이 정강이 근처를 더듬는 작은 손의 존재를 느꼈다. 바다 꿈을 꿀 때마다 당연하다는 듯이 다리 언저리에 작은 손의 감촉을 느낀다. 말미잘같이 부드러운 다섯 손가락이 주르륵 미끄러져서 바다 밑바닥으로 사라지는 꿈이었다. 손쓸 도리가 없어 답답했다. 손을 뻗으면 닿을 것 같은데 막상 그 몸이 잡히지 않았다. 가늘고 부드러운 머리카락 열 가닥 정도를 남기고 항상 그렇듯 깊이 가라앉으며 멀어져 갔다.

여자의 목소리는 기분 나쁠 정도로 꿈속에 나오는 부드러운 머리카락을 떠오르게 했다.

"그래, 도착했어."

안도는 진저리 치며 대답했다.

아내 명의의 친필 서명과 도장이 찍힌 이혼 서류가 이삼일 전에 도착했다. 안도가 서명하고 도장을 찍으면 서류가 제 역할을 하리라. 하지만 그는 아직 그렇게 하지 않았다.

"그래, 그래서?"

아내는 나른하게 재촉했다. 7년의 결혼생활에 종지부를 찍는 일인데도 꽤나 심드렁한 목소리다.

"그래서라니?"

"서명해서 보내 줬으면 좋겠는데."

안도가 말없이 고개를 저었다. 다시 한 번 처음부터 시작하고 싶다는 의사를 지금까지 몇 번이나 밝혀 왔던가. 그때마다 아내는 실현 불가능한 조건을 제시하며 굳은 결의를 보였다. 자존심도 내팽개치고 간청하기도 지치기 시작할 즈음이었다.

"알았어, 당신 원하는 대로 할게."

의외로 싱겁게 안도가 말을 맺었다.

아내는 잠시 침묵하다가 잠긴 목소리로 설명을 요구했다.

"그래서 어쩐다고?"

"어쩐다니, 뭘?"

바보 같은 대답이었다.

"그러니까, 당신이, 나에게, 한 일 말이야."

안도는 수화기를 쥔 채 두 눈을 꾹 감았다.

'이혼하더라도 매일 아침 전화로 똑같은 비난을 듣게 되겠지.'

그렇게 생각하니 맥이 탁 풀렸다.

"미안하게 생각해."

진심을 담지도 않고 쉽사리 한 대답이 그녀의 기분이 상하게
한 모양이었다.

"불쌍하지도 않았어?"

"바보같이 무슨 말을 하는 거야!"

"그러니까……."

"다 너무 잘 아는 이야기 다시 꺼내지 마!"

"대체, 왜 그런 짓을 한 거야?"

목소리가 떨리고 있다. 패닉 상태에 빠져들기 일보 직전의 증
상. 솔직히 '이제 두 번 다시 전화 걸지 마!' 하고 수화기를 쾅 내
려놓고 싶었다. 그래도 안도는 참았다. 그렇게 하는 것이 최소한의
속죄라도 될 테니까. 잠자코 아내의 비난을 들으며 슬픔의 배출
구라도 되어 주는 것 말고 지금 안도가 할 수 있는 일은 없었다.

"뭐라고 좀 해 봐."

물기 어린 목소리였다.

"뭐라니……. 1년 하고도 3개월 동안 우리들 계속 그 얘기만
했었잖아. 이제는 아무 할 말 없어."

"돌려줘!"

여태 이야기했던 맥락을 완전히 무시하고 아내가 비통하게 외
쳤다. 무엇을 돌려줘야 하는지 물을 필요도 없다. 돌려받았으면
하는 마음은 이쪽도 마찬가지다. 소용없다는 것을 알면서도 매일
기도했다. 돌려 달라고, 부탁이니 돌려 달라고. 하지만, 그건…….

"그건 불가능해."

상대를 진정시키려고 천천히 말했다.

"돌려 달라고!"

과거의 불행에 얽매여서 새로운 인생을 살려고 하지 않는 아내
의 모습을 보니 견딜 수 없이 슬펐다. 안도는 이제 미력하나마 미
래를 생각하며 살 생각이었다. 잃은 것은 두 번 다시 돌아오지 않
으니 부부의 유대를 강하게 하고 다음 생명을 점지해 주십사 기
도해 보자며 아내를 설득하기 위해 헤아릴 수 없을 정도로 노력
했다. 이런 일로 이혼하고 싶지 않았다. 원래 그랬던 것처럼 사이
좋은 부부로 돌아갈 수만 있다면 어떤 노력도 아깝지 않다는 각
오가 있었다. 하지만 아내는 일방적으로 책임을 밀어붙이기만 했
고 미래로는 눈을 돌리려고 하지 않았다.

"돌려줘!"

"이 이상 어떻게 하라는 거야."

"당신은 자기가 무슨 짓을 했는지 전혀 몰라!"

안도는 상대에게 들리도록 크게 한숨을 쉬었다. 끝없이 반복되는 똑같은 대화. 아내는 신경질환을 앓고 있는 게 틀림없었다. 사실 친구 중에 정신과 의사라도 소개시켜 줘야 옳겠지만, 장인이 병원장이니만큼 쓸데없는 참견에 지나지 않으리라.

"이제 끊을게."

"항상 도망만 치고."

"빨리 잊고, 다시 일어서길 바라."

무리라는 것은 알지만 달리 뭐라 할 말이 떠오르지 않았다.

안도는 수화기를 내려놓으려 했다. 그 순간, 수화기에서 절규가 새어 나왔다.

"돌려줘. 우리 다카노리……."

전화가 끊어져도 아래로 향한 수화기로부터 다카노리라는 이름의 잔향이 순식간에 흘러나와서 방 안을 가득 채웠다. 안도도 저도 모르게 소리 내어 불렀다.

'다카노리, 다카노리, 다카노리.'

머리를 끌어안고 침대 위에 태아처럼 웅크리고서 잠시 있었다. 하지만 시계를 보니 마냥 그러고 있을 수도 없었다. 이제 그만 일하러 나갈 시간이었다.

두 번 다시 전화가 걸려오지 않도록 전화선을 빼놓고 창가에 섰다. 갑갑한 공기를 환기하려고 창문을 열었더니 요요기 공원에서 날아올라서 가까운 전깃줄에 앉은 까마귀 울음소리가 놀랄 만큼 가까이 들려왔다. 꿈속에서 시커먼 바다 속과 아들을 부르는 아내의 절규를 들은 뒤라 넓게 울려 퍼지는 새소리에 조금 기분이 나아졌다. 맑게 갠 가을 하늘 아래 차분한 토요일이 시작되었다.

너무 좋은 날씨가 오히려 마음의 상처를 건드렸는지 눈물이 쏟아질 것 같아 휴지를 빼서 코를 풀었다. 원룸에는 안도 혼자였다. 또다시 침대에 쓰러졌다. 아까 억눌렀던 눈물이 갑작스레 두 눈에서 흘러나왔다.

조용하게 흐르던 눈물은 이윽고 오열로 바뀌었고 베개를 안고서 몇 번이나 아들의 이름을 외쳤다. 무너져 내리는 자신이 한심했다. 슬픔은 매일 연속해서 찾아오는 것이 아니라 어떤 계기를 기회 삼아 억누를 수 없이 터져 나왔다. 요 2주 동안은 죽은 아들을 위해 눈물을 흘리지 않았다. 눈물과 눈물의 간격은 분명 길어지고 있었다. 그럼에도 불구하고 갑작스레 솟아오르는 슬픔의 무게는 이전과 조금도 변하지 않았다. 앞으로 몇 년이나 이 깊은 슬픔이 지속될지. 그것을 생각하니 절망적인 심정에 휩싸였다.

안도는 책과 책 사이에 끼워 놓았던 봉투에서 엉켜 있는 머리카락 몇 올을 꺼냈다. 아들의 신체 일부였다. 남아 있는 것이 이것 밖에 없었다. 아들의 머리가 손에 닿아서 잡아 올리려 했더니 갑자기 쑥 빠져서 손에 엉켜 버렸다. 바다 속을 그렇게나 찾아 돌아다녔는데 손에서 빠져나가지 않고 손가락에 걸려 있던 것은 기적이나 다름없었다. 약지에 낀 결혼반지 틈에 끼워져 있던 것이다. 유해가 떠오르지 않아서 화장도 할 수 없었기에, 안도에게 이 머리카락은 시신 대신이나 다름없었다.

안도는 머리카락을 뺨에 대 보았다. 그렇게 아들의 살갗을 떠올렸다. 눈을 감으니 바로 곁에 있는 것처럼 아들의 얼굴이 뇌리에 떠올랐다.

이를 다 닦고 나서도 안도는 상반신을 벗은 모습으로 계속 거울 앞에 서 있었다. 턱에 손을 대고 가볍게 좌우로 움직여 보았다. 혀끝을 대 보니 치석이 아직 약간 이 뒤쪽에 남아 있다. 턱 바로 아래도 목 근육 부분에 덜 깎은 수염이 남아 있었다. 면도날을 목 근육에 대고 몇 번 수염을 깎아 내려가다가 그 자세 그대로 상반신을 바라보았다. 턱을 들어 올리자 쭉 뻗어 있는 흰 목이 거울에 비쳤다. 면도칼을 고쳐 들고 칼등을 목젖 근처에 다시 대고서 가슴, 배로 쭉 내리다가 배꼽 언저리에서 손을 멈췄다. 양쪽 유두의 중간을 질러 배까지 내려오다가 피부 표면을 긁어 놓아서 흰 선이 생겼다. 그는 면도날을 메스로 보고 자기 육체를 해부하는 장면을 상상하고 있었다. 항상 시체를 해부하는 안도로서는 가슴 안쪽의 모습 정도야 손으로 직접 만지기라도 하듯이 잘 알고 있다. 지금 이 순간, 선홍색의 두 폐에 안겨 있는 것처럼 자리한 주먹만 한 심장이 확고하게 고동을 반복하고 있다. 의식을 집중시키면 안쪽에서 나는 소리가 들려오리라. 집요한 가슴의 고통. 대체 비탄은 내장 어디에 진득하게 들러붙어 있는 것인지. 만약 심장이라면 깊은 회한이 얽혀 있는 그 부분을 이 손으로 도려내 버리고 싶었다.

배어 나오는 땀으로 잡고 있던 면도칼이 미끄러질 것 같아 세면대 선반에 두었다. 고개를 옆으로 돌리니 목 왼쪽에 핏줄기가 생겨 있다. 수염을 깎아 내릴 때 실수로 피부를 베었나 보다. 날이 피부에 베어 들어가던 순간, 날카로운 통증을 느껴야 당연할 텐데 피의 흔적만 시야에 들어왔고 함께 느꼈어야 할 통증은 거의 느껴지지 않았다. 아무래도 요새 통각이 둔해졌나 보다. 피를 보고 나서야 상처가 난 것을 알아차리는 경우가 몇 번 있었다. 삶에 대한 열정이 희박해졌는지도 모르겠다.

안도는 수건으로 목을 누르며 벗어 두었던 손목시계를 손에 들었다. 8시 30분. 이제 나가야 할 시간이었다. 지금 그에게 위안이 되는 건 일뿐이었다. 일에 몰두하는 동안만은 과거의 기억에서 도망칠 수 있었다. K대학 의학부 법의학 교실 강사와 도쿄 감찰의무원(일본 5개 도시에 설치된 시체 부검, 감식 기관 — 옮긴이)에서 검시관을 맡고 있는 안도에게는, 시체를 해부할 때만이 사랑하는 아들의 죽음을 잊을 수 있는 유일한 시간이었다. 얄궂게도 시체와 노닥거리고 있어야 가까운 사람의 죽음으로부터 해방될 수 있다니.

현관을 나서서 아파트 로비를 벗어날 때 평소 버릇처럼 손목시계를 확인했다. 평소보다 5분가량 늦었다. 이혼 서류에 서명하느라 쓰였던 5분이었다. 단 5분 만에, 가느다랗게 이어져 있던 아내와의 인연이 끊어져 버렸다. 대학까지 가는 길에는 안도가 아는 우체통이 세 개 있다. 그중 맨 첫 번째 우체통에 넣으려는 각오를 다지고 서둘러 역으로 나섰다.

제1장
해부

1

해부 집도를 맡은 안도는 감찰의무원 사무실에서 곧 해부할 시체의 파일을 훑어보고 있었다. 현장 상황을 찍어 놓은 폴라로이드 사진을 비교하다가 손에 땀이 배어나서 몇 번이나 세면대에서 손을 씻었다. 10월 중순이라 땀이 흐를 계절은 아니었지만, 원래 땀이 많은 체질인 그는 평소에도 하루 몇 번이나 손을 씻는 버릇이 있었다.

다시 한 번 시체 검시 조서에 첨부된 폴라로이드 사진 몇 장을 탁자에 펴 놓고 그중 한 장을 지그시 들여다보았다. 다부진 체격의 남자가 침대가에 머리를 기대고 숨이 끊겨 있는 사진. 외상은 전혀 보이지 않았다. 다음 사진은 얼굴 클로즈업 사진. 울혈도 없으며 목을 졸린 흔적도 없었다. 어느 사진을 봐도 사인을 확정할 만한 특징적인 부분이 없었다. 상태만 놓고 보면 범죄와 관계가 없다는 생각이 들지만 검시관의 판단으로 행정해부를 받으러 옮겨진 것이었다. 아마 돌연사가 아닐까. 일종의 변사(變死)임에는 틀림없으며 법률상 사인 불명인 채로 화장할 수는 없었다.

팔다리를 다 벌리고서 큰 대(大) 자로 누워 있는 시체. 안도는 그 남자를 잘 알고 있었다. 설마 대학 시절 친구를 해부하게 되리라고는 꿈에도 생각해 본 적이 없었다. 바로 12시간 전까지 살아 있던 남자…… 다카야마 류지는 6년 전에 의학부에서 동문수학했던 동기였다.

거의 모든 졸업생이 의사를 목표로 하는 와중에 법의학 교실로 들어간 안도도 꽤나 이상한 놈이라는 평판이 붙었지만, 그 이상으로 코스를 이탈한 게 다카야마 류지였다. 그는 최우수 성적으로 의학부를 졸업했음에도 같은 대학의 문학부 철학과로 학사편입을 하여 사망했을 당시 직함은 문학부 철학과 강사였고 전공은 논리학이었다. 학부가 다르다고는 해도 안도와 같은 강사라는 직함을 손에 넣었다. 문학부 3학년으로 편입한 것치고는 상당히 빠른 출세였다. 나이는 32세, 삼수 끝에 입학한 안도보다 두 살 젊었다.

안도는 사망 시각이 기입된 칸에서 눈을 멈췄다. 어젯밤 9시 49분이라고 기재되어 있었다.

"사망 시각이 상당히 상세하네요."

안도는 그렇게 말하며 해부 입회인인 키 큰 경부보를 올려다보았다. 류지는 히가시나카노에 있는 아파트에서 혼자 살고 있었을 터였다. 혼자 사는 남자가 자기 집에서 돌연사를 당했는데 사망 시각이 지나치게 구체적이었다.

"우연찮게 그렇게 되었네요."

경부보는 태연하게 그렇게 말하고는 옆 의자에 앉았다.

"우연이라니, 무슨?"

안도가 물었다. 경부보는 다른 한 명의 입회인인 젊은 경사를 뒤돌아보았다.

"다카노 마이 씨, 확실히 저기 계시지?"

"네, 계십니다. 유족 대합실에서 아까 봤습니다."

"좀 불러 주겠나?"

"알겠습니다."

경사가 사무실 밖으로 나갔다.

"유족은 아닌데 말이죠, 시체의 첫 번째 발견자이신 여성이 마침 여기 계십니다. 다카야마 강사를 스승으로 삼고 따르는 대학생인데. 뭐, 아마 애인 아닐까요. 조서를 읽어 보시고 아직 불충분한 점이 있으면 선생님께서 좀 물어보십시오."

시신은 행정해부가 끝나자마자 유족에게 인도하도록 되어 있다. 이번 경우에는 다카야마 류지의 어머니와 형 부부가 대합실에서 기다리고 있는데, 시체 발견자인 애인 다카노 마이라는 여성도 동석했다고 했다.

다카노 마이는 방에 들어오자 일단 발을 멈추고 좌우를 둘러보았다. 그 모습을 확인하고 안도가 즉시 일어서서 "실례합니다." 하고 고개 숙여 인사한 뒤 의자를 권했다.

다카노 마이는 짙은 감색의 수수한 원피스를 입고 흰 손수건을 쥐고 있었다. 죽음을 불러 올 정도로 여성의 아름다움이 뛰어날 수가 있을까. 가냘픈 몸에서 뻗어 나온 손발은 처연했고 짙은 원피스 색 탓인지 하얀 피부가 도드라져 보였다. 모양 좋은 계란형 얼굴, 완벽한 두개골은 아름다운 곡선으로 이루어져 있다.

해부하지 않아도 안도는 직접 들여다보는 것처럼 알 수 있었다. 그녀의 피부 속 장기의 색, 잘 어우러진 골격. 그곳을 만져 보고 싶은 욕구가 차올랐다.

경부보에게 소개받고 서로 이름을 나누고 나서, 마이는 안도가 권하는 대로 의자에 앉으려다가 곁에 있는 탁자를 짚으며 휘청였다.

"괜찮으십니까?"

안도는 좌우로 고개를 젓고는 마이의 안색을 눈으로 진단했다. 흰 살결 안쪽이 잿빛으로 물들었으니 빈혈 같았다.

"아니, 별일 아니에요."

마이는 손수건을 이마에 대고 몸을 숙여 바닥의 한 점을 응시하고 있다가 경부보가 가져다준 물을 마시고 약간 진정하고서, 고개를 들고 알아듣기 어려운 목소리로 말했다.

"죄송합니다. 조금……."

안도는 바로 알아차렸다. 마이는 지금 생리 중이며 정신적 피로가 큰 와중에 빈혈을 일으킨 것 같았다. 만약 그렇다면 별로 걱정할 일은 아니었다.

"사실, 돌아가신 다카야마 류지 씨는 제 학창 시절 친구입니다."

진정시킬 겸 안도는 자기와 다카야마 류지가 의학부 시절 동기생이었다는 사실을 고백했다.

마이는 시선을 내리고 있다 눈을 동그랗게 뜨고 고개를 들었다.

"안도 씨라고 하셨죠?"

"네, 그렇습니다."

마이는 안도의 얼굴을 찬찬히 살펴보며 친숙함을 담뿍 담아 두 눈을 가늘게 떴다. 그렇게 그리운 사람과 만난 것 같은 표정으로 꾸벅 고개를 숙였다.

"잘 부탁드립니다."

친구라면 시신을 함부로 다루지 않을 거라고 무심결에 품게 되는 믿음……. 안도는 마이의 표정 변화를 그렇게 해석했다. 그러나 친구건 그렇지 않건 메스를 다루는 안도의 솜씨는 결코 변하지 않는다.

"죄송합니다만, 마이 씨. 시신 발견 당시의 상황을 다시 한 번 선생님께 설명해 주시겠습니까?"

경부보가 끼어들었다. 사건성이 없는 변사체를 가지고 태평하게 담소나 나눌 수는 없으리라. 여기서 고인을 그리는 추억으로 이야기꽃을 피울 수야 없으니 대화에 끼어든 것이다.

첫 번째 발견자인 다카노 마이를 구태여 부른 이유는, 어젯밤 9시 50분 전후에 일어난 일을 해부 담당자인 안도에게 직접 설명해 주길 바랐기 때문이다. 상황이 확실해지면 사인을 확정하기에 도움이 될 것이라는 배려가 있어서 그렇기도 했다.

마이는 목소리를 낮추고 어젯밤 경찰에게 설명했던 것과 거의 같은 내용을 다시 한 번 안도에게 이야기하기 시작했다.

"전화가 울렸던 게, 목욕 끝내고 드라이어로 머리를 말리고 있었을 때였습니다. 바로 시계를 봤습니다. 버릇이에요. 전화 온 시간을 보면 누가 걸었는지 짐작이 되니까요. 대체로 전화 거는 건

제 쪽이지, 다카야마 선생님이 먼저 전화하신 적은 거의 없었어요. 전화했다 하더라도 밤 9시 넘어서 건 적도 없었고요. 그래서 처음에 선생님 전화라고는 생각도 못 했어요. 그냥 '네.' 하고 대답하면서 수화기를 들었더니 한 호흡 있다가 수화기 저쪽에서 비명이 들렸어요. 장난 전화인가 싶었고 처음엔 놀라서 수화기를 귀에서 확 떼어 냈는데, 비명이 조금 있다가 신음으로 변하고 결국 그것도 끝나서……. 왠지 이 세상 것이 아닌 듯한 정적으로 휩싸여 있었어요. 벌벌 떨면서 수화기에 귀를 대고 기색을 살폈습니다. 그런데 갑자기 터져 나오듯이 머릿속에 다카야마 선생님 얼굴이 떠올랐어요. 비명을 들었던 기억도 있는데 다카야마 선생님 목소리랑 비슷했어요. 한 번 후크를 눌렀다가 떼고 다시 제가 직접 선생님 댁으로 전화를 걸었더니 회선이 연결되지 않더라고요. 그제서야 겨우 전화를 건 사람이 선생님이고 그분 신변에 무슨 안 좋은 일이 일어났다는 확신이 생겼습니다."

"류지 씨와는 전화로 아무 이야기도 안 하신 거죠?"

안도가 그렇게 물었더니 마이는 조용하게 고개를 저었다.

"네. 한 마디도요. 저는 그냥 비명을 들었을 뿐입니다."

안도는 쥐고 있던 메모지에 뭔가 적고 이야기를 재촉했다.

"그래서, 그다음엔?"

"한 시간 전철을 타고 선생님 아파트에 방문했습니다. 그리고 댁에 올라가서 그, 부엌 안쪽으로 보이는 침대에……."

"현관 자물쇠는요?"

"선생님께서 열쇠를 맡기셔서."

부끄러운 듯이 그렇게 말하는 모습이 순진해 보였다.

"아니, 그러니까 집이 안에서 잠겨 있었다는 말씀이죠?"

"네, 잠겨 있었어요."

안도는 다시 나머지 이야기를 재촉했다.

"그리고 방으로 들어가셨고."

"선생님이 침대 끝에 머리를 얹고서 벌렁 드러누운 자세로 팔 다리를 다 벌리고⋯⋯."

마이가 목이 메는 듯이 말했다. 그때의 모습이 떠올랐는지 머 리를 휙휙 흔들고는 그 장면을 머릿속에서 쫓아내려고 했다.

마이의 설명을 들을 필요도 없었다. 안도의 손에 사진이 몇 장 있었다. 숨이 끊어진 류지의 시신. 사진으로 여실히 설명이 되었다.

안도는 사진을 쥐고 있다가 땀이 흐르는 얼굴에 부채질했다.

"집 안 상황에서 뭔가 이상한 점은 없었습니까?"

"딱히 이거다 싶은 건⋯⋯. 아, 근데 수화기가 떨어져 있어서 뚜 하는 소리가 계속 울리고 있었어요."

안도는 시체 검안 조서의 기록과 마이의 이야기를 참고로 상 황을 정리해 보았다. 류지는 뭔가 신체에 이변이 일어났다는 것을 알고 연인인 다카노 마이에게 전화를 걸었다⋯⋯. 도와주길 바랐 었나? 그럼 어째서 119를 누르지 않았을까. 이를테면 가슴에 통 증이 느껴지는데 전화할 여유가 조금밖에 없었다면 보통은 구급 차부터 부를 텐데.

"119에 전화한 사람은 누구죠?"

"저예요."

"어디서요?"

"다카야마 선생님 댁에서요."

"그 이전에 류지 씨 본인이 119로 전화를 걸진 않았나 보군요."

흘끔 쳐다보니 경부보가 가볍게 고개를 끄덕였다. 구급차 요청 전화가 없었다는 사실은 이미 확인이 끝난 듯했다.

안도는 순간적으로 자살 가능성을 떠올렸다. 애인이 매몰차게 거절한 것을 비관한 나머지 자살을 결심했고, 독극물을 마셔서 자살로 자신을 몰아붙인 당사자에게 전화를 걸어 치근대려 했지만 단말마만 남기고 끝나 버렸다는 시나리오였다.

하지만 조서 내용으로는 자살의 가능성이 적었다. 독극물이 들어 있을 만한 용기는 현장에서 발견되지 않았으며 마이가 그를 떠났다는 증거도 없었다. 일단 그녀의 표정만 봐도 그런 의심은 날려 버릴 수 있었다. 남녀 간의 사정을 잘 모르는 사람에게도 일목요연했다. 이 여성이 다카야마 류지라는 남자를 얼마나 존경하고 있었는지 쉽게 추측되었다.

때때로 보이는 눈가의 물기는 사랑하는 사람을 자살로 내몬 후회 때문이라고는 보기 어려웠다. 두 번 다시 그를 만날 수 없다는 슬픔이 느껴졌다. 흡사 거울을 보는 것 같았다. 아침마다 안도는 거울에 비친 얼굴을 본 탓에 슬픈 표정이 익숙했다. 슬퍼하는 척은 아니었다. 감찰의무원까지 와서 해부 후의 시신을 인수받으려는 행위에서도 그 점이 잘 나타나 있다. 그리고 무엇보다, 류지 정도로 호탕한 남자가 애인에게 차인 일 정도로 자살할 리 없었다.

'그렇다면 역시, 심장이나 머리 둘 중 어디겠지.'

안도는 급성심부전 또는 뇌출혈일 거라고 어림잡았다. 물론 해부 결과 위 내용물에 청산가리가 발견되지 않을 것이라고 단정

짓기 어렵다. 아니면 식중독, 일산화탄소 중독, 그 밖의 전혀 예상하지 못한 사인으로 판명되는 경우도 드물게 있다. 하지만 지금까지 예상을 크게 벗어난 적은 거의 없었다. 육체에 돌연 나타난 이변을 감지하자마자 다카야마 류지는 죽음을 각오하고 연인인 다카노 마이의 목소리를 마지막으로 들으려 했는지도 모른다. 그런데 시간이 부족해서 안타깝게도 단말마만 남기고 심장이 정지했다……. 다소 차이야 있겠지만 그렇게 되었으리라.

그때, 해부 조수를 맡은 임상검사사가 사무실에 고개를 내밀고 작은 소리로 보고했다.

"선생님, 준비가 끝났습니다."

안도가 일어서서 누구에게랄 것 없이 인사했다.

"그럼, 이만 일어서겠습니다."

어느 쪽이건 해부가 끝나면 사실 관계가 명확해지리라. 다카야마 류지의 사인이. 지금까지 경험상으로 판단 불가능했던 예는 없었다. 그래서 대수롭지 않게 생각하고 있었다. 류지의 목숨을 빼앗은 존재의 정체를 이번 경우에도 아주 손쉽게 밝혀내리라고.

2

해부실로 가는 복도에 청명한 아침햇살이 들어오고 있었다. 그럼에도 불구하고 어둡고 습기 찬 분위기가 스며 있어서 걸을 때마다 찌걱찌걱 들리는 고무장화 소리조차 으스스하게 울려 퍼졌다. 집도의 안도와 임상검사사, 두 경찰관, 발소리는 다 합쳐 넷이었다. 나머지 스태프인 조수, 기록 담당자, 사진기사는 해부실에서 먼저 준비를 하고 있었다.

문을 여니 기세 좋게 흐르는 수돗물 소리가 들려왔다. 해부대 바로 옆에 설치된 개수대 앞에 조수가 서서 곧 사용하게 될 도구들을 세척하고 있었다. 수도꼭지는 일반적인 것보다 넓어서 세차게 흐르는 물기둥이 희고 굵었다. 10평 정도 되는 넓이의 해부실 바닥에 이미 물이 차고 있었다. 두 사람의 입회인을 포함하여 해부실에 있는 여덟 명의 인원이 고무장화를 신고 있는 것은 그 때문이었다. 늘상 해부하는 동안에는 물이 흘러도 내버려 둔다.

해부대 위에는 알몸의 다카야마 류지가 흰 배를 드러내고 안도 일행을 기다리고 있었다. 신장은 160센티미터를 약간 넘었지만, 배 둘레에 형성된 지방과 어깨에서 가슴에 걸쳐 발달된 근육 상태가 드럼통처럼 다부진 육체를 이루고 있었다. 그 육체의 일부인 오른팔을 안도가 가볍게 들어 올렸다. 중력 말고는 아무런 힘도 느껴지지 않았다. 생명이 빠져나갔다는 증거다. 힘이 세기로 이름났던 사내의 팔이 아기 손처럼 가볍게 덜렁거렸다. 류지는 동기 중에서 가장 팔 힘이 세서, 팔씨름으로는 누구에게도 져 본 일이 없었다. 학우들은 다들 힘을 줄 새도 없이 팔이 탁자 바닥에 내동댕이쳐졌다. 그 팔이 이제 힘없게도, 들고 있던 힘이 사라지니 해부대 위에 털썩 떨어졌다.

아랫배 쪽에 시선을 향하고 드러난 성기를 보았다. 새카만 음모 속에서 그것은 맥없이 쪼그라들어 있었다. 귀두 대부분이 포피로 뒤덮여 있어 강인한 육체만 봤을 때 상상도 못 할 빈약한 성기였다. 류지와 다카노 마이 사이에 남녀관계 같은 것은 없었을지도 모른다……. 성기에 남아 있는 묘한 미숙함을 보니 그런 생각이 들었다.

메스를 손에 들어 턱 아래에 찔러 넣고 아랫배까지 일직선으로 깊숙이 근육을 베어 들어갔다. 사후 12시간이 지났으니 시체 내부에서 체온이 완전히 빠져나갔다. 커터로 늑골을 잘라 하나하나 제거해 가면서 좌우의 폐를 들어 조수에게 건넸다. 류지는 학창 시절에 강경한 금연주의자였는데, 마지막까지 그 신념을 관철시켰는지 폐가 말끔한 분홍색을 띠고 있었다. 조수는 재빨리 폐의 중량과 크기를 재고 그 결과를 구술했고 기록 담당은 빠짐없이 써 내려갔다. 그동안 여러 방향에서 장기의 사진을 찍고 있기 때문에 해부실에는 계속 플래시가 번쩍거렸다. 일련의 작업은 숙련된 스태프들이 막힘없이 진행하고 있었다.

심장은 엷은 지방막으로 뒤덮여 있었다. 빛의 가감에 따라 누렇게도 허옇게도 보였고 평균보다 크기가 컸다. 312그램. 그것이 다카야마 류지의 마음의 무게이다. 체중의 0.36퍼센트의 무게. 12시간 전까지 확실하게 뛰고 있었을 심장이, 겉만 슬쩍 봐도 광범위에 걸친 괴사가 발생되었다는 것을 알 수 있었다. 좌측 대부분에 걸친 지방막 아래가 다른 부분보다도 짙은 적갈색을 띠고 있다. 심장 표면에서 갈라져 나오며 한 바퀴 빙 둘러싸고 있는 관동맥의 일부가 혈전 등의 원인으로 막힌 결과 혈액이 흐르지 않게 되었고 심장 활동이 정지된 것이다. 딱 봐도 알 수 있는 전형적인 심근경색의 증상이었다.

안도는 괴사가 퍼진 부위의 상태를 보고 혈관이 막힌 부위를 추측했다. 좌관동맥이 나뉘기 직전 부분. 그곳이 막히면 치사율이 극히 높아진다. 무슨 이유로 혈관이 막혔는지는 내일 검사해 볼 수밖에 없지만 사인은 명확해졌다. 안도는 확신을 갖고 "좌관동맥 폐색에 의한 심근경색."이라고 구술하며 간장을 적출하러 자리를 옮겼다. 그 후 신장, 비장, 장과 다른 모든 장기의 이상 유무를 확인했고 위 속에 든 내용물도 조사했지만 딱히 주의를 기울일 만한 것은 아무것도 발견되지 않았다.

두개골을 절단하려고 하는데 조수가 이상스럽다는 듯이 고개를 갸웃거렸다.

"선생님, 잠깐 거기, 목 부분에요……."

조수가 그렇게 말하고는 손끝으로 빠끔히 벌어진 목 안쪽을 가리켰다. 봤더니 인후두 부분 표면 점막 부분에 궤양이 있음을 알 수 있었다. 그렇게 큰 것도 아니라 조수가 주의를 주지 않았다면 깜빡 지나쳤을 것이다. 안도로서는 처음 보는 증상……. 사인과는 관계가 없겠지만 만약을 위해 절편을 잘라 냈다. 이 궤양이 무엇인지 알려면 조직 표본을 만들고 나서 화학검사 결과를 기다릴 수밖에 없다.

다음으로 류지의 머리에 틈을 만들고 후두부에서 뺨까지 두피를 벗겨 냈다. 얼굴의 표면, 눈이나 코나 입 부분에는 무성하게 난 뻣뻣한 털이 덮여 있었고 두피의 허연 안쪽을 무영등(수술실에서 쓰는 매우 밝은 조명 — 옮긴이)이 비추고 있었다. 얼굴이 가죽한 장으로 만들어져 있다는 사실이 잘 드러났다. 두개골을 떼어내고 뇌를 꺼냈다.

뇌는 전체적으로 새하앴고 무수한 주름에 뒤덮여 있었다. 의학부는 이른바 엘리트 학생들의 집단이었지만 그중에서도 류지의 능력은 발군이었다. 영어, 독일어, 불어에 능통하고 갓 발표된 논문을 모른다면 대응할 수조차 없는 질문을 던지며 강사를 기죽게 했을 정도였다. 하지만 의학에 깊이 빠져들수록 류지의 관심은 순수수학의 영역으로 옮겨 갔다. 한때 반에서 암호 놀이가 유행했던 적이 있었다. 각자 순서대로 암호를 내고, 누가 제일 빨리 해독하는지 경쟁하는 게임. 언제나 최고는 류지였는데, 절대로 풀수 없을 거라고 안도가 호언장담하고 출제한 암호를 너무나 쉽게 해독해 버렸다. 그 수학적인 재능에 질렸다기보다는, 마음속을 읽혀 버린 것처럼 으스스한 기분을 느꼈다. 해독된 부분을 아무리 생각해도 납득되지 않았다. 게다가 안도를 뺀 다른 학생들은 결국 류지가 제출한 암호를 한 번도 풀어 본 적도 없이 끝났다. 안도만 딱 한 번 류지가 제출한 암호를 해독하는 데 성공했던 적이 있다. 우연히 맞힌 것에 지나지 않는다는 것을 그 자신도 잘 알고 있다. 논리적으로 사고한 결과가 아니라, 궁한 나머지 창밖으로 보인 꽃집 간판의 전화번호에서 힌트를 얻고 키워드의 비밀을 떠올린 것이다. 어림짐작이 우연하게 류지가 생각했던 방향과 같았을 뿐이었다……. 안도는 아직도 그렇게 생각하고 있다.

당시 안도가 류지를 보고 품었던 감정은 질투에 가까웠다. 류지를 결코 컨트롤할 수 없고 항상 류지의 지배 아래 있다는 압박감에 몇 번이고 자신을 잃었었다.

비범하던 그 두뇌를 지금 안도가 바라보고 있다. 평균보다 아주 약간 무거울 뿐이며 외견은 보통 사람의 것과 별로 다르지도 않았다. 생전 류지는 이 세포를 구사하여 무엇을 떠올리고 생각하고 있었을까. 순수수학에 대한 흥미가 그대로 부풀어 올라 결국 숫자를 놓고 논리학에 이르렀다……. 그 과정은 이해할 수조차 없다. 앞으로 10년만 더 살았더라면 그 방면으로 괄목할 만한 업적을 올렸을 것임에 틀림없을 텐데. 류지의 범주를 벗어나는 재능을 안도가 얼마나 동경하고 질투했던가. 대뇌종렬(좌우대뇌반구의 사이를 전후로 뻗은 깊은 홈 — 옮긴이) 홈은 깊숙했고, 결코 답파할 수 없는 산등성이처럼 전두엽이 솟아 있었다.

그것도 이제 다 끝났다. 이 세포는 정지했다. 심근경색으로 고동을 멈춘 심장 탓에 뇌가 죽어 버린 것이다. 결국 지금 류지의 육체는 안도의 지배 아래 있다.

안도는 뇌 내부에 출혈 등이 없는 것을 확인한 뒤에 두개골을 원래대로 해 놨다.

메스를 잡고서 15분밖에 지나지 않았다. 대개의 경우, 해부는 한 시간 전후로 종료된다. 대체로 조사가 끝날 때쯤에 안도가 문득 떠올랐다는 듯이 텅 빈 류지의 아랫배 안에 손을 넣어서 손끝으로 찾아 메추리알 정도 되는 크기의 덩어리를 두 개 끄집어냈다. 잿빛에 가까운 피부색을 띤 두 고환이 실로 불쌍하게 움직였다.

자손을 남기지 않고 죽어 버린 류지와 세 살 4개월배기 아들을 떠나보낸 자신, 어느 쪽이 더 불쌍할까 하고 자문해 보았다.

'내 쪽이지.'

망설임 없이 대답이 나왔다. 적어도 류지는 모르는 채 죽어 버렸지 않은가. 질량이 없을 슬픔이라는 감정이 강한 통증이 되어 가슴을 저며 오는 모진 괴로움은 류지의 인생과 연이 없었다. 아이를 얻어 느끼게 되는 기쁨은 헤아릴 수 없다. 하물며 잃는 슬픔은, 설령 몇백 년이 지난다 해도 사라질 수 없다. 안도는 아무것도 낳지 않고 역할을 끝낸 두 개의 고환을 복잡한 심경으로 해부대 위에 굴렸다.

이제 봉합하는 일만 남았다. 텅 빈 흉복부에 신문지를 구겨서 둥글게 말아 넣어 부피감을 주고 꿰매어 갔다. 마찬가지로 두부(頭部)도 봉합하고 전신을 깨끗하게 씻어 욕의를 입혔다. 내장이 빠진 만큼 해부 전보다 더 여위어 보였다.

'여위었구나. 류지.'

어째서일까. 아까부터 자꾸 마음속으로 시체에게 말을 걸고 있었다. 평소 이런 적은 없었다. 말을 걸고 싶어지는 기적을 시체가 발산하고 있기라도 하나? 그렇지 않으면 학창 시절에 알고 지내서였을까. 물론 일방적으로 말을 걸 뿐이니 류지가 대답하는 일은 없었다. 그러나 시체를 납관하려고 두 조수가 들어 올렸을 때, 가슴속 깊은 곳에서부터 류지의 목소리가 들린 것 같은 기분이 들었다. 더구나 배꼽 부근이 묘하게 근질거렸다. 손을 뻗어 긁어도 가려움이 가시질 않았다. 가려운 감각이 육체를 벗어나서 바로 그 언저리에 붕 떠 있는 듯한 느낌이었다.

안도는 신경이 쓰인 나머지 관 옆에 서서 류지의 가슴부터 배까지 쓰다듬어 보았다. 배의 어느 부분에 작고 가벼운 무언가가 돌출된 듯한 느낌이 들어 슬쩍 욕의를 젖혔다. 잘 보니 배꼽 바로 위, 봉합된 피부 틈새로 찢어진 신문지가 빠끔히 삐져나와 있었다. 정성껏 봉합해 놨을 텐데, 아주 작게 접힌 신문지의 모서리가 노출되어 있었다. 뱃속에 욱여넣었던 신문지가 시체를 움직인 반동 때문에 움찔 솟아올라서 살이 잘린 틈을 발견하고 고개를 내밀게 되었을까? 엷게 피로 얼룩진 종잇조각에 지방이 붙어 있기에 그 흰 막을 치웠더니 인쇄된 숫자가 보였다. 알아보기 어려운 작은 글씨. 안도는 고개를 바싹 들이대고 거기 쓰여 있는 숫자를 읽었다. 세 개씩 두 줄로 나뉜 여섯 개의 숫자.

178
136

주식란에 있던 것인지, 연락처나 전화번호가 뜨문뜨문 두 줄로 늘어서 있는 것인지, 아니면 TV 방영표에 있는 G코드 숫자인지, 어떻든 간에 신문을 오려 접은 귀퉁이에 숫자만 여섯 개 쓰여 있을 확률은 그렇게 높지 않았으리라. 안도는 이유도 없이 그 여섯 숫자를 머릿속에 입력했다.

'178, 136.'

고무장갑을 낀 손끝으로 튀어나온 신문지를 뱃속에 밀어넣고 가볍게 톡톡 두드렸다. 솟아오르지 않는 것을 끝까지 확인한 후에 욕의 앞섶을 바로하고 다시 한 번 그 위를 손으로 훑었다. 둥근 배 표면에 걸리는 부분은 전혀 없었다. 안도는 한 걸음 두 걸음 관을 뒤로하고 떠났다.

이유도 없이 몸이 움찔 떨리고 오한이 등줄기를 쭉 스쳤다. 고무장갑을 집으려고 팔을 들어 올리니 손등에서 팔꿈치까지 난 털이 곤두선 것이 보였다. 옆에 두었던 접사다리에 상반신을 기대고 다시금 류지 얼굴을 주시했다. 조용하게 감긴 두 눈, 눈꺼풀이 막 열리려는 것처럼 떨리고 있었다. 물 흐르는 소리가 성가셨다. 해부실에 있는 사람들이 각자 업무에 바쁜 탓에, 농밀하게 솟아오르는 기척을 눈치 챈 사람은 단 한 사람, 안도뿐이었다. 정말 이 녀석이 죽은 거 맞나? 너무 바보 같은 의문……. 내장 대신 넣은 신문지 다발이 안에서 움직여서 배가 가볍게 위아래로 움직였다. 조수나 입회 경찰관이나 다 왜 이렇게나 무관심한지 신기할 따름 이었다.

안도는 갑작스레 요의를 느꼈다. 신문지를 바스락거리며 류지가 걷는 모습을 상상한 순간 참을 수 없을 만큼 배설 욕구가 커졌다.

3

아침 해부를 끝내고 안도는 점심을 먹으러 JR선 오쓰카 역 방향으로 걸어갔다. 가는 도중 몇 번이나 멈춰 서서 뒤를 돌아봤다. 불안의 출처도, 그 의미하는 바도 확실하지 않았다. 아들 생각 때문이 아니었다. 여태 해부한 시체 숫자는 대략 1000구에 조금 못 미쳤다. 그럼에도 어째서 오늘만 불안이 점점 심해지는가. 늘상 업무는 제대로 처리하고 있었다. 봉합된 피부 틈을 비집고 신문지가 튀어나오는 일 따위는 여태까지 없었다. 아주 사소한 실수……. 신경 쓰이는 부분이 이건가? 아니다. 그렇지 않았다.

단골 중화요릿집에 들어가서 오늘의 정식을 주문했다. 12시를 겨우 5분 지났는데도 평소에 비해 손님 수가 너무 적었다. 안도 말고는 주방 쪽 테이블에 앉아 면발을 후룩거리는 초로의 남자가 한 명 있을 뿐이었다. 가죽 등산모를 쓴 채로 가끔 안도에게 눈길을 주었다. 왜 모자를 벗지 않는지, 왜 멀뚱멀뚱 이쪽만 보고 있는지, 무지막지 신경 쓰였다. 자세한 부분까지 의미를 추측하려는 것도 다 신경이 쇠약해진 탓이었다.

류지의 배에서 튀어나온 신문지, 귀퉁이에 인쇄된 숫자열이 인화지처럼 머리에 떠올랐다. 아무리 떨쳐내려 해도 각인되어 떨어지지 않는 멜로디처럼 여섯 개의 숫자가 눈꺼풀 안쪽에서 깜빡였다.

'전화번호?'

문득 그런 느낌이 들어서 등산모 남자 뒤에 있는 분홍색 전화기에 눈이 갔다. 수화기를 들고 이 번호를 돌려 볼까 하는 생각도 해 봤다. 이 지역 내에서 여섯 개짜리 전화번호가 있을 리 없다. 어디로도 연결되지 않으리라는 사실을 이미 알고 있다. 하지만 혹시라도 누가 전화를 받으면…….

'여, 안도, 아까 엄청 아프던데. 불알까지 잡아 뽑냐?'

류지의 목소리로 그런 힐난을 듣게 된다면…….

"나왔습니다."

억양이 없는 목소리와 함께 중국식 덮밥과 수프 세트가 탁자에 놓였다. 중화 덮밥 그릇 속에 삶은 메추리알 두 개가 채소 밑에 숨겨져 있었다. 딱 류지의 고환과 비슷한 크기였다.

침을 꿀꺽 삼키고 미지근해진 물을 쭉 들이켰다. 초자연 현상을 전부 부정하지야 않겠지만 숫자에 그리도 연연하기가 참 바보처럼 느껴졌다. 하지만 신경 쓰였다. 178, 136. 무슨 의미가 있나? 암호 마니아인 류지 배에서 튀어나온 여섯 개의 숫자.

'암호.'

수저로 수프를 뜨면서 탁자에 냅킨을 펴고 가슴에 꽂혀 있는 볼펜으로 숫자를 적어 보았다.

'178, 136.'

A를 0, B를 1, C를 2, D를 3, E를 4, F를 5, Z를 25에 적용하면, 26개의 알파벳은 0에서 25까지 숫자로 변환될 수 있다. 변환식 암호의 기초인데 암호로서는 가장 간단하다. 우선 시험 삼아 숫자를 1, 7, 8, 1, 3, 6으로 여섯 개의 한 자리 숫자로 분해해서 각자 알파벳으로 치환해 보았다.

BHI, BDG

붙여서 읽으면 BHIBDG. 사전을 펴지 않아도 이런 단어가 존재하지 않는다는 사실은 명확했다. 다음으로는 한 자리와 두 자리 숫자로 나누어서 생각해 보기로 했다. 알파벳을 26진법 숫자로 보는 변환 암호라고 가정하면 78이나 81처럼 26 이상의 두 자리 숫자는 절대 있을 수 없다. 그 경우 생각할 수 있는 숫자의 구분 방법과 이에 대응하는 알파벳을 냅킨에 적어 보았다.

17 8 1 3 6
R I B D G

1 7 8 13 6
B H I N G

17 8 13 6
R I N G

이 중에서 의미를 가진 단어는 단 한 가지, RING밖에 없다.

'링.'

안도는 그 발음을 확인해 보았다. 영어 RING에는 고리라는 의미의 명사 말고도 울리다, 울다, 알리다, 신호하다 같은 동사 의미가 있다.

우연일까. 류지의 배 속에서 신문지가 튀어나왔는데, 그 튀어나온 부분에 인쇄되어 있던 숫자열을 알파벳으로 치환했더니 우연히 RING이라는 단어를 형성하고 있는 것이 별일이 아닐까.

어디선가 사이렌 같은 소리가 들려왔다. 시골에서 지냈던 유년시절에 화재를 알리는 경종 소리가 딱 한 번 울렸던 적이 있었다. 부모님 둘 다 야근 때문에 귀가가 늦어져서 집 안에는 할머니와 자신밖에 없었다. 한밤의 고요함을 때려 부수는 소리에 귀를 막고 할머니 무릎 옆에서 웅크리고 떨었다. 화재를 알리는 경종이라고 알고 있었기 때문이 아니었다. 화재 감시대에서 땅땅 울리는 소리에 심상치 않은 분위기를 느끼고 떨었던 것이다. 그 소리에는 불행의 냄새가 풍기고 있었다. 사실 그 소리가 들리고 바로 1년 뒤에 아버지가 갑작스레 죽음을 맞이하였다.

식욕을 완전히 잃었는데 거기다 속까지 울렁거렸다. 안도는 막 나온 중국식 덮밥을 옆으로 밀치고 물을 따랐다.

'류지, 너, 나한테 뭘 말하고 싶은 거냐.'

속이 텅 빈 인형이 되어 납관된 류지가 유족에게 인도될 때, 팽팽하고 하얀 그의 뺨이 아주 약간 부드러워져서 웃고 있는 것 같은 인상을 주었다. 그 온화한 표정을 본 다카노 마이가 누구에게랄 것 없이 정중하게 머리 숙여 인사한 지 겨우 한 시간도 지나지 않았다. 오늘 밤이 경야고 내일 중에 화장이 되리라. 시체를 옮기는 장의차는 지금쯤 어디를 지나 사가미오노에 있는 그의 본가로 향하고 있을까. 가능하면 류지의 육체가 재가 되는 것을 이 눈으로 확인하고 싶었다. 어쨌든 그가 아직 살아 있는 것 같은 생각이 들어 견딜 수가 없었다.

4

약속 장소는 도서관 옆 벤치였다. 대학 본 건물 캠퍼스에 있는 법학부 주최의 강연 청강이 끝나자, 안도는 손목시계를 확인하며 지정된 장소로 향했다.

다카노 마이가 감찰의무원으로 전화를 건 게 바로 어제 일이었다. 우연히 해부 당직날이라 공교롭게 안도가 전화를 받았다. 목소리가 들리자마자 상대의 얼굴이 떠올랐다. 해부한 시체의 가까운 친척에게 전화를 받는 일은 가끔 있는데 대부분의 경우 사인에 대한 문의였다. 그런데 다카노 마이가 일부러 전화를 한 주된 이유는 따로 있었다. 그녀는 해부가 끝난 날 밤에 경야에서 빠져나와 류지의 아파트에서 미발표 논문을 정리하고 있을 때 조금 신경 쓰이는 일을 겪었다고 했다. 혹시 류지의 사인과 어떤 관계라도 있지 않을까 한다고, 마이가 주저하는 기색을 보였다.

귀중한 정보도 얻고 싶었고 다시 한 번 다카노 마이의 청초한 미모를 접하고 싶다는 마음도 강했다. 안도는 내일 오후 대학 본부에서 강연에 출석해야 한다면서 끝난 뒤에 시간을 낼 수 있으니 자세히 이야기를 들을 수 있다고 알렸다.

강연회 종료 예정 시각을 알리니, 다카노 마이가 장소를 지정했다.

'도서관 앞, 벚나무 아래 벤치.'

2년간 교양 과정을 배웠던 캠퍼스지만, 안도는 도서관 앞 벤치에서 친구들을 기다려 본 일이 없다. 문학부 학생이었던 아내와는 은행나무 아래에서 자주 약속을 잡았기 때문이다.

멀리서 봐도 벤치에 앉아 있는 여성이 다카노 마이라는 것을 한눈에 알 수 있었다. 원색의 원피스를 입고 있는 탓인지 열흘 전에 감찰의무원에서 만났을 때보다 어려 보였다. 안도가 정면으로 돌아가서 얼굴을 확인하려 했지만, 마이는 책에 시선을 떨어뜨린 채 고개를 들지 않았다.

발소리를 높여서 가까이 다가가니 마이가 고개를 들었다.

"다카노, 마이 씨."

안도가 말을 건넸다.

"저번엔 감사했습니다."

마이는 몸을 일으키며 인사했다. 애인을 해부했던 의사에게 뭐라고 인사를 하면 좋을지 그것밖에는 할 말이 떠오르지 않았다.

직업적인 특징을 단적으로 보여 주듯이, 가늘고 길며 무척 섬세한 손으로 안도는 서류가방을 들고 있었다.

"앉아도 괜찮을까요?"

대답도 기다리지 않고 벤치 바로 옆에 앉아서 다리를 꼬며 마이가 있는 쪽을 향해 앉았다.

"검사 결과가 벌써 나왔어요?"

억양 없는 목소리로 마이가 물었다. 안도는 손목시계를 흘끔 봤다.

"시간이 있으시면, 이 근처 찻집에라도 가서 말씀을 들을까요?"

마이는 말없이 일어서서 스커트 자락을 털었다.

다카노 마이에게 안내받아 찻집에 들어갔다. 학생들이 모이는 장소치고는 그렇게 떠들썩하지도 않고, 호텔 라운지 비슷한 분위기가 감도는 가게였다. 길이 건너다보이는 창가 자리에 앉았더니 웨이트리스가 물과 물수건을 가져왔다.

"과일 파르페요."

마이는 숨 쉴 틈도 없이 주문했다. 그 빠른 주문에 놀라 망설일 틈도 없이 안도도 "커피."라고 주문할 수밖에 없었다. 열흘 전에 우유부단하게 보였던 인상이 빠르게 무너져내렸다.

"좋아해요."

웨이트리스가 가고 나서 마이가 그렇게 말하고 목을 움츠렸다. 안도는 목적어에 자기 이름을 넣어 보려다가 바로 과일 파르페 이야기라는 것을 깨닫고 바보스러운 공상을 한 자신을 꾸짖었다. 나이도 적잖이 먹고 쓸데없는 상상이나 하고 있다니.

빨간 체리와 웨하스를 얹은 화려한 과일 파르페였다. 마이가 이 가게의 과일 파르페를 마음에 들어 한다는 사실은 먹는 모습만 봐도 확실했다.

이전에 아들이 그랬던 것처럼 좋아하는 음식을 먹을 때 진지한 모습이 너무 귀여웠다. 스푼을 놀리는 모습이 정말이지 열심히 먹는다는 표현에 딱 맞아서, 안도는 커피를 마실 생각도 못 한 채

넋을 잃고 바라보았다. 아내는 이런 가게에 오더라도 과일 파르페 같은 것은 결코 주문하지 않았다. 고작해야 설탕을 뺀 레몬티 정도지, 다이어트에 열중한 나머지 단 것은 일절 입에 대려고도 하지 않았다. 하지만 옷 입은 모습만 보면 건강했을 적의 아내보다 마이가 더 말랐다. 별거할 무렵에 아내는 눈을 돌리고 싶을 정도로 여위었었다. 그러나 문득 떠오르는 아내의 모습은 지금도 결혼 당시의 포동포동한 모습 그대로였다.

마이는 체리를 입에 넣고 타원형 유리 용기에 페, 하고 씨를 뱉고서 입술을 냅킨으로 훔쳤다. 보기만 해도 즐거워지는 여성은 처음이었다. 부스러기를 부슬부슬 테이블에 흘리며 웨하스를 먹고 용기 바닥에 고인 생크림을 못내 아쉽다는 듯이 보았다. 분명 핥아먹고 싶어 하는 표정이었다.

그렇게 대강 다 먹자 마이는 해부가 끝난 뒤에 다카야마 류지의 내장이 어떤 검사를 받고 있는지 안도에게 질문했다. 방금 과일 파르페를 먹은 젊은 여성에게 잘게 다진 장기의 행방을 이야기하기는 정말이지 내키지가 않았기에 어디부터 이야기해야 할지 고민스러웠다.

바로 요전에도 유족에게 해부 후 검사에 대한 설명을 하다가 이야기가 잘 되지 않아서 속 썩었던 적도 있었다. 상대에게 조직 표본에 대한 이해가 부족해서였다. 표본이라는 말에서 포르말린에 푹 절인 장기를 상상했는지, 엇갈린 문답을 하느라 쓸데없이 시간을 소비했었다. 안도에게 조직 표본이란, 사무직 회사원이 들고 있는 볼펜만큼이나 익숙한 것이다. 하지만 대부분의 사람들은 모양, 크기, 작성 방법 등을 설명하지 않으면 알 수가 없다. 안도는 조직 표본을 만드는 부분부터 이야기하기로 했다.

"……뭐, 작업 대부분은 연구실에서 진행되는데요, 간단하게 설명하면 이런 순서입니다. 심근경색을 일으킨 부분을 작은 조각으로 잘라내서 일단 포르말린으로 고정합니다. 그리고 얇게 떠내서 이번엔 파라핀으로 고정합니다. 파라핀이라는 건 즉 촛농이죠. 그 후에 슬라이스해서 프레파라트로 감싸고 촛농 부분을 떼서 염색합니다. 이걸로 조직 표본이 완성이고, 나중엔 기초 교실을 돌고 검사 결과를 기다리게 됩니다."

"조직을 얇게 슬라이스해서 유리판 사이에 끼워 넣은 것을 생각하면 될까요?"

"대충 그렇습니다."

"그러면 검사를 하기 쉬워지나요?"

"물론이죠. 염색하거나 현미경으로 봐서 세포의 구조를 관찰하는 것도 가능해집니다."

"보셨나요?"

'보셨나요?'라니, 뭘? 당연히, 다카야마 류지의 세포 아닌가. 하지만 안도에게는 약간 이상하게 들렸다.

"기초 검사를 돌리기 전에 잠깐 들여다보긴 했습니다."

"어땠어요?"

마이가 상체를 기울이며 말했다.

"좌관동맥 회선지 직전에서 폐색이 일어나 그 앞으로 혈액이 흐르지 못해서 심장이 정지했다고 얼마 전에 그렇게 설명했는데요, 실제로 단계적으로 둥글게 자른 병변 부위를 현미경으로 보고…… 놀랐습니다. 잘 들으세요, 보통 심근경색이라는 것은 동

맥이 경화되어 내장에 콜레스테롤 같은 지방이 침착되다가 좁아
진 나머지 아테롬이 굳어서 생기는 핏덩어리에 막혀 버리는 증상
입니다. 그런데 말이죠. 류지의 경우는 확실하게 혈관은 폐색되어
있었는데, 그것은 동맥경화 때문이 아니었습니다. 명백하게 다릅
니다."

"무슨?"

마이는 매우 짧은 단어로 그 정체를 물었다.

"육종입니다."

안도의 대답도 간결하기 짝이 없었다.

"육종?"

"네, 특정 조직세포인지, 미분화된 종양일지는 아직 모르지만
관동맥의 내막과 중막 부분에 본 적 없는 세포의 종양이…… 다
시 말해 혹이 생긴 결과 혈관이 폐색된 겁니다."

"암세포 같은 건가요?"

"글쎄요. 그렇게 생각해도 문제는 없겠군요. 그런데 혈관 내부
에 육종이 생기는 일은 보통 있을 수가 없는 일이에요."

"검사 결과가 나오면 무슨 원인으로 육종이 생겼는지 알 수 있
겠군요."

안도가 웃으며 고개를 내저었다.

"증후군으로 나타나지 않으면 원인은 아마 알 수 없을 겁니다.
에이즈를 예로 들 것까지도 없이……."

아무리 과학만능주의의 시대라고 해도 원인 불명의 병은 아직
많이 있었다. 이 증상이 증후군으로 발전할 괴질일 가능성은 지
금 단계에선 아직 뭐라 확정할 수 없는 것이다.

안도가 이어서 말했다.

"그리고 또 한 가지 가능성이 있습니다. 류지에게 선천적으로 관동맥 결함이 있었을지도 모르죠."

의학 지식이 별로 없는 사람이라도 떠올릴 수 있는 일이다. 심장을 둘러싼 관동맥 일부에 혹 같은 것이 생기기라도 하면 운동 능력에 현저한 손상이 생기는 것이 아닐까 하고.

"그렇지만, 다카야마 선생님은……."

"그래요. 고등학교 때 고교 선수권에서 상위로 입상했던 육상 선수였어요. 그 녀석이 했던 게 투포환이었던가? 그럴 겁니다."

"맞아요."

"날 때부터 장애를 가지고 있었다고는 생각하기 어렵군요. 그래서 좀 물어보려는데 류지가 평소에 뭔가, 가슴 통증이라든가 뭐라 말하지는 않았습니까?"

안도와 류지 사이는 학부 졸업과 동시에 거의 끝이 났다. 대학 구내에서 만날 때만 "여어." 하고 말을 거는 사이였으니 몸 상태의 변화를 알아챌 리 없었다.

"선생님과는 1년밖에 알고 지내지 않아서."

"물론, 그 범위에서 말씀해 주셔도 됩니다."

"보통 사람 이상으로 건강하셨어요. 제가 기억하는 한, 감기 한 번 걸린 적이 없었어요. 인내심이 강한 성격이셔서 입 밖으로 내지 않으셨을 수도 있지만. 딱히 신경 쓰이는 점은 아무것도……."

"뭐라도 좋습니다. 뭔가, 신경 쓰이는 점이 있으시면……."

"사실 그거 말씀인데요."

문득 떠올랐다. 해부에 대한 보고를 하기 위해 마이를 부른 것이 아니다. 장례 밤샘 때 류지 방에서 논문 정리를 하고 있을 때 일어난 일을 말하고 싶다며 마이가 그를 불러낸 것이다.

"그 말씀이군요. 들어 볼까요?"

"그런데 다카야마 선생님의 사인과 관계가 있을지는."

부끄러운 듯이 말하기를 주저하는 마이가 답답하면서도 귀여웠다. 안도가 눈에 힘을 주어 말을 재촉했다.

"꼭 들려주십시오."

"열흘 정도 전에 경야 자리를 빠져나와서 선생님 댁에서 미발표 논문을 정리하고 있을 때, 전화가 울렸습니다. 잠깐 망설였지만, 저, 수화기를 집어들었어요. 전화를 건 사람은 아사카와 씨라고, 선생님의 고등학교 동창이셨죠."

"아는 분이셨나요?"

"네, 한 번뿐이지만 만난 적도 있습니다. 돌아가시기 사오일 전, 우연히 선생님 아파트 현관에서 마주쳤으니까."

"남자?"

"그럼요."

"그렇군요. 그래서요?"

"선생님이 돌아가신 것을 모르시는 눈치라서 제가 말씀드렸어요. 전날 일을 간략하게요. 상당히 놀라는 눈치더니 아사카와 씨가 지금 바로 그쪽으로 가겠다고 했습니다."

"그쪽이라면?"

"다카야마 선생님의 아파트요."

"그래서, 나타났나요?"

"네, 네. 생각보다 훨씬 빨리요. 방 안으로 확 들어오더니 눈에 불을 켜고 뭔가를 찾으려는 모습이었어요. 자꾸만, 저더러 뭔가 다른 일은 없었는지 물었고요. 정말 궁지에 몰린 사람이라는 느낌이 들었고, 선생님이 돌아가신 직후에 방에 뭔가 변한 점은 없냐고 몇 번이나 물었어요. 그리고 그 후 한 말이 조금 이상했어요."

마이는 거기서 말을 멈추고 물을 한 모금 마셨다.

"뭐라고 했나요, 그 사람이."

"한 글자, 한 마디 확실하게 기억해요. 이렇게 말했어요. '정말 류지는 당신에게 아무 말도 남기지 않았던 거죠? 예를 들어, 비디오테이프에 대한 말이라거나.'"

"비디오?"

안도가 되물었다.

"맞아요. 이상하죠?"

어젯밤 갑자기 죽었다는 사실을 알게 된 류지에 대해 이야기하고 있는 맥락 중에 너무나 생뚱맞고 상황에 어울리지 않아 놀라움이 느껴졌다. 어째서 비디오테이프라는 무기물이 화제로 올랐을까.

"그런데 마이 씨는 류지에게 비디오에 대해 뭔가 들은 적이 있나요?"

"아뇨, 딱히 아무것도요."

"비디오라니."

안도는 같은 말을 읊조리며 의자에 등을 기댔다. 시체를 해부했던 열흘 전 토요일 밤에 류지 방을 찾아온 아사카와라는 남자의 존재로 인해 어딘지 모르게 불길한 그림자가 스쳐 지나가는 느낌이었다.

"그래서 비전문가인 제가 생각하기에는, 만약 비디오에 녹화된 내용이 충격적이었다면 심장에 충격을 줄 수도 있겠다고, 저는 그렇게만……."

"그렇군."

안도는 마이의 뇌리에 박혀 있는 의문을 곧바로 이해했다. 류지의 사인을 확인하기 위해서가 아니라면 부끄러워서 입에 올리지도 못했을 것이 틀림없다. 사흘 전에 TV에서 방영된 서스펜스 드라마에도 비슷한 장면이 있었다. 남편의 부하와 밀회를 거듭하던 아내가 덫에 걸려서 러브호텔에서 모든 상황을 몰래 카메라로 촬영당하고 협박장과 함께 비디오테이프를 우편으로 받는다. 집에서 아내가 비디오테이프를 기계에 집어넣고 화면을 본다. 화면이 치익 흔들리더니 끊기고 갑작스레 확 삽입된 영상. 젊은 남자와 겹쳐진 알몸, 신음 소리. 그 피사체가 자기라는 것을 확인한 순간 아내는 정신을 잃고 쓰러져 버렸다. 보는 것만으로도 터무니없을 정도로 통속적인 장면이었다.

확실히 비디오테이프 같은 것을 써서 시각과 청각 양쪽을 동시에 자극하면 상당히 충격을 주는 것도 가능하다. 악조건이 겹쳐지면 죽음에 이르지 못할 것도 없다. 하지만, 안도는 류지의 육체를 자세하게 바라보았고, 절단된 관동맥의 조직 표본까지 만들어 본 사람이다.

"아니요. 있을 수 없는 일입니다. 류지는 분명히 좌관동맥에 폐색을 일으켰어요. 우선, 그 다카야마 류지가 비디오를 보고 쇼크로 죽다니 그런 일을 상상이나 할 수 있겠습니까?"

말 뒷부분이 거의 웃음으로 마무리되었다.

"그거야 당연하죠……."

거기 이끌려 마이까지 약하게 웃음을 흘렸다. 서로 류지에 대한 인식은 일치하는 것 같다. 질려 버릴 정도로 강단 있고 패기 넘치는 사내였다. 그런 일만으로는 그 정신과 육체가 상처 입을 리가 없다.

"그런데, 그 아사카와라는 사람 연락처라도 혹시 아시나요?"

"아뇨, 그것까진……."

말을 하다 말고 마이가 입을 손으로 가렸다.

"맞아, M신문사 아사카와 가즈유키……. 분명 선생님이 그렇게 소개해 주셨어요."

"M신문사의 아사카와 가즈유키."

안도는 그 이름을 수첩에 메모하려 했다. M신문사에 물어보면 아사카와라는 남자의 연락처쯤은 바로 알 수 있을 것이다. 그 인물을 만나 이야기를 들을 필요가 없다고는 하기 힘들다.

수첩에 적은 글씨가 보인 듯이 마이는 턱에 손을 대고 작게 "어머." 하고 말했다.

"무슨 일인가요?"

안도가 고개를 들었다.

"가즈유키라니, 그 한자요."

마이가 손가락으로 가리키길래 안도는 다시 한 번 수첩으로 눈을 돌렸다.

M신문사. 아사카와 가즈유키(浅川和行).

수첩에는 그렇게 적혀 있었다. 잠시 바라보다가 알아챘다. 어떻게 아무 의심도 없이 浅川和行라는 한자를 썼을까. 아사카와라고 읽는 성은 浅川, 朝川, 麻川, 이름의 가즈유키도 一幸, 和幸, 和之 등등 많은 한자가 있다. 그런데도 원래 알던 이름처럼 자신 있게 이름을 한자로 쓰다니.

"어떻게 한자도 아세요?"

마이가 눈을 동그랗게 뜨고 물었지만, 안도는 대답할 수 없었다. 무슨 예지력이라도 발동했는지. 가까운 시일 내에 이 남자와 깊이 엮이게 되리라……. 그런 예감이 안도의 가슴속에 차올랐다.

5

거의 1년 반 만에 안도는 식사 반주로 정종을 맛보았다. 아들이 죽은 이래로 술을 입에 댈 기분이 들기는 처음이었다. 아들을 잃은 책임 때문에 좋아하던 술을 끊었다는 말이 아니다. 알코올 기운은 순간적으로 그때 기분을 증폭시키는 작용을 한다. 기쁠 때 마시면 기쁨이 배로 늘어나고, 슬플 때 마시면 슬픔이 크게 팽창한다. 요 1년 반 동안 슬픈 감정이 항상 도사리고 있으니 필연적으로 알코올을 입에 대기가 꺼려졌다. 일단 한 번 마시면 엉망으로 취할 때까지 마실 것 같은 데다, 그렇게 되면 자살 충동을 억제할 수 없을지 몰라 시도할 용기가 나지 않았다.

10월 말에 내리는 비가 계절에 안 맞게 안개처럼 습기가 피어올라 우산 바로 밑, 목 언저리까지 감돌고 있다. 춥지는 않았다. 정종의 아련한 취기가 몸을 따뜻하게 만들어 주었다. 아파트로 돌아가는 길에 안도는 몇 번이나 우산 바깥으로 손을 내밀어 빗

방울을 받으려 했다. 손바닥에 떨어지지는 않고 손 언저리에서 떠도는 비였다.

역에서 집으로 가는 길에 위스키를 한 병 사려고 편의점 앞에서 멈춰 섰다. 근처에 초고층 빌딩 거리의 야경이 가깝게 보였다. 자연의 경치 이상으로 도회지의 야경도 아름답다. 불이 환하게 켜진 청사 건물이 비에 젖어 요사스럽게 빛나고 있었다. 빌딩 맨 꼭대기에 깜빡이는 붉은 불빛은 줄곧 바라보고 있으면 모스 신호처럼 보이기도 한다. 느리게 점멸하는 리듬이 입을 질펀하게 벌리고 있는 우둔한 괴물을 떠오르게도 했다.

아내와 별거한 이래 요요기 공원에 인접한 4층짜리 낡은 아파트에 살고 있다. 이전에 살던 미나미아오야마의 아파트에 비하면 현저하게 격이 떨어진다. 주차장도 없어서 산 지 얼마 되지도 않은 BMW를 처분할 수밖에 없었다. 마치 학창 시절로 되돌아간듯이 초라한 원룸. 생활의 편의 따위는 어디서도 찾아볼 수 없었다. 가구라고 해 봤자 책장과 파이프 침대가 다였다.

집에 들어와서 창문을 열자마자 전화가 울렸다.

"네. 여보세요."

수화기를 들었다.

"나다."

바로 누군지 알았다. 이름을 말하지도 않고 갑자기 이렇게 전화를 거는 놈은 동창이었던 미야시타밖에 없다. 병리학 교실에서 조수를 맡고 있는 녀석이다.

"미안, 연락이 늦었군."

안도가 먼저 사과했다. 전화를 건 이유를 바로 알아차렸기 때문이다.

"오늘 네 연구실에 갔었는데."

"감찰의무원 쪽에 있었어."

"부러운 소리구먼. 직업이 둘이나 되다니."

"무슨 말을 하는 거야, 미래의 교수님 후보께서."

"그런 건 됐고, 너, 후나코시 송별회 초대 답변 아직 안 했지?"

제2내과의 후나코시는 아버지의 은퇴와 함께 고향에 있는 병원을 인수하게 되었는데, 그 송별회의 간사를 자원해서 맡은 사람이 미야시타였다. 장소와 일시는 이미 알려져 있었다. 출석 여부를 빨리 알려 달라고 부탁은 받았지만, 일에 쫓기다 보니 잊고 있던 것이다. 아들의 사고사만 아니었더라면 안도도 송별회를 열어야 할 입장이었을 텐데. 법의학 교실에 들어간 이유도 아주 잠깐 경험을 쌓기 위해서일 뿐이었다. 일단 기초를 충분히 닦고 나서 나중에 임상 방면으로 나가서 아내 친정 병원을 인수하는……. 아주 잠깐의 부주의로 인해 그 청사진이 엉망이 되어 버렸다.

"언제더라? 송별회가."

안도는 수화기를 귀밑에 끼우고 수첩을 뒤적이며 물었다.

"다음 주 금요일이야."

"금요일이구나……."

스케줄을 확인할 것도 없었다. 바로 세 시간 전 마이와 헤어질 때 식사 약속을 잡았기 때문이다. 다음 주 금요일 오후 6시. 어느 쪽을 우선시할지는 명백했다. 10년 만에 젊은 여성과 식사를 하는 약속이 겨우 성사되었는데 백지로 돌릴 수는 없었다. 악몽에서 잠을 깰 수 있을지 없을지, 지금이 갈림길이라고 안도는 믿고 있었다.

"어쩔 거야?"

미야시타가 대답을 재촉했다.

"미안한데 안 되겠어. 선약이 있어서."

"진짜? 또 평소 대던 그 이유는 아니고?"

평소 대던 그 이유……? 무슨 말인지 생각이 나지 않았다. 평소 내가 무슨 이유로 친구들의 술자리 권유를 거절했더라?

"평소 이유?"

"술 못 마신다는 핑계. 말술로 마시던 놈이 무슨 그런 핑계를 대는지."

"아니, 그렇진 않은데."

"싫으면 아무것도 안 마셔도 돼. 술이라고 하고서 우롱차 마시고 좀 어울리면 좋을 텐데."

"그러니까 그게 아니고."

"술 마실 줄 안다는 말이야?"

"뭐, 조금이지."

"좋아하는 여자라도 생겼어?"

뚱뚱한 체형만 보고는 상상도 못 할 만큼, 미야시타의 감은 날카롭다. 안도는 이 녀석 앞에서는 되도록 정직하게 행동하려 했다. 하지만 겨우 두 번 만나는 여성인데, 좋아하니 뭐니 말할 상황인지는 대답하기 곤란했다.

"……"

"후나코시 송별회를 잊어버릴 정도의 여자라는 거구먼."

"……."

"축하해. 사양할 것 없잖아. 그대로 이끌려 가면 되는 거지. 여자 친구와 같이. 환영한다."

"아직 그런 사이가 아니라니깐."

"꽤 진지하구만."

"응."

"뭐, 억지로 그러라는 건 아니지만……."

"미안."

"너 아까부터 뭐가 그렇게 미안하냐? 알았어. 다음에 보자. 그대신, 좋아하는 여자가 생겼다고 다른 사람들에게 소문내고 다닐 거니까 말이야. 각오해 둬."

그렇게 말하며 미야시타가 웃었다. 미워할 수 없는 녀석이었다. 아들의 죽음, 아내와 별거, 애끓는 설움의 나날이었는데 미야시타의 선물 덕에 유일하게 위로를 받았다. "기운 내라." 따위의 무의미한 말은 전혀 꺼내지 않고 "이거라도 읽어."라며 소설 한 권을 건넸다. 미야시타의 문학 취미가 어떤지 처음 알게 되었는데, 책한 권으로 용기를 얻는 일도 있구나 하는 것을 처음 깨달았다. 그것은 어떤 교양 소설이었는데, 심신에 상처를 입은 한 청년이 과거를 극복하고 성장해 가는 과정을 그리고 있었다. 지금도 책꽂이에 소중하게 보관하고 있다.

"그런데……."

안도는 화제를 바꿨다.

"류지의 조직 표본은 뭔가 알아낸 게 있어?"

시체의 병변 부위 검사는 주로 미야시타가 있는 병리학 교실에서 맡아 하고 있다.

"아, 그거."

그렇게 말하며 미야시타는 길게 한숨을 쉬었다.

"왜 그래?"

"그게, 뭐라고 해야 하나. 도통 모르겠군. 너, 세키 교수를 어떻게 생각해?"

세키는 병리학 교수인데, 암세포의 발생 형식에 관한 연구로 이름이 꽤 알려져 있었다.

"어떻게 생각하냐니, 무슨……."

"그 영감님, 갑자기 묘한 소릴 내뱉더라고."

"뭐라고 하는데?"

"관동맥의 폐색이 아니라더라. 세키 영감님이 문제라며 짚었던 부분이 말이야. 류지의 인두부에 궤양이 발생한 것은 너도 알지?"

"응, 당연하지."

그리 큰 궤양은 아니었지만 확실히 기억하고 있다. 해부 중에 무심코 지나칠 뻔했는데 조수가 지적해 주어 해부 뒤 블록형으로 채취했었다.

"육안으로 슬쩍 본 게 다인데, 세키 영감님이 그 궤양 부분을 보고서 뭐 같다고 했는지 알아?"

"적당히 해라, 그렇게 떠보는 식으로 말하는 것 좀."

"알았어, 알았어. 말할게. 천연두 환자의 궤양과 비슷하다던데?"

"천연두?"

안도는 너무 뜻밖이라 괴상한 소리를 냈다.

천연두(두창)는 백신이 개발되었고 박멸 계획으로 인해 지구상에서 근절되었다. 1977년 소말리아에서 보고된 환자 이래로 전 세계에서 그 발생이 보고된 적이 없으며, 1979년에는 WHO에서 근절되었다는 보고가 발표되었다. 천연두는 사람에게만 감염된다. 그러므로 환자 발생이 없다는 사실은 곧 천연두 바이러스가 존재하지 않는다는 것을 의미한다. 현존하는 마지막 천연두 바이러스는 액체질소 안에 냉동 보존되어 러시아 수도 모스크바와 미국 조지아 주 애틀랜타에 있는 연구시설에서 잠들어 있다. 그러니 만약 현재 세계 어딘가에 천연두가 발생했다고 한다면, 어딘가의 연구 시설에서 유출되었다고 생각할 수밖에 없지만 엄중한 감시 아래 있을 테니 그럴 가능성은 없었다.

"놀랐지?"

"뭔가 잘못되었겠지."

"그렇겠지. 그래도 그 세키 영감님이 그렇게 말씀하신 거니까. 흘려들으면 안 될 것 같아."

"결과는 언제 나와?"

"한 주가량 지나면……. 만약 병소 부분에서 진성 천연두 바이러스가 발견되기라도 하면, 이거 참. 너 큰일 나겠다."

미야시타는 자못 재미있다는 듯이 웃었다. 믿지 않는 것일까. 그 역시도 무언가 착오가 있을 거라고 확신하고 있다. 현실감이 느껴지지 않는 것도 무리는 아니었다. 이쯤 되는 나이에서는 실제 천연두 환자를 진찰할 기회도 없었으며, 바이러스 관련 전문 서적에서 끌어 모은 지식밖에는 실마리가 없었다. 안도는 책에서 천연두의 발진으로 몸이 엉망인 어린아이의 사진을 본 적이 있다. 작은 콩알만 한 발진으로 온몸이 무참하게 뒤덮여서 텅 빈 눈을 카메라로 향하고 있는 불쌍한 어린아이. 천연두의 표면적인 특색은 전신을 뒤덮은 발진밖에 없다. 발진은 확실히 감염 후 7일 정도 지나면 최대로 퍼진다, 그렇게 안도는 기억하고 있었다.

"일단, 류지의 피부에는 발진이 없었어."

한눈에 확연했다. 류지의 피부는 무영등 아래에서 광택을 발하고 있었다.

"나야말로 이런 바보 같은 소리를 하고 싶겠냐. 그렇지만 천연두 바이러스는 강한 혈관 장애를 일으켜 사망률이 100프로에 가깝다는 사실은 너도 알고 있지?"

안도는 고개를 작게 저었다.

"아니."

"있다고, 그게."

"설마, 류지 관동맥 폐색이 그 때문에 일어났다고 하는 거야?"

"나라고 이렇게 말하는 게 좋은 줄 아냐. 그렇지만 말이야, 관동맥 내부에 생겨 있던 그 육종, 그건 대체 뭐겠냐? 너도 봤지? 현미경으로."

"······."

"어떻게 그런 게 생기지?"

"······."

"너, 종두 접종 제대로 받았었지?"

미야시타는 재미있게 웃었다.

"웃지 마. 만약 그럼 어떻게 해야 하나."

"농담은 됐고, 지금 갑자기 떠오른 게 있는데······."

"뭔데?"

"천연두 건은 논외로 치고, 만약 혈관 내부에 생긴 육종이 무슨 바이러스에 의해 발생된 것이라면 당연히 같은 증상으로 죽은 사람이 이 말고도 있겠지."

미야시타가 수화기 건너에서 신음했다. 가능성을 어림잡고 있는 것이다.

"있을 수 없는 일은 아니군."

"시간이 있거든 다른 대학에 물어봐 줘. 네 인맥이면 쉬운 일이겠네."

"알았어. 같은 증상으로 죽은 사람이 또 있는지 찾아보면 되겠군. 혹시 증후군이라도 발견되면 꽤 일이 커지겠지만."

"괜찮아. 기우로 끝날 텐데, 뭐."

그 후 가볍게 인사를 나누고 두 사람은 동시에 수화기를 내려놓았다.

열어 둔 창에서 습한 밤공기가 스며들어 왔다. 닫으려고 발코니에 무심코 얼굴을 내밀었다. 비는 이제 그쳤나 보다. 바로 아래 찻길에 일정 간격으로 가로등이 늘어서서 타이어 자국만이 말라붙은 두 그루의 줄기가 되어 뻗어 있는 것이 보였다. 헤드라이트가 수도 고속 4호선을 흘러갔다. 혼연일치가 된 도시의 소음은 수분을 듬뿍 머금고 무딘 소용돌이가 되어 술렁이고 있었다. 창을 닫으니 소리가 탁 끊겼다.

안도는 책장에서 의학 사전을 꺼내들고 항목을 더듬었다. 천연두 바이러스에 관해 안도의 지식은 빈약했다. 바이러스에 특별하게 흥미가 없으면 연구 대상으로서 의미가 없는 분야였다. 일반적으로 천연두 바이러스라고 불리는 것은 폭스 바이러스

(POXVIRUS)과의 진성 두창 바이러스(ORTHOPOXVIRUS)속(屬)에 속하는 대두창(VARIOLA MAJOR)과 소두창(VARIOLA MINOR)이 있다. 대두창의 사망률은 30~40퍼센트, 소두창은 5퍼센트 이하, 이 이외에 원숭이, 토끼, 소, 쥐 등을 통해 감염되는 폭스 바이러스는 현존하고 있지만, 일본에서 감염 사례는 거의 없으며, 또한 있다 하더라도 국소 부위에만 두창이 발생하는 것이 고작이라 위험하지는 않았다.

안도는 의학사전을 덮었다. 정말 멍청하다는 생각이 들었다. 육안으로 판단한 데다, 세키 교수가 단언을 한 것도 아니었다. 병변 부위의 증상이 천연두와 비슷하다고 말한 것에 지나지 않았다. 속으로 몇 번이나 부정했다. 한데 왜 이렇게 정색하고 부정해야만 하나. 이유는 간단했다. 만약 류지 몸에서 어떠한 바이러스가 발견되었을 경우 다카노 마이에게 감염되었을까 봐 신경이 쓰였기 때문이다. 류지 생전에 두 사람은 친밀한 관계였다. 예를 들면 천연두 바이러스 경우에는 구강 내 점막에서 병소가 궤양이 되고 바이러스를 방출한다. 따라서, 타액이 강한 감염력을 갖게 된다. 안도는 마이와 류지가 입술을 맞추는 장면을 상상하다가 황망하게 고개를 흔들었다.

위스키를 잔에 따라 스트레이트로 단숨에 마셨다. 1년 반 만에 마시는 알코올은 신체에 강력하게 작용했다. 알코올이 목구멍을 태우고 위에 스며드는 것과 동시에, 허탈감이 찾아왔다. 뇌의 일부만을 각성시키고 사지는 나른하게 늘어뜨렸다. 안도는 파이프 침대에 등을 걸쳐서 두리뭉실하게 얼룩이 떠 있는 천장을 올려다보았다.

아들이 물에 빠지기 전날 꾸었던 바다의 꿈은 사실 예지몽이었다고 지금은 확신하고 있다. 운명을 먼저 알고 있었는데도 막을 수가 없었다. 그 후회는 안도를 어느 정도 신중하게 만들었다.

지금 이 순간, 확실한 예감이 들었다. 해부 후 류지의 배에서 튀어나온 신문지 조각, 거기 적힌 수열이 RING이라는 단어로 치환할 수 있는 것이 단순하게 우연일까? 안도로서는 도저히 우연이라고 생각할 수 없었다. 류지가 뭔가를 알리려 하고 있는 것이다. 그의 언어, 그만이 다룰 수 있는 매체를 통해서……. 류지의 몸은 거의 다 재가 되었지만 일부는 조직 표본이 되어 존재하고 있다. 따로따로 떨어진 부품이 되어서도 아직 말을 하려 하는 것처럼 느껴졌다. 그가 살아 있는 것처럼 느껴지는 이유가 그것이다. 육체는 재가 되어도 류지는 언어와 커뮤니케이션 수단을 잃지 않았다.

만취 일보 직전에 안도는 그런 황당무계한 공상을 즐기고 있었다. 진심도 농담도 아닌 망상이 하나씩 차례로 새로운 이야기를 만들어 갔다.

'멍청하긴.'

이성이 문득 고개를 든 순간 침대에 머리만 기대서 대자로 몸을 펴 놓고 있는 자신을 유체 이탈한 영혼의 시선으로 바라보는 기분이 들었다. 그 모습은 본 기억이 있다. 최근에 어쩌다 어디서 봤더라. 강렬한 잠기운에 뒤덮여 있다가 생각해 냈다. 폴라로이드 사진으로 보았던 류지가 죽었던 순간의 모습. 똑같은 모습이다. 침대에 머리를 얹고 대자로 팔다리를 쭉 뻗고 있는 모습. 잠기운을 떨치고 일어나서 침대에 파묻혀 이불을 덮었다. 본격적으로 잠에 빠져들 때까지 그의 몸은 계속 떨리고 있었다.

6

안도는 감찰의무원에서 두 건의 해부를 끝낸 후 뒤처리를 동료에게 맡기고 대학으로 되돌아갔다. 미야시타에게 연락을 받았는데, 류지의 사인에 대한 진전이 있는 기색이었기에 일도 손에 안 잡히고 계속 신경이 쓰였다. 안도는 계단을 한달음에 뛰어 올라 전철역에서 지상으로 나왔다.

부속 병원 현관문을 들어가서 구 병동 쪽 복도를 걸었다. 현관문 쪽에 있는 신관은 아직 지은 지 2년밖에 되지 않았다. 모든 것이 근대화된 17층짜리 고층 건물은 단지처럼 밀집되어 있었고 구관이 여러 채 복도와 계단끼리 복잡하게 연결되어 있다. 마치 미로 같았다. 처음 온 사람치고 길을 잃지 않았던 사람이 없다. 신구가 결합되어 진보됨에 따라 복도의 색, 폭, 삐걱거리는 상태, 냄새까지 변화하고 있다. 경계가 되는 철제문에 서서 신관 쪽으로 뒤돌아 넓은 복도를 바라보니 원근감에 이상이 생겨 미래를 바라보는 것 같은 감각에 사로잡혀 버렸다.

병리학 연구실 문틈으로 둥근 의자에 걸터앉은 미야시타의 등이 보였다. 실험 기구 쪽을 향하고 앉아 있는 게 아니라 가운데 테이블에서 문서라도 조사하는 중인가 보다. 펴져 있는 책에 얼굴을 푹 파묻고 열심히 페이지를 넘기고 있다. 안도는 등 뒤로 다가가서 지방이 듬뿍 붙은 어깨를 가볍게 두드렸다.

미야시타가 뒤돌아보더니 안경을 벗고 읽던 책을 엎어 놓았다. 책등에 써 있는 제목은『점성술 입문』. 맥이 빠졌다.

미야시타는 의자를 회전시켜서 안도 쪽으로 고쳐 앉았더니 진지하게 물었다.

"근데 너 생일이 언제냐."

안도는 그에 대답하지 않고『점성술 입문』을 집어 들어 페이지를 팔락팔락 넘겨 보았다.

"별점이냐……. 여고생도 아니고."

"이게 꽤 맞는다고. 봐, 생년월일, 말해 봐."

"그딴 것보다, 너……."

안도는 탁자 아래에서 둥근 의자를 하나 당겨 앉았다. 앉는 방식이 거칠었는지, 탁자 끝에 놓여 있던『점성술 입문』이 소리를 내며 바닥에 떨어졌다.

"야, 야, 진정해."

미야시타는 고생하며 몸을 굽혀서 책을 주워들었다. 하지만 안도로서야 책 따위는 안중에도 없었다.

"바이러스라도 발견된 거야?"

안도가 채근하니 미야시타가 고개를 가로저었다.

"행정해부나 사법해부 수속이 잡혀 있는 시체 중에 류지와 같은 증상으로 사망한 건이 있는지 다른 관할 법의학 교실에 물어봤는데, 그 결과를 다 모았어."

"그래서, 있었어? 사인이 같은 시체가?"

"있었어! 그게 말이지. 내가 확인한 것만 해도 다 합해서 여섯 구야."

"여섯 구……."

여섯이라는 숫자가 많은지 적은지는 아직 뭐라고 판단하기 어려웠다.

"저쪽도 놀라더라고. 이런 기묘한 시체를 해부한 사람이 자기 밖에 없다고 생각하고 있었나 봐."

"어디 대학인데? 해부한 곳이."

미야시타는 탁자에 배를 푹 박는 것처럼 엎드려 어지럽게 놓인 파일에 손을 뻗었다.

"S대학에서 두 구, T대학에서 한 구, 요코하마 Y대학에서 세 구. 합이 여섯 구야. 아직 더 나올 가능성도 충분하고."

"좀 보여 줘."

안도는 미야시타의 손에서 파일을 받아들었다.

오늘 오전 중에 팩스로 서류 교환이 끝났다. 시체 검안서나 해부 보고서 등의 서류는 일단 복사해서 팩스를 보내는 터라 모두 인쇄가 선명하지 않아서 읽기 쉽지 않았다. 안도는 사본을 파일에서 꺼내 필요한 사항을 골라 읽었다.

우선 T대학에서 해부된 시체. 이름은 이와타 슈이치, 19세. 올해 9월 5일 오후 11시 전후에 50시시 바이크를 운전하다 시나가와 역 앞 교차로에서 넘어져 사망. 해부 결과 심장을 감싼 관동맥이 원인 불명의 종양에 의해 폐색되어 심근경색을 일으킨 것으로 판명.

Y대학에서 해부된 세 구 중에 두 구는 어린 연인인 데다가 동시에 죽었다. 노미 다케히코, 19세. 쓰지 요코 17세. 앞선 경우처럼 9월 6일이 채 되기 전에 사망. 가나가와 현 요코스카 시 오쿠스야

마 산의 산기슭에 주차된 렌터카 안에서 시체를 발견. 발견 당시, 쓰지 요코의 팬티가 발목까지 내려와 있었고 노미 다케히코의 청바지와 브리프도 무릎까지 내려가 있었다. 심야에 차를 풀숲에 세우고 카섹스를 하려다가 두 사람의 심장이 동시에 정지한 것이다. 역시 해부 결과, 혈관 안에 발생된 종양에 의한 관동맥 폐색이 발견되었다.

안도는 "뭐 이런 말도 안 되는⋯⋯." 하고 혼잣말하며 천장을 올려다보았다.

"차 안에 젊은 커플 말이야?"

미야시타가 물었다.

"그래. 같은 장소에서 동시에 이 두 사람이 심근경색을 일으켰다는 거잖아. 게다가 T대학에서 해부된 이와타 슈이치도 포함하면 네 사람이 거의 동시에 관동맥 폐색을 일으켰다니. 이게 대체 어떻게 된 거야."

"게다가 같은 증상이야. 그다음에 나온 가족도 봤어?"

안도가 천장을 향했던 고개를 내렸다.

"아니, 아직."

"봐 봐, 류지와 똑같이 인두부에 종양이 생겼어."

서둘러 다음 파일을 펼쳤다. S대학에서 해부된 모녀의 시체, 엄마 아사카와 시즈카, 30세. 딸 요코, 한 살 6개월.

안도는 그 이름을 접하고 묘한 끌림을 느꼈다. 손을 멈추고 잠시 생각에 잠겨들었다.

'뭐지? 뭔가 석연치 않아.'

"왜 그래?"

미야시타가 안도의 표정을 살피며 물었다.

"아니, 아무것도 아냐."

파일을 계속 읽었다.

올해 10월 21일 정오쯤에 수도 고속도로 만안선의 오이 교차로 부근에서 아사카와 시즈카와 요코 모녀는 남편이 운전하는 승용차에 타고 있었는데 사고가 있었다. 우라야스 시 방면에서 오이 방면으로 가려고 도쿄 항 터널 입구 근처에서 차가 막힌 적이 있는데, 모녀가 탄 승용차에 교차로 입구에서 나가기 위해 서 있는 차량 행렬 맨 뒤쪽에 있던 경트럭이 추돌한 것이었다. 차가 대파되어서, 뒷좌석에 포개져 앉아 있던 엄마와 딸이 목숨을 잃고 운전하던 남편은 중상을 입었다.

"왜 이게 사법해부에 회부된 건데?"

안도가 초조하게 물었다. 확실히 교통사고로 사망한 사람을 사법해부하는 경우는 거의 없다. 검사의 입회하에 사법해부를 하는 경우는 범죄와 관련이 있다고 보일 때뿐이다.

"그렇게 재촉하지 말고 그다음도 훑어봐."

"이제 팩스 하나 새로 사는 게 어때? 시대에 뒤처지는 것도 정도가 있어야지. 눈에 안 들어와서 머리까지 아프다."

안도는 바로 둥글게 말린 팩스 용지를 미야시타의 눈앞에서 흔들어 보였다. 인쇄가 선명하지 않아서 파일을 읽기 힘들었다. 빨리 다음 내용을 알고 싶어서 근질거리는 참인데 사건의 내용이 쉽게 머리에 들어오지 않아서 화가 났다.

"참을성 없는 자식."

그렇게 운을 떼며 미야시타가 설명을 시작했다.

"처음에는 추돌 사고에 의한 사망이라고 생각되었던 것이 확실해. 한데 조사하다 보니 치명상이라 생각되는 상처가 없었어. 차야 대파되었다지만, 엄마랑 딸은 뒷좌석에 있었으니 다들 의혹을 가졌겠지. 모녀의 시신을 면밀하게 검시했더니, 명백하게 사고에 의해서 생긴 타박상이나 열상은 엄마와 딸의 이마나 얼굴, 다리 등에 발견되었어. 하지만 상처에는 생체 반응이 없었다……는 내용이야. 이제 여기부턴 네 영역이지?"

시체의 상처를 보고 그것이 살아 있을 때 입은 건지 사후에 생긴 건지 하는 내용은 생체 반응의 유무로 곧바로 알 수 있다. 엄마와 딸의 상처에는 생체 반응이 없었다. 그렇다면 결론은 하나밖에 없다. 사고가 일어났을 때, 이미 엄마와 딸은 이미 사망했다는 말이다.

"운전 중이던 남편은 차로 아내와 딸의 시체를 옮기고 있었다는 말인가."

미야시타는 말없이 두 손을 들었다.

"……그렇다네."

그렇게 되면 당연히 사법해부 쪽으로 수속이 잡힌다. 아마도 가장 그럴듯한 추측은 이런 것일 것이다. 동반 자살을 하려던 남편이 아내와 딸의 목을 졸라 살해하고 자신이 죽을 장소를 향해 이동하던 중에 사고가 났다……. 하지만 해부 결과, 남편의 혐의는 풀렸다. 이 엄마와 딸의 관동맥도 다른 사례와 똑같이 폐색 증상을 일으켰기 때문이다. 타살일 리가 없다. 차로 수도 고속도로를 신나게 달리고 있는 동안, 아내와 딸이 심근경색으로 사망했으며 그 직후에 사고를 냈다는 말이 된다.

그 부분에 초점을 맞추면, 어째서 남편이 운전을 잘못했는지 쉽게 상상되었다. 처음에 그는 자기 아내와 딸이 숨을 거둔 사실을 깨닫지 못했던 것이다. 만약 아내와 딸이 잠들듯이 숨을 거두었다고 하면 어떨까. 남편은 운전하면서 뒷좌석에서 아내와 딸이 자고 있다고만 생각했을 것이다. 아까부터 계속 두 사람의 몸이 천천히 수그러들었다. 남편은 아내를 일으키려고, 핸들을 잡은 채로 뒷좌석으로 왼손을 뻗어 몸을 흔들었다. 일어나지 않았다. 한 번 더, 전방을 확인하고 나서 아내의 무릎 근처에 손을 뻗는다. 그렇게 어쩌다 아내와 아이의 몸에 이변이 생긴 것을 알아차렸다. 그리고 공황 상태에 빠져서 길이 막혀 앞차가 멈춰서 있다는 사실도 모른 채 앞을 향해야 할 시선을 아내와 아이가 있는 쪽으로 돌렸다.

정확하진 않더라도 대충 그렇게 되었으리라. 아들을 잃어 본 경험이 있는 안도로서는, 운전을 하던 남편을 덮친 감정의 크기를 아주 잘 이해할 수 있었다. 자신도 그랬다. 그 공황 상태만 극복할 수 있었다면 그 사랑스러운 존재를 잃게 내버려 뒀을 리가 없다. 하지만 이 남자의 경우에는 침착했다 하더라도 상황은 별로 변하지 않았을 것이다. 아내와 아이가 이미 죽었으니까.

"그래서, 운전하던 남편은 어떻게 되었어?"

안도는 바로 2주 전에 식구를 잃은 남자의 앞날에 동정을 금할 수 없었다.

"당연히 입원 중이야."

"상처 정도는?"

"몸은 그렇게 대단한 부상도 아니야. 마음 쪽이 훨씬 문제가 되겠지."

"정신이 문제인가……."

"그래. 식구들 시체와 함께 옮겨지고 난 뒤로 쭉 혼미상태가 이어지고 있다는군."

혼미상태란 정신 운동이 정지한 채로 작용하지 않는 상태를 말한다. 의식은 있지만 식사나 배뇨에도 지장을 초래하는 경우가 많다.

"불쌍하게도……."

달리 할 말이 없었다. 정신적인 충격이 너무 크다는 상태를 충분히 설명하고 있다. 한순간에 아내와 딸을 잃은 충격을 뇌가 받아들일 수 없는 것이다. 그 큰 충격을 보면 이 남자는 분명 아내와 딸을 깊이 사랑하고 있었으리라.

미야시타의 손에서 팩스를 빼앗아 손가락에 침을 묻혀 가며 얇은 용지를 넘겼다. 남편이 입원한 병원을 알고 싶어서였다. 증상에도 흥미가 있었고 아는 의사가 있는 병원이라면 사정을 자세히 들을 수 있을지도 모른다.

맨 처음 눈에 비친 글씨는 그의 이름이었다.

'아사카와 가즈유키.'

"뭐라고?"

놀란 나머지, 바로 신음이 터져 나왔다. 아사카와 가즈유키. 이틀 전 수첩에 적었던 이름이었다. 류지가 죽은 다음 날 밤, 마침 아파트에 남아 있던 마이에게 비디오테이프에 대해서 아는 것이 없냐는 엉뚱한 질문을 퍼부은 남자 아닌가.

"아는 사람이야?"

하품 섞인 목소리로 미야시타가 물었다.

"류지의……."

"류지?"

"운전하던 아사카와 가즈유키라는 남자는 류지의 친구야."

"어떻게 알았어?"

안도는 간략하게 설명했다. 다카노 마이라는 여성이 장례식장을 빠져 나가 류지의 집에서 논문 정리를 하고 있는 동안에 아사카와 가즈유키라고 하는 남자가 나타났다는 내용을.

"이거 큰일이군."

안도가 무엇을 큰일이라고 느꼈는지 구태여 설명할 필요도 없다. 류지를 포함한 일곱 명이 같은 증상으로 죽었다. 9월 5일에 네 명, 10월 19일에 한 명, 10월 21일에 두 명. 오구스야마에서 두 사람이 동시에, 미나미 오이 교차로 출구에서 교통사고를 당한 일가조차 거의 동시에 어머니와 딸이 죽은 데다 그 남편이 류지의 친구였다. 조금이라도 연관이 있는 사람들이 모두 육종에 의한 관동맥 폐색이라는, 지금까지 본 적 없는 증상으로 죽었다. 당연히 대두되는 문제는 이 새로운 병이 전염되는 병이라는 가능성이다. 희생자의 범위가 한정되어 있다는 사실을 보면 공기 감염이라고 생각되지는 않았다. 에이즈처럼 매우 감염되기 어려운 '전염병'일 가능성이 높다는 말이다.

안도는 다카노 마이의 몸이 걱정되었다. 류지와 육체적인 접촉이 있었다고 생각하는 편이 당연히 옳을 것이다. 그녀에게 뭐라고 설명할지 생각하면 마음이 무거워졌다. 지금은 아직 무엇인가 좋지 않은 것이 다가오고 있다고밖에 말할 수 없다. 그렇게 애매모

호한 표현으로 마이가 경고를 들을까?

'S대학에 가 보자.'

손에 든 파일에 기재된 내용만으로는 정보량이 부족했다. 아사카와의 아내와 딸을 해부했던 집도의에게서 직접 이야기를 듣는데 시간을 끌 필요는 없다. 안도는 미야시타에게 양해를 구한 뒤, S대학에 방문 약속을 잡기 위해 수화기를 들었다.

7

연휴가 끝난 월요일, 안도는 오타 구에 있는 S대학 의학부를 방문했다. 미야시타의 연구실에 있다가 S대에 전화를 걸어 금방이라도 찾아가고 싶다며 안달이 나서 이야기했는데, 상대방은 동요하지도 않고 침착한 어조로 연휴가 끝난 월요일이라면 시간이 된다고 대답했다. 살인 사건 같은 일에 관련된 긴급한 문제가 아니었다. 호기심으로 움직이는 처지이니 상대의 형편에 맞출 수밖에 없었다.

안도는 법의학 교실 문을 노크하고 그 자리에서 잠깐 기다렸다. 안에서는 아무 소리도 들리지 않았다. 손목시계를 보니 약속 시간인 1시까지 10분 정도 여유가 있었다. 법의학 교실은 외과나 내과가 있는 의국(醫局)과 달리, 스태프 수가 현저하게 적다. 점심 식사를 하기 위해 서너 명쯤 있었던 스태프가 모두 다 나갔을 것이다.

어떻게 할까 하고 그 자리에 내내 서 있던 안도에게 마침 누가 뒤에서 말을 걸었다.

"무슨 볼일 있으신가요?"

뒤돌아보니 테 없는 안경을 쓴 몸집이 작은 청년이 서 있었다. 법의학 교실의 강사치고 너무 젊어 보였지만, 약간 높은 목소리가 귀에 익었다. 안도가 명함을 꺼내면서 이름을 알리며 내방 목적을 전했다. 상대도 또한 "처음 뵙겠습니다."라며 명함을 내밀었다. 생각대로 금요일에 전화로 이야기했던 사람이었다. 명함에는 S대학 법의학 교실 강사 직함이 적혀 있었다. 이름은 구라하시 가즈요시. 현재 직함을 보면 아마 안도와 동년배겠지만 20대 전반이라고 해도 될 정도로 젊어 보였다. 학생 같은 외양을 감추기 위해서인지 당당한 기색으로 말하는 모습을 보니 침착성과 위엄이 과장된 느낌이 들었다.

"일단 들어오세요."

구라하시가 정중히 교실로 안내했다.

팩스로 받았던 정보는 대강 읽어 봐서 알고 있다. 이번 방문의 목적은 그 정보 이상을 알아보기 위해서이기도 하고 집도의에게 직접 이야기를 듣기 위해서이기도 하다.

안도와 구라하시는 잡담을 나누며 해부한 시체에 대한 소견을 주고받았다. 관동맥 내의 육종에 의한 심근경색이라는, 지금까지 없었던 사인에 대해 구라하시도 꽤 놀라워하는 모습이었다. 이야기가 진행됨에 따라 냉정한 어조도 역시 흐트러졌다.

"한 가지 봐주셨으면 하는 것이 있습니다."

구라하시는 일어서더니 관동맥이 폐색된 부분의 조직 표본을 꺼내 왔다.

안도는 한 번 육안으로 살펴본 뒤 현미경으로 세포를 관찰했다. 보자마자 한눈에 세포에 다카야마 류지와 똑같은 변화가 생기고 있다는 것을 알았다. 헤마톡실린-에오신 염색(hematoxylin-eosin stain, 병리학에서 쓰이는 기본 염색 — 옮긴이)이 된 세포는 세포질은 빨강, 핵 부분은 파랑으로 구별된다. 정상적인 부분과 비교해서 병변부의 세포는 형태가 비뚤어져서 핵 부분이 커져 있다. 따라서 정상적인 세포가 전체적으로 붉어 보인다고 하면, 비정상인 세포는 푸르스름하게 보이게 된다. 지금 안도의 눈에는 파란색 위에 아메바 모양으로 붉은 반점이 떠올라 퍼지고 있었다. 이 변화를 초래한 것이 무엇인지 그 범인을 지금부터 찾아내야만 한다. 육체의 손상을 보고 흉기나 범인을 색출해 내는 작업 이상으로 곤란한 일이 되리라는 것은 확실했다.

안도는 현미경에서 눈을 올려 심호흡을 한 번 했다. 계속 보고 있자니 왠지 모르게 가슴이 답답해졌다.

"그런데 이것은 누구 세포입니까?"

미야시타가 보여 준 파일에 의하면, 이 대학에서 해부된 시체는 아사카와 가즈유키의 아내와 딸일 것이다.

"부인 쪽 세포입니다."

벽면에 늘어선 선반 앞에 서서 아까 꺼냈던 파일을 원래대로 꽂아 넣고 있던 구라하시가 얼굴을 슬쩍 옆으로 돌리며 말했다. 찾고 있는 것이 좀처럼 발견되지 않는 것인지 끊임없이 고개를 갸우뚱거리고 있었다.

안도는 다시 한 번 현미경으로 눈을 되돌렸다. 마이크로의 세계가 눈앞으로 다가왔다.

'아사카와 가즈유키의 아내의 세포인가, 이것이.'

세포의 주인을 알고서 그 개체에 발생한 이변을 가능한 한 구체적으로 상상하려 했다. 아사카와 가즈유키가 운전하는 승용차가 수도 고속 만안선의 오이 교차로 부근 추돌 사고를 낸 것은, 지난 달 10월 21일 일요일 정오 무렵의 일이다. 해부 결과, 아내와 딸이 사망한 시각은 그보다 한 시간 전이라고 확인되었다. 즉 오전 11시에 어머니와 딸이 동시에 목숨을 잃었으며 완전히 같은 증상이었다. 그 점을 아무래도 해명할 수 없었다.

신체 안에 있고, 관동맥의 일부라고도 할 수 있던 육종이란 그저 작은 부분에 지나지 않는다. 그것이 동맥을 폐색시킬 정도로 성장해서 심장 기능을 정지시켰다. 두 생명을 동시에 빼앗았다는 사실에서 짐작해 보면 이 육종이 천천히 시간을 들여 성장했다고는 생각되지 않았다. 같은 시기에 특정 종류의 바이러스에 감염되었다고 해도, 잠복기를 거쳐 증상이 발현되어 죽음에 이를 때까지 수개월 걸린다고 하면 동시에 사망할 리가 없다. 인간에게는 개인차가 있다. 특히, 30세 가깝게 나이 차가 나는 어머니와 딸 사이에는 연령에 의한 차이가 나타나는 것이 당연했다. 그렇지 않으면 우연의 일치인가……. 아니, 그럴 리가 없다. 안도는 기억하고 있다. Y대학에서 해부된 젊은 남녀도 동시에 사망했던 것으로 확인되었다. 우연이 아니라 하면 감염되고 나서 죽음에 이를 때까지의 시간이 지극히 짧다고 간주할 수밖에 없다.

아무래도 바이러스로 설명이 전부 끝나지는 않았다. 일단 바이러스설을 머릿속에서 지우고 식중독과 같은 병을 상상했다. 식중독이라면 같은 식사를 받은 사람이 거의 동시에 같은 증상에 빠지는 경우가 많다. 식중독이라는 하나의 병명이라 해도 자연독, 화학독, 세균성 식중독 등으로 원인은 다양하다. 그러나 관동맥에 육종을 만드는 독이 존재한다는 것은 여태까지 들어 본 적조차 없다. 어쩌면 어딘가의 연구실에서 극비로 연구되던 세균이 사고로 변이되어 빠져나왔다든가…….

안도는 다시 고개를 들었다. 어떤 가능성도 공상의 영역을 벗어나지 않았고, 추측이 헛수고로 끝나리라는 것도 이미 알고 있다.

구라하시가 파일을 들고 안도가 앉아 있는 탁자로 와서 옆에 있는 의자를 당겼다. 그리고 안에 있던 수십 장의 사진을 꺼냈다. 사고 현장의 사진이다.

"사망 당시의 상황입니다만, 무슨 참고가 될지는."

사고의 상황 사진을 보더라도 성과를 기대할 수는 없을 것 같았다. 문제는 세포 레벨의 세계에서 생긴 이변이며, 운전자의 부주의로 추돌 사고가 발생한 현장 상황이 해결의 실마리가 될 리는 없다고 안도는 믿고 있었다. 하지만 모처럼 내민 사진을 냉담하게 내칠 수도 없으니 형식적으로 한 장씩 손에 들었다.

맨 첫 사진에는 크게 파손된 차량이 찍혀 있었다. 보닛이 산처럼 솟아올라 있고 범퍼, 헤드라이트 할 것 없이 산산이 부셔졌다. 앞 유리도 가루가 되었지만 센터 필러는 찌그러지지 않아서, 파손이라고 해도 충격은 뒷좌석에까지 미치지는 않았다고 상상할 수 있었다.

다음은 도로 상황이 나온 사진이었다. 마른 길에 브레이크를 밟은 자취가 없는 것을 보니 아사카와 가즈유키가 딴 곳을 보며 운전을 했을 가능성이 있다는 것을 알 수 있었다. 어디를 보고 있었는지…… 아마 뒷좌석을 돌아보고 차게 식은 아내와 딸의 몸을 만지고 있었으리라. 3일 전, 미야시타의 교실에서 상상했던 모습이 다시 떠올랐다.

안도는 이어서 두 장, 세 장 넘기며 트럼프 카드라도 되는 듯이 사진을 탁자 위에 툭툭 던졌다. 딱히 주의를 끄는 사진이 없어서 그랬는데, 문득 손이 어느 한 장의 앞에서 멈추었다. 파손된 차의 내부를 찍은 사진이었다. 운전석 쪽 창문에 카메라 위치를 두고서 앞부분만 찍혀 있었다. 운전석에는 안전벨트가 축 늘어져 있었고, 조수석은 앞으로 접혀 있었다. 그 사진을 주시했다. 왜 이 사진이 흥미를 끄는지, 그 순간은 이유를 알 수 없었다.

책장을 그냥 넘기다가 똑같은 느낌을 받았던 적이 몇 번 있었다. 어떤 단어가 뇌리에 박혔는데, 문득 페이지를 넘기던 손을 멈췄다가 도무지 무슨 단어였는지 생각이 안 날 때 말이다. 안도의 손이 땀으로 흥건했다. 직감이다. 이 사진이 명백하게 무언가를 알리려 하고 있었다. 코가 닿을 듯이 사진을 바싹 가져다대고 구석구석 몇 번이나 살폈다. 이윽고 한 점에 시선이 집중되었다. 그렇게 결국 숨겨진 의미를 발견했다.

넘어간 조수석 등받이 아래에 앞부분 일부와 옆면만 드러난 검은 물체가 끼워져 있고, 좌석 발치에도 똑같은 검고 평평한 물체가 머리 받침대에 눌려 있었다. 갑자기 안도가 더듬거리며 구라하시를 불렀다.

"자, 잠시만요. 이게 뭐죠?"

안도가 구라하시에게 사진을 내밀며, 그 자리를 손으로 짚어 보였다. 구라하시가 안경을 들어 눈에 가져다대더니, 말없이 고개를 갸웃거렸다. 그 물체의 정체를 몰라서 그러는 것이 아니다. 왜 이런 물건에 흥미를 가졌는지 안도의 의도를 추측하느라 그런 것 이었다.

"이것을 왜……?"

사진에서 눈을 떼지 않고 천천히, 구라하시가 중얼거렸다.

"비디오 본체처럼 보이는데요, 저는요."

안도가 구라하시에게 동의를 구했다.

"비디오 같네요."

구라하시가 물건의 정체를 확인함과 동시에 사진을 안도에게 되밀었다. 옆면 검고 긴 모양만 보면 조수석에 눌린 과자상자로도 보이지 않는 것도 아니었다. 하지만 잘 관찰하면 앞부분 오른쪽 끝에 둥글고 검은 손잡이 같은 것이 보였다. 비디오 플레이어나 튜너, 아니면 앰프 종류처럼 보였다. 그럼에도 안도는 비디오 플레이어라고 이미 단정하고 있었다. 또 하나의 머리받침에 눌려 있는 물체는 포터블 컴퓨터나 워드프로세서처럼도 보였다. 아사카와의 직업을 생각하면 항상 워드프로세서를 휴대하고 다닌다 해도 이상한 일은 아니었다. 하지만 비디오 플레이어라면 이야기가 달라진다.

"왜 이런 곳에 비디오가?"

비디오 플레이어라고 단정 짓는 이유는 다카노 마이에게서 들은 이야기가 머릿속에 남아 있었기 때문이다. 류지가 죽은 다음 날, 아사카와가 류지의 아파트에 찾아와서 심각한 표정으로 비디오테이프에 관한 질문을 쏟아 부었다고 했다. 그리고 그다음 날에 아사카와가 비디오 플레이어를 조수석에 놓고 어딘가에 나갔고, 시나가와에 있는 자기 집으로 돌아오는 중에 사고가 났다. 비디오 플레이어를 차에 싣고 아사카와는 대체 어디에 갔다 왔을까. 수리를 하러 다녀온 거라면 수도 고속도로까지 나갈 것도 없이, 근처 전파사에 가져가면 끝이다. 그 목적이 무척 신경 쓰였다. 어지간한 이유가 아니면 비디오 플레이어를 차에 싣고 가거나 하지는 않을 것이다.

안도가 다시 한 번 10여 장의 사진을 확인해 갔다. 그러다 차 번호가 찍힌 사진을 보고 가방에서 수첩을 꺼내 메모했다.

'시나가와 와(わ) 5287'

'와' 라는 넘버를 보고 이 차가 렌터카라는 것을 알았다. 일부러 렌터카를 빌려서까지 아사카와가 비디오 플레이어를 가져가려 했던 것이다. 대체 무슨 이유로? 안도는 그의 입장에 자신을 넣어 보았다. 만약 비디오 플레이어를 운반하려 한다면 어떤 이유가 있을까.

'복사.'

다른 이유는 떠오르지 않는다. 혹시 먼 데 사는 친구가 전화를 해서 굉장한 비디오가 들어왔다며 연락을 해 왔다고 치자. 더빙하려고 했지만 친구네 있는 기계는 한 대뿐이다. 꼭 복사본이 필요하다면 여기서 기계를 가지고 할 수밖에 없다.

'하지만, 만약 그렇다 하더라도.'

안도가 머리를 감싸 쥐었다.

'그런 비디오테이프가 일련의 변사 사건과 무슨 관계가 있을리가.'

그래도 이성으로 납득되지 않는 충동이 있었다. 만약 손에 넣을 수만 있다면 손에 넣고 싶었고, 볼 수 있는 것이라면 그 영상을 보고 싶었다. 만안선 도로의 교차로 출구에서 사고가 일어났다고 하면 관할 경찰서가 어디였을까. 파손된 차는 일단 관할 경찰서 교통과에서 보관하게 된다. 차 안에 비디오가 있었다면 그것도 함께 교통과에서 맡았을 것이다. 처자식의 죽음에 의해 아사카와 본인도 의식 불명인 상황이니 다른 인수자가 없다면 현재도 그 기계는 교통과에 보관되고 있을지도 모른다. 검시관이라는 직업상, 안도에게는 아는 경찰관이 많이 있다. 마음만 먹으면 아사카와가 가지고 가려 했던 비디오 플레이어를 찾는 것 정도는 손쉬운 일이다.

하지만 그 이전에, 반드시 만나야만 하는 인물이 떠올랐다. 아사카와 가즈유키 본인이다. 그의 입으로 사건의 진상을 듣는 것이 가장 간단하다. 팩스로는 아사카와가 혼미상태인 채로 병원에 들어갔다고 되어 있었다. 열흘 이상 지난 지금, 그의 증상이 변했을 가능성도 있다. 의사소통이 가능한 상황이라면, 바로 지금이라도 만나서 이야기해 보고 싶다.

"아사카와 가즈유키가 입원한 곳을 알 수 있습니까?"

안도가 구라하시에게 물었다.

"시나가와 재활 병원……이라던 것 같은데요."

말하면서 구라하시가 파일을 보며 확인했다.

"맞네요. 틀림없습니다. 그런데, 이 환자는 혼미상태라고 하더군요."

"어쨌건 면회는 해 보려고 합니다."

그렇게 말하며 안도가 자신을 납득시키려 하듯이 몇 번이나 끄덕였다.

8

택시 유리창에 얼굴을 기대고서, 안도는 깜빡 졸고 있었다.

몸을 지탱하던 오른손이 미끄러져 무너져 내리는 것처럼 이마를 운전석에 부딪치는 순간, 경종 같은 소리가 멀리서 들려왔다. 반사적으로 손목시계를 확인했다. 오후 2시 10분. S대를 나와 바로 택시를 탔으니 타고 나서 10분도 지나지 않았다. 겨우 2~3분 졸았을 뿐이다. 그런데도 거대한 시간의 흐름을 느꼈다. S대를 들러 구라하시가 보여 주는 사고 상황 사진을 본 일이 며칠이나 지난 듯이 느껴졌다. 모르는 새 어딘가 멀리 떠났다 온 느낌에 휩싸인 채, 밀폐된 유리창 밖에서 전해지는 듯한 깡깡 울리는 경종 소리를 들었다.

택시는 같은 위치에 멈춰 서 있었다. 4차선 가장 왼쪽 차선은 좌회전 전용 차선인지, 다른 차선 흐름은 원활한데 여기만 움직이지 않았다. 몸을 앞으로 숙여서 앞유리 너머로 왼쪽 앞 방향을 봤더니 내려져 있는 차단기와 깜박이는 건널목 경보기가 눈에 들어왔다. 기분 탓인지 깜빡이는 불빛의 리듬과 깡깡 하는 소리가 미묘하게 어긋나서 들렸다. 제1게이힌 거리를 왼쪽으로 꺾어 수십 미터 정도 간 지점에 게이힌 급행 건널목이 있다. 안도가 탄 택시는 아까부터 발목이 잡혀 있었다. 목표로 하는 시나가와 재활 병원은 건널목을 건너면 나온다. 게이힌 급행 상행선이 통과해도 차단기는 올라가지 않았고 이번에는 하행선 표시 화살표에 불이 들어왔다. 간단하게 빠져나갈 것 같지 않았다. 택시 기사는 아예 포기하고 집게로 집어 놓은 메모 용지를 한 장씩 넘기면서 뭔가 적어 넣고 있다.

'별로 서두를 이유는 없지 않은가. 면회 시간이 끝나는 5시까지는 충분히 시간이 있어.'

안도가 등받이에 기대고 있던 고개를 들었다. 문득 누군가의 시선이 느껴진 탓이다. 응시하는 눈이 차 바깥, 바로 근처에 있었다. 유리에 끼워진 조직 표본이 되어 현미경으로 누가 들여다보고 있으면 이런 기분이 들지도 모른다. 줄곧 이쪽을 바라보는 눈에는 관찰자의 시선이 섞여 있었다. 안도는 좌우를 둘러봤다. 옆에 멈춰 선 차에 아는 사람이 타고 있어서 이쪽에 신호라도 보내고 있는가 했는데 그런 차도 없고, 걸어 다니는 사람들 중에도 없었다. 기분 탓이라고 자신을 납득시키려 했다. 하지만 시선은 전혀 약해지지 않았다. 사방으로 고개를 돌려보았다. 왼쪽 도보 너머에 지면이 제방처럼 솟아올라서 선로를 따라 죽 이어져 있는 것이 보였다. 봉긋하게 솟은 둔덕을 뒤덮은 잡초 그늘 속에서 뭔가 움직이고 있었다. 조금 움직이고 멈추고, 또 움직이고 멈췄다. 안도를 주시하는 시선을 잠시도 떼지 않고서 지면을 기고 있는 생물이 정(靜)과 동(動)의 움직임을 반복하고 있다. 이런 곳에서 뱀을 보게 되다니 생각지도 못한 일이었다. 가을 오후의 햇살 속에서 뱀의 두 눈이 작게 움츠러든 채 형형히 빛나고 있다. 관찰자의 정체가 뱀이라는 것은 이제 의심할 여지가 없었다. 바라보는 존재가 뱀이었다는 사실을 깨닫자 의식 심층에서부터 어떤 광경이 갑작스레 떠올랐다. 주변이 온통 밭이었던 시골에서 지낸 초등학생일 적의 한 장면이었다.

따사로운 봄날 오후였다. 초등학교가 끝나고 집으로 돌아가는 길에 개골창을 따라 난 블록 담이 있는데 거기서 가느다란 끈과도 같은 회색 작은 뱀을 발견했던 적이 있었다. 처음에는 그게 벽에 생긴 균열인 줄 알았는데, 가까이 가서 보니 둥글둥글한 몸체가 벽을 따라 올라가고 있었다. 뱀이란 것을 알자마자 주먹만 한 돌을 주웠다. 손바닥에 가볍게 팡팡 던졌다 받으며 돌의 무게와 크기를 가늠하고 투수처럼 손을 높이 들어 올렸다. 개울을 사이에 두고 벽까지 거리는 몇 미터……. 설마 명중할 거라고는 생각 못 했다. 그런데 휘우듬히 곡선으로 날아간 돌은 위에서 메다꽂히는 것처럼 뱀의 머리를 직격했고, 터뜨렸다. 그 덕에 안도가 비명을 질렀을 정도였다. 몇 미터나 떨어져 있었는데 자기 손으로 직접 짓이긴 감촉이 손에 전해져서, 몇 번이나 바지에 손을 비벼 닦았다. 머리가 깨진 뱀은 힘을 잃은 흡반이 스테인리스에서 떨어지듯이 개울로 떨어졌다. 안도는 개울 주변에 난 풀숲으로 한 발짝, 두 발짝 내딛으며 뱀을 끝까지 지켜보려고 몸을 굽혀서 물에 흘러가는 뱀의 시체를 바라보았다. 그때 안도는 지금과 같은 시선을 느꼈다. 죽은 뱀의 멍한 시선이 아니다. 다른 한 마리, 커다란 뱀이 풀숲 그늘에 숨어서 이쪽을 줄곧 바라보고 있다. 평평한 얼굴에 표정이 없었지만 끈끈한 시선이 집요하게 달라붙어서 떨어지지 않았다. 그 눈에 깃든 악의에 안도는 움찔했다. 돌에 죽은 작은 뱀이 바라보고 있는 뱀의 자식이라면 자신에게 무슨 나쁜 일이 닥쳐올 것임에 틀림없다……. 지금 큰 뱀은 자식 뱀을 죽인 안도를 강하게 저주하는 것이다. 그 생각이 시선에 강렬하게 깃들어 있었다. 할머니가 자주 말했었다. 뱀을 죽이면 벌을 받는다고. 안도는 후회하며 돌을 맞힐 생각이 아니었다고 마음속으로 몇 번이나 변명했다.

20년 이상이나 전의 일이었지만 안도는 생생하게 기억하고 있었다. 뱀의 저주는 미신에 지나지 않을 것이고, 파충류에게 자신의 아이를 인식할 능력이 있을 리가 없다……. 이론적으로는 알아도 깡깡 울리는 경고 소리는 멎질 않았다.

'이제 그만!'

생각을 멈추라고 스스로에게 외쳤다. 그런데도 하얀 배를 드러내고 개울에 흘러가는 아기뱀과, 그 뒤를 쫓아 헤엄치는 엄마 뱀이 두 개의 끈처럼 묶이는 모습을 상상하고 있었다.

'저주받았다.'

잘 제어가 되지 않았다. 본인 의사와는 반대로 인과 관계가 드디어 명확하게 떠올랐다. 강 양쪽에 무성하게 난 풀숲에 걸려 있는 죽은 뱀에 그 뒤를 쫓은 엄마 뱀이 얽혀 드는 광경이 집요하게 머릿속에서 떨어지질 않았다. 그 모습은 세포의 핵막에 둘러싸인 DNA가 떠올랐다. DNA는 서로 얽혀서 공중으로 올라가는 두 마리 뱀과 비슷하다. 여러 세대를 거치면서도 끊어지지 않는 생명 정보……. 인간은 항상 두 마리의 뱀에 묶여 있는 건지도 모른다.

안도도 일찍이 자신의 유전자를 아들에게 전했던 적이 있었다. 아들은 아내와 닮아 하얗고 날씬한 몸을 하고 있었다.

'다카노리!'

아들을 부르는 목소리가 비통함으로 가득했다. 이대로 가면 자기 제어를 잃을 수도 있다는 우려가 있었다. 고개를 들고 창밖을 둘러보았다. 기분을 바꿔서 급속도로 상상을 떨쳐내야만 했다. 앞 유리 너머를 새빨간 게이힌 급행 열차가 천천히 통과하고 있다. 시나가와 역을 앞에 두고 뱀이 기어가는 것 같은 속도로 지나간다. 또 뱀…… 상상에 출구가 없었다. 안도는 눈을 감고 다른 것을 생각하려 했다. 파도에 삼켜 가라앉아 가는 작은 손이 안도의 다리를 붙잡았다. 그 감촉이 되살아났다. 역시 뱀의 저주다. 안도는 오열이 다시 터져 나올 것 같았다. 상황이 너무 비슷하다. 머리가 깨져서 흘러가는 아기 뱀. 20년 뒤 엄마 뱀의 저주는 현실로 덮쳐 들어왔다. 바로 곁에 있었어도 안도는 구할 수 없었다. 개장하기 전의 아무도 없는 6월의 바다. 아들과 함께 네모난 배 모양 튜브에 배를 깔고 발장구를 치며 바다로 향했다. 등 뒤에서 아내 목소리가 들려왔다.

'다카, 이제 돌아와.'

하지만 몸을 위아래로 흔들며 해맑게 웃고 있는 아들에게는 엄마의 목소리가 들리지 않았다.

'여보, 이제 돌아와요.'

아내의 목소리가 약간 히스테릭하게 변했다.

파도도 높아졌고 이제 돌아갈 때라는 생각이 머릿속에 스쳐 지나가서 튜브 방향을 바꾸려 한 순간, 눈앞에서 하얀 파도가 일어나더니 순식간에 튜브가 뒤집어지고 아들과 함께 바다로 내동댕이쳐졌다. 머리까지 잠기고 나서야 그곳이 어른 키도 넘을 정도로 깊은 곳이라는 것을 깨닫고 패닉 상태에 빠졌다. 바다 위에 고개를 내밀었더니 아들 모습이 보이지 않았다. 서서 헤엄치는 자세로 한 바퀴 돌았더니 해변에서 아내가 옷 입은 채로 달려오는 것이 보였고, 동시에 다리에 달라붙는 손의 감촉이 느껴졌다. 아들 손이었다. 아들을 자기 쪽으로 끌어오려고 서둘러 자세를 바꾼 것이 오히려 화를 불렀다. 허벅지에서 아들 손이 떨어지더니 뻗었던 왼손 끝에 머리카락만 만져졌다.

미친 것처럼 물을 가르며 뛰어오는 아내의 절규가 6월의 바다에 울려 퍼지고 있었다. 아들은 바로 가까이 있었다……. 근데 손이 닿질 않았다. 바다에 들어가서 몸을 마구 휘저어 봐도 일단 떨어진 작은 손을 다시 붙잡을 수가 없었다. 그렇게 지금도 어디를 떠돌고 있을지, 시체조차 떠오르지 않고 아들은 영원히 사라졌다. 약지에 낀 결혼반지에 걸린 몇 가닥 머리카락만 남기고서.

건널목 차단기가 드디어 올라갔다. 안도가 입을 억누르며 소리가 새나가지 않도록 하고 울고 있었다. 택시 기사가 문득 알아차린 것처럼 시선을 백미러로 힐끔거렸다.

'무너져 내리기 전에 똑바로 서!'

혼자 잠드는 침대에서라면 상관없지만 대낮에 이런 자리에서 넋 놓을 수는 없다. 현실로 돌아올 힘을 끌어올 공상이라면 아무거든 상관없다. 문득, 안도의 뇌리에 다카노 마이의 얼굴이 떠올랐다. 유리 그릇까지 핥아 먹고 싶어할 만큼 좋아하는 과일 파르페를 숟가락으로 퍼서 입으로 열심히 넣는 모습. 원피스에서 나온 하얀 블라우스 소매를 왼팔 팔꿈치까지 걷고 있었다. 마이가 파르페를 다 먹고 나서 냅킨으로 입가를 훔치고 일어섰다. 어렴풋이 빛이 보였다. 마이에 대한 성적인 망상만이 슬픔의 밑바닥에서 그를 끌어올리는 힘을 가지고 있다는 것을 깨달았다. 생각해 보면 아들을 잃고 아내와 별거한 이래로 여성에게 망상을 품었던 적이 없었다. 생에 대한 집착을 잃었기 때문이었다.

택시가 위아래로 흔들리면서 선로를 넘어가고 있었다. 동시에 안도의 뇌리에서 다카노 마이의 알몸이 위아래로 흔들렸다.

9

다카노 마이는 오다큐 선을 타고 사가미오노 역에서 내려 큰 길로 나왔다가 어느 쪽으로 가야 하는지 길을 잃었다. 2주 전 어느 밤과 같은 길을 거꾸로 갈 생각이었는데, 방향 감각을 완전히 잃어버렸다. 경야 밤샘 때문에 다카야마 류지의 집으로 향할 때에는 감찰의무원에서 차를 같이 태워 주었다. 전차에서 내려 혼자서 걷게 되자, 수십 미터도 가지 않아 지리를 알 수 없게 되었다. 처음 있는 일도 아니었다. 한 번 찾아갔던 장소를 다시 찾아가려고 할 때 미아가 되지 않았던 적이 없었다.

집 전화번호를 적어 두었으니 길을 모르면 전화로 물어보면 된다. 하지만 너무 빨리 걸어서 류지의 어머니가 멀리까지 맞이해 주러 나오게 하는 것도 죄송스러울 따름이다. 조금이라도 더 자기 감에 의지하여 걸어 보기로 했다. 걸어서 10분 정도 거리니까 그렇게 어려운 일도 아니다.

문득 안도의 얼굴이 떠올랐다. 이번 금요일, 식사 약속을 해 두긴 했지만 지금 생각해 보면 생각이 짧았다고 조금 후회되었다. 마이에게 류지의 친구인 안도는 함께 고인을 기리는 사람일 뿐이었다. 학생 시절에 있었던 이야기 같은 것도 들을 수 있으면 류지의 난해한 사상을 이해할 힌트가 될지도 모른다고, 약간이지만 타산적으로 생각하기도 했다. 하지만 보통 남자가 여자에게 품을 만한 생각을 안도가 품고 있다거나 하면 나중에 성가시게 될 것이다. 마이는 대학 입학 이래로 남자와 여자는 각자 추구하는 바가 상당히 다르다는 것을 알게 되었다. 서로 좋은 관계를 유지하며 지적인 자극을 주고받기를 원했지만, 남자 친구의 관심은 서서히 하반신으로 내려간다. 부드럽게 거절할 수밖에 없었지만, 그 후에 상대의 허둥지둥한 태도에 언제나 난처했다. 편지지에 몇 장이나 사죄의 말을 쓰느라 오히려 상처를 헤집었고, 전화를 걸 때에는 정해진 것처럼 첫마디부터 "저번엔 미안했어."라고 하기 일쑤였다. 마이는 사과를 바란 것이 아니었다. 하나의 경험으로서 넘기고 성장하기 위한 발판으로 삼으면 될 것을. 남자가 부끄러움을 에너지로 삼아 힘껏 노력하는 모습을 보고 싶었다. 한층 더 성장한 모습으로 나타나면 언제나 다시 우정을 쌓아 가면 되는 일이다. 더 이상 성장하지 않는 어린애처럼 유치한 정신 구조를 있는 대로 드러내면, 친구 관계가 성립될 수 없다.

마이가 여태까지 사귄 남자는 다카야마 류지뿐이었다. 어리게만 구는 대부분의 남자 중에서 다카야마 류지의 존재는 각별했다. 서로 주고받은 것은 헤아릴 수도 없다. 만약 안도와 사귀게 되어 류지와 같은 느낌을 받을 수 있다면 식사는 몇 번이라도 갈 수 있다. 하지만 그럴 확률이 낮다는 것을, 마이는 경험상 알고 있다. 홀로 자립한 남자다운 남자와 만날 기회란, 아쉽지만 일본에서는 거의 0이나 마찬가지다. 그렇긴 해도 마이는 안도라는 존재에 신경이 쓰였다.

이전에 류지가 안도의 이름을 말하는 것을 들었던 적이 있었다. 유전자 공학 기술에 대해 말하던 중 화제가 비껴 나가서 몇 번 그의 이름을 듣게 되었다.

마이는 DNA와 유전자와의 차이를 명확하게 이해할 수가 없어서 완전히 같은 것이라고 여기고 있었다. 그것을 알고 류지가 DNA는 유전정보가 들어가 있는 화학물질의 이름이며 유전자는 무수한 유전정보의 한 단위라는 것을 알기 쉽게 설명해 주었다. 그러다 이야기가 더 나아가서 제한 효소를 사용해 DNA를 가드다란 절편으로 끊어 편집하는 기술에 대해 이야기하게 되자, 마이는 그 처리 방법을 "퍼즐 같다."고 형용했다. 류지는 그 말이 맞다며 끄덕이더니 "퍼즐이면서, 암호 해독이야." 하고 답했다. 그래서 문제는 점점 곁가지로 넘어가서 학창 시절 이야기로 발전했다.

DNA를 취급하는 기술에 암호 해독적인 요소가 있다는 것을 알고, 의학부 수업 틈틈이 동급생들과 암호 놀이에 심취했던 적이 있다……. 류지는 그런 식으로 학생시절 재미있었던 일화를 소개해 주었다. 당시 분자생물학에 흥미를 가진 의학도가 많았는데, 류지가 권한 덕에 함께 놀이에 가세한 사람은 열 명 가까이 불어났다. 게임 방식은 매우 간단했다. 출제자 한 명이 제시한 암호를 제한 시간 이내에 누가 가장 빨리 해독하는가를 겨루는 것이다. 수학이나 논리학 지식을 시험하고 순간적인 재치가 요구되었기 때문에 의학부 학생들은 다들 게임에 몰두했다.

출제자의 능력에 따라 암호의 난이도가 다양했지만, 출제된 대부분의 문제는 류지가 해독할 수 있었다. 또한 류지가 출제한 암호를 해독할 수 있었던 동급생은 단 한 명을 제외하면 아무도 없었다. 그 한 명이 바로 안도 미쓰오였다. 류지는 자기가 출제한 암호를 안도가 해독했을 때의 충격을 마이에게 털어놓았다.

'마음속을 읽힌 것 같아서 오한이 들더라고.'

안도 미쓰오라는 이름은 강하게 마이의 인상에 남았다.

그래서 감찰의무원에서 담당 형사가 안도를 소개했을 때 놀라웠다. 본인 스스로도 류지의 친구라고 했으니 틀림없다. 류지가 출제한 암호를 해독한 유일한 사람을 알게 되니 마이는 마음이 든든해졌다. 이 사람이 직접 하게 되면 메스를 다루는 손놀림도 확실할 것이고 시신도 이전과 같이 수복되며 사인도 금방 판명될 거라고.

마이는 2주 전에 죽은 사람의 말에 영향을 받고 있었다. 생전에 류지의 입에서 안도의 이름을 듣지 않았다면 사인에 관련된 질문을 하려고 안도가 있는 감찰의무원에 전화를 걸지도 않았을 뿐더러, 대학에서 만나자는 약속에 응하지도 않았을 것이다. 그 순간 류지 입에서 튀어나온 한마디에 마이는 미묘하게 속박되었다.

큰길을 꺾어서 복잡한 주택가 골목으로 들어가니 편의점 간판이 눈에 들어왔다. 기억에 있는 간판이다. 여기까지 왔으니 이제 헤매지 않아도 된다. 편의점을 끼고 돌면 코앞에 다카야마 류지의 고향집이 있다. 2주 전의 기억이 떠올라서 마이는 발걸음을 서둘렀다.

100평 정도 되는 부지에 세워진 특색 없는 집이었다. 경야 밤샘 때 기억으로는 1층에 다다미 15장 정도 넓이의 거실이 있었고 여덟 장 짜리 일본식 방과 접해 있을 것이다.

현관 벨을 울리니 기다렸다는 듯이 류지의 어머니가 나와서 마이를 2층으로 안내했다. 초등학생 때부터 대학교 2학년까지 류지가 지내 왔던 공부방을 지나갔다. 대학교 3학년 때에 통학이 가능한 거리였음에도, 류지는 고향집에서 나와 대학 근처에서 하숙 생활을 시작했다. 이후로 이 방은 류지가 집에 돌아왔을 때만 공부방으로 사용되었다.

류지의 어머니는 조각 케이크와 커피 잔을 두고 방에서 나갔다. 고개를 힘없이 떨어뜨리고 복도를 걷는 모습은 우울 그 자체라, 아들을 잃은 어머니의 절절한 고통이 온몸으로 느껴졌다.

혼자 남겨지자 다시금 방을 둘러보았다. 일본식 다다미방 한쪽 구석에 카페트가 깔려 있고 그 위에 공부용 책상이 있었다. 벽 사방에 책장이 있었지만, 바닥에 쌓여 있는 종이 상자나 정신없게 아무렇게나 놓여 있는 전기제품 때문에 윗부분 일부밖에 보이지 않았다. 놓여 있는 상자 수를 헤아려 보았다. 스물일곱 개. 이렇게나 많은 물건이 류지 사후 히가시나카노에 있는 아파트에서 옮겨 왔다. 침대나 책장 같은 큰 가구는 거기서 처분했으니, 상자 안에 들어 있는 것들은 주로 서적 종류였다.

한숨을 한 번 쉬고, 다다미 위에 앉아서 커피를 한 모금 마셨다. 찾을 수 없을 경우를 생각해 두는 편이 낫겠다……. 반쯤 포기했다. 만약 정말 섞여 있다고 해도 이 안에서 원고를 몇 장 찾아내는 일이 얼마나 힘든 일일지 짐작도 되지 않았다. 거기다 상자에 없으면 그때까지 한 일이 전부 헛수고로 끝나리라.

상자는 하나하나 검은 테이프로 봉해져 있었다. 카디건을 벗고 소매를 걷고서 시험 삼아 바로 앞에 있는 하나를 열었다. 안에 있는 것들은 문고본이었다. 생각 없이 몇 권 손으로 집어 들었다. 그중 한 권은 마이가 선물했던 것이었다. 너무나 그립다. 히가시나카노에 자리한 류지의 아파트 냄새가 책 표지에 스며 있었다.

'이런 때에 감상에 젖어들다니.'

터져 나올 것 같은 눈물을 삼키고 할 일로 돌아가서 상자 안에 있는 것들을 꺼냈다.

바닥을 훑어봐도 400자짜리 원고 용지는 있을 것 같지 않았다. 섞여 있다면 어디 있을지 추리력을 동원해 봤다. 참고 문헌 아니면 자료를 집어넣은 파일일 것이다. 차례로 상자를 열었다.

등이 살짝 땀으로 젖었다. 상자에서 서적들을 뒤적거리며 쓰던 원고 용지를 찾는 일은 꽤 고된 작업이었다. 세 번째 상자까지 정리하고 나서 손을 멈추고 낙장이 된 페이지를 자기가 직접 저술할 가능성을 떠올렸다. 난해한 기호논리학 사상은 이미 전문지에서 가끔 발표했었다. 이번 논문은 전문적인 것이 아니라 일반 독자를 대상으로 하여 논리학에 과학이나 사회문제 등을 결부시킨 장편이었다. 내용도 그리 어렵지 않았다. 대형 출판사가 내는 월간지에 싣는 형태로 시작한 시점부터 마이가 원고 정리를 맡았고, 담당 편집자와 협의하는 자리에도 동석했다. 그 덕분에 이론의 흐름이나 문체는 확실하게 머릿속에 들어 있었다. 겨우 한 장이나 두 장짜리 분량이라면 줄거리를 맞히는 일은 아무것도 아닌 것처럼 느껴졌다.

'빠진 원고가 한 장이 확실하다면 말이지.'

누락된 원고가 한 장뿐이라는 것을 알았다면 마이는 유혹에 넘어갔을 것이다. 연재 1회분 분량이 400자 원고지로 약 40장. 37장일 때 있었고 43장일 때도 있었다. 전12회 연재 중에 마지막 회는 원고가 몇 장 더 늘어났는데, 그래서 몇 장 분량이 누락된 것인지 마이는 알 수가 없다. 경야 자리에서 빠져나와 류지 아파트에서 원고 정리를 했을 때 마이가 찾아낸 것은 갓 탈고한 38장짜리 원고였다. 매수도 38로 끝났고, 페이지도 뒤섞이지 않고 잘 정리되어 있었으니까 설마 낙장이 있으리라고는 의심하지 않았다. 그런데 장례식도 있고 해서 책으로 정리하는 일이 늦어졌다가 마감 때가 되어서야 알아차렸다. 37쪽과 38쪽의 페이지 숫자는 이어져 있었지만 결론이라고 할 수 있는 중요한 내용이 빠져 있어서 줄거리가 맞지 않았다. 37쪽 마지막 두 줄은 만년필로 죽죽 선을 그어 지워져 있었고, 거기서 화살표가 왼쪽 위로 올라가다가 끊어졌다. 그러나 다음 페이지에는 그 화살표 끝이 이어져 있지 않았다. 가필한 내용이 있는데 그 부분이 사라져 있다고밖에 보이지 않았다.

마이는 대경실색해서 몇 번이나 처음부터 읽어 보았다. 읽을수록 낙장이 있다는 사실이 점점 명백해졌다. 회를 거듭할수록 커져 간 사상이 '아니, 그렇기 때문에 더욱'이라는 문구로 일단 정지하고, 안티테제라고도 할 수 있는 전개를 암시한 부분이었는데 그 문장이 끊어져 갑자기 끝나 있다. 맥락을 더듬어 갈수록 몇 장쯤 되는 분량의 중요한 부분이 빠져 있다고밖에 볼 수 없었다. 전12회, 500장에 달하는 논문은 이미 단행본 계약이 결정되어 있었다. 그 마지막에 이르러 마이는 신중해졌다.

즉시 류지의 고향집에 전화를 걸어 자초지종을 이야기했다. 장례식이 끝나고 이삼일이 지나는 동안 류지가 살았던 아파트는 이미 팔렸고 책이나 다른 물건들은 고향집 그의 방으로 옮겨져 있었다. 혹시 낙장 원고가 섞여 들어갔다면 그 안에 있을지도 모르니 찾으러 가고 싶다고 부탁했다.

쌓여 있는 상자를 앞에 두고, 마이는 투정을 부리고 싶었다.

'정말, 왜 돌아가신 거예요.'

연재 최종회를 완성한 직후 숨을 거두는 그런 난감한 일을 해낸 류지가 원망스러웠다.

'지금 이 자리에 나타나서 잃어버린 원고가 어디 있는지 빨리 알려 주세요.'

마이는 차게 식은 커피로 팔을 뻗었다. 좀 더 빨리 류지의 원고를 읽어 봤다면 이런 일은 없었으리라. 그것이 후회스러워 견딜 수가 없었다. 만에 하나 빠진 원고가 발견되지 않으면 역시 최종적으로는 마이가 보충하는 수밖에 없다. 하지만 그것이 류지의 사상과 어긋날 경우를 생각을 하니 위축될 수밖에. 얼마나 주제넘은 짓인지. 대학원에 진학하기로 결정되었다고는 해도 겨우 스무 살 조금 넘은 어린 여자가, 장래가 촉망되는 논리학자의 유작 결론 부분을 멋대로 고쳐 넣다니…….

'역시, 그건 무리야.'

아무래도 찾아낼 수밖에 없다고 스스로 다짐하며, 다음 상자를 뜯었다.

4시를 약간 넘었을 때쯤 햇빛이 기울어서 방 안이 꽤 어두워지자 마이는 불을 켰다. 11월이 되니 눈에 띄게 해가 짧아졌다. 하지만 춥지는 않았다. 마이가 일어서서 커튼을 쳤다. 아까부터 신경이 쓰여 참을 수가 없었다. 창밖에서 누가 쳐다보고 있는 것 같은 느낌이 들었다. 벌써 상자는 반 이상 조사를 마쳤다. 원고는 아직 발견되지 않았다.

갑자기 심장 고동이 들렸다. 가슴 안쪽이 격하게 두근댔다. 마이는 움직임을 멈추고 한쪽 무릎을 꿇은 자세에서 등을 굽혀 쭈그리고 고동이 잠잠해지기를 기다렸다. 지금까지 이렇게 심장이 세게 쳤던 적은 없었다. 살짝 왼쪽 가슴에 손을 짚고 왜 이런 증상이 생겼을까 하고 이유를 생각했다. 은사의 원고를 분실했다는 죄책감 때문인가…… 아냐, 틀려. 뭔가 숨어 있다. 이 방 안에. 아까는 창밖에서 시선이 들어온다고 느꼈지만, 그렇지 않았다. 상자 그늘에서 고양이라도 뛰어오를 것 같은 기척이 있었다.

머리 뒤에서 목까지 서늘한 감촉이 슥 지나갔다. 찌르는 것 같은 시선…… 마이는 뒤를 돌아보았다. 핑크색 카디건이 상자 위에 걸쳐져 있었다. 작업을 시작하기 전에 벗어 두었던 것이다. 털실과 털실의 좁은 틈으로 방 불빛이 반사되어 마치 눈이 빛나는 것처럼 보였다. 마이는 카디건을 집었다. 안에 있던 물체는 비디오 플레이어였다.

까만 몸체의 비디오 플레이어는 코드가 둘둘 말려서 박스 위에 올려져 있었다. 분명 류지의 방에 있던 비디오였다. 서적들과 함께 이 방으로 옮겨진 것이다. 옆에 비디오 플레이어는 없고 물론 전기도 꽂혀져 있지 않았다.

마이는 손을 덜덜 떨며 기계 끝을 만져 보았다. 코드가 가운데 감겨 있었고 그것 덕분에 좌우가 시소처럼 흔들렸다.

'내가 비디오 위에 카디건을 걸었었나?'

자문해 보았다. 기억이 애매했다. 물론 그 이외의 해석이 있을 리가 없다. 작업을 시작하기 전에 카디건을 벗어서 별 생각 없이 비디오 플레이어 위에 걸친 것이다.

대략 1분 동안 비디오 플레이어와 서로 노려보는 동안 그녀의 머릿속에서 원고에 대한 것은 완전히 사라져 있었다. 대신, 비디오에 관한 의문이 똬리를 틀었다.

'정말 류지는 당신에게 아무 말도 남기지 않았던 거죠? 예를 들어, 비디오테이프에 대한 말이라거나……'

류지가 죽은 다음 날, 아사카와 가즈유키가 한 말이 잊히지 않았다.

마이는 기계 본체에 감겨 있는 코드를 풀어 보았다. 전원 코드 끝을 들고 콘센트를 찾았다. 책상 아래, 연장된 멀티탭이 아무렇게나 튀어나와 있었다. 마이는 비디오 전원을 켰다. 그랬더니 타이머 표시 부분에 네 개의 0이 나란히 깜빡이기 시작했다. 죽은 사람이 숨을 다시 쉬기 시작한 것 같은, 기계의 고동. 마이는 오른손 검지를 쭉 뻗어 몇 번이나 기계 앞을 오갔다. 아직 망설여졌다. '만지지 마'라는 소리가 들려온다. 그래도 마이는 이젝트 버튼을 눌렀다. 카세트 투입구가 열리더니 기계 소리를 내며 안에서 비디오테이프가 밀려 나왔다. 테이프에 붙어 있는 라벨에는 제목이 적혀 있었다.

'라이자 미넬리, 프랭크 시나트라, 세미 데이비스 주니어 1989'

튀어나온 비디오테이프는 거대한 혀와 비슷했다. 기계가 윙크를 하며 메롱 하고 혀를 내민 것처럼 보였다.

마이는 튀어나온 혓바닥을 손으로 잡고 당겨 버렸다.

10

시나가와 재생병원을 눈앞에 두고서, 안도가 탄 택시는 사이렌을 울리며 지나가는 구급차에 추월당해 버렸다. 일방통행으로 된 좁은 상점가에서는 구급차를 먼저 보내기 위해서, 도로 곁에 정차 중인 소형 트럭 사이로 차를 피하는 수밖에 없었다. 나가려면 최소한 한 번은 앞뒤로 왔다 갔다 해야 할 필요가 있을 것 같아서 안도는 거기서 택시에서 내리기로 했다. 바로 코앞에 11층 시나가와 재생병원이 보이니, 내리는 게 훨씬 빠르겠다고 판단했기 때문이다.

상점가에서 병원 정문으로 접어드니 신관과 구관 사이에 아까 지나간 구급차가 미끄러져 들어가는 것이 보였다. 상점가를 빠져나가는데 애먹었는지 도중에 택시를 내려 걸어온 안도와는 도착 시간이 별 차이가 없었다.

적색 경고등이 붉은 반점을 병원 벽에 빙글빙글 던지고 있고, 사이렌 소리만 그쳤다. 그 직후 맑은 하늘에서 정적이 내려와서 스포트라이트처럼 구급차 주변에 무음(無音)의 공간을 만들어 놨다. 병원 안에 들어가려면 구급차 옆을 지나가야 했다. 회전하는 적색 불빛도 서서히 멎고, 소리의 여운이 상공으로 사라져 갔다. 지금이라도 바로 뒷문이 열리고 구급대원과 함께 들것이 내려질 분위기가 농도 짙게 차올랐지만, 아무 일도 일어나지 않았다. 안도는 발을 멈추고 지켜봤다. 10초……. 20초……. 아직 뒷문은 열리지 않고 정적을 지속하고 있다. 30초……. 공기가 얼어붙었다. 병동 쪽에서 튀어나오는 사람도 전혀 없었다. 안도는 정신을 차리고 다시 걷기 시작했다. 갑자기 기세 좋게 뒷문이 열렸다. 튀어나오는 것처럼 구급차 바깥으로 튀어나오는 구급대원 한 명. 차 안에 남은 구급대원과 연대해서 재빨리 들것을 내렸다. 바로 내릴 수 없었던 사정이 있다고 해도 대응이 너무 늦었다. 들것이 비스듬히 기울어지고 얼굴에 산소마스크를 쓴 긴급 환자의 얼굴과 그 얼굴을 들여다보는 안도의 얼굴이 평행해진 순간, 두 사람의 눈이 마주쳤다. 몸을 떨며 안도 쪽으로 옆구리를 보이는가 싶더니 환자의 움직임이 멎었다. 그 눈에는 이미 생기가 없었다. 중태에 빠진 상태로 구급차에 실려와서 지금 임종을 맞이한 것이다. 직업상, 환자의 임종에 참석한 일이 몇 번 있다. 하지만 이렇게 우연히 조우하게 된 것은 처음이었다. 불길한 느낌을 받고 안도는 죽은 사람에게서 눈을 돌렸다. 이래서야 별점 따위에 빠져 있는 미야시타나 마찬가지가 아닌가. 풀섶 흙무덤에서 봤던 뱀이나, 남의 죽음을 우연하게 마주치게 된 일이나, 안도는 최근 들어 걸핏 하면 작은 일들의 배후에 특별한 의미가 있는 게 아닌지 생각하곤 했다. 징크스나 점 같은 것에 묶여서 움직이지 못하는 사람더러 예전에는 바보 같다고 업신여기고 있었지만 자신도 똑같다는 생각이 들었다.

시나가와 재생병원은 S대학 계열 종합병원이며, 담당의인 와다는 S대학에서 파견되었다. 후배 구라하시로부터 연락을 받았는지 방문 목적을 말하자 바로 안도는 서쪽 병동 7층으로 안내받았다.

침대에 옆으로 누워 있는 아사카와의 눈을 바라본 순간, 안도는 바로 조금 전에 봤던 응급 환자의 눈이 떠올랐다. 완전히 같은 눈이 거기 있었다. 죽은 사람의 눈이다. 두 종류의 링거를 팔에 꽂고, 아사카와는 천장으로 얼굴을 향한 그대로 꼼짝도 하지 않았다. 이전에 어떤 모습이었는지는 모르지만 체중이 아마 반으로 줄었을 것이다. 뺨이 홀쭉하고 수염이 꺼끌하게 난 윗부분은 하얗게 되었다.

안도는 천천히 옆으로 다가가서 작게 말을 걸었다.

"아사카와 씨."

대답이 없다. 어깨에 손을 짚으려다 망설이고서 와다의 눈치를 살폈다. 와다가 끄덕이는 것을 보고 아사카와의 어깨에 손을 얹었다. 환자복 아래 탄력성이 없는 피부가 있다. 그 아래 견갑골의 감촉까지 곧바로 전해져서 안도는 무심코 손을 공중에 띄웠다. 역시 아무런 반응이 없었다.

"계속 이런 상태입니까?"

아사카와의 침대에서 떨어져서 안도가 와다를 바라보았다.

"네, 그렇습니다."

와다는 무표정하게 대답했다. 교통사고 이후 이쪽으로 옮겨진 것이 지난달 21일이었으니 오늘로 15일 동안 아사카와는 말도 하지 않고, 울지도 않고, 웃지도 않고, 화도 내지 않고, 식사도 하지 않고, 배뇨와 배변도 하지 않는 나날을 보내고 있다고 한다.

"선생님은 원인을 뭐라고 생각하십니까?"

안도가 정중하게 물었다.

"사고로 뇌가 외상을 입었다고 생각했지만, 검사 결과 이상이 없었습니다. 아마 내인성 문제겠지요."

"정신적인 쇼크요?"

"아마도⋯⋯."

아내와 딸을 동시에 잃은 충격으로 아사카와의 정신이 붕괴되었다……. 정말 그게 전부일지 신경이 쓰였다. 현장 사진을 본 탓인지, 아사카와가 일으킨 사고의 순간을 묘하게 실감나게 상상할 수 있었다.

그리고 떠올릴 때마다 시선이 조수석으로 갔다. 거기 자리 잡은 비디오 플레이어가 상상 속에서 거대해졌다. 무슨 목적으로 기계를 싣고, 어디에 가려고 했을까……. 본인에게 듣지 못하면 알아낼 방법이 없다.

아사카와의 침상 근처에 있는 둥근 의자를 끌어당겨 앉았다. 꿈속 세계에 들어가 있는 아사카와의 옆얼굴을 잠시 바라보다가 그가 떠돌고 있을 세계를 상상해 보았다. 현실 세계와 망상 세계를 오간다면 어디가 행복할까. 아마 망상의 세계에서는 아내와 딸이 아직 살아 있을 것임에 틀림없다. 딸을 품에 안고 함께 놀고 있을까.

"아사카와 씨."

같은 슬픔을 맛본 동지란 생각에 안도는 마음을 담아 이름을 불렀다. 류지와 고등학교 동급생이니 안도보다는 두 살 젊다. 하지만 지금 그의 외견은 예순이 넘은 노인처럼 보였다. 무슨 이유로 이렇게 급격한 변화를 겪었을까. 슬픔은 노화를 빠르게 한다. 분명 안도 자신도 올 한 해 동안 상당히 늙었다. 실제 나이보다 젊게 보이던 안도가 나이보다 늙어 보이는 일이 많아졌다.

"아사카와 씨."

두 번째로 불렀을 때, 보다 못한 와다가 옆에서 끼어들었다.

"소용없을 겁니다. 말을 걸어도."

와다 말대로 아무리 말을 걸어도 전혀 반응이 없다. 안도는 단념하고 일어섰다.

"회복될 가능성은 있습니까?"

와다가 가볍게 두 손을 들며 말한다.

"신만이 알 겁니다."

이런 환자의 경우, 아무런 조짐 없이 증상이 좋아지거나 나빠지기도 하니, 의학적으로는 예측할 수 없는 경우가 많다.

"증상에 변화가 있으면 꼭 알려 주시면 좋겠습니다."

"알겠습니다."

이 이상 여기 있을 의미가 없어서 안도와 와다는 함께 병실을 나섰다. 안도는 문 앞까지 갔다가 멈춰 서서 다시 침대를 바라보았지만 아사카와의 얼굴에는 아무런 변화가 없었다. 죽은 사람의 눈으로 물끄러미 천장을 올려다볼 뿐이다.

11

의자 등받이에 완전히 몸을 맡긴 다카노 마이가 얼굴을 천장으로 향했다. 막다른 곳에 부딪혔을 때의 버릇이었다. 몸을 뒤로 젖히니 등 뒤에 있는 책장에 꽂힌 책들 제목이 거꾸로 보인다. 머리를 감고 덜 마른 머리카락이 융단에 닿는 것도 개의치 않고, 그 자세를 유지하며 눈을 감았다.

욕실과 작은 주방을 포함해 5평도 되지 않는 좁은 원룸이었다. 벽 한쪽이 책장으로 가득해서 침대나 책상을 놓을 공간이 없었다. 잘 때에는 책상 대신으로 쓰던 탁상을 구석에 밀어 넣고 이불을 덮고 자는 생활이었다. 부모님이 보내오는 생활비와 과외 아르바이트로 버는 돈으로 대학 가까이에 집을 빌리려고 하면 좁아질 수밖에 없다. 통학시간이 짧고, 욕실이 있고, 개인 공간이 확보되는 것, 이렇게 세 가지가 집을 고를 때의 최저 조건이었다. 생활비의 약 반이 집세로 나갔다. 그래도 마이는 만족스러웠다. 조금 교외로 나가면 넓은 집을 구할 수 있다고 해도, 이사 갈 생각은 없었다. 앉은 상태에서 손을 뻗으면 필요한 물건을 집을 수 있는 이 좁은 공간이 오히려 편리했다.

눈을 감고서, 마이는 손을 더듬어 카세트테이프를 집어 들고 마음에 드는 곡을 틀었다.

곡에 맞춰서 두 손으로 허벅지를 두드렸다. 중학교와 고등학교 때 육상 단거리 주자로 활약한 덕분에 다리는 부드러움보다 단단한 느낌이 더 강했다. 꽃무늬 잠옷으로 감싼 가슴을 음악에 맞춰서 부풀리며 호흡을 고르고, 좋은 생각이 떠오르도록 기원하며 일정 리듬으로 콧구멍을 벌름거렸다. 오늘 밤 중에 원고가 완성될지 어떨지 생각하면 너무 불안해서 사고가 헝클어져 버린다.

내일 오후에는 S출판사 담당 편집자인 기무라와 만나서 책으로 정리한 류지의 원고를 건넬 계획이었다. 그런데 원고 마지막을 어떻게 손볼지, 아직도 해결 방법이 떠오르지 않았다. 오늘 류지의 고향집에 찾아갔지만 분실된 원고는 찾을 수 없었다. 이 이상 원고를 찾는 일에 허비할 시간이 없었다. 무엇보다, 가필한 원고가 정말 존재하는지도 수상하게 생각되기 시작했다. 나중에 덧붙이기로 하고 미완성으로 남긴 채 류지가 죽었을 가능성도 있었다. 그렇다면 찾기를 포기하고, 최종회에 어울리는 양식으로 정리하는 일에 전력을 다하는 편이 나았다.

문장이 막힌 상태에서 아까부터 한 줄도 더 쓸 수 없었다. 샤워를 해서 기분 전환을 하려 해도 펜을 든 손이 더 나아가질 않고 썼다가 찢어 버리는 일을 반복했다.

갑작스레 좋은 생각이 나서 눈을 떴다.

'덧붙여 쓰려고 하니 말이 떠오르지 않는 거야.'

원고 마지막에 있는 공백을 자기 언어로 메꾸려고 하니 고생하는 것이다. 다카야마 류지의, 때때로 비약하는 사고의 흐름을 추측하려 해도 어차피 무리일 것이 뻔하다. 그렇다면 이야기 구조가 잘 맞도록 앞뒤를 지울 수밖에 없다.

마이는 일어서서 의자 등받이를 거의 수직으로 조절했다. 빛이 보였다. 말을 더하는 것보다 지우는 작업이 훨씬 쉽다. 분명 류지도 그편을 더 좋아할 것이다. 말하다 만 부분이 남더라도, 멋대로 덧붙여서 이론을 왜곡하는 것보다는 훨씬 낫다.

해결책이 떠오르자 여유가 생겼다. 그 틈을 타고, 비디오테이프 하나가 시야에 들어왔다. 류지의 고향집에서 말없이 가져온 것이다. 고향집 공부방에서 테이프를 발견했을 때, 마이는 어떻게 해서든 내용을 알고 싶다는 생각에 쫓겼다. 하지만 기계는 배선이 풀려 있었고 방에는 TV도 없었다. 보려면 가지고 올 수밖에 없다. 처음에는 빌리겠다고 부탁할 생각이었다. 하지만 원고를 찾는 것도 그만두고 집에서 나갈 때, 미리 할 말을 준비했었지만 막상 입을 열려 하니 갑자기 머리가 복잡해졌다.

'죄송합니다만, 이 비디오테이프가 너무 신경 쓰여서 그러는데,

빌릴 수 있을까요?'

애매한 표현이었다. 신경이 쓰인다니, 대체 무슨 말인가. 설명을 하라 하면, 대답할 말이 없었다. 결국 가방에 숨겨서 무단으로 테이프를 가지고 왔다.

'라이자 미넬리, 프랭크 시나트라, 세미 데이비스 주니어 1989'

음악 프로를 녹화했을 것이다. 아무런 이상 없는 비디오테이프에 무심코 의식을 사로잡혔다. 언제 가방에서 꺼내 TV 위에 올려두었는지, 기억이 확실하지 않았다. 14인치 TV와 일체형 비디오 위에서, 그것이 손짓하고 있었다. 류지의 방에서 비디오 플레이어에 담겨 있을 때에도 테이프는 흡인력을 발했다. 껍데기를 벗겨서 그대로 방치해 두니, 온몸이 빨려 들어갈 것 같았다.

제목만 보면 류지의 음악 취향과는 전혀 달랐다. 마이가 아는 한, 류지는 음악을 거의 듣지 않았다. 가끔 들을 때에도 클래식만 들었다. 우선 라벨에 적혀 있는 제목 글씨체만 봐도, 테이프가 류지의 물건이 아니라는 것은 명백했다. 다른 사람이 녹화한 것인지, 히가시나카노에 있는 류지의 아파트에 섞여 들어가서 돌고 돌다가 지금 마이의 집에 와 있다.

마이는 앉은 자리에서 손을 뻗어 테이프를 기계에 투입했다. 자동적으로 스위치가 켜졌다. 채널을 맞추고 재생 버튼을 눌렀다.

딸깍, 하는 소리가 나며 작동을 시작한 순간, 마이는 서둘러 멈춤 버튼을 만졌다. '봐서는 안 되는 것이면 어떡하지?' 하고 망설여지기 시작한 것이다. 일단 뇌리에 각인된 영상을 닦아 내어 백지 상태로 돌리는 것은 절대로 불가능한 일이다. 후회하기 전에 그만두는 편이 나을지도 몰랐다. 망설임은 있었지만 역시 호기심이 이겨서, 마이는 일시정지를 해제했다.

잡음과 함께 영상이 섞여서 한번 호흡하는 동안 먹물이 흐르는 것 같은 영상이 눈에 들어왔다. 이제 되돌릴 수는 없었다. 마이가 각오를 굳혔다. 그 후에 전개된 것은 제목만 보면 전혀 상상할 수도 없는 의미 모를 장면의 연속이었다.

다 보고 나자 토할 것 같은 기분이 들어 곧장 화장실로 달려들어갔다. 도중에 그만두면 될 것을, 영상의 압도적인 박력에 저항할 수 없어서 마지막까지 봐 버렸다. 아니, 봐 버렸다고 하기보다 억지로 보게 되었다는 쪽이 맞다. 도저히 멈춤 버튼을 누를 수가 없었다.

땀으로 젖은 몸은 작게 떨리고, 위에서 목으로 무언가 넘어왔다. 공포보다도 혐오감이 더 강했다. 몸 안쪽 깊숙한 곳에 뭔가 이질적인 것이 비집고 들어온 기분이 들었다. 끄집어내야만 한다는 강박관념으로 목에 손가락을 찔러 넣어 아주 약간 토해 냈다. 위액에 목이 메어서 기침이 나오고 눈물이 흘렀다. 텅 빈 시선을 흔들다가 털썩 무릎을 꿇었다. 자신이 소멸되는 감각을 잠시 맛본 후, 그녀의 의식이 확 멀어졌다.

제2장
실종

1

약속 시간이 15분 지나고 나서 안도는 안절부절못하기 시작했
다. 수첩을 꺼내서 다시 한 번 스케줄을 확인한다.

'11월 9일, 금요일, JR 시부야 역 서쪽 출구 모아이 석상 앞, 6시.'

잘못 안 것이 아니다. 마이와 식사 약속을 한 시각이 확실하게
수첩에 기입되어 있다.

안도는 복잡한 길을 헤쳐 주변을 가볍게 돌아보다가 비슷한 나
이의 여성이 있으면 얼굴을 엿보기도 했다. 하지만 누구 하나 마
이가 아니었다.

30분을 지났을 때였다. 약속을 잊었는지도 몰라서 공중전화로
마이의 집에 전화를 걸었다. 여섯 번, 일곱 번, 전화 신호음이 반
복된다. 전에 그녀가 사는 집이 얼마나 좁은지 들은 적이 있다.

'좁아요. 다다미 다섯 장 정도도 안 되니까.'

열 번째 신호음. 이제 확실했다. 마이는 집에 없다. 안도는 수화기를 귀에서 떼었다. 어떤 사정 탓에 늦어져서 아마 지금쯤 이쪽으로 오고 있으리라. 그렇게 바라며 수화기를 후크에 내려놓았다.

몇 번이나 시계에 눈이 갔다. 이제 한 시간이 되어 간다.

'한 시간이 지나면 포기하고 가자.'

여성과 데이트를 하는 게 너무 오랜만이라 언제까지 기다려야 하는지 잊었다. 생각해 보면 바람맞은 경험도 없었다. 사귀고 있었을 때의 아내는 시간이 정확해서, 안도가 기다리게 한 적은 있어도 기다렸던 적은 없었다.

기다림에 관한 과거의 다양한 에피소드를 떠올리는 동안 한 시간이 지났다. 하지만 안도는 그 자리에서 움직일 수 없었다. 한 가닥 희망을 버릴 수가 없어서 이제 5분만 더 기다려 보자고 자신에게 말했다. 고작 한 주 동안이었지만 오늘의 만남을 마음속 깊이 기다리고 있었다. 간단하게 단념할 수가 없었다.

결국 안도는 한 시간 33분을 시부야 거리에서 우두커니 서 있었다. 하지만 결국 마이는 나타나지 않았다.

호텔에 들어가자마자 바로 로비로 가서 송별회 회장을 찾았다. 의국을 그만두고 시골 의사로 부임하게 된 후나코시의 송별회에는 이미 빠지겠다고 답변을 했다. 하지만 마이에게 바람맞은 지금은 그럴 이유가 없어졌다. 추워지는 계절, 시부야 역 앞에서 젊은 이들의 열기를 쏘이다 보니 아무도 없는 맨션으로 직행하는 일이 너무 쓸쓸해서 참을 수가 없었다. 친구들과 야단스럽게 놀아 보는 것도 가끔 괜찮을 거라며, 헛일로 끝난 데이트 대신에 한번 거절했던 송별회에 가기로 마음을 바꾸었다. 연회는 슬슬 마무리될 무렵이라 친한 사람들끼리 서너 명씩 모여 2차로 합류하고 있었다. 교수들은 1차에서 돌아가 버리고 친한 친구들과 마음 놓고 이야기를 풀어내는 것은 2차부터다. 안도는 좋은 타이밍에 그 흐름에 합류하게 되었다.

미야시타가 먼저 알아차리고 다가와서 안도의 어깨에 손을 얹었다.

"뭐야, 너 데이트하러 간 거 아니었어?"

"바람맞았지."

짐짓 가볍게 대꾸했다.

"그거 안됐구만. 야, 잠깐 이쪽으로 와 봐."

미야시타는 안도의 소매를 잡고 문 뒤쪽으로 이끌었다. 여자에게 차인 일 정도는, 그 이상 캐물으려 하진 않았다.

"왜 그래?"

안도는 의아했다.

미야시타가 뭔가 말하려고 하는 순간, 제2내과의 야스카와 교수가 두 사람 곁을 지나쳤다. 미야시타가 빠르게 속삭였다.

"너 2차에 올 거지?"

"응, 그러려고."

"좋아, 그럼 그 자리에서 좀 들어 줬으면 하는 게 있어."

미야시타는 그렇게만 말하더니 싹싹하게 야스카와 교수에게 다가갔다. 그러더니 간사 입장에서 연회에 참가해 준 것에 감사하다는 말을 하며 농담을 나누면서 지방이 잔뜩 오른 얼굴에 웃음을 활짝 띄웠다. 과연 어느 교수에게나 사랑받고 있는 미야시타만이 할 수 있는 일이구나, 하고 안도는 묘하게 감동했다. 만약 다른 사람이 같은 짓을 했다면, 좀 더 싫게 느껴졌을 것이다. 하지만 미야시타라면 다 용납된다.

안도는 문 근처에 서서 미야시타와 야스카와 교수의 이야기가 끝나기를 기다렸다. 그동안 아는 사람 몇 명이 안도 옆을 지나갔다. 하지만 가볍게 인사를 나누기만 할 뿐 멈춰 서서 친숙하게 말을 걸어 주는 사람은 없었다.

작년 여름, 아들을 바다에서 잃고 난 이래로 친구 수가 급격하게 줄어들었다. 떠난 친구들을 질책할 생각은 털끝만큼도 없었다. 죄는 자신에게 있다고 마음 깊이 이해하고 있었다. 사고가 일어난 후, 친구들이 다들 몰려들어서 서로 위로해 주려 했다. 하지만 안도는 거기 대답할 상황이 아니었다. 줄곧 슬픔에 연연하며 친구들에게 우울한 얼굴을 내밀 뿐이었다. "기운 내라."라는 말을 듣더라도 기운 따위 날 리 없었다. 한 명이 떠나고, 두 명이 떠나고, 나중에 알아차렸을 때에는 미야시타밖에 없었다. 미야시타는 아무리 안도가 비장한 얼굴을 하고 있어도 개의치 않고 농담도 던지고, 불행조차 웃음으로 만들었다. 그래서 그와 만날 때만은 슬픔을 잊을 수 있었던 것이다. 미야시타와 다른 친구들의 차이는 어디에 있었을까. 지금에 와서는 약간이나마 분석할 수가 있다. 그의 친구들은 안도에게 기운을 북돋아 주기 위해 다가왔다. 하지만 미야시타는 달랐다. 함께 놀기 위해 다가왔다. "기운 내."라는 말만큼 무의미한 말은 없다.

정말 기운이 나게 하고 싶다면, 그냥 잊을 수 있도록 도움을 주면 된다. "기운 내."라는 말을 듣는 순간, 기운을 잃게 만든 원인으로 의식이 되돌아가 버린다. 잊을 수가 없다.

안도는 요 1년 반 동안 밝은 표정을 지은 적이 없었다. 그 점은 잘 자각하고 있다. 다카노 마이의 시점에 서서 자신의 얼굴을 객관적으로 상상했다. 볼수록 답답한 얼굴. 함께 식사를 해도 같이 우울해질 뿐이다.

'그래서 안 왔을까.'

그렇게 생각하자니 한심했다. 1년 반 전까지 자신만만했고 전도유망한 자신이었다. 부부 금슬도 좋았고, 아들은 귀여웠다. 미나미아오야마에 있는 거창한 고급 맨션, 고급 가죽 시트 BMW, 앞으로 손에 넣을 예정이었던 병원장이라는 지위……. 하지만 생각해 보면 전부 아내, 아니면 장인 명의였다. 자칫 잘못하면 손에서 스르륵 미끄러져 떨어지는 운명이었던 것이다.

미야시타와 야스카와 교수는 아직도 이야기를 끝내지 않았다. 심심해서 로비를 둘러보니 공중전화 세 대가 눈에 들어왔다. 전화카드를 꺼내며 가까이 가서 만일을 위해 다시 한 번 마이네 전화번호를 눌렀다. 어깨와 귀 사이에 수화기를 끼우고 눈은 미야시타 쪽으로 향했다. 그의 모습을 놓쳐서 2차에 못 가게 되면 여기 온 의미가 없어진다. 자리를 맡는 입장인 미야시타 옆에만 있으면 고립되지 않을 것이다.

신호음이 여덟 번 울렸을 때 안도는 수화기를 놓고서 무심히 시계를 확인했다. 이제 곧 9시가 되려는 참이다. 약속 시간에서 세 시간이나 지났는데 마이는 집으로 돌아오지 않은 것이다.

'대체 어디로 가 버린 걸까.'

안도는 그녀가 걱정되었다.

이야기가 끝났는지, 미야시타가 넙죽 인사를 하며 야스카와 교수와 멀어졌다. 안도는 뒤로 다가가서 미야시타 옆에 나란히 섰다.

"야, 기다리게 해서 미안."

교수를 대할 때와는 태도가 완전히 바뀌어 걱정스러운 말투가 되었다.

"괜찮아."

미야시타는 주머니에서 종잇조각을 꺼내 안도에게 내밀었다.

"2차 장소야. 3가에 있는 이 가게, 알고 있지? 너 먼저 가 있어 줄래? 이쪽에 좀 정리할 일이 있어서."

손을 흔들며 가고 있는 미야시타의 팔꿈치에 안도가 손을 뻗었다.

"잠깐 기다려."

"왜?"

"내가 들어 두었으면 하는 일이 뭔데?"

안도는 아까부터 그게 신경 쓰였다.

미야시타가 두툼한 혀를 내밀며 위아래 입술을 교대로 핥았다. 송별회 요리로 나왔던 로스트비프의 기름을 닦아 내려는 것이리라. 번질번질 붉게 빛나는 입술을 움직이며 그가 말했다.

"발견됐어."

"뭐가?"

"바이러스야."

"······바이러스?"

"오늘 오후, 요코하마에 있는 Y대학에서 연락이 왔어. Y대학에서 해부된 젊은 남녀, 기억해?"

"응, 차 안에서 동시에 심근경색을 일으킨 케이스."

"맞아. 그 두 사람의 병변 부위에서 같은 형식의 바이러스가 발견되었어."

"어떤 건데?"

미야시타가 입꼬리를 축 밑으로 늘어뜨리고 한숨을 내뱉었다.

"놀랍게도, 천연두 바이러스랑 완전히 똑같은 거였어."

"……"

안도는 잠시 할 말을 잃었다.

"역시 세키 교수님의 안목은 대단해. 인후두 부분 궤양을 딱 보자마자 천연두라고 말씀하셨으니까."

"믿을 수 없어."

안도가 작게 말했다.

"믿고 자시고, 아마 류지의 표본에서도 같은 바이러스가 발견될 것 같은데, 당연히 눈으로 직접 보면 믿을 수밖에 없겠지."

미야시타의 얼굴은 알코올 탓으로 평소보다 홍조를 띠고 있었다. 그 때문인지 어딘가 기뻐 보이기도 했다. 이해할 수 없는 바이러스의 등장은 의학자에게 공포보다 고양감을 불러일으키는 걸까.

하지만 안도는 달랐다. 의식의 날 끝이 아까부터 다카노 마이 쪽으로 향하고 있었다. 지금 이 시각, 그녀가 전화를 받을 수 없다는 사실이 마음에 걸려서 견딜 수 없었다. 다카노 마이의 부재와, 천연두랑 거의 같은 바이러스의 발견이 미묘하게 얽혀 버렸다. 기분 나쁜 예감이 들었다.

'류지의 몸에 일어난 것과 같은 일이, 다카노 마이의 몸에도 일어나려고 하는 것이 아닐까? 아냐, 이미 일어나 버린 건지도 몰라.'

호텔 로비는 술에 취한 무리들이 떠들썩하게 메우고 있었다. 거기 섞여서 어린아이의 웃음소리가 들려왔다. 이런 시각에 아이를 데리고 왔나 싶어 안도는 소파 그늘을 살폈지만 작은 어린아이는 아무 데도 없었다.

2

11월 14일 수요일

안도는 대학 본부에 있는 문학부 철학과 연구실을 찾아가서 세미나 담당 교수나 전임 강사에게 다카노 마이의 최근 출석 상황에 대해 물었다. 그런데 어느 교수나 입을 모아서 일주일 동안 마이를 보지 못했다고 한다. 여대생이 적은 철학과에서 마이는 꽃과 같은 존재였는지, 그녀가 결석하면 '부재'했다는 사실이 꽤 눈에 띄는 모양이었다.

지난주 금요일 이후로 안도는 매일 두 번에서 세 번 마이네 집에 전화를 걸었지만 아무도 전화를 받지 않았다. 남자 친구 집에 들어갔다고는 도저히 생각할 수 없어서, 철학과에 물으러 갔더니 더더욱 걱정이 되었다.

혹시 집에 돌아갔을지도 모른다고 생각하고 다음에는 학생과를 찾아갔다.

학생과 주임에게 사정을 설명하고 학생 명부를 열람하여 마이의 본적지가 시즈오카 현 이와타 군 도요다 초라는 것을 알았다.

신칸센을 타면 도쿄에서 두세 시간 거리였다. 안도는 전화번호와, 만약을 위해 주소를 메모했다.

일을 마치고 집으로 돌아오자마자, 메모했던 번호로 전화를 걸었다. 전화를 받은 사람은 마이의 어머니였다. 안도가 이름을 대니, 수화기 너머에 있는 마이의 어머니는 순간 말을 잃었다. 상대가 딸이 다니는 대학의, 거기다 의학부 강사라는 것을 듣고 혼란스러운 모양이었다. 문학부 강사라면 몰라도 의학부라니, 뭔가 나쁜 병에 걸린 줄 알고 몸이 굳어 버린 것이리라. 같은 대학 학생은 다들 무료로 의학부 부속 병원에서 진찰을 받을 수 있는 시스템이 있어서, 부모에게 알리지 않고 딸이 혼자 진찰을 받았을 가능성이 떠오른 것이다.

마이의 어머니는 처음에는 안도가 전화를 건 이유를 잘 이해하지 못했다. 적어도 한 달에 두세 번은 모녀 사이에 연락이 오갔다. 지난주에 가끔 전화를 해도 딸이 집에 없었으니, 3주나 딸의 목소리를 듣지 못했다는 것은 확실했다. 하지만 앞서 일주일 동안만 학교 쪽에 모습을 보이지 않았다는 이유만으로 딸이 다니는 대학의 강사가 집까지 전화를 걸다니, 대체 무슨 일일까……. 그런 의문이 탐색하는 기색이 되어서 목소리에 녹아 있는 것을 안도도 알아차렸다.

"그렇습니까? 지난주 전화했을 때, 따님이 집에 있지 않으셨다고요?"

어머니의 설명을 듣고 안도가 눈살을 찌푸렸다. 마이가 사실은 집에 있어서 찾던 일이 헛수고가 아니었을까 하는 낙천적인 공상을 했었는데 곧바로 무너진 것이다. 지난주에 전화했을 때도 마이는 집에 없었다.

"네에. 그래도 반년에는 서로 시간이 엇갈려서 두 달 가까이 통화를 못한 적도 있으니까요."

안도는 사정을 설명하고 싶었지만 그럴 수가 없어서 답답함을 맛보았다. 바로 어제 류지의 조직 표본에서 요코하마 대학에서 발견된 것과 같은 바이러스가 발견되었다. 어떤 경로로 바이러스가 감염되는지, 자세한 분석은 아직 할 예정이었지만 경우에 따라서는 매스컴에 발표하지 못할 수도 있었다. 여기서 있는 그대로 말해 버릴 수는 없었다.

"실례합니다만, 따님께서 자주 외박을 하시는 편입니까?"

"아니요, 그런 일은 없다고 알고 있습니다."

확신을 갖고 어머니가 대답했다.

"지난주, 전화를 주셨다고 하셨습니다만, 정확히 며칠인지 알 수 있을까요?"

잠시 지나서 어머니가 대답했다.

"화요일인데요."

"……화요일."

화요일에 전화했을 때도 마이는 전화를 받지 않았다. 오늘이 수요일이니까 만 일주일이 넘는다.

"혼자서 여행을 떠났을 가능성도 생각할 수 있을까요?"

"아니요, 없어요."

단정적인 말투에, 안도는 무심코 이유를 물어보고 싶었다.

"왜 그렇죠?"

"그 애는 부모님에게 부담 끼치고 싶지 않다면서 과외 아르바이트를 하며 생활비를 벌고 있어요. 일주일 이상이나 되는 여행을 할 돈이 있을 거라고는 생각되지 않는군요."

순간 안도는 확신했다. 마이는 지금 어쩔 도리가 없는 상황에 빠졌다. 지난주 금요일, 안도에게 아무런 연락도 없이 바람맞힌 것이다. 연락을 할 수 없는 자리는 없다. 데이트가 무리라면 전날이라도 전화를 해서 거절하면 된다. 그녀는 그렇게 하지 않았다. 여기까지 생각하면 이유는 명백하다. 연락을 할 수 있는 상황이 아니었기 때문이다. 갑자기 숨이 끊어진 류지의 모습을 찍은 폴라로이드 사진이 눈에 선했다. 아무리 떨쳐내려 해도 큰 대 자로 뻗어 있는 류지의 사지가 뇌리에 콱 박혀서 떨어지지 않았다.

"혹시 괜찮으시면 내일 이쪽에 와 주실 수 없을까요?"

안도가 수화기를 들고 고개를 숙였다.

"갑자기 그렇게 말씀을 하신들…… 곤란하네요."

한숨 섞인 말을 하고 나서 어머니는 그대로 입을 다물어 버렸다. 표정이 보이지 않아서 위기감을 느끼지 못하는 것일까. 그건 그렇다 쳐도, 안도가 보기에는 어머니의 반응이 너무 미적지근했다. 안도도 알려 주고 싶었다. 사랑하는 존재를 잃게 되었을 때, 얼마나 허망한지. 목소리가 들려서 뒤돌아봤을 때에는 이미 그 모습이 사라진 상태를.

"저, 상경한다고 하더라도, 저에게 뭘 하라는 말씀이신가요. 경찰에 수색 요청이라도 하라고……."

어색한 침묵을 깨고 어머니가 물었다.

"아무튼 일단, 마이 씨의 집을 찾아가 보셨으면 합니다. 저도 같이 갈 테니까요. 수색 요청을 하는 것은 그러고 나서 나중에

할 일이고요."

말은 했지만 안도는 수색 요청을 할 일이 없을 거라고 짐작하고 있었다. 상황이 다르니까.

"곤란하네요. 내일 곧바로는 좀."

어머니는 아무래도 결심을 할 수가 없는 것 같다. 딸이 변사체로 발견될지도 모르는 때에, 무슨 다른 중요한 일이 있다고. 안도는 이 이상 왈가왈부하고 있을 수가 없었다.

"알겠습니다. 저 혼자서 내일 마이 씨 댁에 찾아가 보려고 합니다. 작은 원룸이라고 들었습니다만, 관리인은 계시겠지요?"

"네, 있어요. 이사 갈 때 인사도 해 뒀으니까."

"번거롭게 해 드려 죄송합니다만, 관리인에게 전화해서 내일 오후 2시부터 3시 사이에 안도 미쓰오라는 사람이 간다고, 어머님 쪽에서 말씀 전해 주실 수 없을까요? 관리인 입회하에 마이 씨 댁을 확인해 보도록 하겠습니다."

"네에……."

애매한 대답이었다.

"부탁드립니다. 저 같은 사람이 아무 연락도 없이 가더라도 관리인이 예비 열쇠를 넘겨 주지 않을 테니까요……."

"알았습니다. 전화해서 이야기를 해 놓지요."

"부탁드립니다. 또 무슨 일이 있으면 연락드리겠습니다."

안도가 전화를 끊으려 했다.

"아, 저기."

"……."

"딸을 만나시거든 잘 좀 타일러 주세요."

'아, 아무것도 모르고 있구나.'

안도는 복잡한 심경으로 수화기를 내려놓았다.

3

대학에서 마이가 사는 아파트까지는 전철로 한 번에 갈 수 있었다. 역 개찰구에서 나와 수첩에 메모한 주소와 비교하면서 지도를 한 손에 들고 목적하던 맨션을 찾았다.

도중에 오렌지색 기모노를 입은 여자아이가 부모님과 함께 길을 걷는 것을 보고, 슬쩍 앞질러서 아이의 얼굴을 흘끔 들여다보았다. 7세치고는 꽤 커서, 잘생긴 이목구비를 하고 있다. 오후 햇살 아래, 시치고산 행사 때문에 입은 나들이옷이 생생하게 눈에 들어왔다. 엄마 손을 꼭 쥐고 익숙하지 않은 샌들을 신고 깡충깡충 다니는 모습이 너무 귀여웠다. 안도는 지나치면서 몇 번이나 뒤돌아서 시치고산을 맞이한 가족을 지켜보았다. 이제 15년만 지나면 다카노 마이 같은 미인으로 자랄 거라고 상상하면서…….

상점가에 접한 7층짜리 건물 번지와 수첩에 메모한 번지가 일치했다. 작고 깔끔한 외양이었지만 보기만 해도 바로 방이 얼마나 좁을지 상상이 되었다. 집세를 싸게 받는 만큼 방 수를 늘려서 세입자들을 꽉꽉 채워 넣은 것이다.

안도는 정면으로 돌아가서 관리실 벨을 울렸다. 초로의 관리인이 안에서 고개를 내밀더니 카운터에 있는 창구를 열었다. 안도가 이름을 댔다.

"아, 그렇군요. 다카노 씨 어머님께 말씀 들었습니다."

이야기가 전해졌는지, 관리인이 열쇠뭉치를 절그럭거리며 관리실에서 나왔다.

"번거롭게 해서 죄송합니다."

"아니요, 선생님이야말로 고생이십니다. 거 참, 큰일입니다. 다카노 씨 댁 따님 말이에요."

마이의 어머니가 이야기를 어떻게 해 놨는지는 모르겠지만, 안도는 "네, 뭐."라고만 답하며 끄덕이고 관리인 뒤를 따라갔다.

엘리베이터 앞에서 벽 한쪽에 우편함들이 있었다. 잘 보니 그중에 하나만 신문이 몇 부나 튀어나와 있다. 아마 마이의 우편함일 거라는 짐작이 들어서 가까이 다가갔다. 명패에는 역시 생각대로 '다카노'라고 되어 있었다. 4단으로 되어 있는 우편함 제일 윗줄이었다.

"아, 다카노 씨 거네요. 이런 일은 전혀 없었는데."

안도가 우편함에 억지로 끼워져 있는 신문을 꺼내서 한 부씩 날짜를 확인했다. 가장 오래된 것이 11월 8일 목요일 조간신문이었다. 그날 이후로 오늘까지 7일째가 된다. 7일 동안, 마이가 신문을 가지러 내려오지 않았다. 외박을 계속한 거라고는 생각되지 않았다. 그녀는 지금 집에 있는 것이다. 하지만 신문조차 가지러 내려올 수 없는 상태에 빠져 있다……. 모든 상황이 그 가능성을 나타내고 있었다.

"이제, 되셨죠?"

관리인이 재촉했다. 아무래도 안도가 그만 돌아갈 것처럼 보인다는 말투였다.

"갑시다."

스스로를 격려하며 안도가 관리인을 따라 엘리베이터를 올라 탔다.

3층 303호실이 마이의 집이었다. 관리인이 열쇠 뭉치를 꺼내서 하나를 고르더니 열쇠 구멍에 집어넣었다.

안도는 무의식중에 문에서 멀찍이 물러났다.

'수술용 고무장갑을 가지고 올걸.'

후회감이 밀려들었다. 류지를 죽음으로 이끈 바이러스는 공기 감염되는 것은 아닐 것이다. 에이즈 바이러스와 마찬가지로 매우 감염되기 어렵다고 생각할 수 있다. 하지만 정체불명이기 때문에 만약의 사태를 대비해 준비를 할 필요가 있다. 목숨에 미련은 없었지만 적어도 이번 사건을 해결할 때까지 죽고 싶지 않았다.

달깍, 하고 열쇠가 돌아가는 소리가 복도에 울렸다. 안도는 한 발짝 더 물러선 상태로 후각만 문 너머 안쪽으로 집중시켰다. 시체 냄새는 익숙했다. 11월 중순의 건조한 계절이라고는 해도, 시체의 부패된 냄새는 상당히 강렬할 것이다. 무심코 자세를 취했다. 상상했던 장면이 그대로 눈에 보인다고 하더라도 동요를 최소한으로 억누를 자신이 있었다.

문을 몇십 센티미터 정도 열었더니 그 틈을 통해 바람이 복도로 불어들었다. 발코니 쪽 창이 열려 있는 모양이었다. 안도는 그 바람을 정면으로 받아 두려움에 떨며 코로 공기를 들이마셨다. 시체 특유의 냄새는 없다. 몇 번이나 숨을 들이쉬고 내뱉었다. 역시, 악취는 없었다. 다리에서 힘이 풀릴 정도로 안도감이 들어서 복도 벽에 손을 짚고 서 있었다.

"어서, 들어오시죠."

관리인이 문 안쪽에 서서 손짓하고 있다. 현관에 서기만 해도 방 안 전체가 눈에 들어왔다. 새삼 둘러볼 것도 없었다. 다카노 마이의 몸은 방 어디에서도 보이지 않았다.

예상이 빗나갔다. 안도는 후우 크게 숨을 쉬었다.

신을 벗고 관리인 앞을 지나 방으로 들어갔다.

"정말, 어디로 갔는지……."

뒤에서 노인이 중얼거리는 소리가 들렸다.

안도는 묘하게 불편한 마음이 들었다. 예상한 모습을 보지 않게 되어 크게 한숨 덜었을 텐데 가슴이 계속 빠르게 방망이질 치고 있었다. 방에 충만한 기묘한 분위기. 하지만 안도는 그 분위기가 어디서 발산되고 있는지 알 수가 없었다.

'일주일 동안 마이가 여기 돌아오지 않았다는 뜻이다.'

상황을 보면 그렇게 결론이 나온다.

'그럼 대체, 그녀는 지금, 어디에 있지?'

새로운 의문. 답이 방 안에 있을까.

현관을 들어오면 바로 화장실 겸용 욕실이 있다. 문을 슬쩍 열어 안에 아무도 없다는 것을 확인하고 나서, 다시 한 번 방으로 시선을 돌렸다.

좁은 방을 기능적으로 쓴 노력이 여기저기 보였다. 깨끗하게 개켜진 이불이 방 한쪽 구석에 쌓여 있었다. 침대를 놓을 공간은 없었고, 거기다 이불을 넣을 만한 수납장도 없다. 책상 대신에 겨울에는 고타쓰로 쓰이는 좌탁이 있어서 그 위에 원고지가 흩어져 있었다. 버릴 원고지는 커피 잔 아래 받침으로 썼다. 잔에는 우유가 4분의 1 정도 담겨 있었다. 벽 한쪽 면을 가득 메운 책 장······. 그 한 부분에 비디오 일체형 TV가 떡하니 들어가 있었다.

다른 전자제품도 다 좁은 방 구조를 고려하여 구입한 것처럼, 있을 만한 장소에 있다는 느낌으로 붙박이 가구처럼 훌륭하게 배치되어 있었다.

좌탁 앞에는 펭귄무늬 앉은뱅이 의자가 불안정하게 흔들리고 있었다. 의자에는 깨끗하게 개켜진 잠옷이 올려져 있고 바로 옆에 브래지어와 팬티가 둥글게 말려 있다.

'젊은 여성의 방이라 그런가.'

아까부터 계속 편치 않은 느낌이 들었다. 가슴은 갑갑하고 심장 고동이 격했다. 마이의 속옷을 보고 처음으로 그 이유를 깨달았다. 여성의 방을 훔쳐보는 변태 같은 기분이라 그럴까.

"어떻습니까. 선생님."

관리인은 신발도 벗지 않았고, 방에 들어오려고도 하지 않았다. 사람이 없다는 것은 딱 보면 확실하니 이제 나가자고 재촉하고 있는 것이다.

안도는 말없이 미니 주방 앞으로 걸어갔다. 판자 바닥인데도 두꺼운 양탄자를 밟고 있는 것처럼 한 걸음 디딜 때마다 무겁게 빨려 들어가는 감촉이 있었다. 부엌 앞에 서서 올려다보니 10와트짜리 형광등이 그대로 켜져 있다. 오후 햇살 탓에 지금까지 알아차리지 못한 것이다. 싱크대에는 잔이 두 개 뒹굴고 있었다. 수도꼭지를 비틀어 잠시 물을 흘렸더니 따뜻한 물로 변했다. 형광등 끈을 당겨서 불을 끄고, 미니 주방에서 물러섰다. 불이 꺼졌을 때, 안도의 몸에 문득 닭살이 돋았다.

한번 둘러봐도 마이가 간 곳을 알릴 만한 물건은 전혀 발견되지 않았다.

"갈까요?"

관리인 얼굴도 보지 않고 그렇게 말하고 나서 신을 신으며 방에서 나왔다. 등 뒤에서 문 잠그는 소리가 들렸다. 굽히고 있던 몸을 펴고 안도는 앞장서서 엘리베이터 앞으로 걸어갔다.

둘이서 엘리베이터를 기다리는 동안, 아무 맥락도 없이 올여름 맨션에서 교살된 젊은 여성의 시체를 해부했을 때의 모습이 뇌리에 스쳐 지나갔다. 사후 열 시간 이상 경과했다고 들었지만 막상 해부를 해 보니 내장 기관에 체온이 남아서 조금 놀랐던 적이 있었다. 인간이 죽으면 한 시간에 섭씨 1도씩 체온이 내려간다. 평균적으로 그렇다는 이야기라, 기후나 장소에 따라 상당히 차이가 나지만 그래도 열 시간 이상이나 지났는데 체온이 온전하게 남아 있는 경우는 굉장히 드물다.

3층에서 멎은 엘리베이터 문이 안도 앞에서 열리려던 순간이었다.

"잠깐 기다려 주세요."

석연치 않은 기분으로 이 자리를 떠날 수가 없었다. 마이의 집에 들어갔을 때 느낀 묘한 압박감……. 밟히는 바닥이 녹아서 부드러워진 것 같은 감촉을 잘 형용할 말을 찾았다.

'사후 열 시간이 넘은 시체를 해부할 때, 내장에 온기를 느꼈을 때와 같아.'

온 방에 충만한 기묘한 분위기를 그렇게 표현할 수 있었다.

엘리베이터 문이 다 열리도록, 안도는 안에 타려고 하지 않았다. 관리인은 우뚝 선 안도의 몸이 방해가 되어 움직일 수 없었다.

"안 타십니까?"

안도는 거기에 대답하지 않고 오히려 되물었다.

"일주일 동안 다카노 씨의 모습을 보신 적은 없으시죠?"

엘리베이터 문이 닫히더니 다시 1층으로 내려갔다.

"보다니, 당신, 아무것도……."

적어도 관리인은 그녀의 모습을 보지 않았다. 마이는 거의 결석하는 일 없이 다니던 대학교에 일주일 넘게 모습을 보이지 않았고 몇 번 집에 전화를 걸어도 아무도 받지 않았다. 거기다 맨션 우편함에는 지난주 목요일 이후 신문지가 꽂혀 있었다. 누가 봐도 명백했다. 마이는 지난주 목요일 이후로 집을 비운 것이다. 그렇지만 그 분위기……. 일주일 동안 주인이 집을 비웠던 방의 분위기가 아니었다. 온기가 남아 있었다. 방의 실제 온도가 아니라 바로 직전까지 방에 누군가가 있었다고 느껴지는 기색이.

"다시 한 번 방에 가 보고 싶은데요."

안도가 관리인을 똑바로 보며 말했다. 관리인이 잠깐 놀란 표정을 짓더니 서서히 난감한 기색을 보였다. 그리고 난감하다는 느낌은 순식간에 두려움으로 변했다. 안도는 그 순간을 놓치지 않았다.

'이 노인도 무언가를 두려워하고 있다.'

"돌아가실 때 관리실에 들러서 반납하시면 되니까요."

관리인이 열쇠뭉치를 안도에게 내밀었다. '다시 거기 가 보고 싶으시거들랑 마음대로 하시구려, 근데 나는 사양합니다.'라고 말하고 싶은 것이다.

안도는 관리인이 그 방에서 어떤 인상을 받았는지 궁금했다.

하지만 물어보면 아마 대답할 말이 궁할 것이다. 간단하게 표현할 성질의 것이 아니다. 그 기묘한 기색을 어떻게 설명할까.

"잠깐 빌리겠습니다."

안도는 열쇠 뭉치를 받고서 곧바로 몸을 돌렸다. 꾸물대고 있으면 용기가 사라져 버릴 것 같았다. 대체 그 분위기를 만들어 내는 것이 무엇인지, 그것만 확인하고 바로 나올 생각이었다.

다시 방문을 열었다. 가능하면 문을 열어 두고 싶었다. 하지만 손을 놓으면 문이 자동적으로 닫히게 되어 있다. 닫히는 순간, 공기 흐름이 뚝 멎었다.

안도는 신을 벗고 창가로 가서 새시 창문을 닫고 레이스 커튼을 최대한 열었다. 오후 3시를 지나 남쪽을 향한 창문에서 햇빛이 대각선으로 비쳐 들어오고 있었다. 안도가 햇살을 받으며 다시 한 번 방을 둘러보았다. 방 분위기는 여성적이지도, 남성적이지도 않았다. 펭귄무늬 의자가 없었으면 이 방이 여성의 방인지 남성의 방인지 판단할 수 없었을 것이다.

앉은뱅이 의자 옆에 앉아서 마이의 속옷을 집어 들었다. 코에 바짝 대고 냄새를 맡다가 한번 뗐다 다시 가져다 댔다. 우유 냄새가 났다. 아들이 아장아장 걸을 무렵, 살갗 냄새를 맡으면 이런 냄새가 났다. 아직 남자를 모르는 몸인지, 무구한 여자의 냄새는 유아의 그것과 비슷했다.

속옷을 원래 장소에 놓고 그대로 몸을 반 바퀴 돌렸더니 TV가 눈에 들어왔다. 붉은 파일럿 램프가 작게 켜져 있었다. 비디오 전원이 들어온 채로 놔둔 것 같았다. 이젝트 버튼을 눌렀더니 비디오테이프가 삽입구에서 고개를 내밀었다. 흰 라벨에 제목이 적혀 있었다.

'라이자 미넬리, 프랭크 시나트라, 세미 데이비스 주니어 1989'

굵은 사인펜으로 적은, 여자 글씨 같지 않은 투박한 글자였다. 집어서 살펴봤더니 테이프는 전부 앞으로 감겨 있었다. 그대로 앞뒤를 살피고 나서 삽입구에 집어넣었다. 이번 일련의 사건과 비디오테이프의 관계를 떠올려 봤다. 다카노 마이에게 들었던 아사카와의 이야기, 그리고 아사카와의 차가 추돌했을 때, 조수석에 비디오 기기가 실려 있었던 일.

안도가 재생 버튼을 눌렀다.

겨우 2, 3초 동안 점도 높은 액체에 먹을 듬뿍 흘려서 섞는 것 같은 영상이 떠올랐다. 검게 굽이치는 화면에 빛의 점이 나타나고 깜빡임을 반복하면서 좌우로 뛰어 돌아다니다가 서서히 빛이 부풀어 올랐다. 한순간, 안도는 기분 나쁜 느낌에 휩싸였다. 빛의 점이 어떠한 모양을 이루고 있을 때 영상이 최근 자주 봤던 광고로 바뀌었다. 강렬한 명암 대비. 암흑이 끊기고 밝은 일상이 고개를 내미는 것 같아서 아주 잠깐 안도는 안도하며 어깨 힘을 뺐다.

계속해서 다음으로 연속되는 스폰서 광고 필름. 빨리감기를 하며 광고를 흘려보내자 일기예보가 시작되었다. 미소 짓는 여성이 날씨가 표시된 지도를 가리키고 있다. 더 빨리 감았다. 아침 프로그램 같은 장소. 장면이 바뀌고 마이크를 손에 든 리포터가 등 뒤에 있는 TV 카메라를 향해 말하며 멀어지고 있다. 연예인 부부의 이혼을 보도하고 있는 것 같다. 계속 빨리 감아도 제목에 있는 음악 프로 영상은 나오질 않았다. 한번 녹화한 테이프 위에 다른 내용이 덧씌워진 듯했다.

보는 동안 안도의 몸에서 긴장이 풀렸다. 프랭크 시나트라나 라이자 미넬리의 쇼가 아니라 뭔가 훨씬 무서운 영상이 나오는 것이 아닐까 하고 걱정하고 있었지만 처음 한순간 말고는 그의 예상을 배신하고 지지부진한 TV 프로가 나왔다. 아침 쇼 프로그램이 끝나자 이번에는 재방송하는 시대극이 시작되었다. 안도가 테이프를 멈추고 다시 되감았다. 처음 부분에 있던 일기예보를 다시보기 위해서였다.

일기예보 처음 부분에서 재생 버튼을 눌렀다. 여성의 목소리…….

"그러면 11월 13일, 화요일 날씨 상황을 보시면……."

거기서 버튼을 눌러 화면을 일시정지 했다.

'11월 13일이라고?'

오늘이 11월 15일이니까 비디오테이프는 그제 아침에 녹화되었다는 뜻이다. 대체 누가 녹화 버튼을 눌렀을까?

'그제 아침에 마이가 이 집에 돌아온 것일까?'

하지만 그러면 우체통에 꽉꽉 채워진 신문 다발이 설명되지 않았다. 단순히 가져가는 것을 잊어서 그런 것일까?

'그렇다 쳐도.'

안도는 비디오 앞면 뚜껑을 열어서 예약 녹화 데이터가 남아 있는지 확인하려 했다. 일주일 전에 마이가 이 집을 나설 때 예약 녹화 타이머를 어제 아침으로 세팅해 놨을 가능성도 있었다.

그때 물방울이 떨어지는 소리가 들렸다. 안도는 고개를 들고 그곳에 앉은 채로 미니 주방 수도꼭지를 바라봤지만 물방울은 보이지 않았다. 비디오를 그대로 놔두고 일어서서 현관 옆 욕실을 들여다보았다.

아까 봤을 때와 마찬가지로 문이 약간 열려 있었다. 안도는 욕실 불을 켜고서 문을 활짝 열려고 했다. 하지만 변기에 걸려서 반정도만 열렸다. 그 틈으로 상반신을 들이밀었다. 무릎을 안아야겨우 들어갈 정도로 작은 욕조 앞에 나일론 커튼이 늘어져 있었다. 커튼을 바깥으로 잡아당기고 욕조 안쪽을 보았다. 천장에 물방울이 맺혀서 똑 똑 소리를 내고 있었다. 욕조 바닥에는 물이 고여 있었다. 눈을 부릅뜨고 살펴보았다. 또 물방울이 떨어져서 욕조에 고인 물에 약하게 파문을 일으켰다. 바닥에 10센티미터 정도 깊이로 고여 있는 물은 일부 흘러나가는 것 같은 움직임을 보이고 있다. 표면에 뜬 가느다란 머리카락 몇 가닥이 물의 흐름에 휘말려 회전하고 있었다.

상반신을 더욱 안쪽으로 들이밀고 욕조 안쪽에 고개를 가까이 했다. 둥글고 검은 배수구의 마개가 뽑혀 있었다. 안도는 즉각 그 의미를 이해했다. 배수관에 비누나 머리카락이 꽉 차서 물이 빠져나가는 속도가 무서울 정도로 늦어진 것이었다. 하지만 줄곧 물의 흐름을 관찰하고 있었더니 그것이 서서히 빠져나가고 있다는 것을 알았다.

겨우 알아차렸다. 동시에, 의문이 떠올랐다.

'대체 누가, 이 마개를 뽑았지?'

관리인이 아니라는 것은 확실했다. 그는 신을 벗지도 않고 현관에서 한 발짝도 들어오지 않았다.

'그럼 대체 누구지?'

안도는 욕실에 한 발을 집어넣고 몸을 굽혔다. 시험 삼아 손을 뻗어서 물을 만져 보았다. 어렴풋이 온기가 있었다. 차게 식은 물이 아니다. 머리카락 몇 가닥이 손에 걸렸다. 그때의 감각과 같다. 사후 열 시간이 지난 시체에 손을 찔러넣어서 체온을 느꼈던 때……. 일주일간 빈 집이었을 텐데, 한 시간 전에 누군가 욕조에 물을 받고 충분히 환기한 뒤에 바로 좀 전에 마개를 뽑은 것이다.

안도는 젖은 손을 서둘러 당겨서 바지에 닦았다.

변기 건너편, 화장실 휴지 바로 아래에 갈색의 더러운 것이 있었다. 대변 찌꺼기가 아니었다. 위에서 나온 토사물이 작게 덩어리져서 아직 덜 소화된 음식물이 그 형태를 유지하고 있었다. 당근 같은 붉은 고형물이 녹다 말았다.

'마이가 토한 건가?'

안도는 좁은 욕실에 한쪽 발만 넣은 자세로 몸을 웅크리고 있었는데, 위의 내용물을 확인하려고 더욱 허리를 굽혔을 때 균형을 잃고 비틀거리다 변기 테두리에 뺨을 찍어 버렸다. 옅은 크림색 변기에 뺨이 눌려 얼굴이 일그러지는 것을 스스로도 알 수 있었다.

그때, 등 뒤에서 웃음소리가 들린 것 같았다.

안도는 비명이 나오려는 것을 억누르고 냉정한 모습 그대로 몸의 움직임을 멈췄다.

환청이 아니다. "우후, 우후후." 하고 등 뒤에 아주 낮은 위치에서 소리가 들려온 것이다. '땅에서 솟아올라오는' 딱 그런 느낌이었다. 땅에서 싹을 틔워 꽃을 피우는 식물처럼 웃음을 피우고 있다. 안도는 몸을 경직시키고 숨소리를 낮추었다.

다시 "쿡." 하는 웃음소리. 역시 환청이 아니다. 농밀한 기척이 있다. 등 뒤에 누군가 있다. 안도는 뒤돌아보긴커녕 미동도 할 수 없었다. 이제 어떻게 해야 하는지 판단조차 내릴 수 없었다. 매끈한 변기에 얼굴을 박고서 "관리인 아저씨, 거기 계세요?" 하고 얼빠진 소리를 했는데 목소리가 떨리는 것은 어떻게 억누를 수 없었다. 욕실 바깥에 내밀어져 있는 발끝으로 공기의 흐름을 느꼈다. 뭔가 움직이고 있는 것 같다. 바지 끝자락과 밑으로 처진 양말 사이로 피부가 노출되어 있었는데, 거기에 뭔가 닿았다. 그것은 매끈한 감촉을 남기고 대각선으로 이동해 갔다. 하반신이 움츠러들어서 안도는 무심코 비명을 질렀다. 방에 숨어 있던 고양이가 아킬레스건 부근을 핥았을 것이다……. 그렇게 말하려 해도 소용없었다. 온몸의 오감으로 알고 있었다. 그런 것이 아니라는 걸. 훨씬 정체를 모를 무언가가 등 뒤에 있었다.

욕조 테두리보다 얼굴이 밑에 있어서 안을 들여다볼 수가 없었지만 바닥에 고여 있던 물이 다 빠져나갔다는 것을 알았다. 슈루루룩 소용돌이를 그리며 물이 머리카락과 함께 배수관으로 빨려 들어가는 소리가 들렸다. 그 소리에 겹쳐서 바닥이 삐걱거렸다. 천천히 멀어져 가는 소리.

견딜 수가 없어서 소리를 질렀다. 의미 없이 신음하며 고함을 치고 무릎으로 욕실 문을 차서 쾅쾅 소리를 냈다. 끝에 가서는 변기 꼭지를 틀어서 물을 내렸다. 그리고 자기가 일으킨 소란스러운 분위기에 용기를 얻어서 서서히 자세를 가다듬었다. 손으로 상반신을 짚고 몸을 일으켜서 똑바로 서는 것에 가까운 자세로 등 뒤의 기척을 살폈다. 뒤돌아보지 않고 방 바깥으로 나갈 방법이 없을까 하고 진지하게 검토했다. 무수한 작은 거미들이 등을 기어

다니는 것처럼 목덜미에 소름이 잔뜩 돋았다.

한 발 한 발 뒷걸음질 치며 발뒤꿈치에 아무것도 닿지 않는 것을 확인하고 단숨에 방향을 바꿔 문손잡이를 돌려 복도로 뛰쳐나왔다. 어깨 끝을 벽에 부딪혔지만 아픔을 참으면서 반동으로 닫혀 가는 문을 곁눈으로 지켜보았다.

거친 호흡으로 엘리베이터로 향했다. 주머니 안에서 열쇠다발이 달그락거렸다. 방에 놓고 온 물건이 없어서 다행이라고 안도했다. 두 번 다시 돌아가고 싶지 않았다. 그 방에는 틀림없이 뭔가 있다. 방의 세부 사항을 전부 정확하게 떠올릴 수 있었다. 숨을 수 있는 장소는 아무 데도 없을 것이다. 개켜진 이불. 폭도 좁고 안쪽도 깊지 않은 붙박이장. 전혀 숨을 장소 따위는 없는 듯했다. 어지간히 작은 생물이 아닌 한…….

귓가에 철 늦은 모기가 날고 있었다. 아무리 흔들어서 내쫓아도 시끄럽게 붕붕 들러붙었다. 안도는 힘없이 기침하며 주머니에 양손을 찔러넣었다. 갑자기 추워진 듯했다. 엘리베이터가 좀처럼 오지 않았다. 너무 늦기에 안달하며 위를 봤더니 1층에 정지한 채 움직이지 않았다. 아무 일도 일어나지 않았다. 내려가는 버튼을 누르기를 잊은 것이다. 두 번, 세 번, 확실하게 버튼을 누르고 나서 그 손을 다시 주머니에 넣었다.

4

"야, 무슨 생각을 그렇게 해?"

미야시타의 말에 안도는 비로소 자기가 망연자실 멍하니 있었다는 것을 깨달았다. 겨우 두 시간 전에 느꼈던 감각이 온몸에 해일같이 밀려와서 의식을 송두리째 휩쓸어 간 것 같았다. 필사적으로 진정하려 해도 피부에 소름이 돋을 뿐, 열심히 말을 거는 미야시타의 말은 단편적으로밖에 뇌리에 닿지 않았다.

"어이, 듣고 있어? 이봐."

미야시타가 목소리를 짜증스럽게 냈다.

"아, 그럼. 듣고 있어."

안도는 정신이 딴 데 가 있는 표정으로 건성건성 대답했다.

"뭔가 맘에 걸리는 일이 있으면 말해 봐."

미야시타가 탁자 밑에서 둥근 의자를 꺼내 힘겹게 두 다리를 얹고 상체를 뒤로 젖혔다. 안도의 연구실이지만 개의치 않고 천연덕스럽게 굴었다.

법의학 연구실에는 안도와 미야시타밖에 없었다. 창밖이 완전히 어두워졌지만 아직 6시도 되기 전이었다. 다카노 마이의 맨션에 갔다가 뭐라고 표현하기 어려운 기분 나쁜 느낌을 맛본 안도가 대학 연구실에 돌아오자마자 미야시타가 찾아온 바람에 마음의 평정을 되찾을 새도 없이 아까부터 계속 바이러스에 관한 이야기를 들었다.

"딱히 마음에 걸리는 일은 없어."

마이의 방에서 겪은 일을 미야시타에게 말할 생각은 없었다. 표현하려 해도 적당한 말이 없다. 좋은 비유가 떠오르지 않았다. 밤중에 화장실에 섰을 때 등 뒤에 누가 있는 것처럼 착각한 거라고 하면 될까. 일단 그 기색을 느끼고 나면 뒤돌아서 환상을 쫓아 버리기 전까지, 괴물은 공상 속에서 비대해진다. 하지만 안도가 느낀 것은 그런 평범한 감각이 아니었다. 마이의 집에 있는 욕실에서 균형을 잃고 변기에 뺨을 박았을 때, 틀림없이 등 뒤에 뭔가 있었다. 공상의 산물이 아니다. 높은 목소리로 웃는 뭔가가 있었다. 그리 겁쟁이도 아닌데도 뒤돌아볼 수조차 없었다.

"안색이 나쁜데. 오늘 특히."

미야시타가 말하면서 흰 옷에 안경 렌즈를 닦았다.

"요새 수면 부족이라서."

거짓말은 아니었다. 안도는 요새 밤에 잠에서 깨어나 그대로 잠들지 못하는 경우가 많았다.

"뭐, 됐어. 아무튼, 몇 번이나 같은 말 묻지 말라고. 누가 말을 끊는 건 너도 싫을 거 아냐."

"미안."

안도가 솔직하게 사과했다.

"그래서, 아까 하던 말 계속해도 되지?"

"응, 부탁해. 계속해 봐."

"그런데, 그 요코하마에서 해부된 시체 두 구에서 발견된 바이러스 말인데……."

"천연두 바이러스랑 똑같다는 그거?"

안도가 끼어들었다.

"그래. 그거."

"겉모습이 비슷한 건가?"

미야시타가 탁자 표면을 가볍게 손으로 쳤다. 흥분한 얼굴로 눈을 크게 뜨고 안도의 눈을 노려보았다.

"역시 듣지 않고 있었잖아. 아까 말했지. DNA 자동 해석 장치에 돌려서 새로 발견한 바이러스 염기배열을 분석했어. 그리고 컴퓨터에 입력했어. 그랬더니 라이브러리에 보존되어 있는 천연두 바이러스와 거의 겹친 거지……."

"천연두와 같은 것이 아니라는 얘기야?"

안도가 확인했다.

"그래. 70퍼센트 정도 같았어."

"남은 30퍼센트는?"

"놀라지 마. 효소를 코딩하는 유전자의 염기배열과 일치해."

"효소? 무슨 생물의?"

"인간이야."

"농담이지?"

"못 믿는 것도 무리가 아니야. 하지만 사실이야. 동종의 다른 바이러스는 인간의 단백질 유전자를 가지고 있었어. 즉, 새로 발견된 바이러스는 천연두 유전자와 인간 유전자로 이루어져 있는 거야."

천연두는 DNA 바이러스일 것이다. 레트로 바이러스(유전물질이 단일가닥 RNA인 동물성 바이러스 중에서 단일가닥 RNA가 DNA 합성 때 주형으로 작용하는 종류 — 옮긴이)라면 인간 유전자가 들어 있다고 해도 이상한 일이 아니다. 역전사 효소를 가지고 있기 때문이다. 하지만 통상 역전사 효소를 가지고 있지 않은 DNA 바이러스가 어떻게 인간 유전자를 자기 몸속에 집어넣을 수 있었는가……. 안도로서는 그 프로세스를 설명할 수 없었다. 게다가 어떤 바이러스는 효소, 어떤 바이러스는 단백질, 이런 구조인데 따로따로 잘려 있는데 인간 유전자가 포함되었다고 한다. 마치 인간의 몸을 수만 개의 부품으로 분해해서 그 하나하나를 바이러스가 분담하여 보존하고 있는 것 같았다.

"그러면 류지의 몸에서 발견된 바이러스도 같아?"

"이제야 거기까지 이야기가 나왔네. 냉동 보존되었던 류지의 혈액에서도 바로 어제 거의 같은 바이러스가 발견되었어."

"역시 천연두 바이러스와 인간의 혼성 부대야?"

"거의."

"거의?"

"거의 같아. 하지만 극히 일부분에 동일한 염기배열이 반복되어 있는 것이 보였어."

"……"

"마치 긴타로 엿(어느 부분을 잘라도 단면에 긴타로의 얼굴이 나오는 가락엿 ─ 옮긴이)처럼 어느 부분을 추출해도 40염기 정도 집요하게 반복되더라고."

"……"

안도는 할 말을 잃었다.

"잘 들어. 요코하마에서 해부된 두 구에는 그런 것이 없었어."

"즉, 요코하마의 시체 두 구에서 발견된 바이러스와 류지의 혈액에서 발견된 바이러스는 미묘하게 다르다는 뜻인가."

"그래. 비슷하긴 한데, 아주 약간 차이가 있어. 뭐, 다른 대학에서 보낸 데이터들을 다 모으지 않았으니 아직 뭐라고 하기 그렇지만."

그때, 나란히 붙어 있는 세 책상 가장 끝에 있는 전화가 울렸다. 미야시타가 "쯧." 하고 혀를 찼다.

"이번엔 전화냐."

"잠깐 일어날게."

안도가 일어서서 전화를 받았다.

"네. 여보세요."

"M신문사의 요시노라고 합니다만, 안도 선생님 계십니까?"

"접니다."

"법의학 교실의 안도 강사님 맞으시죠?"

요시노라고 하는 남자가 다시 확인했다.

"네, 그렇습니다."

"지난달 20일, 도쿄 감찰의무원에서 다카야마 류지 씨의 행정 해부를 하신 선생님이시라고 들었습니다만, 맞으신가요?"

"네, 제가 집도했습니다."

"그렇군요. 사실, 그 건에 대해서 말씀드릴 것이 있는데 시간을 할애해 주실 수 있습니까?"

"아……"

뭐라고 대답을 해야 할지 머뭇거렸더니 미야시타가 귓가에 속 삭였다.

"누구야?"

안도가 수화기 송화구를 손으로 막고 대답했다.

"M신문사 기자야."

바로 수화기를 원래대로 하고서 안도가 되물었다.

"무슨 용건이시죠?"

"이번 일련의 사건에 관해 선생님의 의견을 듣고 싶어서……"

안도는 '일련의 사건'이라는 말에 적잖이 놀랐다. 매스컴이 벌

써 냄새를 맡았나. 아무리 그래도 너무 빠른 듯했다. 해부를 담당
한 의학부조차 겨우 2주 전에 변사 사건 몇 건의 관련성을 발견
한 참이었는데.

"일련의 사건이라고 하시면……."

안도는 상대가 얼마나 알고 있는지 속을 떠보려고 했다.

"다카야마 류지 씨를 시작으로, 오이시 도모코, 쓰지 요코, 이
와타 슈이치, 노미 다케히코, 그리고 아사카와의 아내와 딸에게
일어난 일련의 변사 사건입니다."

대체 어디서 정보가 새어 나갔는지, 안도는 여우에게 홀린 기
분에 입을 다물어 버렸다.

"선생님, 어떠세요? 한번 뵐 수 있을까요?"

안도가 머리를 굴렸다. 정보는 반드시 많은 쪽에서 적은 쪽으
로 흐르는 법이다. 만약 요시노라는 신문기자가 이번 사건에 관
해서 더 많은 정보를 쥐고 있다면, 그것을 드러내지 않을 수 없을
것이다. 이쪽이 쥐고 있는 것을 전부 보여 줄 필요는 없다. 비밀은
유지하면서 상대로부터 필요한 정보를 빼내면 된다.

"알겠습니다. 한번 뵙죠."

"언제가 괜찮으십니까?"

안도가 수첩을 펴서 스케줄을 확인했다.

"빠를수록 좋습니다. 내일이면 점심에 두 시간 정도 비는데요."

잠시 지났다. 요시노도 스케줄을 조정하고 있는 것 같다.

"알겠습니다. 그러면 점심에 연구실로 찾아뵙겠습니다."

안도와 요시노는 거의 동시에 수화기를 내려놓았다.

"뭐래?"

미야시타가 다가와서 안도의 소매를 잡아당겼다.

"신문기자야."

"그래서, 뭐라고 하는데?"

"보고 싶다는데."

"너한테?"

"응. 묻고 싶은 게 있나 봐."

"흐음."

미야시타가 생각에 잠겼다.

"저쪽은 이미 다 알고 있는 것 같다."

"모르겠네. 관계자 중에 누군가 말을 흘렸을까?"

"글쎄, 그것도 내일 만날 때 물어볼게."

"쓸데없는 말은 하지 마."

"알고 있어."

"특히, 바이러스가 관련되었다는 말은."

"그래. 만약 상대가 아직 모르고 있다면."

그때 문득 생각이 났다. 그러고 보니 아사카와도 요시노와 같은 M신문사 기자였다는 사실이. 두 사람이 서로 아는 사이고, 이 사건에 깊이 관여하고 있다면 내일 점심에 재미있는 정보를 들을 수 있을지도 모른다. 안도의 호기심이 점차 부풀어 올랐다.

5

요시노는 아까부터 몇 번이나 물잔에 손을 뻗으려 했다. 잔을 쥐는 시늉을 하며 손목시계에만 눈길을 주고 있다. 다음 약속이 있는지, 시간이 신경 쓰이나 보다.

"죄송합니다, 잠깐 실례하겠습니다."

요시노가 머리를 가볍게 숙이고 자리에서 일어났다. 카페 테라스의 테이블 사이를 빠른 걸음으로 빠져나가 카운터 옆에 있는 공중전화 앞에서 발을 멈추었다. 수첩을 펴며 서둘러 번호를 누르는 모습을 보는 동안, 안도는 한숨 돌리는 모습으로 의자 뒤에 몸을 기대고 있었다.

점심시간에 정확히 대학 연구실을 방문한 요시노를 역 앞에 있는 카페 테라스로 데려온 것이 한 시간 전이었다. 탁자 위에는 아직 그의 명함이 그대로 놓여 있었다.

'M신문사 요코스카 지국 요시노 겐조'

그 요시노에게서 믿기 어려운 이야기를 듣고 안도의 머릿속은 혼란스러웠다. 요시노는 거의 일방적으로 말하며 안도의 머릿속에 의문만 잔뜩 심어 놓고서 자리에서 일어나 어딘가에 전화를 걸고 있었다.

요시노에 따르면 일련의 사건들이 일어나게 된 발단은 8월 29일 밤에 이즈 반도 한쪽에 위치한 리조트 클럽인 미나미하코네 퍼시픽 랜드의 임대 별장, 빌라 로그캐빈이라고 했다. 빌라 로그캐빈 B-4호에 숙박한 네 남녀가 어떤 여성의 염력으로 녹화된 비디오테이프를 주웠다? 그리고 그 비디오테이프를 본 인간들은 정확히 일주일 후에 죽도록 운명 지어진다?

몇 번을 생각해도 황당무계함을 지울 수 없었다. 요시노는 "아마 염사한 것일 겁니다."라고 무작정 말을 했지만, 비디오테이프에 영상을 염사하다니 불가능하지 않은가. 하지만 어떨까…… 해부 후, 류지의 배에서 튀어나온 신문지 조각에 있는 숫자도 그렇고, 마이의 방에서 경험했던 이상한 기척도 그렇고, 남이 들으면 황당무계한 일이 아닌가. 실제로 겪어 보는 것과 남이 하는 말을 듣는 것은 현실감이 천지차이다. 적어도 요시노는 이번 사건에 직접적으로 관여를 했고, 그 근거를 말해 주었다. 요시노는 사건을 직접 조사한 아사카와 가즈유키와 다카야마 류지의 배후에서 조사를 뒷받침했다. 그가 하는 말은 나름 설득력이 있었다.

"죄송합니다. 기다리셨죠?"

요시노는 자리로 돌아오자마자 수첩에 뭔가 적어 넣더니 수염으로 뒤덮인 뺨을 펜 끝으로 긁었다. 꽤나 뻣뻣한 수염이었다. 벗어지기 시작한 머리카락을 대신하기라도 하듯이 뺨부터 턱까지 길게 털이 늘어져 있었다.

"어디까지 이야기했더라."

요시노가 그렇게 말하며 수염으로 뒤덮인 얼굴을 내밀었다. 제법 살가운 말투였다.

"다카야마 류지가 끼어든 부분까지입니다."

"실례합니다만, 다카야마 씨와 선생님은……"

"동창입니다. 학생 때."

"그렇죠. 그렇게 들었습니다."

이미 다 조사하고 나서 연락을 한 거라고, 안도는 그렇게 이해했다.

"그런데, 요시노 씨는 보셨습니까? 그 비디오를?"

안도가 아까부터 신경 쓰이던 부분을 물었다.

"설마요."

요시노가 둥그런 눈을 더 둥그렇게 떴다.

"만약 봤다면 지금쯤 저도 해부되었을 겁니다. 그걸 볼 용기는 전혀 없습니다."

요시노가 작게 웃었다.

비디오테이프가 일련의 변사 사건에 연관되어 있다는 사실을 안도는 전부터 어렴풋이 눈치 채고 있었다.

하지만 딱 일주일 뒤에 영상을 본 사람들이 죽게 된다는 비디오의 존재 따위, 추호도 생각해 본 적이 없었다. 안도는 아직 믿을 수 없었다. 어떻게 하면 믿게 될까. 아마 실제로 영상을 보고 일주일 뒤에 죽음이 찾아오는 순간이 되지 않으면 도저히 받아들일 수 없을 것 같았다.

요시노는 식은 커피를 천천히 시간을 들여서 마셨다. 시간에 여유가 생긴 덕인지 상대를 재촉하는 동작은 삼갔다.

"그럼, 어째서 아사카와 씨가 살아 있는 걸까요? 아사카와 씨는 테이프 영상을 봤죠?"

안도의 말투에는 그것을 우습게 여기고 있는 분위기가 스며 있었다. 혼미상태에 빠져 있다고는 해도 아사카와는 아직 살아 있었다. 그 점을 납득할 수 없었다.

"그겁니다. 제가 궁금한 것도."

요시노가 더욱 몸을 앞으로 내밀었다.

"뭐, 본인에게 묻는 것이 제일 좋겠으나, 아사카와가 입원한 병원에 가 봤지만 그 상태로는 일이 진전이 되질 않으니."

요시노도 시나가와 재활병원까지 면회를 다녀온 것이다. 그리고 의사소통이 불가능한 아사카와를 앞에 두고 어찌할 도리가 없었다.

"하지만, 아마도……."

요시노가 뭔가 짐작한 듯, 상대에게 주의를 촉구하는 어조로 말했다.

"아마?"

"아실 거라고 생각합니다만 그것만 입수하면……."

"그것이라뇨?"

"아사카와는 주간지 기자입니다."

안도는 대답할 말이 없었다. 이야기가 완전히 다른 방향으로 넘어간 것 같았기 때문이다.

"네에, 알고 있습니다."

"저는, 그 녀석에게 들었습니다. 이번 사건에 대해서 완벽한 보고서를 작성 중이라고요. 그 녀석은 기사를 자기 손으로 쓰기 위해 그 사건을 뒤쫓기 시작했으니까요. 아사카와는 류지와 엮이고 나서 비디오테이프의 수수께끼를 풀기 위해 이즈의 오시마나 아타미까지 날아가서 조사를 했습니다. 그리고 확실히 뭔가를 붙잡았을 겁니다. 틀림없이 조사한 내용은 문서로 만들어서 플로피디스켓 안에 넣었을 테죠."

단숨에 말을 마친 요시노는 안도에게서 눈을 피해 옆얼굴을 보였다.

"그렇군요."

요시노가 시선을 다시 되돌리며 후회스러운 표정을 지었다.

"어디 있을지, 집에는 전혀 없었는데……."

요시노의 시선은 먼 곳을 찾아 헤메고 있는 것 같았다.

"집이오?"

아사카와는 입원해 있고, 아내와 딸은 죽었다. 지금 그의 맨션에는 아무도 없을 것이다. 집에 숨어들어서 찾아보기라도 했단 말인가.

"글쎄, 그런 곳 관리인은, 얘기만 잘 하면 바로 관리실 열쇠로 열어 주니까요."

바로 어제도 마이가 너무 걱정된 나머지 안도도 같은 짓을 했었다. 그래서 요시노의 행위를 비난할 마음은 들지 않았다. 목적이 다르다고는 해도 사람 없는 집을 뒤지러 들어가는 행위는 비슷하지 않은가.

요시노는 주눅 드는 기색도 없이 후회가 계속 앞서는지 혀만 계속 찼다.

"구석구석 찾았는데도, 아무 데도 보이질 않더라고요. 워드프로세서나 플로피디스켓도."

정신 사납게 다리를 떨고 있다는 것을 자신도 눈치 챘는지, 요시노는 허둥대며 무릎에 손을 얹고 짐짓 쓴웃음을 지었다.

안도의 뇌리에 아사카와가 일으킨 사고 현장 사진이 차례차례 떠올랐다. 그중 한 장, 운전석 쪽에서 차 내부 전체를 촬영한 사진에는 쓰러진 조수석 시트에 껴 있는 비디오 플레이어 같은 물체가 나와 있었다. 그리고 조수석 발치에는 노트북 컴퓨터 비슷한 물체가 굴러다녔다. 몸체가 검은 두 물체는 강렬한 인상으로 안도의 뇌리에 남아 있었다. 그 순간, 영감이 떠올랐다.

안도는 바깥에 있는 JR 전철역에서 밀려나오는 인파를 보는 척

하면서 필사적으로 머리를 가동시켰다.

'나는 일련의 사건을 상세하게 작성한 보고서가 있는 곳을 알고 있는지도 몰라.'

요시노가 하는 말이니 공들여 아사카와의 집을 수색했겠지만 집에는 워드프로세서나 플로피디스켓이 없었다. 요시노는 모르는 것이다. 아사카와가 마지막에 있던 장소…… 즉 사고를 일으킨 차의 조수석에 그것이 있었다는 사실을.

플로피디스켓을 입수할 가능성이 높다고 안도는 서서히 확신했다. 하지만 요시노에게 밝힐 생각은 없었다. 입수한다고 해도 매스컴에 있는 사람에게 건넬 수 있을지는 그 내용에 달린 문제였다. 현재, 일곱 구의 변사체 모두에서 천연두와 유사한 바이러스가 발견된 것으로 판명되었다. 학회에 발표하기는커녕 S대학이나 요코하마에 있는 Y대학을 중심으로 연구회가 발족될 상황이었다. 여기서 무턱대고 매스컴이 소란을 피우게 되면 정체불명의 바이러스라는 사실만으로 얼마나 큰 혼란이 빚어질지 짐작도 되지 않았다. 신중하게 일을 처리하지 않으면 되돌릴 수 없는 상황이 될 우려가 있었다.

그 후, 요시노가 당연한 질문을 던졌다. 해부 결과가 어떻게 되었는지, 사인은 판명되었는지, 지금 자신이 이야기한 내용과 해부 결과를 맞춰 보면 뭔가 새로운 사실이 발견될지……. 수첩을 펴고 거기 얼굴을 갖다 대고서 요시노는 차례로 질문을 던졌다.

안도는 어느 질문에도 가능한 한 정중하게, 하지만 빈틈없이 대답했다. 하지만 그의 의식은 이미 다른 곳으로 날아가 있었다. 지금 이 순간, 당장이라도 플로피디스켓을 입수하고 싶어서 참을 수가 없었다. 손에 넣으려면 일단 어떻게 하는 것이 가장 좋을지, 그런 생각만 하고 있었다.

6

　다음 날인 토요일, 감찰의무원에서 행정해부 두 건을 마친 후 안도는 그 자리에 동석한 젊은 경찰관을 붙들고 사고 차량 처리 순서에 대해 물었다. 가령 수도 고속 만안선 오이 교차로 출구 부근에서 사고가 일어날 경우 망가진 차량은 어떻게 취급되는가, 하고.

　"글쎄요, 일단 검사 확인을 합니다."

　안경을 쓴 건실해 보이는 젊은 경찰이 그렇게 답했다. 몇 번 봤던 얼굴이었지만 말을 섞는 것은 처음이었다.

　"그리고?"

　"차 주인에게 돌려줍니다."

　"렌터카일 경우에는?"

　"그러면 물론 렌터카 회사로 돌려주죠."

　"그렇다면, 타고 있던 사람이 젊은 부부와 딸 세 가족인데, 아, 이 일가는 시나가와 구의 분양 맨션에 셋이서 살고 있었습니다. 아내와 딸이 사고로 죽고, 남편은 중상을 입어 병원으로 입원했고. 그렇다면 차 안에 있던 짐들은 어떻게 될까요?"

　"관할 경찰서 교통과에서 일시적으로 보관하게 됩니다."

　"수도 고속도로 오이 교차로 출구에서 사고가 일어났으면 어디

관할이죠?"

"출구입니까?"

"음, 맞아요. 출구 부근."

"아, 그게, 그러니까 수도 고속도로 안인지 밖인지에 따라 관할이 달라서요."

안도는 사고 현장 상황 사진을 다시 떠올렸다. 틀림없이 사고가 일어난 위치는 수도 고속도로 안이었다. 도쿄 만 해저터널 입구……. 웬지 파일에서 그렇게 적혀 있는 것을 본 기억도 있다.

"수도 고속도로 안이었어요."

"그럼, 수도 고속도로 교통경찰이네요."

안도는 처음 듣는 이름이었다.

"어디 있지요?"

"신토미 초입니다."

"알았습니다. 그런데, 짐이 일단 거기 보관되고 나서는 어떻게 됩니까?"

"가족에게 연락을 취해서 가지러 오시라고 합니다."

"그러니까 가족이 다 죽었다면……."

"입원한 남편의 친형제도요?"

아사카와의 양친이나 형제 구성에 대해서는 아는 바가 전혀 없었다. 나이를 보면 아사카와의 양친이 살아 있을 확률은 높았다. 그렇다면 차에 남아 있던 짐은 그들에게 인계되었을 가능성이 강해진다. 아사카와와 류지는 고등학교 동창이었다. 류지의 집이 사가미오노 부근이니까 아사카와의 고향집도 아마 그 근처에 있을 것이다. 아무튼 일단, 아사카와의 친가를 조사해서 연락하는 것이 선결 과제로 보였다.

"알겠습니다, 정말 고마워요."

안도는 젊은 경관을 풀어 주고 즉시 아사카와의 고향집 연락처를 알아보는 작업에 착수했다.

아사카와의 양친은 둘 다 살아 있었고, 주소는 자마 시 구리하라라는 것이 밝혀졌다. 전화로 아사카와의 차에 있던 짐이 어떻게 되었는지 물었더니, 부친이 꽉 잠긴 목소리로 간다에 있는 맨션에 사는 장남의 이름을 알려 주었다. 아사카와는 삼형제 중막내이며, 위로는 종합 출판사인 S출판의 문예서적부에 근무하는 장남과 중학교 국어 교사인 차남이 있었다. 부친은 분명 경찰에게서 보관 중인 짐을 찾아가라는 연락을 받았다고 했다. 하지만 그가 직접 가져가는 대신 간다에 사는 장남의 이름을 이야기했다. 수도 고속도로 교통경찰서가 있는 신토미 초와 간다가 가까운 탓도 있었지만 70세가 넘은 노령으로 비디오 플레이어나 워드프로세서를 옮길 마음은 도저히 들지 않았던 것 같다. 그래서 장남에게 그 절차를 밟도록 경찰에게 말하고 끊었던 것이다.

다음으로 안도가 연락을 취한 사람은 당연히 아사카와의 형, 간다에 있는 맨션에서 아내와 사는 아사카와 준이치로였다. 밤이 되어 겨우 전화 연결이 되자, 안도는 단도직입적으로 사실을 밝혔다. 어설프게 숨기거나 거짓으로 날조했다가 준이치로의 기분을 상하게 해서 플로피디스켓을 입수하기 어려워졌다간 곤란하다. 그렇다고는 해도 요시노가 들려준 이야기를 그대로 전할 수도 없었다. 안도 자신도 대부분 믿기 어려운 내용을 그대로 읊어 봤자 제정신이 아니라고 의심받을지도 모른다. 그 부분은 적당하게 넘어

가고, 아사카와가 사건 해명의 단서가 될지도 모르는 중요한 문서를 남겼을 가능성이 있다는 부분만 강조했다. 그리고 감찰의무원 입장에서는 반드시 그 문서를 확보하고 싶으니 사본을 전달받을 수 없을지 정중하게 요청했다.

"그래도 맡은 물건 중에 정말 그런 물건이 있을지는 모르겠습니다."

준이치로가 믿을 수 없다는 듯이 조용히 말했다. 말투로 보면 맡은 짐을 아직 열어 보지도 않은 것 같았다.

"워드프로세서는 있습니까?"

안도가 물었다.

"있습니다. 그런데 아마 부서졌을 겁니다."

"그 안에 플로피디스켓이 들어 있지 않았습니까?"

"아니요, 거기까지는 아직 확인하지 않았습니다. 사실 상자에 넣어서 들고 온 뒤로는 아직 제대로 내용물도 본 적이 없습니다."

"저, 그것과, 비디오 플레이어도 함께 있지 않았습니까?"

"있었어요. 하지만 버렸는데……. 그러면 안 되는 거였나요?"

"버렸다고요?"

안도가 숨을 멈췄다.

"그 녀석 일이 그거니 워드프로세서를 가지고 다니는 이유야 알겠는데, 어째서 차에 비디오 플레이어를 갖고 있었는지……."

"버리셨다고요?"

"네, 완전히 망가져 버려서요. 바로 전날, TV를 대형 폐기물 처리로 내보낼 때 함께 처분했지요. 그래선 도저히 쓸 수 없고, 수리할 만한 상태도 아니었으니까요. 뭐, 가즈유키도 뭐라 하진 않을 겁니다."

사실 두 마리 토끼를 잡으려 했던 것인데. 하지만 그동안 한 마리를 놓쳐 버렸다. 변사 사건의 열쇠를 쥔 비디오테이프 또한 기계에 들어 있는 상태일 테니 잘하면 비디오테이프와 플로피디스켓도 둘 다 동시에 찾을 수 있을지도 모르는 일이었다. 좀 더 빨리 연락을 했으면 좋았을걸, 하고 안도는 정말 후회스러웠다.

"기계 말고 비디오테이프는 따로 없었나요?"

안도가 기도하는 기분으로 물었다.

"잘 모르겠네요. 워드프로세서와 비디오 플레이어, 나머진 검은 보스턴백이 둘. 아마 시즈카 씨와 조카의 물건인 것 같아서 그쪽은 열어 보려고도 하지 않았습니다."

어쨌든 한시라도 빨리 보고 싶었다. 안도는 급하게 물었다.

"죄송합니다만 찾아뵈어도 될까요?"

"네. 괜찮습니다."

의외로 깔끔하게 준이치로가 대답했다.

"내일은 어떠십니까?"

내일은 일요일이었다.

"담당 작가와 골프 약속 때문에……. 그렇지, 그래도 7시쯤이면 돌아옵니다."

"알았습니다. 그럼 7시에 찾아뵙겠습니다."

안도가 메모지에 7시라고 적고 그 아래에 볼펜으로 몇 번이나 선을 그었다.

일요일 오후 7시 넘어 안도는 간다 사루가쿠 초에 있는 준이치로의 맨션에 방문했다. 오피스텔 사이에 껴 있는 모양새로 세워진 맨션에는 생활의 향기가 진하게 배어 있었다. 사무소로써 사용될 확률이 높지만 일요일 밤이 되니 지나치게 한산해서 신기할 정도였다.

벨을 누르자 문 안쪽에서 남자 목소리가 들려왔다.

"누구십니까?"

"어제 전화 드렸던 안도입니다."

이름을 말하자마자 문이 열리더니, 준이치로가 "고생하십니다." 하고 안도를 방으로 안내했다. 골프를 다녀와서 샤워를 갓 마친 듯, 준이치로는 운동복 상하의를 입은 편한 차림이었다. 전화 목소리로는 비쩍 마른 신경질적인 사람 같다는 인상을 받았는데, 실제로는 약간 살찌고 애교 있는 얼굴이었다. 장남은 종합 출판사 편집자이고, 차남은 중학교 국어 교사, 그리고 막내가 대기업 신문사 기자. 세 형제가 선택한 직업은 '글씨를 쓴다'는 점에서 비슷한 종류 같았다. 아마 장남이 영향을 준 것이리라. "어서 들어오세요."라며 안쪽으로 이끄는 준이치로의 등을 보며, 안도는 그런 생각을 떠올렸다.

안도 자신도, 고등학교 생물 교사인 형의 영향을 받아서 의사의 길을 선택했기 때문이다.

복도에 접한 창고 방에서 준이치로가 상자를 꺼내 왔다. 보스턴백과 워드프로세서가 들어 있었다.

"보시겠습니까?"

준이치로가 바닥에 앉아 안도 앞으로 상자를 내민다.

"실례하겠습니다."

안도가 일단 워드프로세서를 꺼내서 회사 이름과 품명을 메모
했다. 워드프로세서 본체는 교통사고 충격으로 망가진 듯, 뚜껑
을 열려고 해도 열리지가 않았고 전원도 들어오지 않았다. 무릎
위에 가지런히 놓으니 옆면에 이젝트 버튼이 있는 것이 보였다. 그
쪽을 들여다보니 플로피디스켓 삽입구 안쪽으로 파란 디스켓이
들어 있는 것이 보였다. 무심코 속으로 쾌재를 부르며 이젝트 버
튼을 눌렀다. 그때 기계가 낸 '찰칵' 소리가 안도에게는 '성공!'이
란 소리로 들렸다. 디스켓을 꺼내 손바닥에 얹어 뒷면을 확인했
다. 라벨이 붙어 있지 않아서 제목도 적혀 있지 않았다. 그래도 이
것이 그가 찾던 것이라는 감이 확 왔다. 튀어나올 때 경쾌한 소리
덕이었다.

안도는 바로라도 플로피디스켓의 내용을 확인하고 싶었다.

"내용을 보고 싶은데요."

안도가 준이치로를 바라보았다.

"공교롭게도 제가 쓰는 워드프로세서와 호환되지 않는 거네요."

워드프로세서는 기종이 호환되지 않으면 문서를 화면에 불러
올 수 없다.

"그러면 이 디스켓을 이삼일 동안 빌려 봐도 될까요?"

"네, 괜찮은데……."

"용무를 마치는 대로 바로 보내 드리도록 하겠습니다."

"뭐가 들어 있을까요? 이 안에."

안도의 흥분이 전해진 듯, 준이치로도 갑자기 호기심을 느낀
것 같다.

"글쎄요, 그건 모르겠습니다."

안도가 고개를 옆으로 저었다.

"되도록 빨리 돌려주십시오."

편집자로서의 피가 끓어올랐는지 준이치로도 한시라도 빨리 문서를 읽어 보고 싶어진 것 같았다.

재킷 주머니에 플로피디스켓을 넣고 휴 한숨을 내쉬자, 동시에 안도에게 또 다른 욕심이 생겼다. 검은 보스턴백……. 소용없을 거라고는 생각했지만, 만에 하나 테이프가 들어 있지 않다고 확신할 수는 없다.

"이 안에 있는 것도, 확인해 봐도 될까요?"

신중한 말투였다. 여성의 것으로 보이는 보스턴백 내용물을 뒤적이는 것은 역시 마음에 걸렸다.

"아마 별것 없을 것 같은데요."

준이치로는 그렇게 웃으며 말하더니 "그러세요." 하고 내밀어 주었다. 가방 안에 비디오테이프가 들어 있을지도 모른다는 기대를 작게 품고 있었지만 옷이나 일회용 기저귀가 대부분이었고 눈에 띄는 물건은 역시 없었다. 예상한 대로 테이프는 비디오 플레이어 안에 들어 있는 채로 함께 버려진 것이다.

하지만 디스켓을 입수한 것만으로도 상당한 성과이다. 준이치로의 집을 떠날 때 안도는 조바심을 억누를 수 없었다. 내일 대학에 가면 바로 동료들에게 부탁해서 호환성 있는 워드프로세서를 찾아서 문서를 확인하자. 안도는 지금부터 읽을 것이 기대되어 견딜 수가 없었다.

7

안도가 병리학 교실에 들렀다가 미야시타의 모습을 보고 말을 걸려던 참에, 오히려 미야시타가 말을 걸어왔다.

"아, 딱 좋을 때 왔군. 너 이거 어떻게 생각해?"

봤더니 출력물을 잔뜩 한 팔에 쥐고 미야시타가 손짓해 부르고 있었다. 그 옆에는 생화학 교실 조수 네모토가 우두커니 서 있다. 네모토와 미야시타는 판박이 체형이라서 두 사람이 같이 서 있으면 보는 사람이 무심코 웃음 짓게 된다. 160대의 키에 80킬로그램는 족히 넘을 것 같은 체중, 다리 길이, 배 둘레, 얼굴, 옷 입는 취향. 높은 목소리, 어딜 봐도 한 쌍이었다.

"여어, 형제. 나란히 서서 뭐 해?"

안도가 평소처럼 농담을 걸며 다가갔다.

"그러지 마세요, 안도 씨. 똑같지 않거든요?"

네모토가 짐짓 표정을 일그러뜨려 보였다. 그래도 내심 2년 선배인 미야시타와 닮은꼴 취급이 싫지는 않은 기색이었다. 미야시타는 뭣보다 사람도 좋았고 학문적 능력 면에서도 높이 인정받고 있어서 미래의 교수감으로 촉망받고 있었다.

"보는 사람마다 닮았다는 통에 어찌나 성가신지. 너 다이어트 라도 해서 살 좀 빼면 어떻겠냐."

그렇게 말하며 미야시타가 네모토의 출렁이는 배를 쿡 찔렀다.

"제가 다이어트하면 미야시타 선배도 같이 좀 빼시죠."

"멍청아, 둘이 같이 빼면 도로아미타불, 무슨 의미가 있냐."

미야시타가 들고 있던 출력물을 내밀며 한결같은 농담에 종지

부를 찍었다.

안도가 건네받은 출력물을 펼쳤다. 한눈에 거기 인쇄된 내용을 이해할 수 있었다. 극히 일부분의 DNA를 염기 자동 해석 장치에 돌려서 읽어 낸 결과였다.

바이러스를 포함한 지구상의 모든 생명체는 DNA(일부RNA)를 포함한 세포의 집합체(또는 단체)이다. 세포 중심부의 핵 안에는 핵산이라는 분자화합물이 구성되어 있다. 핵산에는 DNA(디옥시리보 핵산)와 RNA(리보 핵산)의 두 종류가 있는데, 각자 역할이 다르다.

유전자 본체에서 유전정보가 들어 있는 DNA는 배배 꼬인 두 줄기의 실 모양을 한 길고 긴 분자화합물이며, 이 구조는 일반적으로 이중나선이라고 한다. 그리고 이 이중구조 안에 생명이 가진 모든 유전정보가 들어 있는 것이다. 유전정보란 어떤 특정 단백질의 제조 방법 설계도인데, 유전자란 그중 한 장의 설계도를 말한다. 즉, 유전자는 DNA 그 자체가 아니라 하나의 정보 단위라는 말이다.

그러면 대체, 설계도에는 어떤 내용이 들어 있을까. 여기서 문자의 역할을 맡은 것이 염기라는 네 개의 화합물이다. 아데닌(A), 구아닌(G), 시토신(C), 티민(T), RNA의 경우에는 우라실(U)이라는 네 개의 염기 중에 세 개가 한 묶음을 이루는 트리프렙토(코돈)가 특정 법칙에 따라 아미노산으로 번역된다. 예를 들어, AAC라는 코돈은 아스파라긴에, GCA라는 코돈은 아라닌이라는 구조이다.

단백질은 20종의 아미노산이 수백 개 결합해서 형성된 것이므로 하나의 단백질 설계도만으로 수백 개가 세 개씩 이루어진 염기배열이 필요하다.

TCTCTATACCAGTTGGAAAATTAT……. 이런 방식으로 한 장의 유전자 설계도에는 알파벳이 줄줄이 늘어서 있다고 생각하면 된다. 이 경우, 번역하면 TCT=세린(Ser), CTA=류신(Leu), TAC=티로신(Tyr), CAG=글루타민(Gln), TTG=류신(Leu), GAA=글루타민산(Glu), AAT=아스파라긴(Asn), TAT=티로신(Tyr)……. 이런 아미노산 배열이 된다.

안도는 출력물 한 장 가득 인쇄된 염기번호와 무작위로 늘어선 ATGC 네 알파벳 배열을 다시 한 번 쭉 훑어보았다. 세 배열에 형광펜을 그어 놔서 다른 것과 구별해 놨다. 안도는 그 의미를 천천히 물어보았다.

"뭐야, 이거?"

미야시타가 네모토에게 눈짓했다. 설명해 주라는 의미 같았다.

"다카야마 류지의 혈액에서 발견된 바이러스의 DNA 일부를 해석한 겁니다."

"류지의……. 그래서, 이게 왜?"

"다카야마 류지의 체내에서 발견된 바이러스에만 뭔가 기묘한 염기배열이 섞여 있습니다."

"그게 형광펜으로 그어 놓은 부분이야?"

"네, 그렇습니다."

안도가 형광펜을 그어 놓은 알파벳의 배열을 다시 바라보았다.

ATGGAAGAAGAATATCGTTATATTCCTCCTCCTCAACAACAA

그리고 형광펜 표시가 된 다른 한 곳에도 눈길을 옮겨 비교했다. 완전히 같은 배열이었다.

1000개에 조금 못 미치는 염기 중에 완전히 같은 배열이 두 곳이나 나온 것이다.

안도는 출력물에서 눈을 떼고 네모토를 쳐다보았다.

"꼭 긴타로 엿처럼 어는 조각이나 이것과 같은 배열이 포함되어 있어요."

"이게 몇 개야?"

"염기 수요?"

"응."

"42개요."

"42…… 그럼 14코돈. 적은데."

"의미가 있을 것 같지는 않습니다."

네모토가 그렇게 말하며 고개를 갸웃거렸다.

"기묘한 점은 이건데, 안도……."

미야시타가 옆에서 끼어들었다.

"이 무의미한 반복이 다카야마 류지의 혈액에서 추출된 바이러스에서만 보이고 다른 두 시신의 바이러스에서는 발견되지 않는 점이야."

도무지 영문을 모르겠다는 뜻으로 미야시타가 두 손을 벌려 보였다.

이것을 어떻게 설명하면 될까, 안도는 좋은 방법이 없을지 머리를 굴렸다. 예를 들면 셰익스피어의 희곡 「리어왕」을 가진 세 사람(한 명은 류지)이 있다고 하자.

....GTTTAAAGCA

490   500   510   520   530

TTTGAGGGGGATTCAATGAATATTTATGACGATTCCGCAGTATTGGACGC

540   550   560   570   580

TATC**ATGGAAGAAGAATATCGTTATATTCCTCCTCCTCAACAACAA**TTTG

590   600   610   620   630

CAAAAGCCTCTCGCTATTTTGGTTTTTATCGTCGTCTGGTAAACGAGGGT

640   650   660   670   680

TTATGATAGTTTGCTCTTACTATGCCTCGTAATTCCTTTTGGCGTTATGT

690   700   710   720   730

ATCTGCATTAGTTGAATGTGGTATTCCTAAATCTCAACTGATGAATCTTT

740   750   760   770   780

CTACCTGTAATAATGTTGTTCCGTTAGTTCGTTTTATTAACGTAGATTTT

790   800   810   820   830

TCTTCCCAACGTCCTGACTGGGATTTCGACACAA**ATGGAAGAAGAATATC**

840   850   860   870   880

GTTATATTCCTCCTCCTCAACAACAACGCTTGGTATAATCGCTGGGGGTC

890   900

AAAGATGAGTGTTTTTAGTATATT.....................................

535염기~576염기 및 815염기~856염기에 걸쳐

ATGGAAGAAGAATATCGTTATATTCCTCCTCCTCAACAACAA

라는 42개 염기의 반복이 보인다

DNA상의 아미노산 번역 방법

1문자열 ↓	2문자열 T	C	A	G	3문자열 ↓
T	Phe	Ser	Tyr	Cys	T
	Phe	Ser	Tyr	Cys	C
	Leu	Ser	종결	종결	A
	Leu	Ser	종결	Trp	G
C	Leu	Pro	His	Arg	T
	Leu	Pro	His	Arg	C
	Leu	Pro	Gin	Arg	A
	Leu	Pro	Gin	Arg	G
A	Ile	Thr	Asn	Ser	T
	Ile	Thr	Asn	Ser	C
	Ile	Thr	Lys	Arg	A
	Met	Thr	Lys	Arg	G
G	Val	Ala	Asp	Gly	T
	Val	Ala	Asp	Gly	C
	Val	Ala	Glu	Gly	A
	Val	Ala	Glu	Gly	G

이하, 20종류의 아미노산 약어와 정식 명칭을 표기한다.

Phe 페닐아라닌
His 히스티딘
Leu 류신
Gln 글루타민
Ile 이소류신
Asn 아스파라긴
Met 메티오닌
Lys 리신
Val 발린
Asp 아스파르트산
Ser 세린
Glu 글루탐산
Pro 프롤린
Cys 시스테인
Thr 트레오닌
Trp 트립토판
Ala 알라닌
Arg 아르기닌
Tyr 티로신
Gly 글리신

세 염기가 한 세트를 이룬 코돈은 위에 표시된 법칙에 따라 아미노산으로 번역된다. 예를 들어 TCT는 세린(Ser)으로, AAT는 아스파라긴(Asn), GAA는 글루탐산(Glu)이라는 식이다. 또한 '종결'이라는 것은 하나의 유전자를 모두 읽었음을 의미하는 것인데, 반대로 개시 코드는 ATG이다.

그런데 류지가 가진 「리어왕」에만 글과 글 사이에 의미 불명의 알파벳 문자열이 끼어들어 있다. 염기 수로는 마흔두세 개짜리 한 묶음이 하나의 아미노산에 상당하기 때문에 문자로 치면 열네 개의 알파벳에 지나지 않는다. 겨우 열네 글자가 반복되는 것이 어느 페이지에나, 무작위로 삽입되어 있다고 한다. 애초에 희곡이 「리어왕」이라는 것만 알고 있으면 나중에 삽입된 의미 불명의 부분은 바로 눈에 띄어서 형광펜으로 밑줄을 그어 놓는 것도 가능하다.

"어떻게 생각해?"

미야시타가 자못 재미있다는 듯이 안도의 반응을 살피고 있다. 진짜 과학자라면 해석 불가능한 사실과 맞닥뜨리게 되면 오히려 설레는 법이다.

"어떻게 생각하냐고 해도, 이것만으로는 뭐라고 하기 어렵네."

세 사람은 잠시 침묵하고 서로를 멀뚱히 쳐다보았다. 안도는 어중간하게 출력물을 계속 들고 있다.

이상하게 마음에 걸리는 점이 있다. 뭔가 그렇게 시키고 있는 것처럼, 안도는 좀 더 시간을 들여 이 무의미한 염기배열을 천천히 살펴보고 싶었다. 이 안에 분명 뭔가 있다. 그런 예감이 들었다. 어디에 문제가 있는 것일까. 무의미한 염기배열이 끼어들었다면, 그게 언제 일어났느냐는 점. 류지의 몸에 투입된 바이러스만이 특이했다는 것일까. 아니면 류지의 몸속에서 바이러스가 변이를 일으켜서 14코돈 염기배열이 이곳저곳 삽입되었다는 말일까.

실제 그런 일이 가능할까. 하지만 만약 그렇다면, 그것이 의미하는 바가 뭐지?

세 사람 사이에 무겁게 침묵이 흘렀다. 지금 아무리 생각해도 해석이 바로 이루어질 리 없다. 침묵을 깬 것은 미야시타였다.

"근데 너, 뭔가 볼일이 있어서 온 거 아니었어?"

류지의 혈액에서 발견된 바이러스에 기묘한 염기배열이 있다는 것을 보고 흥미가 생긴 나머지, 안도는 원래 용건을 잊고 있었다.

"앗차, 잊을 뻔했네."

안도는 가방을 열어 안에 있는 수첩을 꺼내 미야시타와 네모토에게 메모를 보여 주었다.

"그래서 이거랑 같은 워드프로세서 있나 해서."

미야시타와 네모토는 나란히 메모에 써 있는 기종의 이름을 확인했다. 상당히 보급률이 높은 제품이었다.

"이거랑 완전히 같은 기종이어야만 하는 건가?"

"제작사만 같으면 돼. 그냥 저장된 걸 읽어 낼 호환성만 있으면."

"호환성?"

"응."

안도가 가방에서 플로피디스켓을 꺼냈다.

"여기 들어 있는 문서를 출력하고 파일도 복사하고 싶은데."

"MS 도스에는 안 열려?"

"아마?"

네모토가 뭔가 생각났다는 듯이 손바닥을 쳤다.

"아, 맞아. 우리 교실에 있는 외국 사무원, 누구더라? 맞아요, 우에다. 그 사람이 분명히 갖고 있을 거예요. 이거랑 같은 기종이."

"빌릴 수 있을까?"

안도가 염치 불고하고 말했다. 우에다라는 외국 사무원과는 직접 아는 사이가 아니었다.

"괜찮을 겁니다. 학부를 갓 졸업한 대학원생이니까."

아직 새파란 의국 사무원이니 선배인 네모토가 부탁하면 뭐든 들어줄 거라고 말하고 싶은 것 같았다.

"그거 고맙군."

"무슨 그런 말씀을. 어뗘세요? 괜찮으시면 지금 가지 않으실래요? 저희 교실에요. 그 사람이 지금 있을 것 같아서요."

한시라도 빨리 플로피디스켓에 있는 문서를 출력하고 싶은 안도로서는 바라던 바였다.

"그럼, 잠깐 같이 갈까?"

안도가 손에 든 플로피를 재킷 주머니에 집어넣었다. 그렇게 미야시타에게 가볍게 손을 들어 인사하고 네모토의 뒤를 따라 병리학 교실을 나섰다.

8

안도는 의학부의 어둑한 복도를 네모토와 나란히 걸었다. 안도는 위로 걸치기만 한 흰 가운의 옷자락을 등 뒤로 펄럭이며 두 손은 재킷 주머니에 찔러 넣어 안에 있는 플로피디스켓을 쥐고 있었다. 미야시타나 네모토도 이 플로피디스켓에 대해서는 아무것도 물으려 하지 않았다. 딱히 숨길 생각은 없었다. 누가 물으면 정직하게 대답하려 했다. 일련의 변사 사건에 얽힌 수수께끼를 푸는 문서가 들어 있는 디스켓이라는 것을 알게 되면 미야시타도 네모토도 보다 흥미진진하게 안도를 따라다닐 게 틀림없었다.

내용은 아직 확인하지 않았으니 다른 문서가 들어 있을 가능성도 없지는 않았다. 모니터 화면에 띄워 볼 때까지는 이게 실제로 뭔지 말할 수 없었다. 그럼에도 안도는 확신했다. 주머니 속에서 따뜻해진 플로피디스켓은 체온에 가까운 열기를 띠고 있었다. 살아 있는 말들이 이 안에 갈무리되어 있다는 확실한 확신이 있었다.

네모토가 생화학 연구실 문을 열어 안을 들여다보고 안도는 주머니에서 디스켓을 꺼내 왼손에 들고 오른손으로 문을 받쳤다.

"우에다 군, 잠깐만."

네모토가 교실 구석에 앉아 있는 여윈 청년을 손짓해 불렀다.

"웬일이세요?"

우에다가 회전의자를 돌려서 네모토 쪽으로 향했지만 일어서려고는 하지 않았다. 네모토가 방긋 미소 지으며 다가갔다.

"자네, 지금 워드프로세서 쓰고 있어?"

네모토가 우에다의 어깨에 팔을 둘렀다.

"아뇨, 딱히는."

"다행이다. 지금 저쪽에 계신 안도 씨에게 빌려줄 수 없을까?"

우에다가 안도를 올려다보고 "아, 그러세요." 하고 고개를 숙였다.

"죄송하네요. 지금 바로 열어 보고 싶은 플로피디스켓이 있는데 제 기종하고 호환이 안 돼서요."

안도가 플로피디스켓을 흔들어 보이며 네모토 옆으로 다가왔다.

"괜찮습니다."

우에다가 발치에 세워 두었던 워드프로세서를 들어서 책상 위에 올렸다.

"이 자리에서 바로 확인할 수도 있을까요?"

"그럼요. 바로 해 드릴게요."

워드프로세서 뚜껑을 열어 전원을 연결하니 모니터 화면에 초기 메뉴가 표시되었다. 안도가 그 안에서 문서 작성 항목을 고르고 손에 들고 있던 플로피디스켓을 집어넣었다. 다음 화면에서 '신규 작성'과 '문서 파일을 불러오기'이라는 두 가지 메뉴가 있었다. 안도가 '문서 파일을 불러오기'에 커서를 옮기고 실행 버튼을 눌렀다. 지직, 하고 소리를 내며 본체가 플로피디스켓에 있는 문서를 불러왔다.

이윽고 디스켓에 들어 있던 문서 파일명이 화면에 표시되었다.

문서 링9 199X. 10. 21

문서 링8 199X. 10. 20

문서 링7 199X. 10. 19

문서 링6 199X. 10. 17

문서 링5 199X. 10. 15

문서 링4 199X. 10. 12

문서 링3 199X. 10. 7

문서 링2 199X. 10. 4

문서 링1 199X. 10. 2

"링, 링, 링, 링……."

안도가 죽 늘어선 아홉 개의 문서명에 이끌려 잠꼬대처럼 웅얼거렸다.

'RING!'

이 무슨 일이란 말인가. 류지의 배에서 튀어나왔던 숫자 암호 아닌가.

"왜 그러세요?"

망연자실한 안도의 표정을 보고서 네모토가 걱정스럽게 속삭였다. 안도는 간신히 고개를 저었다.

이제 이것은 우연이라고 볼 수 없었다. 아사카와는 일련의 변사 사건을 상세하게 조사한 보고서를 작성하여 거기에 「링」이라는 제목을 붙여서 아홉 개나 되는 파일로 저장을 해 놓은 것이다. 그리고 류지는 그 제목을 배에서 내밀었다.

'어떻게 설명할 수 있을까. 이런 일은 불가능하다.'

절대로 있을 수 없는 일이라고 부정하려 했다. ……내장을 싹 들어내서 속이 텅 빈 양철 나무꾼처럼 된 류지의 배 속에서 메시지를 보냈다는 건가. '링'이라는 이름의 문서가 존재한다는 사실을 알리기 위해.

해부 직후 류지의 표정이 떠올랐다. 턱이 넓은 각진 얼굴에, 턱 언저리가 근육이 부드럽게 풀어져서 류지가 알몸으로 비웃음 같은 웃음을 짓고 있었다.

안도의 가슴 속에서 요시노가 한 황당무계한 이야기가 불현듯 현실성 있게 다가왔다. 어쩌면 진짜일지도 모른다. 본 사람이 일주일 뒤에 죽게 되는 비디오테이프가 이 세상에 존재할지도 모른다고…….

9

지잉지잉 하는 소리를 내며 워드프로세서가 끊임없이 문서를 출력하고 있다. 인쇄를 마치자마자 안도는 프린터에서 감열지를 뽑아 페이지 순서를 정렬하고 읽기 시작했다.

B5 용지에 약 1000자나 되는 글자가 꽉꽉 들어차 있었지만 인쇄하느라 걸린 시간보다 읽는 시간이 훨씬 빨랐다. 출력물이 필요할 거라고 예상해서 화면으로 읽는 대신 출력을 했지만 한 장 인쇄하는 데 2분 내지 3분이 걸려서 짜증이 치솟았다.

결국 우에다에게 양해를 구하고 워드프로세서를 빌려서 집에 가져가기로 했다. 대충 봐도 100장에 가까운 문서를 연구실에서 출력시키기는 힘들고, 집에서 철야할 각오로 매달릴 수밖에 없었다.

대학에서 돌아오자마자 근처 편의점에서 산 도시락을 먹으며 안도가 원고를 21페이지까지 읽었을 때였다. 그때까지는 지난 주 금요일에 요시노에게 들었던 이야기의 줄거리를 그대로 따라가고 있었다. 점심 식사 후 카페 테라스에서 탁자를 사이에 두고 요시노에게서 대략적으로 들었던 이야기와는 달리, 시간이나 장소까지 상세하게 나온 보고서에는 읽는 사람으로 하여금 내용을 믿을 수밖에 없게 하는 힘이 있었다. 주간지 기자답게 쓸데없는 수식어를 일절 배제하여 쓴 문체 탓인지, 만들어 낸 이야기가 아닌가 하고 의심할 여지가 없었다.

올해 9월 5일 밤, 도쿄와 가나가와 현에서 동시에 심근경색을 일으켜 사망한 네 젊은 남녀를 조사하는 동안, 아사카와는 변사의 원인이 어떠한 바이러스일 것이라는 가능성을 떠올렸다. 과학적으로 생각하면 당연한 결론이라고 할 수 있을 것이다. 실제로 네 변사체를 해부했을 때, 천연두 바이러스와 흡사한 바이러스가 발견되었으니 아사카와의 생각은 틀리지 않았다. 그런데 아사카와는 네 사람의 죽음을 통해, 그들이 어떤 장소에서 동시에 동일한 바이러스에 감염된 것이 아닌가 하고 추론했다. 어디서 감염되었는지, 즉 감염 경로가 사건 해명의 열쇠를 쥐고 있다고 판단한 것이다.

아사카와는 그 특정 시간과 장소를 찾아내는 데 성공했다. 네 사람이 죽기 일주일 전인 8월 29일, 미나미하코네 퍼시픽랜드의 임대 별장인 빌라 로그캐빈 B-4호였다.

다음 22페이지는 아사카와 가즈유키 본인이 그 장소에 향하는 묘사로 시작되었다. 신칸센을 타고 가다가 아타미에서 내려 렌터카를 빌린 후, 넷칸 도로를 경유하여 고원 지대에 있는 리조트 구역인 미나미하코네 퍼시픽랜드까지 달려갔다. 밤인데 비까지 와서 시계는 나빴고 게다가 고원에 있는 도로는 험로였다. 점심에 예약한 빌라 로그캐빈 B-4호에 체크인한 시각이 오후 8시를 넘었다. 그 방에서 네 남녀가 한 밤을 지냈다고 생각한 아사카와는 불현듯 공포를 느꼈다. B-4호에 숙박한 네 남녀는 일주일 뒤 동시에 변사체로 발견되었다. 자신에게도 같은 악마의 손길이 뻗쳐 올

가능성이 충분히 있을 거라 생각했다. 하지만, 잡지기자로서의 호기심을 이길 수 없어, B-4호 실내를 샅샅이 살폈다.

아사카와는 노트에 남겨진 메모를 보고 네 남녀가 비디오테이프를 보았다는 사실을 밝혀내자마자, 관리실에 가서 같은 테이프를 찾았다. 그랬더니 라벨도 붙어 있지 않은 공테이프 같은 것 하나가 선반 맨 아래에 대충 놓여 있었다. 이것이 찾고 있던 비디오테이프였을까. 아사카와는 관리인에게 양해를 구하고 그것을 B-4호로 갖고 들어와서 내용을 알아보기 위해 거실에 설치된 TV로 처음부터 끝까지 봐 버린 것이다.

암흑의 세계가 투영되었다. 그 영상의 첫 번째 장면을, 아사카와는 이렇게 묘사하고 있다.

'새까만 화면에 바늘귀만 한 빛의 점이 명멸하기 시작했다고 깨닫고 나서 그것이 서서히 부풀어 올라 오른쪽 왼쪽으로 왔다 갔다 하다가 이윽고 왼쪽 구석에 고정되었다. 그리고 나뉘어서 끝이 갈라진 빛의 다발이 되고 지렁이처럼 기어가다……'

안도는 다시 출력물에서 고개를 들었다. 문장을 읽음으로써 어느 정도의 영상을 생생하게 상상하는 일은 가능하다. 첫 부분을 읽고 지금 문득 머릿속에 이미지가 떠올랐지만, 안도는 그것을 실제로 어디서 본 것 같은 느낌이 들었다. 검은 화면을 뛰어다니며 점점 커지는 반딧불…… 그렇게 빛의 점이 붓처럼 가지가 갈라져 가는, 아주 짧은 장면이었다. 문득 최근에 이런 영상을 어디서 봤다는 것을 기억해 냈다.

기억을 떠올리는 데 시간은 별로 걸리지 않았다. 역시 다카노 마이의 집에서 그녀의 자취를 찾아내기 위해 비디오에 들어 있던 비디오테이프를 재생했었다. 라벨에는 남자 글씨로 '프랭크 시나트라, 라이자 미넬리……'이런 제목이 쓰여 있었다. 그 테이프의 서두 몇 초 동안은 그야말로 이 표현과 딱 맞는 영상이었다.

마이의 집에 있던 테이프는 시작 부분에 이 장면이 아주 잠깐 몇 초 지나갔을 뿐, 바로 화면이 밝게 전환되었다. 처음에 있던 영상을 지우기 위해 일반 방송을 계속 녹화한 것처럼 아침 쇼 프로그램이나 재방송하는 시대극이 테이프 끝까지 이어졌다.

이것이 의미하는 바가 바로 이해되었다. 마이는 어떠한 방법으로, 아마 류지와 관련된 경로겠지만, 문제의 비디오테이프를 입수하여 자기 집에서 봐 버렸다. 그리고 보자마자 영상을 전부 깨끗하게 지우려고 했다. 지워야만 하는 이유가 있었는지도 모른다. 하지만 처음 부분부터 완전히 지우기는 어려웠는지 처음 몇 초 동안의 영상이 마치 찌꺼기가 들러붙은 것처럼 테이프에 남았다. 하지만 그렇다면 아사카와가 빌라 로그캐빈에서 발견한 비디오테이프가 돌고 돌아서 다카노 마이의 손에 흘러왔다는 뜻일까?

안도는 머릿속을 정리했다.

'아니, 아니야. 빌라 로그캐빈에서 발견한 테이프와 마이의 집에 있던 테이프는 명백하게 다른 물건이다. 보고서에 따르면, 빌라 로그캐빈에 있던 것에는 라벨이 붙어 있지 않았다고 했어. 하지만 마이의 집에 있던 것에는 사인펜으로 굵게 제목이 기입되어 있었지. 그렇다는 뜻은…… 다시 말하면, 복사된 것이라는 말이다.'

빌라 로그캐빈에서 발견된 것이 원본이라고 하면, 마이의 집에 있던 테이프는 사본임에 틀림없다. 복사되거나 지워지는 등 정신

없이 움직이며 여기저기로 이동을 한 듯했다. 바이러스와 닮았다. 안도는 비디오테이프의 성질이 생물과 무생물의 중간에 위치한 바이러스와 아주 비슷하다는 점을 깨달았다.

과연 마이의 실종이 비디오테이프를 봐 버린 결과일까? 안도는 그것이 너무 마음에 걸렸다. 마이는 그 이후 계속 집을 비우고 있다. 물론 대학교에도 안 나가고 있고 고향집에도 연락이 오지 않았다. 그렇다고 젊은 여성의 변사체가 발견되었다는 뉴스가 들려오지도 않았다.

마이의 몸에 일어날 만한 일을 이리저리 상상하며 안도는 잠시 멍하니 있었다. 남몰래 어디서 갑작스레 죽었을까? 22세라는 젊음을 생각하니 가슴이 저며 들었다. 사랑을 예감했었기에 더욱 고통스러웠다.

프린터가 또 한 장 인쇄를 마치는 소리에 안도는 정신을 차렸다. 아무튼 머리를 아무리 굴려도 비디오테이프 내용을 아는 것이 우선이었다.

10

다음 몇 페이지에 걸쳐 극명하게 테이프의 영상이 묘사되어 있었다. 안도는 출력물을 읽으면서 TV 화면을 머릿속에 상상하며 영상을 채워 넣었다.

화면에는 진득하게 새빨간 색이 용솟음치는데 딱 보면 활화산이라는 것을 알 수 있는 산의 모습이 흘러나왔다. 화구에서 흘러나오는 용암과 땅울림. 밤하늘을 불태우며 격한 분화가 일어나고 있었다. 갑자기 영상이 끊어졌나 싶더니 흰 바탕에 검게 '山'이라는 한 자가 떠올랐다 사라지고, 주사위 두 개가 그릇 바닥에 굴렀다.

다음 장면에서 드디어 사람이 등장했다. 온 얼굴이 주름투성이인 노파가 다다미 위에 혼자 앉아서 정면을 향해 말을 하고 있다. 사투리가 많아서 의미는 알 수 없었다. 하지만 어떤 사람의 미래를 예지하여 주의를 주고 있다는 느낌이 들었다.

갓난아기가 탄생의 울음소리를 내고 있다. 장면과 장면이 이어지는 데 아무 맥락이 없었다. 무작위로 그림이 넘어가듯 갑작스러운 변화였다.

아기가 사라지자 '거짓말쟁이', '사기꾼'이라고 하는 군중의 외침을 배경으로 화면에 수백 개의 사람 얼굴이 가득히 세포 분열을 하듯이 증식했다. 그리고 오래된 TV 영상에 떠오른 '貞'이라는 글자.

갑자기 남자의 얼굴이 나타났다. 남자는 호흡이 거칠며, 얼굴에 땀을 계속 흘렸다. 등 뒤에 울창하게 우거진 숲이 보였다. 살의를 숨기고 충혈된 눈. 침을 흘리고 입을 뒤틀며 남자가 소리를 질렀다. 그 맨 어깨살이 뜯겨서 피가 흘러 떨어지고 있다. 또, 어디선지 모를 아기 울음소리가 들려왔다. 화면 중앙에 떠오른 보름달에서 거대한 돌이 떨어져서 여기저기 둔한 소리를 내며 부딪혔다.

마지막으로 또 글자가 떴다.

'이 영상을 본 자는 일주일 뒤 이 시각에 죽을 운명이다. 죽고 싶지 않으면 지금부터 말하는 내용을 실행하라. 다시 말해……'

거기서 화면이 갑자기 바뀌었다. 자주 TV에서 보던 모기향 선

전이, 죽을 운명을 피할 방법이 나올 곳에 삽입되어 있었다. 광고가 끝나고 화면이 원래대로 돌아간 후에도 아까 그 기분 나쁜 영상의 여운이 남아 있었다.

의미 불명의 장면이 연속되는 영상을 다 보고 아사카와가 가까스로 이해한 점은 단 두 가지였다. 이것을 본 사람들은 정확히 일주일 뒤에 죽을 운명이라는 점. 그리고 죽음을 피할 방법이 나와 있는 부분에 TV 프로그램이 복사되어 고의적으로 지워져 있다는 점. 처음에 비디오를 본 네 남녀가 장난기로 지워 버린 것이다. 아사카와는 비디오테이프를 가방에 숨기고 빌라 로그캐빈 B-4호에서 도망치듯 돌아오는 것이 고작이었다.

안도는 후우 한숨을 쉬며 원고를 일단 내려놓았다.

'미치겠네, 이래서야.'

아사카와의 보고서는 약 20분간 이어지는 기분 나쁜 영상을 묘하게 자세하게 묘사하고 있었다. 시각과 청각으로 직접적으로 영향을 주는 영상이라는 미디어를 말을 통해 독자의 뇌리에 재현시키려는 아사카와의 노력은 상당 부분 성공한 듯했다. 사실 안도의 뇌리에서는 자기 눈과 귀로 직접 보고 들은 것처럼 생생하게 그 영상이 똬리를 틀고 있었다. 사람 얼굴도 풍경도 선명하게 머릿속에 떠올릴 수 있었다. 후우 한숨을 내쉬고 싶을 정도로 피곤해졌다. 그렇다기보다는 아사카와가 느꼈던 공황이 자신의 것처럼 느껴져서 잠깐 떼어 놓고 싶어진 것인지도 모른다.

하지만 잠깐 중단했더니 그다음 내용을 알고 싶다는 호기심만 무럭무럭 커져 갈 뿐이었다. 안도는 한 손으로 차를 마시며 다른 손으로 보고서를 들고 지금까지 읽었던 속도 이상으로 나머지를 읽기 시작했다.

도쿄에 돌아온 아사카와는 바로 다카야마 류지에게 연락을 취한 자초지종을 대략적으로 이야기했다. 혼자서 해결할 만한 용기가 없기도 했고 시간적으로 여유도 없었다. 믿을 만한 동료가 필요하다고 생각한 아사카와가 당연하게도 떠올린 사람이 바로 고등학교 동창 다카야마 류지였다. 요시노와도 이야기를 나누긴 했지만 그는 "좀 봐 달라."면서 피할 뿐 비디오 영상을 보려고 하지는 않았다. 영상의 위력을 믿든 믿지 않든, 아주 약간이라고 해도 재앙이 일어날 가능성은 배제하고 싶었기 때문이다.

하지만 류지는 그 반대였다. 정확히 일주일 뒤에 본 사람의 목숨을 빼앗아가는 테이프가 존재한다는 이야기를 듣자마자 곧바로 이렇게 말했다.

"우선 그 비디오나 보여 줘."

아사카와의 집에서 류지가 흥미진진하게 비디오를 보았다. 그리고 다 보자마자 복사해 달라고 아사카와에게 부탁한 것이다.

'복사'라는 말에 안도는 고개를 들었다. 비디오테이프의 그 후 행방에 대해 정리하면서 생각하고 싶었기 때문이다. 빌라 로그캐빈에서 가지고 온 오리지널 테이프는 당연히 아사카와의 수중에 있었을 것이다. 사고를 일으킨 차에 실린 비디오 플레이어 속에 들어서 기계째로 형 준이치로 손에 넘어갔다가 고물로 폐기되었다.

그리고 다른 하나, 다카노 마이의 집에도 처음 부분에만 흔적을 남긴 테이프가 있었다. 아마도 이것은 이때 아사카와가 류지에게 복사해 준 것일 터였다. 라벨에는 남자가 쓴 굵은 글씨로 제목이 적혀 있었다. 아사카와의 필적임에 틀림없었다. 류지에게 복사해 달라는 말을 듣고 아사카와가 새 비디오테이프를 쓰지 않고 과거에 녹화한 음악 프로 테이프를 재사용한 것이다. 그것이 류지를 통해 마이의 손으로 넘어갔다. 그렇게 생각하면 이야기가 맞아떨어진다. 하지만 대체 언제 류지에게서 마이의 손으로 넘어간 것일까. 자기 손에 테이프가 있다고 마이에게 들었던 적은 없었다. 류지 사후 며칠이 지나 마이가 우연하게 테이프를 입수하여 위험한 것인지도 모르고 봐 버렸다?

아무튼 테이프는 아사카와의 집에서 둘로 나뉜 것이다. 안도는 그 사실을 확실히 머릿속에 새겼다.

그리고 류지는 복사해서 받았던 테이프를 자기 집으로 가지고 왔고 사라진 메시지(아사카와와 류지는 이 부분을 '주문'이라고 부르기로 했다.)를 해독하는 일에 매달렸다. 두 사람이 함께 품었던 의문은, 어째서 이런 신기한 테이프가 빌라 로그캐빈 B-4호에 놓여 있었는가 하는 것이었다. 처음에는 비디오카메라로 촬영된 테이프가 옮겨진 것이라 생각했지만 실상은 그렇지 않았다. 네 남녀가 숙박하기 3일 전, B-4호를 이용했던 한 가족이 비디오에 테이프를 넣고 녹화 상태로 해 두고 그대로 잊고서 돌아가 버린 것이다.

즉, 다른 장소에서 촬영된 테이프가 들어온 것이 아니라 녹화 상태로 세팅된 빌라 로그캐빈 B-4호의 비디오 플레이어에 멋대로 전파가 흘러들어서 아무도 모르게 녹화되었다는 뜻이다. 그러고 나서 찾아온 사람이 바로 그 네 남녀였다. 시간을 때울 겸, 비디오라도 볼까 하고 기계를 조작했더니 안에서 비디오테이프가 튀어나왔다. 그들은 그 영상을 보았다. 마지막에 있는 협박 문구를 보고 자못 우스웠던 모양이었다. 어떤 일을 실행하지 않으면 일주일 뒤에 죽는다고? 네 사람은 기분 나쁜 장난을 생각해 냈다. 죽음을 피할 방법을 지우고 나서 다음 숙박 손님이 보게 하자, 훨씬 무섭겠지, 하고. 물론 테이프에 깃든 저주 같은 것은 믿지 않았던 것이다. 믿고 있었다면 장난질 같은 것을 하지는 않았을 것이다. 하지만 테이프는 다음 날 관리인 손으로 관리실 선반으로 옮겨져서 아사카와가 볼 때까지 누구의 눈에도 띄지 않았다.

그럼 대체 어떻게 녹화 상태인 비디오 플레이어에 영상이 날아든 것일까. 아사카와는 매니아가 저지른 전파 해킹을 연상하고 발신 장소를 찾아내려고 했다. 하지만 그러는 동안 아사카와가 자리를 비운 새, 아사카와의 아내와 딸이 어쩌다 기계 안에 들어 있던 비디오를 보게 된다. 이렇게 아사카와는 자기 목숨뿐만 아니라 아내와 딸의 목숨을 구하기 위해 동분서주하게 되었다.

그때, 류지가 놀랄 만한 사실을 발견했다. 집에서 영상을 계속 반복해서 보던 중에 문득 생각나서 표를 만들었더니 영상이 전부 열두 장면으로 이루어져 있으며, 거기다 두 그룹으로 구별된다는 사실이었다. 심상(心象) 풍경이라고도 할 수 있는, 머릿속에 떠오른 추상적인 장면과, 실제로 눈을 통해 본 현실의 장면이라는 두 그룹. 예를 들어 화산 분화나 남자의 얼굴 장면은 명백하게 눈을 통해 바라본 것이며, 처음에 있던 암흑 속에 뛰어다니는 반

덧붙 비슷한 빛의 다발은 꿈처럼 마음에 떠올린 것이다. 그렇게 류지는 열두 장면을 '현실'과 '추상'으로 나누어 비교했다. 그랬더니 현실 장면에서만 화면이 검은 장막으로 뒤덮이는 순간이 분당 15회 꼴로 일어나는 것을 발견했다. 추상적인 장면에는 검은 막이 전혀 없었다. 이것이 무엇을 의미하는 것일까. 류지는 이 검은 막이 '눈꺼풀'이 아닌가 하는 결론을 내렸다. 실제로 눈으로 바라본 장면에는 나타나고 마음의 눈으로 본 장면에는 나오지 않았다. 그리고 그 횟수는 여성 평균 깜빡임 횟수와 일치하고 있다. 눈꺼풀을 생각하게 되어도 일단 문제는 없을 것 같았다. 그렇게 되면, 거기서 도출되는 결론은…… 테이프에 녹화된 영상이 비디오카메라에 의해 촬영된 게 아니라 어떤 사람의 시각과 이미지를 통해 염사되었다는 것이다.

안도는 아무래도 이 부분을 믿을 수가 없었다. 테이프에 영상을 염사하는 일의 가능성 따위, 바보 같아서 논할 가치조차 없다. 필름에 염사한 정도라면 '아, 그런 일도 있을지도 모르겠다'고 약간은 인정할 수도 있다. 하지만 영상이라니, TV 프로와는 완전히 다르다. 류지의 착안점에 크게 감탄하면서도 안도는 이 부분을 보류하며 읽을 수밖에 없었다.

어떤 사람의 염력(念力)으로 영상이 녹화되었다고 한다면, 그럼 대체 누가 '염'을 보낸 것인가, 그 부분만으로 초점을 좁히고 아사카와와 류지는 가마쿠라의 미우라 데쓰조 기념관으로 향했다. 초심리학의 연구가인 미우라 데쓰조는 독자적인 방법으로 전국의 초능력자를 조사했으며, 그 자료를 파일로 보관하고 있었다. 두 사람은 비디오테이프에 염사를 할 정도의 능력을 가지고 있는 사람이라면 반드시 미우라 박사의 눈에도 띄었을 것이라 생각하고 수천 권에 달하는 파일을 전부 다 조사하게 해 달라는 허락을 받았다. 몇 시간 조사 끝에 비슷한 사람을 찾아내었다.

그 사람의 이름은 야마무라 사다코(山村貞子).

출신지는 이즈 오시마 섬의 사시키지.

기록에 의하면 그녀는 열 살 때에 이미 '산(山)'과 '정(貞)'이라는 한자를 필름에 염사할 능력이 있었다고 한다. 비디오 영상에도 같은 한자가 나왔었다. 아사카와와 류지는 사다코가 틀림없다는 확신을 안고 다음 날 바로 오시마 섬으로 가는 배를 탔다. 야마무라 사다코의 생애나 그 사람을 알게 되면 비디오테이프에 숨겨진 수수께끼를 밝혀낼 것이라고 생각해서였다. 사다코는 영상을 본 사람을 죽음의 공포로 몰아가서 뭔가를 시키고 싶었던 게 틀림없다. 테이프 자체에, 어떤 행위를 하도록 하는 원념이 들어 있던 걸 보면. 그렇다면 야마무라 사다코가 실제로 어떤 것에 한을 품고 있었는지가 중요했다. 이때 류지는 점점 깨닫고 있었다. 이제 야마무라 사다코라는 여성이 죽은 것이 아닐까. 이룩하지 못했던 것을 다른 사람에게 시키기 위해, 죽을 때 강렬하게 염을 보내 원념을 영상에 집어넣은 것이 확실하다고.

M신문사 오시마 통신부원의 힘을 빌리고 도쿄로 향한 요시노와 전화로 연락을 취하며 아사카와와 류지는 야마무라 사다코의 인물상을 점차 밝혀내기 시작했다.

야마무라 사다코는 1947년, 불세출의 초능력자로서 일시적으로 매스컴을 뒤흔들었던 야마무라 시즈코와 그녀를 피험자로서

초심리학 실험을 했던 T대학 정신과 부교수 이구마 헤이하치로 사이에서 태어났다. 어머니 시즈코와 헤이하치로 두 사람이 처음에는 세간의 호기심을 끌자 매스컴도 조금씩 거기 몰려들었지만, 어떤 권위 있는 학자 단체가 시즈코의 초능력을 속임수라고 결정짓자마자 대중과 매스컴은 손바닥 뒤집듯이 공격을 시작해 댔다. 그것을 원인으로 헤이하치로는 대학에서 쫓겨나고 무리한 바람에 결핵에 걸리게 되었으며, 시즈코는 정신적으로 많은 고통을 겪고 미하라 산에 몸을 던져 자살했다.

사다코는 오시마에 있는 친척집으로 인도되어 고등학교를 졸업할 때까지 섬에서 살게 되었다. 초등학교 4학년 때, 미하라 산이 분화한다는 것을 예언하고 교내에서 일약 유명인이 되었지만, 그 이후 어머니가 물려준 초능력을 과시한 적은 없었다. 사다코는 고등학교를 졸업하자마자 상경해서 히쇼 극단에 입단하여 여배우의 길을 걷기 시작했다. 히쇼 극단에 입단하고 난 뒤의 발자취를 쫓는 일은 도쿄에 있던 요시노가 맡았다.

오시마에 있는 아사카와에게서 연락을 받고 나서 요시노는 바로 요쓰야에 있는 히쇼 극단의 연습장을 찾아가, 극단 간부 아리마에게서 야마무라 사다코라는 여성에 대해 들었다. 사다코가 극단에 재적했던 것은 25년도 전의 일이었지만, 아리마는 그녀에 대해 잘 기억하고 있었다. 사람이 아닌 것 같은 힘을 감추고 있는 것처럼 전원이 연결되어 있지 않았던 TV 화면에 영상을 자유로이 비췄던 일도 있었다고 했다. 어머니를 훨씬 뛰어넘는 초능력을 가지고 있었다는 말이다. 요시노는 그 자리에서 사다코의 사진을 입수하는 데 성공했다. 입단할 때 제출했던 이력서를 보존하고 있었던 것이다. 이력서에 있는 흑백 사진은 두 장이었다. 하나는 상반신 사진, 다른 하나는 전신 사진. 둘 다 아름답다는 표현조차 부족할 정도로 완벽하게 가지런한 이목구비가 나와 있었다.

결국 사다코에 관한 그 이후 소식은 파악할 수 없었다. 요시노는 M신문사 오시마 통신부로 사다코의 사진을 비롯하여 그가 얻은 정보를 팩스로 보냈다.

팩스를 받은 아사카와는 사다코가 극단을 그만둔 후 소식 불명이 되었다는 것을 알고 매우 충격을 받았다. 사다코의 발자취를 찾지 못하면 '주문'의 수수께끼를 풀 수 없다고 생각했기 때문이다.

그때 류지가 또다시 새로운 발상을 내놓았다. 그는 야마무라 사다코의 발자취를 순서대로 쫓을 필요가 없다는 것을 알아차렸다. 그보다, 어째서 빌라 로그캐빈 B-4호의 비디오에 그 영상이 들어오게 되었는지, 그 장소로 눈을 돌렸다. 어떤 인과 관계가 작용한 것이라는 생각을 하고서.

생각해 보면, 미나미하코네 퍼시픽랜드 시설은 전부 새것이었다. 과거 다른 시설이 있었을 가능성이 없지 않았다. 아사카와는 다시 도쿄의 요시노에게 연락하여 새로운 조사를 의뢰했다. 미나미하코네 퍼시픽랜드가 생기기 전에 그 자리에 뭐가 있었는지 알아봐 달라고.

다음 날 아침 일찍, 요시노가 팩스를 보냈다. 미나미하코네 퍼시픽랜드 부지에는 이전에 결핵 요양소가 있었다는 사실을 알고서, 그 시설의 건물 배치도까지 보내 준 것이다. 게다가 아타미 시내에서 내과 및 소아과 의원을 개업한 나가오 조타로의 이름과 주소, 약력이 적힌 출력물까지 첨부되어 있었다. 당시 57세였던 나가노는 1962년에서 1967년까지 5년 동안 미나미하코네 요양소에서 의사로 근무한 경력이 있었다. 전에 있었던 결핵 요양소에 대해 보다 자세한 정보를 얻고 싶으면 나가오에게 찾아가 보라는 배려 같았다.

아사카와와 류지는 요시노가 보낸 정보만 믿고 쾌속정을 타고 아타미로 향했다. 아사카와가 비디오테이프를 보고 난 지 딱 일주일째 되는 날이었다. 그날 밤 10시까지 '주문'의 수수께끼를 풀지 못했으면 아사카와는 죽었을 것이다. 그리고 류지는 그다음 날 10시가 데드라인이었다. 아사카와의 아내와 딸은 또 그다음 날 오전 11시.

렌터카에 타자마자 두 사람은 곧바로 나가오 의원으로 향했다. 정보를 조금이라도 더 얻고 싶어 찾아갔던 그 기대는 어떻게 보면 틀려서 더 잘되었다. 그들 앞에 나타난 나가오의 얼굴을 아사카와나 류지 둘 다 알고 있었기 때문이다. 비디오테이프 마지막쯤에 상반신이 맨몸인 남자가 등장해서 거친 숨을 내쉬며 땀을 흘리다가 어깨에 상처를 입고 피를 흘리는 장면이 있었다. 나이가 들어서 머리가 벗어졌지만 그 남자는 분명 나가오였다. 사다코의 시각이 이 남자의 얼굴을 바로 앞에서 포착했다. 그리고 그녀의 '눈'이 이 남자를 사악한 존재라고 여겼다.

류지는 그 성격을 발휘하여 나가오를 끈덕지게 밀어붙여 모든 것을 털어놓게 했다. 25년쯤 전 더운 여름날에 있었던 사건을…….

나가오가 의사로서 산간에 격리된 시설에서 근무할 때 환자에게서 천연두를 옮아서 그때 딱 천연두 초기 증상이 나타나기 시작했을 때였다. 열과 두통에 시달려도 천연두라고는 생각도 못 하고 감기인 줄로만 알고서 평소처럼 결핵 환자 진료를 맡고 있었다. 그때 나가오는 진료소 정원에서 야마무라 사다코와 만났다. 사다코는 입원한 아버지의 병문안 때문에 자주 요양소에 오고 있었다. 극단을 나온 직후에는 사다코는 오갈 곳을 잃은 상황이라 아버지가 있는 요양소에서 지냈다.

나가오는 사다코의 눈부신 아름다움에 순식간에 마음을 빼앗겨 버렸다. 말을 걸어 대화를 나누는 동안, 다른 무엇인가에 씐 것처럼 사다코를 숲 속에 있는 폐건물로 이끌어 그 낡은 우물 앞에서 강간을 했다. 집요하게 저항했던 사다코도 나가오의 어깨를 물어뜯었다. 어깨에서 피를 흘리며 열에 들떠서 행위 중에는 깨닫지 못했지만 사다코가 고환성여성화증후군이며 남녀의 두 성기를 다 갖춘 매우 드문 몸이라는 것을 깨닫게 되었다. 이 증후군은 유방, 외음부, 질을 가지고 있지만 자궁이나 난소가 없는 경우가 많다. 겉으로 보면 완벽한 여성이라도 성염색체는 XY인 남성이니 아이를 낳을 수가 없다.

나가오는 이 극히 드문 육체적 특징을 가진 사다코의 목을 졸라 낡은 우물 속에 던졌다. 그리고 위에서 돌까지 집어 던졌다.

나가오의 고백을 다 듣고 나서 아사카와는 미나미하코네 퍼시픽랜드의 배치도를 더듬어 그 낡은 우물이 있던 자리를 물었다. 나가오가 대충 지도에서 짚어 주었는데, 그곳은 확실히 현재 빌라 로그캐빈이 드문드문 세워져 있는 자리였다. 아사카와와 류지는 바로 미나미하코네 퍼시픽랜드의 빌라 로그캐빈을 향해 렌터카를 몰았다.

아사카와와 류지는 미나미하코네 퍼시픽랜드 빌라 로그캐빈이 위치한 주변에 낡은 우물을 찾기 시작했다. 그리고 완만한 경사면에 세워진 B-4호 바닥 아래, 콘크리트 뚜껑으로 막힌 우물의 둥근 테두리를 발견했다. 우물에서 발산된 야마무라 사다코의 강한 원념이 우물을 타고 올라가 이른 곳이 바로 B-4호에 비디오와 TV가 놓여 있는 자리였다. 녹화 중이던 비디오테이프에 염이 깃드는 것도 어찌 보면 당연한 위치였다.

아사카와와 류지는 얇은 나무판을 깨고 빌라 로그캐빈 밑으로 들어가 우물 뚜껑을 열어 야마무라 사다코의 유골을 찾는 작업에 착수했다. 비디오테이프를 본 사람에게 야마무라 사다코가 시키려 했던 일은, 갇힌 공간에서 유골을 해방시켜서 공양해 달라는 것……. 아사카와와 류지는 '주문'의 내용을 그렇게 해석했다. 두 사람은 번갈아 우물 바닥에 내려가 바닥에 고인 물을 양동이로 퍼올리며 야마무라 사다코의 유골을 찾았다. 그렇게 다행히도 야마무라 사다코의 두개골이라고 생각되는 진흙 덩어리를 꺼냈을 때, 밤 10시가 지났다. 아사카와의 데드라인이 그날 밤 10시였다. 하지만 그는 죽지 않았다. 즉, 테이프에 담겨 있던 '주문'의 수수께끼가 풀렸다……. 두 사람 다 그렇게 판단했었다.

그 후 아사카와는 야마무라 사다코의 유골을 이즈 오시마에 있는 사다코의 고향집에 인도하고, 류지는 논문 집필 때문에 도쿄 히가시나카노에 있는 아파트로 돌아왔다. 일련의 변사 사건은 희대의 영능력자, 야마무라 사다코의 유골을 어두운 땅속 깊은 곳에서 꺼냄으로써 해결되었다. 유골을 공양해 주는 것으로……. 아사카와나 류지 둘 다 그렇게 믿어 의심치 않았다.

11

거기까지 읽고 나서 안도는 원고를 들고 일어섰다. 창문을 열었다. 밧줄을 잡고 우물로 내려가는 광경을 머릿속에 떠올리다가 갑갑해진 나머지 질식해 버릴 것 같았다. 낮에도 어두운 우물 깊은 곳, 게다가 직경 1미터도 되지 않는 낡은 우물. 이중으로 닫혀 있는 공간을 상상하니 일시적으로 폐소공포증이 느껴져서 바깥 공기를 쐬고 싶었다. 창문 바로 밑에는 메이지 신궁의 검푸른 숲이 버석버석 소리를 내며 흔들리고 있었다. 그 바람을 맞아서 손에 든 원고가 팔락거렸다. 지금 인쇄 중인 마지막 한 장만이 남았다. 즉, 이제 한 장만 더 읽으면 아사카와 가즈유키의 이야기가 끝나는 것이다. 순간 인쇄가 끝나는 소리가 들렸다. 워드프로세서를 쳐다보니 프린터에서 대부분 공백인 종이가 밀려나오고 있었다.

안도는 마지막 페이지를 들었다. 이렇게 쓰여 있었다.

10월 21일. 일요일.
바이러스의 특징, 증식.
주문. 복사해서, 복사본을 만드는 것.

겨우 이렇게만 적혀 있고 마지막 페이지가 끝났다. 그냥 중요한 요점만 메모한 것에 지나지 않았다.

10월 21일은 아사카와가 수도 고속도로에서 추돌 사고를 일으켰던 날이다. 그 전날 오전에 안도는 류지의 시체를 해부하고 감찰의무원에서 다카노 마이를 만나고 있었다. 따라서 원고가 도중에 끝나 있더라도 그다음 이야기를 어느 정도 재구성해 볼 수 있었다.

10월 19일, 야마무라 사다코의 유골을 고향에 있는 친척에게 넘긴 시점에서 사건이 모두 종료한 게 아니었다. 아사카와가 오시마 호텔에서 자세한 사건 보고서를 작성하던 도중에 류지가 히가시나카노의 아파트에서 갑작스럽게 죽음을 맞이했다. 도쿄로 돌아와 류지의 죽음을 알게 된 아사카와는 서둘러 그의 아파트로 향해, 거기 있던 다카노 마이에게 아마 이렇게 질문했을 것이다.

'정말 류지는 당신에게 아무 말도 남기지 않았던 거죠? 예를 들어 비디오테이프에 대한 말이라거나……'

그가 서둘렀던 것도 무리는 아니다. 비디오테이프에 깃든 수수께끼를 전부 해명했고 죽음을 면할 수 있는 방법을 찾았다고 생각했었는데, 사실은 그렇지 않았던 것이다. 저주는 아직 계속 살아 있었다. 하지만 아사카와는 전혀 이해할 수 없었다. 어째서 류지는 죽고 자신은 살았을까. 그리고 다음 날 일요일 오전 11시에는 아사카와의 아내와 아이가 데드라인을 맞게 될 상황이었다. 아사카와는 혼자서, 그리고 몇 시간 이내에 다시 '주문'의 수수께끼를 풀어야만 했다. 논리적으로 생각하면, 아사카와는 비디오테이프가 '해 주길 바라는 일'을 요 일주일 동안 우연히 했다는 말이 된다. 그리고 류지는 절대 하지 않았던 일을. 비디오테이프와 관련하여 그는 했고 류지는 하지 않았던 일이 뭐였을까. 아마 한숨도 자지 못하고 날이 밝았을 것이다.

다음 날, 10월 21일이 되어 아사카와는 영감을 받았는지 '주문'의 수수께끼를 완전히 풀었다고 확신했다. 그렇게 만일을 위해 워드프로세서에 일자와 메모를 남긴 것이다.

10월 21일. 일요일.
바이러스의 특징, 증식.
주문. 복사해서, 복사본을 만드는 것.

바이러스라는 것은 천연두 바이러스일 수밖에 없다. 야마무라
사다코는 죽기 직전 일본인 중 마지막 천연두 환자였던 나가오 조
타로와 육체 관계를 가졌다. 당연히 천연두 바이러스가 그녀의 몸
에 침입했다고 봐도 될 것이다. 사라질 위기였던 천연두 바이러스
가 야마무라 사다코의 특이한 능력을 빌려, 바이러스의 존재 이
유인 자기 증식을 꾀했다. 하지만 비디오테이프로 모습을 바꾼 바
이러스는 스스로 증식할 수 없었다. 인간의 손을 빌려 억지로 복
사를 시킬 수밖에 없었다. 그러므로 사라진 테이프의 마지막 말
을 메워 보면 이렇게 될 것이다.
'이 영상을 본 자는 일주일 뒤 이 시각에 죽을 운명이다. 죽고
싶지 않으면 지금부터 말하는 내용을 실행하라. 즉, 테이프를 복
사해서 새로운 제삼자에게 보여야 한다.'
그렇게 생각하면 조리에 맞다. 아사카와는 영상을 본 다음 날
류지에게 보이며 복사를 했다.
모르는 새 테이프가 증식하는 것을 도운 것이다. 하지만 류지
는 복사를 하지 않았다.
확신을 갖고 아사카와는 그 후 바로 비디오 플레이어를 렌터
카에 싣고서 어딘가로 출발했다. 복사해서 복사를 둘 만들어 다

른 두 사람에게 보여 줘야 하기 때문이다. 하나는 아내 몫, 하나
는 딸 몫……. 본 사람은 새로운 먹잇감을 찾아 비디오를 보이고
복사본을 만들어야만 했다. 하지만 그것은 그렇게 큰 문제는 아니
었다. 지금 당장 급한 문제는 아내와 딸의 생명을 구하는 일이었다.

그런데 사랑하는 사람의 생명을 구했다고 안심한 순간, 아사카
와는 뒷자리에 손을 뻗어 차게 식은 아내와 딸을 더듬다 운전 실
수를 해 버렸다.

아사카와가 혼미상태에 빠진 이유를 알 것 같은 기분이 들었
다. 사랑하는 존재를 잃은 슬픔만이 아니라, 그는 지금도 계속 자
문하고 있는 것이다. 대체 '주문'이 정말 무엇일까 하고. 이번에야
말로 다 풀었다고 생각한 순간 그 답이 슬금슬금 형태를 바꾸어
다가와서 너무나 간단하게 사랑하는 사람들을 빼앗아 버린 것
이다. 분노와 비통함, 그리고 계속해서 떠오르는 끝없는 질문. 왜,
왜, 왜, 왜……. 그런데 왜 나는 아직 살아 있지?

안도는 출력한 원고를 챙겨 탁자 위에 올려놨다. 그리고 마음
속으로 물어보았다.

'이 황당무계한 이야기를 믿냐?'

분명 고개를 젓게 된다.

'모르겠군.'

달리 뭐라 할 말이 없다. 그는 류지의 관동맥 안에 생긴 부자
연스러운 육종을 실제로 봤다. 똑같은 사인으로 일곱 사람이 죽
었다. 그리고 혈액에서 발견된 천연두와 유사한 바이러스의 존재.
다카노 마이는 어디로 사라진 걸까. 명백하게 비어 있는 그녀의
집에 있던 그 분위기. 인간이 아닌 어떤 존재를 느끼게 하는 그

집에서 모든 털이 곤두설 정도로 오싹했던 기분. 비디오에 들어 있던 테이프에 남아 있던 흔적. 현재도 비디오테이프는 증식을 계속하며 희생자가 늘어 가는 중일까. 생각해 보면 의문만 계속 늘어날 뿐이었다.

안도는 워드프로세서를 끄고 옆에 두었던 위스키를 들었다. 알코올의 힘을 빌리지 않으면 오늘 밤은 잠들 수 없을 것이다.

12

생화학 연구실에 가서 워드프로세서를 우에다에게 돌려주고 안도는 병리학 교실로 갔다. 옆구리에는 어제 출력한 원고를 끼고 있다. 미야시타에게 보여 주려고 가져온 것이다.

미야시타는 탁자에 고개를 박고 정신없이 볼펜을 움직이고 있었다. 그 옆에 원고 다발을 내려놓으니 미야시타가 놀라서 고개를 들었다.

"이거 잠깐 읽어 줄래?"

안도가 말을 꺼내자 미야시타가 깜짝 놀란 표정으로 그를 쳐다봤다.

"뭔데? 갑자기."

"읽고 의견을 들려줘."

미야시타가 원고를 집었다.

"긴데."

"길기야 길지만 흥미 있는 내용이라 금방 읽혀."

"설마, 너 소설이라도 써 온 거야?"

"아사카와 가즈유키가 일련의 변사 사건을 자세하게 보고서로 쓴 거야."

"아사카와라니, 그 아사카와?"

"맞아."

미야시타가 흥미깊은 표정으로 원고를 팔락팔락 넘겨봤다.

"호오."

"그럼 부탁한다. 다 읽고 의견을 들려줘."

일어서려는 안도를 미야시타가 불러 세웠다.

"잠깐 기다려 봐."

"왜?"

"너, 암호 잘 풀지?"

미야시타가 턱을 궤고 볼펜 끝으로 탁자를 치고 있었다.

"잘 푼다고 할 정도는 아닌데……. 학생 때 친구들이랑 같이 놀이 삼아 해 본 정도야."

"흐음."

미야시타는 탁자를 콕콕 찍던 동작을 멈추지 않았다.

"그런데 그게 왜?"

"이거 때문이야, 이거."

미야시타가 팔꿈치로 누르고 있던 출력물을 안도 쪽으로 밀며 가운데 부분을 볼펜으로 두드리기 시작했다. 안도는 흘끔 들여다봤다. 어제 봤던 류지 혈액 속에서 발견된 바이러스를 염기 자동 해석 장치로 해석하여 출력한 것이다.

"바이러스 염기배열……. 어제 본 거잖아?"

"아무래도 너무 수상해서 가만있을 수가 없더라고."

안도가 종이를 집어 눈앞으로 가져갔다. 무질서한 염기배열 속에 질서가 있는 반복이 몇 곳에 걸쳐 있었다.

ATGGAAGAAGAATATCGTTATATTCCTCCTCCTCAACAACAA

이러한 42염기가 적당한 간격을 유지하면서 반복해서 나오는 것은 확실히 기묘한 현상이었다.

"역시 류지의 바이러스만 이렇게 되어 있었던 거야?"

"그래. 류지 것에서만 이 42염기가 반복되고 있어."

미야시타는 안도의 눈에서 시선을 거두질 않았다.

"봐, 이상하다고 생각하지?"

"그거야 당연하지……."

볼펜을 콕콕 찍어 대던 소리가 멎었다.

"아까 잠깐 든 생각인데, 암호가 아닐까?"

안도가 침을 꿀꺽 삼켰다. 해부를 마친 뒤 류지의 배에 삐져나와 있던 신문지 귀퉁이에 쓰여 있던 숫자가 'RING'이라는 알파벳으로 치환되었다는 사실을 미야시타에게 말한 적이 없었기 때문이다. 그런데도 미야시타는 암호를 떠올렸다.

"만약 암호라고 치면, 발신한 사람은 누군데?"

"류지."

안도가 두 눈을 질끈 감았다. 그로서는 믿고 싶지 않던 말을 미야시타는 태연하게 내뱉었다.

"류지는 죽었어. 내가 해부했다고."

"뭐, 됐고. 너, 이거 한번 풀어 봐."

움직이려는 생각도 없이 미야시타가 말했다. 42개의 염기배열이 어떤 말로 치환될 수 있을까. 178136이 간단하게 RING로 치환된 것처럼 42개 염기배열 역시 단어를 형성하여 무슨 중요한 사실을 알려 주는 것일까. 저승에 있는 류지가 조직 표본으로 남아 있는 자신의 기관에, 계속해서 똑같은 말이 반복되도록 새겨 넣었다고?

출력물을 든 손이 떨렸다. 아사카와가 빠져들었던 상황에 똑같이 빠져들 것 같았다. 하지만 이렇게 노골적으로 부탁을 받아 버렸으니 물러날 수도 없었다. 안도 역시, 어제 이 염기배열을 봤던 순간 암호라는 두 글자가 머릿속에 떠올랐으나 의식 밑바닥에 억지로 가라앉혔다. 그렇게 하지 않으면 과학적인 사고가 점점 왜곡되어 수습할 길이 막막해질 우려가 있었다.

"그 프린트 줄 테니까 천천히 풀어 봐."

과학자인 주제에 비과학적인 일을 해 보라며 내모는 미야시타의 속을 알 수가 없었다.

"괜찮아. 너라면 해독할 거야."

그렇게 말하며 미야시타가 안도의 엉덩이를 탁 때렸다.

제3장
해독

1

안도와 미야시타는 웨이트리스의 안내를 받아 창가 테이블에 앉았다. 대학병원 제일 위층에 있는 레스토랑은 눈아래로 메이지 신궁의 뜰이 내려다보여 전망이 멋진 데다 대학 직원들에게 할인도 해 주었다. 두 사람 다 흰 가운을 벗고 있었지만 웨이트리스는 한눈에 일반 문병객이 아니라는 것을 알아채고 대학 직원용 런치 메뉴를 내밀었다. 안도와 미야시타는 망설이지도 않고 오늘의 정식과 커피를 주문했다.

"읽었다."

웨이트리스가 떠나자 짐짓 대단한 척 미야시타가 말했다. 점심식사를 같이 하자는 말을 들었을 때부터 안도는 미야시타가 이렇게 나올 거라는 예상을 하고 있었다. 미야시타는 아사카와가 쓴 보고서 「링」을 읽고 그 감상을 이야기하려 하는 것이다.

"그래서, 어떻게 생각해?"

안도는 몸을 굽혔다.

"솔직히 말하면, 놀랐지."

"믿어?"

"믿고 자시고 할 것도 없잖아. 이렇게 이야기가 딱딱 맞아떨어지는데. 보고서에 있는 사람 이름하고 사망 시각이 전부 실제 상황과 일치하고 있지. 그리고 이봐, 나나 너나 시체 검안서나 해부 소견을 본 사람이잖아."

실로 그렇다. 미나미하코네 퍼시픽랜드의 빌라 로그캐빈에서 죽은 네 사람의 해부 소견이나 다른 서류 사본을 손에 넣었다. 거기 기재된 사망 시각은 아사카와가 보고서에 적은 그대로였다. 모순점은 아무 데도 없었다. 하지만 안도가 의외라고 느낀 부분은 이름 있는 병리학자인 미야시타가 원념이나 초능력의 존재에 거부 반응을 나타내지 않았다는 점이다.

"그렇게 쉽게 받아들이니까 말이야."

"저항이 없지는 않지. 근데, 곰곰이 생각해 보면 현대 과학에서는 근본적인 질문에 무엇 하나 답이 나오는 게 없어. 최초의 생명이 지구상에 어떻게 생겨났는지, 진화는 어떻게 이루어졌는지……. 다양한 설은 있어도 뭐 하나 증명된 것은 없어. 원자의 구조는 태양계의 축소판이 아니고, 잠재 능력이라고 표현할 정도로 파악하기 불가능한 상태라서 원자 레벨 이하의 세계를 관측하려고 하면 관측자의 마음이 미묘하게 반영되어 버리지. 마음이야, 마음. 데카르트 이래로 기계론자가 신체 기계의 종속물로서 퇴보한 마음이, 어떤 형태로 관측 결과에 관여하는 거야. 그건 속수무

책이라고. 나는 놀라진 않아. 이 세상에서 무슨 일이 일어날지 받아들일 각오가 되어 있어. 현대 과학이 만능이라고 생각하는 놈들은 정말 멍청한 거지."

안도도 약간은 과학의 만능성을 의심해 왔지만 미야시타만큼 극단적이진 않았다. 그렇게까지 회의적이라면 과학자로서 몸 둘 곳이 없어지게 될 터였다.

"극단적이구만."

"너한테 말은 안 했지만, 나는 사실 유심론자야."

"유심론……."

"색즉시공, 공즉시색이란 소린 자주 듣지?"

안도는 미야시타가 말하려는 내용이 잘 이해되지 않았다. 유심론과 색즉시공 사이에 꽤 생략된 이야기가 많겠지만 지금은 미야시타의 사상을 천천히 들을 여유가 없다.

"그래서, 보고서를 읽고 뭔가 의문점은 없었어?"

안도는 자기가 떠올렸던 의문을 미야시타도 똑같이 떠올렸는지 먼저 확인하고 싶었다.

"의문? 그런 거야 엄청 많지."

미야시타는 지금 막 나온 커피에 우유와 설탕을 잔뜩 넣으며 스푼으로 저었다. 유리 너머로 비쳐 들어오는 햇빛을 정면으로 받아서 뺨이 불그레했다.

"일단 제일 큰 의문은, 비디오테이프를 봤는데도 왜 아사카와만 살아남았냐는 점이야."

미야시타는 그렇게 말하고 커피를 홀짝였다.

"주문의 수수께끼를 풀었다고 생각하지 않았나 보군."

"주문?"

"비디오테이프 마지막 일부분이 장난질 때문에 소거되었다잖아."

"테이프를 보게 된 인간에게 강제적으로 무언가를 시키고 싶어 하는 부분 말이군."

"아사카와가 주문의 내용을 자각하지 않은 상태에서 실행했다고 하면……."

"뭘 했지?"

"보고서 마지막에 이렇게 쓰여 있었잖아. 바이러스의 특징, 증식, 주문, 복사해서 사본을 만드는 이야기."

안도는 아직 미야시타가 모르는 사실을 간단하게 설명했다. 추돌 사고를 일으킨 아사카와의 차 안에 남겨진 비디오테이프나, 다카노 마이의 방에 남겨진 소거 끝난 비디오테이프의 존재.

미야시타가 설명을 듣더니 겨우 납득한 것 같다.

"그렇군, 그런 의미가 있었구나. 즉, 아사카와는 주문의 내용을 비디오테이프를 복사해서 아직 보지 않은 사람에게 보이는 거라고 생각했어."

"틀림없이, 그는 그렇게 생각했지."

"사고가 일어난 당일 아침, 아사카와는 비디오 플레이어를 가지고 어디로 가려 했던 거지?"

"당연히 테이프를 보여 줄 두 사람이 있는 장소야. 분명 아내와 딸의 생명을 구하고 싶었던 게 틀림없어."

"하지만 그 위험한 테이프를 그렇게 쉽사리 모르는 사람에게 보일 수도 없었을 텐데."

"아마 장인과 장모였을 거라고 생각해. 아사카와의 부모가 아니라. 아사카와의 아버지는 잘 살아 있어. 바로 얼마 전에도 전화로 이야기했으니까."

"아사카와의 장인 장모가 딸과 손녀를 구하려고 일시적인 위험에 빠져들었다는 건가."

"고향이 어딘지 알아내서 근처 경찰에게 물어볼 필요가 있겠는데."

일주일 이내에 복사해야 한다는 협박문이 붙어서 두 줄기로 나뉜 테이프가 계속 복사되어 증식했다고 하면 아사카와의 장인 집 근처에는 이미 몇 명이나 되는 희생자가 나왔으리라고 예상되었다. 하지만 아직 수면 아래서 진행되고 있는지, 매스컴에서는 아무런 이야기가 없었다.

비디오테이프가 바이러스와 같은 번식력을 가졌다는 것에 생각이 미치자 미야시타가 엷게 웃음을 띠며 안도를 놀렸다.

"너, 훨씬 많은 변사체를 해부할 수 있겠는데?"

그 말을 들으니 오싹했다. 상황을 보면 다카노 마이도 테이프를 봤을 우려가 충분히 있었다. 그녀가 사라진 지 벌써 2주가 되어 간다. 안도는 자기 손으로 마이의 시체를 해부하게 될지도 모른다고, 해부대 위에 누운 아름다운 몸을 상상하며 두려움에 몸을 떨었다.

"그래도 아사카와는 살아 있어."

안도의 말에는 간절한 바람이 들어 있었다.

"아사카와가 제대로 복사본 둘을 만드는 데 성공했다면 어째서 아사카와의 아내와 딸이 죽었을까? 역시 그게 제일 궁금하군."

"거꾸로 말하면 어째서 아사카와가 살아 있느냐는 점이지."

"모르겠네. 천연두 바이러스가 연관되었는데, 복사해서 증식하기 위해 남의 손을 빌리는 것이 주문이라고 생각하면 이야기가 맞지 않는데."

"사실 류지가 죽은 것까지는 이야기가 돼. 하지만 아사카와의 아내와 딸이 죽는 데서부터 영문을 알 수가 없게 되었지."

"복사해서 사본을 만들게 하는 것이 비디오테이프가 바란 일이 아니었다는 뜻인가?"

"몰라."

달리 할 말이 없었다. 어떻게 해석하면 좋을까……. 주문이 의미하는 바가 따로 있는지, 아니면 복사 과정에서 뭔가 잘못되었는지. 아니면 주문 실행에 상관없이 본 사람이 전부 죽게 되는 테이프인지. 하지만 그렇다고 하면 아사카와만 살아 있는 이유를 알 수가 없다.

마침 식사도 도착했기에 두 사람은 잠시 이야기를 중단하고 먹기에만 전념했다.

"딜레마로군."

포크를 든 손을 멈추고 미야시타가 말했다.

"뭐가?"

"그런 비디오테이프가 있으면 나는 보고 싶어. 근데, 보면 살아 있을 보장이 없지. 딜레마잖아. 일주일은 너무 짧아."

"너무 짧다고?"

"해명하기에는 짧지. 흥미가 생기네. 어떻게든 과학적으로 설명하려고 한다면 영상이라는, 시각과 청각의 감각기관을 통해 인간의 뇌에 영향을 주는 미디어가 체내에 천연두 바이러스와 거의 비슷한 바이러스를 낳게 된다는 말이잖아."

"낳는다는 말보다는 영상의 힘 때문에 체세포의 DNA가 영향을 받아서 미지의 바이러스로 변모하게 된 건지도 모르지."

"뭐, 그 말이 그 말이지. 나는 에이즈 바이러스가 자꾸 생각나. 처음 어떻게 생겨난 건지 아직도 해명되지 않았지만 그때까지 있었던 인간과 원숭이 바이러스가 어떤 영향을 받아서 진화해서 탄생한 거라고 하잖아. 아무튼, 에이즈 바이러스는 몇백 년이나 전부터 존재했던 것은 아니야. 염기배열을 조사하면 명백히 150년 전에 두 계통으로 나뉜 거야. 엉뚱한 기회로."

"그 엉뚱한 기회가 뭔지 알고 싶은 거군."

"나는, 어떤 형태로 '마음'이 관여되었다고 생각해."

미야시타는 상반신을 앞으로 숙여 안도의 코끝까지 얼굴을 들이밀었다.

스트레스가 위벽에 구멍을 뚫는다는 예를 들것까지도 없이 질량을 가지지 않은 마음의 상태가 육체에 다양한 영향을 준다는 사실은 다 아는 이야기였다. 미야시타나 안도는 거의 비슷한 생각을 하고 있었다.

일단 영상을 보는 행위로 인해 마음의 상태가 변화되고, 그 영향으로 기존에 있던 체내의 DNA가 변모해서 천연두 바이러스와 유사한 미지의 바이러스가 탄생한다. 그리고 유사 천연두 바이러스라고도 할 수 있는 이 바이러스는 인간의 심장을 감싼 관동맥 내부를 암으로 변화시켜 육종을 형성한다. 정확히 일주일 지나 육종은 크기가 최고조에 달하고, 혈액의 흐름이 차단된 심장이 움직임을 멈추게 된다. 하지만 바이러스 그 자체는 암 바이러스와 같아서, 관동맥 중막의 DNA에 포함되어 세포에 변이를 일으키는 게 전부이지 전염성은 거의 없다. 여태까지 분석한 결과에서 도출 되는 추론은 대략적으로 위와 같다.

"보고 싶다는 생각 안 들어?"

미야시타는 실물을 자기 눈으로 보고 싶어 참을 수 없었다.

"그거야, 뭐."

"비디오테이프만이라도 구하고 싶은데."

"야, 야, 관둬. 긁어 부스럼이랬어. 류지의 전철을 밟지는 마."

"류지라면……. 바이러스 염기배열에 들어 있던 암호는 해독됐 어?"

"아니, 아직이야. 만약 암호라고 해도. 겨우 42염기로는 너무 짧 아. 말이 된다고 해도 겨우 몇 단어가 고작이겠지."

안도가 변명했다. 몇 번인가 시도를 했으나 첫 시도부터 좌절 의 연속이었다.

"내일 휴가는 그거 때문에 쓰는 거야?"

미야시타가 말을 꺼내서야 비로소 내일이 '노동감사의 날'이라 는 것을 깨달았다. 그리고 모레인 토요일도 일을 쉬니 3일 연휴가 된다. 아들을 잃고 아내와 갈라서고 나서는 휴일에 신경을 쓰지 않게 되었다. 집에 혼자 있는 것은 고통스럽기밖에 더할까. 할 일 도 없는 3일 연휴를 맞이하면 특히 절망적이다.

"음, 하는 만큼은 해 보려는데."

안도가 별일 아니라는 투로 말했다. 연휴에 시간 때우기로 죽 은 사람이 보낸 암호를 푸는 일을 해 봤자 기분이 나아지긴커녕 더욱 우울해질 것이 당연했다. 하지만 해독할 수 있으면 그 나름의 보람을 맛볼 수 있을 거라고 생각을 고쳐먹었다. 아무튼 다른 것에 집중할 수만 있으면 뭐든 상관없었다.

"월요일에는 알려 줘. 류지가 보낸 메시지가 뭔지."

안도는 사흘 안에 해독하겠다고 미야시타에게 약속했다.

"부탁해."

미야시타가 탁자 너머로 팔을 뻗어 안도의 어깨를 가볍게 두드렸다.

2

점심식사를 마치고 교실로 돌아오자마자 안도는 도치기 현 우쓰노미야에 있는 J대학 법의학 교실에 문의 전화를 걸었다. 아사카와 가즈유키의 아내의 친정을 조사했더니 도치기 현 아시카가라고 하여, 그 근방에서 변사체가 나오면 해부를 담당하는 곳이 J의대 외에는 없을 것이기 때문이었다.

법의학 교실 부교수가 전화를 받자마자 안도는 지난달 하순 관동맥 폐색으로 인해 심근경색을 일으켜 사망한 환자가 없냐고 물었다.

그랬더니 부교수가 곤란하게 말꼬리를 흐리더니 거꾸로 질문을 하기 시작했다.

"실례지만, 말씀하신 의도를 모르겠습니다."

안도는 관동 지방을 중심으로 심근경색에 의한 변사체가 여태

일곱 구나 발견되었다고 하면서 희생자가 더 있을 것으로 추정된다는 내용을 전했다. 「링」과 관련된 초심리학은 언급을 피하면서 짧게 경위를 설명했다.

"관동 지역권에 있는 모든 의학부에 묻고 계신 겁니까?"

부교수가 다시 집요하게 질문을 꺼냈다.

"아니요. 그렇지는 않습니다."

"그러면 어째서 저희 대학으로 전화를 주셨죠?"

"가능성이 있다고 생각했습니다."

"우쓰노미야 부근에서 변사체가 발견되었을 거라는 가능성 말입니까?"

"아니요. 아시카가입니다."

"아시카가······."

부교수는 아시카가라는 지명을 듣고 상당히 놀란 것 같았다. 할 말을 멈추고 수화기를 쥔 손에 힘이 꾹 들어간 기색이 안도에게까지 전해졌다.

"놀랐습니다. 어떻게 아셨어요? 사실 10월 28일에 아시카가에서 발견된 노부부의 변사체를 그다음 날 저희 교실에서 해부했습니다."

"그 노부부의 이름이 뭐죠?"

"분명 오다라는 성씨였는데요, 남편은 기억이 안 나는데 아내이름은 세쓰코였습니다."

아시카와의 아내의 부모 이름이 오다 도루와 세쓰코라는 것은 이미 확인을 했다. 확실했다. 이제 확실하게 뒷받침할 증거가 생겼다. 10월 21일 오전, 아시카와는 렌터카에 비디오 플레이어를 싣고 아시카가에 있는 아내 친정으로 가서 거기서 테이프를 두 개 복사하여 노부부에게 보여 줬다. 일주일 동안에 복사해서 다른 사람에게 보이면 목숨에 지장이 없을 거라고 장인 내외를 설득했으리라. 사위가 하는 이상한 소리를 믿건 믿지 않건, 구태여 억지로 보게 하지 않아도 딸과 손녀의 목숨이 걸려 있다고 하면 두 사람은 당연히 따를 터였다. 두 사람에게 비디오테이프를 보여 주고 복사본을 만들었으니 아사카와는 아내와 딸의 생명을 구했다고 믿었다. 그런데 돌아오는 길에 그는 아내와 딸을 동시에 잃었고, 비디오테이프를 봤던 장인 내외도 정확히 일주일 후에 생명을 잃게 되었다…….

"해부해 보고 놀라셨죠?"

시체 두 구를 동시에 해부했으면 더욱더 놀라웠을 거라고, 안도는 해부 담당자의 심정을 상상해 보았다.

"정말 그랬습니다. 뭣보다 사망 시각이 거의 동시였고, 유서까지 있어서 동반 자살 혐의를 받는 것이 당연한 상황이었습니다. 그런데 해부를 했더니 정말 독극물은커녕 관동맥에 기묘한 육종이 생성되어 있는 것 아니겠습니까. 놀라운 정도가 아니라……."

"잠깐만요."

안도가 말을 끊었다.

"네?"

"지금 유서라고 말씀하셨습니까?"

"네. 몇 글자 안 되는 메모인데, 돌아가시기 직전에 남긴 것처럼 보이는 유서가 시체가 있는 침상 머리맡에 있었습니다."

안도는 머릿속이 복잡해졌다. 대체 무슨 말이지? 왜 유서가 있을까?

"유서 내용을 알려 주실 수 있습니까?"

"잠시 기다리세요."

부교수는 수화기를 그 자리에 내려놓고 잠시 전화에서 멀어졌다가 10여 초 만에 돌아와서 말했다.

"찾는 데 시간이 걸릴 것 같은데, 나중에 팩스로 보내 드릴까요?"

"그렇게 해 주시면 정말 감사하죠."

안도는 팩스 번호를 알려 주고 수화기를 내려놓았다. 그 상태로, 책상을 떠날 수 없었다. 팩스는 책상 두 개를 지나 있는 컴퓨터용 캐비닛 중간에 놓여 있었다. 안도는 회전의자를 45도 회전하여 팩스를 정면으로 향하고서 문서가 오기를 기다렸다.

그 자세를 유지하며 기다리는 대부분의 시간 동안 여태까지 일이 진행된 경위를 몇 번이고 머릿속으로 되짚었다. 언제 움직일지 모르는 팩스가 신경이 쓰여 새로운 생각을 진행시킬 여유가 없으니 마냥 사건 경과만 되짚을 뿐이었다.

드디어, 지지직 하는 소리와 함께 팩스에서 종이가 나오기 시작했다. 안도는 완전히 출력되기를 기다렸다가 일어서서 팩스 용지를 집어들고 다시 의자로 돌아와 책상 위에 펼쳤다.

K대학 의학부 안도 키하

e다 부부의 유서로 보이는 문서를 보내드립니다.

임무에 진전이 있으시면 꼭 알려 주십시오.

J의대, 오르다

사인펜으로 흘려 쓴 부교수의 글 아래, 오다 부부가 함께 서명한 몇 줄의 글이 있었다. 부교수의 서체와 다른 걸 보아 직접 쓴 것을 그대로 복사한 것으로 보였다.

비디오테이프는 책임지고 처리했다 이제 아무 걱정도 하지 마라
몹시 피곤하구나 요시미, 노리코, 두를 부탁한다

10월 28일 아침

오다 도루
오다 세쓰코

짧은 글이었지만 확실히 죽음을 앞에 둔 사람이 남긴 글이었다. 요시미와 노리코는 큰딸과 작은딸의 이름 같은데 그 앞에 있는 문장은 대체 누구에게 하는 말일까.

비디오테이프는 책임지고 처리했다?

처리라는 뜻은 완전히 없애버렸다는 뜻일까. 여기에 있는 처리라는 말을 복사했다는 의미로 받아들이기는 어려웠다.

안도는 오다 부부의 마음을 차근차근 되짚어 봤다.

10월 11일 일요일 두 사람에게 사위 아사카와가 찾아와서 비디오에 깃든 불길한 저주 때문에 딸과 손녀의 생명이 위험에 처했다는 사실을 밝혔고, 둘은 테이프를 복사하는 데 동의했다. 그런데 같은 날 딸과 손녀가 예정된 시각에 죽었다. 처음에는 오다 부부가 아사카와의 말에 반신반의했더라도 이 사실로 테이프의 힘

을 믿게 되었을 것이다. 딸과 손녀의 장례식을 마치고 해부한 결과 사인이 원인 불명의 심근경색이라는 것을 듣고 그들 부부는 자신들의 목숨을 포기할 결심을 했으리라. 비디오테이프의 명령에 따라 복사했지만, 딸과 손녀는 죽었다. 이제는 무슨 짓을 해도 다시 살려낼 수 없다며 체념한 뒤, 장례식 뒷정리나 이런 저런 일로 피로가 쌓여 염세적인 기분이 든 것도 한몫하여 그들은 비디오를 복사하지 않고 죽음이 오길 기다렸다……. 하지만 유서에 있는 말대로라면 죽음을 기다리면서 불행의 원흉인 그 비디오테이프 두 개를 '처리'했다.

오다 부부가 비디오테이프를 어떻게 처리했는지, 알 방법이 없다. 완전히 소거하고 위험물 딱지를 붙여 버렸는지, 아니면 집 앞에 파묻었는지. 어쨌건 완전히 이 세상에서 없애버렸다고 가정하고, 메모지를 들어 비디오테이프가 나뉜 경로를 그림으로 그려 보았다.

일단 미나미하코네 퍼시픽랜드의 빌라 로그캐빈 B-4호에서 녹화 중인 비디오테이프에 영상이 흘러들어 악마의 테이프가 탄생했다. 그것을 자기 집으로 가지고 온 아사카와가 다카야마 류지에게 하나를 복사해 줬다. 이때 테이프가 둘로 나뉜 것이다. 그런데 류지의 테이프는 마이에게 건너가서 처음 10초만 남기고 나머지가 지워진 듯했다. 아사카와가 가지고 있던 테이프는 형 준이치로에게 넘어가서 망가진 비디오 플레이어째로 버려졌다. 그리고 아사카와가 가지고 있던 원본에서 나뉜 테이프 두 개는 오다 부부가 처리했다. 그렇다면, 야마무라 사다코라는 여성의 원념이 낳은 비디오테이프는 모두 세상에서 자취를 감춘 것이 아닐까.

안도는 몇 번이나 그림을 되짚어 가며 그 부분을 확인했다. 어느 모로 봐도 비디오테이프는 완전히 소멸된 것 같았다. 8월 말에 이 세상에 태어난 비디오테이프는 합계 아홉 명의 희생자를 내고 나서 겨우 두 달 만에 종적을 감췄다.

그것을 증명이라도 하는 것처럼 그 후 한 달 동안은 희생자가 다시 나타나지 않았다. 하지만……. 안도는 생각했다. 복사 여부에 관계없이 본 사람이 모두 죽게 되는 비디오테이프라면 빠르게 소멸하는 것이 당연한 이치가 아닐까? 일주일 이내에 복사하지 않으면 죽는다고 협박한다면 처음에는 증식이 가능할 테니 비디오테이프는 환경에 적응해 가며 살아남을 수 있을 것이다. 하지만 협박이 거짓이라는 것이 알려지면 결국 퇴치되어 쓰레기 소각장으로 내몰릴 게 뻔하지 않은가.

만약 정말로 소멸되었다면, 이번 일련의 변사 사건은 해결된 셈이다. 그 영상이 존재하지 않는다면 이제 아무도 원인 불명의 심근경색으로 목숨을 잃을 염려를 하지 않아도 된다. 하지만 근본적인 의문이 머릿속에 떠올랐다.

'어떻게, 아사카와만 살아남았지?'

그리고 또 하나.

'다카노 마이는 지금 어디 있을까?'

이론적으로 따져보면 비디오테이프는 이제 사멸된 것처럼 보였다. 하지만 안도의 직감이 그것을 부정하고 있었다. 그렇게 쉽게 끝날 리가 없다. 어딘가 석연치가 않았다.

3

도서관 접수처에서 로커 열쇠를 받자마자 안도는 걸어가면서 재킷을 벗었다.

이제 곧 겨울이니 얇은 셔츠 하나를 입은 가벼운 차림은 다른 사람의 눈에는 추워 보였다. 하지만 안도는 땀이 많아 상온이 유지되고 있는 도서관 안에서는 셔츠 한 장만 입고 있어도 더울 지경이었다. 가방에서 노트와 펜을 꺼내 재킷과 함께 말아 로커에 넣었다.

노트에는 류지의 혈액에서 발견된 유사 천연두 바이러스의 염기배열을 해석한 프린트가 들어 있다. 오늘이야말로 암호 해독에 전념하려고 아침부터 도서관에 왔지만 프린트에 인쇄된 염기배열이 눈에 들어오자마자 무질서한 배열에 눈이 빙빙 돌아서 이런 걸 해독할 수 있을 리 없다는 약한 마음이 들었다. 하지만 생각해 보면, 시간을 헛되이 소비하는 것도 목적의 하나였다. 아무 할일도 없이 3일 연휴를 보낼 방법이 정말 없었다.

안도는 노트를 옆구리에 끼고 3층 열람실로 올라가서 창가 자리를 잡고 앉았다.

류지와 함께 암호 놀이에 푹 빠졌던 학창 시절에는 암호에 관한 해설서를 집에 많이 사 모아 놨었다. 그런데 결혼과 이혼을 겪으며 세 번 이사하는 동안 암호에 대한 흥미도 잃었고, 관련 도서들은 전부 어디론가 사라져 버렸다. 암호 종류에 대해서는 전문서적에 기재된 환자표(換字表)나 빈도 분석표가 있어야만 풀 수 있는 것도 있어서, 자료도 없이 닥치는 대로 조합해 본다 해도 해독할 가망이 없다. 다시 사 모으기도 우습겠고 결국 도서관으로 올 수밖에 없었다.

10여 년이나 전에 몰두했던 암호의 조합과 해독의 기본을 다시 이해하기 위해 입문서를 집중해서 바라보았다. 그리고 우선 유사 천연두 바이러스의 염기배열이 어떤 암호 형식에 속하는지 분류부터 하기로 했다.

암호는 크게 나뉘어 문장을 다른 문자나 기호, 숫자로 치환할 수 있는 환자식(換字式), 단어 순서를 바꾸는 전치식(轉置式), 단어 사이에 필요없는 말을 집어넣는 삽입식(揷入式)의 세 가지 종류가 있다. 예를 들어, 해부 후 류지의 배에서 튀어나온 숫자가 'RING'이라는 영어 알파벳으로 치환된 것은 환자식 암호의 기본적인 예이다.

유사 천연두 바이러스의 염기배열 암호는 깊이 생각할 것도 없이, 환자식 암호일 거라고 추측할 수 있었다. 여기 있는 것은 ATGC 네 가지 염기의 배열이니 어떤 특정 조합으로 하나의 문자를 지정하는 방식이 가장 암호다운 방식일 거라고 생각하기 때문이다.

머릿속에 떠올랐던 '암호다움'이라는 말 때문에 퍼뜩 고개를 들었다. 애초에 암호의 목적은 다른 사람에게 알리지 않고 특정 상대에게 정보를 전하는 데 있다. 학창 시절, 그것은 놀이 도구였으며 지적인 게임 이외에는 아무것도 아니었다. 하지만 해독의 성공 여부가 전장에서의 승패를 지배하지 않는 조건 아래서, 암호다운 암호란 해독되기 쉬운 암호로 전락해 버린다. 다른 사람에게 해독되는 것을 피하려면 그냥 보면 암호라는 것을 모를 구조가 필요한 것이다. 설령 적의 스파이를 잡아서 소지품에서 그냥 봐도 수상한 숫자열이 적혀 있는 수첩이 나오면 기밀 사항을 메모한 암호라고 의심하는 것이 당연할 것이다. 속임수일 수도 있지만, 암호라고 판단된 시점에서 해독 가능성이 상당히 높아진다.

안도는 되도록 논리적으로 생각하려 노력했다. 다른 사람에게 알리지 않고 정보를 전하는 것이 암호의 목적이라고 한다면 정보를 전하려는 사람에게만 암호다워야만 한다. 지금 보이는 염기배열 속에 반복해서 삽입되어 있는 42염기가 매우 암호 같아 보였다. 처음 본 순간부터 확실히 그런 인상을 느꼈다.

'대체 왜 그렇지?'

안도는 그런 인상이 느껴지는 이유를 냉정히 직시했다. 왜 암호처럼 보일까. 염기배열을 분석해서 이유 없이 반복되는 부분이 들어 있는 경우는 다른 곳에도 없지는 않았다. 그럼에도 이 반복이 꽤나 비밀스러웠다. 긴타로 엿처럼 어느 단면을 추출해도 계속해서 튀어나왔다. '암호야.' 하고 스스로 말하고 있는 것 같다. 해부 후, 류지의 시체에서 튀어나온 숫자가 'RING'이라는 알파벳으로 치환되었던 경험이 강하게 작용하여 염기배열이 똑같이 반복되는 부분이 너무 암호처럼 보이는 것 같았다. 즉, 류지가 'RING'이란 단어를 배에서 튀어나오게 한 데에는 두 가지 목적이 있는 것이다. 그냥 단순하게 'RING'이라는 문서의 존재를 알린 것 말고도, 이 이후로도 필요에 따라 암호를 낼 테니 지나치지 않도록 주의를 기울이라는 경고의 의미. 숫자를 알파벳으로 치환시키는, 환자식 중에 가장 간단한 암호를 사용한 것이 이후에 있을 복선의 의미였는지도 몰랐다.

똑같이 반복되는 염기배열이 류지의 혈액에 들어 있는 유사 천연두 바이러스에만 발견되었던 일을 보면 발신인이 류지라는 가설을 세워 볼 수 있다. 류지가 죽고, 다 타서 재가 된 것은 움직일 수 없는 사실이었지만 그의 조직 표본이 연구실에 남아 있다.

류지라는 개체의 설계도인 DNA는 표본에 있는 ·세포 속에서 아직 무수하게 존재하고 있는 것이다. 그 DNA가 류지의 '의사'를 이어받아 '말'을 하고 있다고 한다면…….

해부학자로서 해서는 안 될 너무나 황당무계한 가설이었다. 하지만 만약 이 염기배열이 특정 단어로 치환된다고 하면 그 말고 다른 해석을 할 수 없을 것이다. 논리적으로는 류지의 혈액 표본에서 하나의 DNA를 추출하여 류지와 똑같은 개체(클론)을 만드는 것이 가능하다. 보통 의지를 가진 DNA의 집합이 혈액에 섞여서 유사 천연두 바이러스에 영향을 주어 어떠한 '말'을 삽입했다. 그것도 유사 천연두 바이러스에만 말을 삽입했다는 사실은 류지가 상당히 깊이 상황을 읽고 있다는 것과 그의 재능을 나타내고 있다. 적혈구의 DNA가 아니라 어째서 외부에서 유입된 침입자인 유사 천연두 바이러스에만 말을 투입한 것일까. 다른 세포 DNA에서는 해석될 가능성이 없다는 것을 의학부 출신인 류지는 잘 알고 있었기 때문이다. 이번 일련의 변사 사건을 일으킨 바이러스라면 틀림없이 염기 자동 해석 장치에 들어가서 배열을 알아볼 것을 잘 알고서 그가 유사 천연두 바이러스의 DNA에만 정성을 기울였다. 그가 한 말이 읽는 사람에게 전달되도록.

안도는 하나의 결론을 도출하려 하고 있었다. 그렇게 되면, 이것은 암호처럼 보이지만, 암호로서 본래 목적을 잃었다는 뜻이다. 류지의 DNA가 의지를 가지고 외부와 커뮤니케이션을 하려 했을 경우에 이것 말고 다른 수단이 있었을까? DNA 이중나선이 ATGC 네 염기배열로 구성되어 있다고 하면, 이 네 알파벳을 잘 조합하여 그 의지를 전달하는 것 말고는 방법이 없었을 것이다. 제삼자에게 해독되는 것을 막기 위해 암호를 준비한 것이 아니라, 다른 전달 수단이 없어서 하는 수 없이 네 염기배열을 사용한 것에 지나지 않았다. 지금 류지는 알파벳 네 개 이외의 할 수 있는 말이 없는 것이다.

방금 전까지 느꼈던, 해독할 수 있을 리 없다는 체념이 거짓말처럼 자신감으로 바뀌었다.

'풀 수 있을지도 몰라.'

안도가 가슴속으로 외쳤다. DNA 내부에 잔존한 류지의 의지가 염기배열을 사용해 안도에게 말을 걸고 있는 것이라면 그 말은 안도가 해독하기 쉬운 것이어야만 한다. 구태여 어렵게 낼 필요는 절대 없다. 이 논리에 오류가 있는지, 안도는 몇 번이나 다시 생각을 더듬어 가며 확인했다. 첫 단추를 잘못 끼우면 계속 잘못되어 결국 결론도 틀려 버린다.

안도는 이 게임을 이제 단순한 심심풀이라고는 생각할 수가 없었다. 풀릴 거라는 예상을 할 수 있는 상황이니 안도는 빨리 그 답을 알고 싶어졌다.

점심식사 전까지 안도가 시험해 본 것은 두 가지 방법이었다.

ATGGAAGAAGAATATCGTTATATTCCTCCTCCTCAACAACAA

위의 마흔두 개의 알파벳을 어떻게 나눌지가 첫 번째 난관이었다. 두 개씩 나누거나 세 개씩 나누는, 두 가지 방법을 생각할 수 있다.

예1) 두 개씩 나누었을 경우

AT	GG	AA	GA	AG	AA
TA	TC	GT	TA	TA	TT
CC	TC	CT	CC	TC	AA
CA	AC	AA			

네 개의 알파벳을 두 개씩 묶어 하나의 단위로 보면 4×4로 합계 열여섯 종류의 모둠이 생긴다. 그 하나의 모둠이 문자 하나에 해당된다고 생각해 봤다.

이때 떠오른 생각은, 이 암호가 대체 어떤 '언어'로 쓰였을까 하는 문제였다.

일본어 글자 히라가나의 경우, 탁점이나 파열음이 들어가면 쉰 개나 되며 열여섯 개의 모둠으로는 도저히 표현을 다 할 수 없을 것이다. 영어나 프랑스어 알파벳이라면 스물여섯 글자가 필요하지만 이탈리아어라면 스무 글자로 충분하다. 하지만 로마자일 가능성도 간과할 수는 없으니, 특정 언어를 고르는 것은 암호를 해독할 때 상당히 중요한 문제가 된다.

하지만 사실 안도에게 이 문제는 해결이 된 거나 다름없었다. 178136이라는 숫자가 'RING'이라는 영어로 치환되었다는 사실이 류지가 보낸 힌트라고 한다면 이번 경우에도 염기배열이 영어 알파벳으로 치환될 거라고 추측할 수 있기 때문이었다. 이 부분은 일단 확실하다고 생각했다. 언어는 이제 거의 결정된 거라 생각해도 되는 것이다.

42염기배열을 둘씩 따로 묶어 보면 전부 스물한 개의 모둠이 생긴다. 하지만 AA가 넷, TA와 TC각 각각 셋씩, CC가 하나 중복되기 때문에 모둠의 수는 전부 13이 된다. 안도는 이 숫자를 노트에 적고 해설서 페이지를 넘기며 영문으로 된 출현문자 종류 수의 표를 찾아내서 확인하려 했다.

영어 알파벳은 26가지 종류가 있지만 실제로 문장으로 만들면 사용되는 빈도의 편차가 크다. E, T, A 등은 빈번하게 나오며, Q, Z는 책 한 쪽에 하나나 두 개 정도밖에 사용되지 않는다. 영문으로는 출현 빈도 종류 수는 통계 자료로서 암호 해설서 끝에 기재되어 있는 경우가 많다. 이 통계와 일치하게 되면 암호가 어떤 '언어'로 작성되어 있는지 추측하기 쉽다.

"영어 21글자 중에 있는 출현 종류 수 평균은 약 12."

그것이 통계 결과였다.

기뻐서 어깨가 들썩거렸다. 평균 12는 13과 매우 근접한 숫자였다. 즉, 42염기배열을 둘씩 스물한 개의 모둠으로 묶어서 각자의 모둠이 영어 알파벳 하나로 바뀔 경우 통계상 명백히 아무런 모순이 없을 것이다.

안도는 이 부분을 보류한 뒤, 염기배열을 세 개씩 묶은 경우도 생각해 봤다.

예2) 세 개씩 묶은 경우

```
ATG   GAA   GAA   GAA   TAT
CGT   TAT   ATT   CCT   CCT
CCT   CAA   CAA   CAA
```

모둠 수는 열네 개이며, 종류는 ATG, GAA, TAT, CGT, ATT, CCT, CAA 일곱 가지이다. 영어 열네 글자 중 출현 문자 종류 수의 평균은 약 아홉 개이며, 일곱 종류라는 숫자는 평균에서 그렇게 벗어나지는 않았다.

보자마자 바로 중복이 많다는 것을 깨달았다. GAA, CCT, CAA는 각각 세 번, TAT는 두 번 중복되었다. 안도의 마음에 걸리는 점은 GAA, CCT, CAA가 세 개씩 연속해서 있는 부분이었다. 즉, 하나의 모둠이 하나의 알파벳으로 바뀐다면 같은 알파벳이 연속되는 부분이 세 곳이나 나타나게 되는 셈이다. Feel, Class 등, 같은 알파벳이 두 개 연속해서 사용되는 단어는 적지 않다. 하지만 같은 알파벳이 세 개씩 연속하는 영어 단어는 없으며, 있다고 한다면 '……too, old……', '……will, link……' 등으로 특정 단어가 두 개 연속될 경우에만 있다.

안도는 책을 손에 들고 시험 삼아 한 페이지 안에 같은 알파벳이 세 개 연속된 부분이 얼마나 있는지 헤아려 보았다. 5, 6페이지 중에 겨우 한 곳 찾을까 말까 할 정도였다. 겨우 열네 글자 안에 같은 알파벳이 세 개씩 세 곳이나 연속할 확률은 제로나 마찬가지였다. 그에 비해 42염기를 둘씩 묶어서 모둠을 만들었을 경우 같은 알파벳이 두 번 연속되는 경우는 겨우 한 곳밖에 없었다. 이런 관점에서 42염기를 둘씩 스물한 개의 모둠으로 나누는 것이 통계적으로 가장 자연스러울 거라는 판단을 내렸다.

범위가 좁혀졌으면 이제 시행착오를 거듭하는 일만 남았다.

AT	GG	AA	GA	AG	AA
TA	TC	GT	TA	TA	TT
CC	TC	CT	CC	TC	AA
CA	AC	AA			

AA의 모둠이 네 번 출현하고 있는 것을 보니 AA가 가리키는 알파벳이 상당히 높은 빈도로 사용될 거라는 예상이 가능했다. 안도는 다시 전문서를 집어 영어 알파벳의 사용 빈도표를 펼쳤다. 가장 사용 빈도가 높은 알파벳은 물론 E였다. 안도는 우선 AA가 E를 가리키고 있다고 가정을 했다. 다음으로 출현 수가 많은 것이 TA와 TC로 각각 세 번 나왔다. 그것도 AA 다음에 TA가 오는 경우와, TC 다음에 AA가 있는 경우가 각각 한 번씩 있었다. 이것은 중요한 힌트였다. 그렇다기보다 문자의 연접(알파벳이 어떻게 이어져 있는지)에는 특징이 있는데, 이것도 통계로 정리되어 있기 때문이었다. 통계표를 참조하여 TA와 TC에 알파벳을 짜맞춰 봤다.

E 뒤에 이어지기 쉬운 알파벳으로, 사용 빈도가 높은 것은 A이며, 그렇다고 하면 TA는 A를 가리킨다고 치고, 같은 이유로 TC를 T로 생각해 보았다. CC는 연접하는 방식으로 봐서 N이라고 짐작해 봤다. 그때까지는 통계상으로는 전혀 문제없이 훌륭하게 맞아떨어졌다.

```
......   ......   E     ......   ......   E

A        T        ......  A        A       ......

N        T        ......  N        T        E

......   ......   E
```

무질서하게 늘어섰다고 생각하던 염기배열을 둘씩 스물한 개의 모둠으로 나눠 빈도 분석에 따라 알파벳으로 바꿔 봤더니, 영어로 된 윤곽같이 보이기 시작했다. 이것을 기초 삼아 모음과 자음의 관계, 연접의 정도 등을 단서 삼아 그 사이를 메꿔 가면 어떻게 될까.

```
S        H        E        R        D        E

A        T        Y        A        A        L

N        T        I        N        T        E

C        M        E
```

처음 SHE는 '그녀'라는 의미로도 볼 수 있지만, 그다음부터는 어떤 식으로 봐도 의미 있는 문정으로 형성되지는 않았다. 안도는 E와 A나 T와 N의 단위를 바꿔서 생각하는 대로 알파벳을 하나씩 바꿔 봤다. 볼펜으로 써 내려가는 수고를 들기 위해 노트를 찢어 스물여섯 개의 카드를 만들어 알파벳을 적어 넣고 게임처럼 다양하게 바꿔 넣어 봤다.

```
T        H        E        Y        W        E
```

R	B	O	R	R	L
N	B	I	N	B	E
C	M	E			

이 문자 배열을 본 순간, 안도의 머릿속에 다음과 같은 영문이 떠올랐다.

'THEY WERE BORN······'

정확하게 그렇게 읽히지는 않았지만, 억지로 맞춰 보면 불가능하지는 않은 정도였다. 일본어로 고치면 다음과 같은 문장이 된다.

'그(그녀)들이 태어났다.'

왠지 마음에 걸리는 의미였지만 좀 더 잘 들어맞을 만한 것이 있을 거라며 안도는 게임을 계속했다.

대략 10분가량 맞춰 본 것만으로 결과를 예상할 수 있을 정도라 손을 멈췄다. 만약 지금 컴퓨터가 있었으면 이런 작업이 훨씬 편해졌을 텐데. 세 번째, 여섯 번째, 열여덟 번째, 스물한 번째 알파벳이 동일했다. 일곱 번째, 열 번째, 열한 번째 알파벳이 동일했다. 글 길이는 스물한 글자. 이상의 조건을 입력하고 사용 빈도 조정을 수작업으로 입력하면 컴퓨터가 곧바로 답을 낼 것이다. 단, 틀림없이 컴퓨터는 복수의 답을 나타내리라. 당연히 위의 조건을 만족하는 스물한 글자짜리 유의미한 영문 정도는 무수하게 많이 존재하고 있다. 그렇게 되면 어느 것이 류지가 보낸 통신일지 구별을 할 수 없게 되어 버린다. 글 마지막에 붙이는 서명처럼 딱 보고 류지가 보내는 암호라는 것을 알 수 있는 단서가 붙어 있다면 모르겠지만 그렇지 않다면 판단을 내릴 수가 없게 된다.

막다른 길.

'이제 와서 깨닫다니, 이렇게 둔할 수가.'

안도는 머리를 감싸 쥐었다. 학창 시절, 암호 해독의 감이 싹트던 시절이라면 딱 1, 2분 만에 이런 암호 정도는 쉽게 파악했을 텐데. 사고방식을 바꿔야 했다. 가정을 다시 세워 볼 필요가 있다.

너무 몰두했던 탓에 시간이 어떻게 지나는지 그만 잊었다. 손목시계를 보니 벌써 오후 1시가 다 되어 가는 상황이었다. 동시에 공복감을 느꼈다. 4층 식당에서 점심을 먹으려고 의자에서 일어섰다. 기분전환으로는 그게 최고지. '시행착오'와 '영감(靈感)'. 양쪽이 잘 맞물려 있지 않으면 해독이 어렵다. 밥을 먹다가 영감을 얻었던 적이 여태 몇 번이나 있었다.

'답은 자연스레 나오는 것이어야만 해.'

주문처럼 이렇게 되뇌며 안도는 4층 식당으로 올라갔다.

4

4층 식당에서 정식을 먹으며 바로 옆에 보이는 나뭇가지 아래, 공원에 있는 그네와 시소에서 놀고 있는 어린아이들의 모습을 눈으로 쫓았다. 오후 1시도 지나 아까까지 붐비던 식당도 빈자리가 듬성듬성 눈에 띄기 시작했다. 양은 쟁반 옆에는 염기배열 프린트가 있었는데, 그의 시선은 암호가 아닌 창밖 경치를 향하고 있었다.

식당 창은 전면 유리로 되어 있었는데, 전혀 가리는 것 없이 아이들이 노는 모습이 무성영화처럼 보이고 있었다. 다섯 살쯤 되어 보이는 남자아이가 있으면 언제나 안도의 눈은 그 아이에게 못 박혔다. 거의 무의식중에 눈이 그쪽으로 향하고 멍하니 몇 분이나 그렇게 보고 있기도 했다.

2년밖에 지나지 않았는데. 미나미아오야마의 아파트에 살던 무렵, 일요일 오후에 갑자기 연구회에서 쓸 발표 자료가 부족하다는 것을 알고 아들과 산책도 할 겸 지금 있는 도서관까지 걸어왔던 적이 있었다. 그런데 입구에 '18세 미만은 입장할 수 없습니다.'라는 안내글이 있는 것을 보고, 어린아이가 밖에서 기다리고 있는데 조사를 끝까지 할 수 있을 리가 없으니 일은 접고 아들과 함께 공원에서 놀았던 일이 있었다. 흔들리는 그네 뒤에 서서 아들의 등을 일정한 리듬으로 밀어 주었다. 바로 그, 같은 그네가 노랗게 물든 은행나무 아래서 지금도 흔들리고 있었다. 소리는 들리지 않았고 다리를 굽혔다 폈다 하는 어린이의 표정도 보이지 않았다. 하지만 안도의 귀에는 그때 당시 세 살이었던 아들의 목소리가 되살아났다.

바깥 풍경을 보고 있으면 어느새 쓸데없는 생각이 들 뿐이었다. 안도는 시선을 돌려서 볼펜을 집었다.

암호 해독의 기본으로 돌아가 보자. 몇 가지 가정을 세워서 어느 정도까지 되짚어 보다가 아니라는 것을 알게 되면 깔끔하게 그 가정을 버리는 것 말고는 이 암호를 해독할 방법이 없다. 스무 자 정도 되는 길이로는 사용 빈도나 연접도수 표에 의지하게 될 리도 없었고, 더욱이 특정 환자표가 필요하다면 너무 해독이 어려워서 상대에게 정보를 전달할 수 없으리라는 우려가 생긴다. 가정을 세우고 하나하나 되짚어 보며 답을 찾는다면 그것으로 잘된 일이고, 못 찾으면 가정을 버리고 시행착오를 거듭할 수밖에 없다.

안도는 어떤 하나의 가정을 너무 빨리 버린 것이 아닐까 하는 생각이 들었다. 애너그램(어구의 철자 순서를 바꾸는 것)일 가능성이 있다는 영감이 머릿속에 번득였기 때문이었다.

식당에서 열람실로 돌아오자 안도는 다시 한 번 42염기를 셋씩 나눈 모둠을 바라보았다.

ATG GAA GAA GAA TAT CGT TAT ATT CCT
CCT CCT CAA CAA CAA

아까는 GAA, CCT, CAA의 세 모둠이 연속해서 세 번이나 중복되어 있었기 때문에 영어로 보기 힘들다고 판단하여 셋씩 한 모둠이라는 가정을 버렸다. 하지만 문자가 적당히 바뀌어 있다고 하면 이 가정이 재성립할 여지가 충분히 있었다.

예를 들면, 이렇게 중복이 매우 많은 문자열을 생각해 보자.

OOOOEEEBBDDTPNHR

그런데 어떤 규칙에 따라 이 문자열을 바꿔서 배열하면 다음과 같이 의미가 있는 문장이 생겨난다.

BOB OPENED THE DOOR(밥은 문을 열었다.)

'잘 될지도 모른다.'

그렇게 해 보려 하다가 안도는 손을 멈췄다. 바로 그다음 일을 알아 버렸기 때문이다. GAA나 CCT가 어떤 알파벳을 가리키는지 결정을 하고 그리고 또 글자 위치를 바꿀 필요가 생긴다면 해독에 소요되는 시간이 지나치게 오래 걸린다.

시간을 늘리면 풀 수 있는 수준의 암호가 아니었다. 뭔가 열쇠가 되는 글자 같은 것이 없으면 두 글자짜리 모둠과 마찬가지로 답을 하나로 결정할 수 없게 되어 버린다.

또다시 막다른 길.

'발상을 전환할 필요가 있다.'

안도는 강하게 자신에게 타일렀다. 시행착오를 한다는 생각으로 아까부터 같은 발상만 계속 떠올리고 있다. 두 글자짜리 한 모둠, 아니면 세 글자짜리 한 모둠의 모둠이 하나의 알파벳을 가리키고 있다는 생각을 지나치게 고집하고 있는 것이 아닐까.

'답은 하나로 특정할 수 있는, 그리고 복잡한 과정을 거치지 않고 간단하게 나올 수 있는 것이어야만 해.'

집중력이 흐트러져서 염기배열 프린트에 가 있던 시선도 산만해지고 있었다. 문득 정신을 차려 보니 책상 대각선 너머에 앉아 있는 젊은 여성의 머리카락을 보고 있었다. 고개를 숙이고 있는 뺨 언저리가 다카노 마이와 닮았다.

'그녀는 지금 어디 있을까?'

마이의 신변이 자꾸만 마음에 걸렸다. 이전에 류지의 애인이었던 다카노 마이.

'어쩌면 류지는 이 암호로 마이가 있는 장소를 알리려 하는 것

일까?'

그런 의문이 머리를 스쳐 지나갔지만, 너무 만화 같은 공상이라 안도는 쓴웃음을 지었다. 위험에 처한 주인공을 구하는 명탐정에 자신을 대입해 보는 유치함. 안도는 자신이 하고 있는 일이 갑자기 바보스러워졌다. 과학적으로 설명할 수 있는 어떤 작용에 의해 바이러스 DNA에 42염기가 특별하게 반복되는 구간이 삽입되어 있다는 사실일 뿐이지, 실상 암호도 뭣도 아니지 않은가. 이 가능성을 약간이라도 떠올리자 해독에 쏟는 정렬이 계속 희박해져 갔다. 애초에 시간 때우기였다. 하지만 쓸데없는 일에 시간을 소비하는 것은 의외로 애먹이는 일이었다.

석양이 길게 늘어져서 두 팔에 있는 털이 금색으로 물들었다. 오전 내내 발휘되던 집중력은 오후가 되자 급속히 사라져 갔다. 해가 비치지 않는 자리로 옮길까 싶어서 엉거주춤 자리에서 일어나 주변을 둘러보았다. 수험생이나 대학생들 반수 이상 겹겹이 쌓아놓은 책 그늘에서 졸고 있었다. 이동해 봤자 집중력이 돌아올 것도 아니었다. 열람실 전체가 일제히 졸음에 휩싸여 있었다. 안도는 같은 자리에 다시 앉았다.

'추리, 추리.'

그렇게 읊어 보았다.

'함수(函數)여야만 해.'

안도는 자세를 바로 했다. 세 글자짜리 한 모둠의 염기에 다양한 알파벳을 대입시켜 보고 있기만 하면 함수가 아니게 된다. 다대일 또는 일대일 대응이라면 자연스레 답은 하나로 정해진다. 다대일, 혹은 일대일 대응……. 어딘가 그런 대응 방법이 없을까.

자리에서 일어섰다. 논리적으로 따져보니 다른 방법이 없을 것 같았다. 해답에 한 보 다가갔다는 직감이 졸음을 쫓아내고 행동으로 이어졌다.

자연과학 서가로 걸어가서 DNA에 관한 전문서를 뽑아 서둘러 책장을 뒤적거렸다. 흥분한 탓에 손바닥에 땀이 배어 나왔다. 그가 찾던 자료는 세 글자짜리 한 모둠 염기가 어느 아미노산과 대응하는지 정리된 표였다.

안도는 찾은 페이지를 펼쳐 놓고 암호와 나란히 책상 위에 올려두었다.

세 글자짜리 한 모둠의 염기(코돈)는 단백질을 합성할 때, 안도가 지금 펴 놓은 표에 나타난 법칙에 따라 아미노산으로 번역된다. 아미노산의 종류는 전부 스무 종류. 네 개의 염기가 세 개 한 모둠이 되는 식으로 조합하면 64가 된다. 64개의 조합으로 스무 종류의 아미노산을 지정한다고 하면 중복이 발생된다. 하지만 세 글자가 한 모둠으로 된 염기가 아미노산을 지정한다고 할 때면 다대일 대응이며, 어느 모둠이나 반드시 하나의 아미노산 또는 '종결'이라는 의미에 맞게 된다.

안도는 표에 따라 42염기에 따른 순서로 염기를 아미노산의 약어로 맞춰 보았다.

ATG　　GAA　　GAA　　GAA
(Met)　(Glu)　(Glu)　(Glu)

TAT　　CGT　　TAT　　ATT
(Tyr)　(Arg)　(Tyr)　(Ile)

```
CCT     CCT     CCT     CAA
(Pro)   (Pro)   (Pro)   (Gln)

CAA     CAA
(Gln)   (Gln)
```

아미노산의 첫 글자만을 따서 일렬로 늘어 보았다.

MGGGTATIPPPGGG

의미가 성립되지 않았다.

세 개 연속해서 중복되는 부분을 어떻게 해석하느냐가 역시 중요한 부분이 될 것 같다. 뭔가 다른 해석이 있을 것이다. 예를 들어 세 번 연속으로 나타난 글자는 뒤의 두 글자를 공란으로 생각하라는 의미일지도 모른다.

MG ······ TATIP ······ G ······

역시 영어 문장으로는 형성되지 않았다.

하지만 확실한 감이 왔다. 확실히 해답에 가까워지고 있었다. 왠지 그런 느낌이 왔다. 조금만 더 하면 의미 있는 단어가 나타날 듯한 기분이 들었다.

Glu, Pro, Gln만 셋씩 연속되어 있다.

안도는 정렬 방식에 변화를 줬다.

Met

Glu(셋)

Tyr

Arg

Tyr

Ile

Pro(셋)

Gln(셋)

대략 1분 정도 응시하고 있는데 그의 눈에 한 영단어가 보였다.

코돈 셋이 반복되는 것은 '세 개'라는 의미가 아니라 '세 번째'
라는 의미라는 것을 깨닫게 된 것이다. '아미노산을 가리키는 약
자 세 번째 알파벳'을 지정하고 있었다.

Met

Gl**u**

Tyr

Arg

Tyr

Ile

Pr**o**

Gl**n**

따라서 답은 'MUTATION'.

우리말로 옮기면 '돌연변이'.

안도는 장소를 생각지도 않고 무심코 신음 소리를 내버렸다. 함수의 논리에서 시행착오의 결과를 전부 고려해 해독해서 다른 답이 또 나오리라고는 생각할 수 없었다. 단순 명확하게 답은 하나로 결정되었다.

하지만 안도는 머리를 감싸쥐었다. MUTATION(돌연변이)라는 생물학 전문용어를 받아들인다 해도, 그것을 어떻게 해석해야 될지 전혀 짐작이 되지 않았다.

'류지, 너 대체 무슨 말을 하고 싶은 거냐?'

그렇게 말을 거는 마음의 목소리는 해독에 성공했다는 흥분 탓인지 가슴속에서 떨리고 있었다.

5

안도는 도서관 홀 공중전화 앞에 서서 미야시타의 번호를 눌렀다. 3일 연휴 첫날 저녁이라 받지 않으리라 여기며 전화를 걸었던 터라 그가 가족과 함께 집에 있으리라고는 전혀 생각지도 못했다. 안도는 전화를 받은 미야시타에게 암호 해독을 해낸 것 같다는 말을 곧바로 전할 수 있었다.

거실에서 받는 중인지, 저녁 식탁을 준비하는 아내와 아이들 소리가 곧바로 들려왔다. 미야시타가 손으로 수화기 주위를 감싸며 주변 잡음이 들리지 않도록 노력하는 것을 알 수 있었다. 하지만 따스한 분위기는 완전히 사라지지 않았다.

"결국 해냈군, 잘했어. 그런데, 무슨 내용이었어?"

손으로 수화기를 감싸고 있기도 하고, 원래 목소리가 큰 탓도 있어서 미야시타 목소리는 귀에 쩌렁쩌렁 울렸다.

"문장이 아니라 단어야."

"애태우지 말고 빨리 알려 줘."

"뮤테이션."

"뮤테이션…… 돌연변이?"

미야시타는 몇 번이고 "뮤테이션, 뮤테이션." 하고 읊으며 어감을 확인하는 것 같았다.

"무슨 의미라고 생각해?"

안도가 물었다.

"모르지. 너는 뭔가 짚이는 데가 있어?"

"무슨 말인지, 당최 알 수가 있어야지."

"그럼 지금 이쪽으로 올래?"

미야시타가 적극적으로 나왔다. 미야시타는 쓰루미 구 기타데라오에 있는 깔끔한 아파트에 살고 있다. 일단 시나가와 역으로 나와서 게이힌 급행으로 갈아타야 했지만, 한 시간도 안 되어 갈 수 있는 거리였다.

"별로 상관은 없는데……."

"역에 도착하면 전화해 줄래? 역 앞에 괜찮은 가게가 있으니까 한잔하면서 이야기하지."

"아아, 아빠 가면 안 돼."

유치원에 다니는 딸이 아빠가 나간다는 이야기를 들은 듯, 큰

소리로 그렇게 말하며 미야시타의 허리로 달려들었다. 안도가 듣고 있으니 미야시타는 수화기를 막고 손을 내저어 딸을 꾸짖으며 전화기를 든 채 딸을 피해 여기저기로 왔다 갔다 하는 것 같았다. 안도가 먼저 부른 것이 아니었어도 그는 뭔가 나쁜 짓을 하고 있는 기분이 들었다. 그리고 동시에 무엇과도 견줄 수 없는 상실감과 질투심이 폭주했다.

"그냥 따로 날을 잡자."

안도가 그렇게 제안했지만 미야시타는 꿈쩍도 하지 않았다.

"안 돼. 꼭 제대로 이야기를 들어 보고 싶어. 미안한데, 역에 도착하면 전화 줘. 바로 튀어나갈 테니까."

미야시타는 안도의 대답도 듣지 않고 수화기를 내려놓았다. 미야시타네 집의 따뜻한 분위기가 계속해서 귀에 남아, 참을 수 없는 심경으로 한숨을 쉬며 도서관을 나와 전철 홈으로 향했다.

안도가 게이힌 급행을 마지막으로 탔던 때는 8일 전 다카노 마이의 아파트에 찾아갈 때였다. 기타시나가와 역을 지나고 나서부터는 고가 선로로 바뀌어, 양쪽에 늘어선 집들과 상점가 네온 사인이 내려다보였다. 11월 하순 6시쯤 되어 이제 주변은 완전히 어두워졌고, 도쿄 만 쪽을 바라보니 운하를 사이에 둔 야시오 아파트 단지의 바둑판 눈금 같은 창문에서 빛이 드문드문 새어 나오고 있었다. 휴일 저녁인데 꺼져 있는 불빛이 더 많았다. 암호 해독을 하던 버릇이 튀어나왔는지, 안도는 창문 불빛이 만들어 내는 모양을 문자로 만들어 보려 했다. 무수하게 솟아 있는 고층 아파트 단지가 가타카나의 코(ㄱ) 자와 비슷한 불빛을 빛내고 있었지만 아무 의미도 없었다.

"뮤테이션, 뮤테이션."

안도는 먼 곳의 경치를 바라보며 같은 말을 웅얼거리고 있었다. 소리 내어 말하면 류지의 진의를 알 수 있을지도 모른다는 기대를 품고.

멀리 떠 있는 배에서 기적 소리가 울렸다. 전철은 홈으로 미끄러져 들어갔고 급행열차가 지나가길 기다린다는 방송을 하며 그대로 정지해 버렸다. 맨 뒷칸 차량에 있던 안도는 문에서 고개를 내밀고 역 이름을 읽다 거기가 다카노 마이의 아파트가 있는 역이라는 것을 확인하고, 8일 전 기억을 더듬어 아파트를 찾아보았다. 마이의 집에서 바깥을 바라보았을 때, 게이힌 급행 역이 바로 눈높이에 있어서 홈에 사람이 어른거리는 것까지 보였던 것이 기억났다. 그렇다면 반대로 홈에서도 마이의 집이 보일 텐데.

차량 내부에서는 잘 보이지 않아서 홈으로 내려 끝에 기대서 담장 너머로 고개를 내밀었다. 선로와 직각을 이루는 모습으로 상점가가 동쪽으로 뻗어 있었다. 그 수십 미터 정도 되는 거리 끝 지점에 본 기억이 있는 7층 원룸 건물이 있었다.

갑자기 시나가와 방면에서 급행열차가 온다는 소리가 들렸다. 역을 통과하면 안도가 타고 있던 정차 중이던 열차 문이 자동적으로 닫히고 가와사키 방면으로 출발할 것이다. 안도는 서둘러 3층의 창을 찾았다. 마이의 집이 확실히 303호실이었으니, 오른쪽에서 세 번째 방일 텐데. 급행차가 통과하고 발차한다는 벨이 울렸다. 안도는 손목시계를 보았다. 아직 갓 6시가 지난 시각이니 미야시타는 가족과 함께 저녁을 먹고 있을 때였다. 너무 빨리 도착했다가 단란한 저녁 시간을 방해할 마음은 없었다. 30분 정도 이른 것 같았다. 안도는 전차를 하나 늦춰 가기로 했다. 정차 중이던 차는 안도를 홈에 남기고 떠났다.

거의 승강장과 같은 높이의 3층 창을 오른쪽부터 순서대로 세어봤다. 하지만 불이 들어와 있는 곳은 하나도 없었다.

'역시 마이는 없나.'

혹시나 했던 기대는 완전히 무너지고, 시선을 원래대로 되돌리려 했을 때, 오른쪽 세 번째 집에서 새어 나오는 엷은 푸른빛 띠에 시선이 머물렀다. 착각인가 싶어서 눈을 가늘게 떠 봤는데, 아주 아스라한 푸른빛의 띠가 마치 깃발처럼 흔들리고 있었다. 주의해서 보지 않으면 지나칠 것 같은 엷은 빛이 때때로 슥 사라졌다가 다시 나타나고 있었다. 안도는 더 몸을 내밀어 빛의 정체를 확인하려 했지만 너무 멀어서 잘 보이지 않았다.

안도는 다시 마이의 아파트에 가 보고 싶어졌다. 딱 20분 정도 들렀다 가면 적절하게 시간이 맞을 것 같았다. 그는 망설임 없이 개찰구를 빠져나와 상점가로 들어갔다.

바로 아래에서 3층 창을 바라보고서야 겨우 빛의 정체를 알 수 있었다. 대충 열어 놓았던 창에서 레이스 커튼이 바깥으로 나부껴서, 그 순백의 바탕에 가까이 있는 렌터카 회사 네온사인이 반사되고 있었다. 새하얀 헝겊에 원색의 빛을 비추니 형광 도료처럼 색깔 있는 빛이 나오게 되었다. 레이스 커튼이 푸른 네온을 받아 엷은 푸른빛을 띠게 된 덕에, 그 모습이 역 홈까지 작게 보인 것이었다. 하지만 안도는 좀처럼 납득이 가지 않았다. 8일 전에 마이의 집을 찾아갔을 때, 열려 있던 새시 창을 닫고 반 정도 쳐져

222

있던 레이스 커튼을 끝까지 걷어 놨던 것을 기억하고 있었다. 결코 열어 둔 채로 나오지는 않았다. 그리고 그보다 더 이상한 건 바람 없는 초겨울 저녁에 발코니 난간을 넘어 거의 수평이 되기까지 커튼을 나부끼도록 만드는 바람이 대체 어디서 불어오는가 하는 점이었다.

바람 소리는 어디서도 들려오지 않았다. 상점가 가로수를 봐도 바람이 부는 기색은 전혀 없었다. 전혀 흔들림 없는 나뭇가지 위에 기세 좋게 나부끼고 있는 커튼은 꽤나 이상한 느낌이었다. 거리를 다니는 사람들은 누구나 올려다보려고도 하지 않고 있으니 이 신기한 광경을 모르는 모양이었다.

생각할 수 있는 가장 그럴듯한 원인은 기계적인 힘이리라. 방 안에서 선풍기를 세게 틀어 놓고 인공적으로 풍압을 만들어 내는 방법 말고는 적당한 방법이 없을 텐데. 하지만 대체 왜. 호기심이 솟아올랐다.

안도는 아파트 로비로 향했다. 아무튼 한 번이라도 마이의 집에 가 보는 수밖에 없었다.

휴일은 관리인도 쉬는지, 관리실 카운터에는 커튼이 처져 있었다. 아파트 전체가 적막에 잠겨, 사람이 있다는 느낌은 전혀 느껴지지 않았다.

엘리베이터로 3층에 가서 303호 가까이 다가가는 안도의 보폭은 좁아졌고 움직임도 둔해졌다. 본능 한 부분에서는 돌아가라고 명령을 내리고 있었다. 하지만 호기심을 억누를 수가 없었다. 복도 문은 열려 있었고, 그 끝에는 나선형 비상계단이 있다. 여차할 때는 엘리베이터를 타지 않고 나선계단으로 달려가야 할지도 모른다……. 공포심을 불러일으키는 대상이 확실하지 않은데도 막연하게 도망갈 길을 염두에 두고 있었다.

303호 문에는 '다카노'라고 적힌 붉은 명패가 벨 아래 붙어 있었다. 이전하고 다를 바 없었다. 안도는 벨을 누르기를 망설이다가 복도에 아무도 없는 것을 확인하고 나서 문에 귀를 갖다 댔다.

선풍기 모터 소리는커녕 아무런 소리도 들리지 않았다. 정말 지금 이 순간에도 레이스 커튼은 밖에서 펄럭이고 있을까? 귀를 대어 보니 실내 상황은 전혀 그렇게 느껴지지 않았다.

"다카노 마이 씨."

벨을 누르는 대신, 안도는 집주인의 이름을 작게 부르며 문을 노크했다. 대답은 없었다.

마이는 확실히 그 비디오를 봤다. 안도는 그 사실을 확신하고 있었다. 기묘한 점은 비디오테이프 영상이 지워졌다는 사실이다. 그리고 안도가 방문하기 전전날에 지웠다는 생각이 들었다. 마이가 실종된 지 5일째. 대체 누가, 무슨 목적으로, 마이의 집에서 영상을 지웠을까?

갑자기 안도는 전에 피부로 느꼈던 이 집 내부의, 내장과도 비슷한 분위기가 다시 되살아났다. 욕조에 고인 약간의 따뜻한 물, 물 떨어지는 소리, 아킬레스건 주위를 누군가 건드렸던 감촉.

안도는 문 앞에서 한 발짝, 두 발짝 떨어졌다. 아무튼 이 세상에 태어난 악마 같은 비디오테이프는 넷 다 파괴되었다. 사건이 종결된 상황이었다. 가까운 시일 내에 다카노 마이의 시체가 발견되리라. 지금 여기서 안달복달해 봤자 사건이 어떻게 진전되는 것도 아닐 텐데. 안도는 스스로에게 그렇게 다짐하며 엘리베이터 쪽으로 걸어갔다. 납득이 되지 않는 현상을 내버려 두고서라도, 이 자리에서 벗어나고 싶었다. 왜 항상 이렇게 되는지, 이 아파트에 잠시만이라도 있다 보면 무턱대고 도망치고 싶어졌다.

안도는 엘리베이터를 부르기 위해 버튼을 누르고 "뮤테이션, 뮤테이션." 하고 중얼거렸다. 뭐든 좋으니 다른 생각을 하고 싶었다. 엘리베이터는 좀처럼 올라오지 않았다.

오른쪽 복도 중간에서 열쇠가 달깍 돌아가는 소리가 들렸다. 안도는 온몸을 굳히고 동작이 크지 않도록 살짝 턱을 대각선을 향하며 소리 난 방향으로 빠르게 시선을 돌렸다. 303호 문이 안쪽에서 천천히 열리고 있는 것이 보였다. 벨 아래 붙은 붉은 명패를 보면 303호 문이 확실했다. 안도는 무의식중에 몇 번이고 계속해서 엘리베이터 버튼을 눌렀다. 초조할 정도로 느리게 엘리베이터가 1층에서 올라오고 있었다.

문 안쪽에서 사람이 나오는 것을 보고, 안도는 깜짝 놀라 자세를 바로잡았다. 초록색 여름 원피스를 입은 여성이 핸드백에서 열쇠를 꺼내 옆얼굴을 보이며 문을 잠그려 했다. 그 옆얼굴을 안도는 지그시 관찰했다. 선글라스를 쓰고 있는데 아무리 봐도 마이가 아니라 다른 사람이었다. 무서워할 이유는 아무 데도 없었다. 하지만 이성보다 먼저 몸이 반응하고 있었다.

엘리베이터 문이 열리자마자 안도는 안으로 슥 들어가 '닫힘' 버튼을 누르려 했지만 잘못해서 '열림'을 눌러 버렸다. 한 박자 느리게 문이 닫히려는 순간, 문틈 사이로 흰 손이 스윽 비집고 들어왔다. 이물질을 감지한 엘리베이터가 다시 문을 활짝 열었다. 정면에는 여자가 서 있었다. 선글라스 때문에 눈빛과 표정은 잘 알 수 없었다.

25세 전후로 보이는 단아한 이목구비의 여성이 문가에 손을 짚고 슬쩍 뒤돌아보고 나서 침착한 동작으로 닫힘 버튼을 누르고 나서 1층 버튼을 눌렀다. 안도는 슬슬 뒷걸음질 쳐서 등과 양 팔꿈치를 엘리베이터 벽에 힘을 주어 기대고 발돋움했다. 그 자세 그대로 303호에서 나온 여성의 등에다 대고 소리 없이 같은 질문을 계속 반복했다.

'누구야, 당신?'

향수가 아닌 기묘한 냄새가 코끝을 스쳐서 안도는 표정을 찌푸리고 숨을 멈춰 버렸다. 무슨 냄새지? 철분이 들어 있는 피 냄새와 비슷했다. 여자의 머리카락은 등 중간까지 길었고, 벽을 짚고 있는 손은 비칠 듯이 하앴다. 손을 잘 보니 검지 손톱 끝이 찢어져 있었다. 계절에 맞지 않는 민소매 차림은 보는 것만으로도 으스스 한기가 들었고, 스타킹도 신지 않고 펌프스만 달랑 신은 발에는 보라색 멍이 있었다. 안도는 움찔했다. 어째서인지는 알 수 없었다. 아무리 억누르려 해도 몸속에서부터 떨림이 멎질 않았다.

여자와 단둘이 좁은 공간 속에 있으니 시간이 너무 길게 느껴졌다. 1층에 도착해서 문이 열릴 때까지, 안도는 숨을 계속 멈추었다. 여자는 곧장 아파트 로비를 빠져나가 그대로 밤거리로 사라져 갔다.

신장은 160센티미터가 조금 안 되었고 균형 잡힌 체격이었다. 무릎 위 10센티미터 기장의 딱 붙은 스커트가 매력적인 엉덩이 곡선을 살렸고, 발 움직임이 매끄러웠다. 스타킹을 신지 않아서인지 무릎 뒤쪽 피부가 특히 하얗게 도드라졌고 장딴지에 있는 멍이 선명하게 보였다.

거리를 걷는 두 사람 중 한 사람이 코트를 걸친 계절, 그녀는 민소매 원피스를 입고 쌀쌀한 밤의 어둠 속으로 사라졌다.

안도는 엘리베이터에서 나와 잠시 그 자리에 우두커니 서서 여자를 삼킨 어둠을 응시하고 있었다.

6

약속 장소인 은행 앞에서 안도는 미야시타가 오기를 기다렸다. 휴일 밤, 문 닫은 은행 주변만 묘하게 적막했다. 고즈넉한 어둠 저편, 미야시타가 올 방향을 바라보고 있어도 303호에서 나타난 여자의 뒷모습이 눈에서 떨어지지 않아 아무리 눈을 훔쳐도 지워질 줄을 몰랐다.

그녀의 모습은 망막에 각인되어 떨어지지 않았다. 마이의 아파트에서 몽유병자 같은 걸음걸이로 역 승강장으로 돌아와 전철에 흔들리며 쓰루미 역으로 오는 동안, 안도의 뇌리에서 그녀의 모습이 한시도 떠나지 않았다.

'그 여자는 누구였을까.'

바로 떠오르는 가장 그럴듯한 대답이라면, 마이의 언니나 동생이 걱정이 되어 마이네 집을 살펴보러 온 것을 목격했다는 가설 정도였다. 마이의 어머니에게는 딸의 상황을 전화로 간단히 전해 뒀다. 마이에게 언니나 여동생이 있는데 그녀와 마찬가지로 도쿄에 나와 살고 있다면, 마이의 집을 찾아오는 게 그리 이상한 일은 아니다.

하지만 그녀에게서 발산되는 정체 모를 분위기는 그런 안이한 가설을 부정했다. 엘리베이터에 함께 탔을 때, 안도는 마음속 깊이 전율했다. 이 세상 것이 아닌 듯한, 하지만 유령 같은 종류일 리는 없는 존재감이었다. 그 여자는 확실하게 몸을 가지고 실재하고 있었다. 확실했다. 하지만 안도에게는 차라리 유령이라는 편이 납득하기 쉽고 받아들이는 것도 가능했다.

빌딩 그늘에서 콩알 같은 빛이 나타나고, 일직선으로 안도를 향해 다가왔다.

"어이, 안도!"

부르는 소리에 그쪽을 바라봤더니 아내의 자전거를 빌려 났는지 장바구니가 붙은 여성용 자전거가 몸을 맡기고 빠른 스피드로 미끄러져 오는 미야시타가 보였다.

미야시타는 브레이크를 잡으며 자전거를 세웠다. 안장에 앉아서 거친 숨을 몰아쉬며 말을 하려는 듯이 핸들에 두 팔꿈치를 짚고 고개를 위아래로 흔들었다. 잠시 몸을 움직이기만 해도 숨이 끊어질 것 같은 사람이 전력으로 자전거를 타고 온 모양새였다.

"꽤 빠른데."

최저 10분은 기다릴 거라고 예상하고 있던 안도는 미야시타가 너무 빨리 와서 놀랐다. 미야시타는 항상 약속 시간보다 빨리 왔던 적이 없었다.

자전거를 역 앞 보도에 세워 두고 미야시타는 안도의 등을 밀며 술집이 몰려 있는 길로 끌고 갔다. 호흡을 어느 정도 고르고 걸으며 미야시타가 말을 꺼냈다.

"뮤테이션…… 돌연변이의 의미를 안 것 같은 기분이 들었어."

그래서 미야시타는 자전거로 무리를 해서라도 빨리 온 것이었다. 그 내용을 빨리 안도에게 알려 주기 위해서.

"뭐?"

안도가 짧게 물었다.

"뭐, 일단 맥주라도 마시자."

'우설'이라고 쓰여 있는 일본식 선술집 출입구에 걸린 노렌(술집이나 복덕방의 문에 간판처럼 늘인 베 조각 — 옮긴이)을 걷고 들어가자마자, 미야시타는 안도의 의향도 묻지 않고 생맥주 둘과 우설 소금구이를 주문했다. 가게 주인과 꽤 안면이 터 있는지 눈짓만으로 가볍게 인사를 나누고 가게에서 가장 조용한 카운터 안쪽 자리에 앉았다.

미야시타는 일단 류지의 바이러스에 끼워져 있던 염기배열 암호를 어떻게 해독했는지 안도에게 방법을 물었다. 가방에서 출력물을 꺼내 해독하게 되었던 경위를 짧게 설명하자, 미야시타는 끊임없이 "응, 응." 하며 끄덕이고 중간까지도 다 듣지 않고 그 방법이 옳고 그른지를 정확하게 짚어냈다.

"뭐, 뮤테이션이 확실할 것 같아. 이 방법이라면 답은 항상 하나로 결정되는 법이니까."

미야시타는 빠르게 그렇게 말하고 나서 안도의 어깨를 가볍게 두드렸다.

"그런데 말이야. 굉장히 유사한 부분이 있던데, 너는 모르겠어?"

"유사하다고?"

미야시타는 주머니에서 바스락거리며 잘 접힌 메모지를 꺼내 펼쳤다. 메모에는 뭔가 그림이 그려져 있었는데, 아이디어를 보다 확실히 하기 위해 그린 꽤 복잡한 그림이었다.

"잠깐, 이걸 봐 줘."

미야시타가 메모지를 보여 주며 말했다. 받아서 카운터 위에 펼쳤다.

보자마자 알 수 있었다. 그 그림은 세포 안의 DNA 이중나선이 어떻게 자기복제를 하게 되는지가 표현되어 있었다. 이중나선은 상호 보완적인 관계라서 한쪽 구조가 정해지면 다른 한쪽 사슬 구조가 자동적으로 정해지게 된다. 즉, 세포분열을 할 때마다 두 개의 사슬이 둘로 나뉘어 충실하게 제1세대, 제2세대로 복사되어 간다는 뜻이다. 유전의 기본이란, 유전자가 복사되어 부모에게서 아이에게 전해지는 것이라 생각하면 된다.

물론 안도는 확실히 이해하고 있는 내용이었다.

"이게 왜?"

안도가 미야시타에게 고개를 향하고 다음 이야기를 재촉했다.

"어떤 메커니즘으로 종의 진화가 일어나는가, 한번 생각해 봐."

진화의 메커니즘에 대한 것은 불명확한 점이 아직 많았다. 예를 들어 네오다위니즘(신다윈설이라고도 한다. 다윈의 진화론 중에서 변이의 원인이 개체변이에 있지 않고 자연 선택에 의한다고 주장하는 학설 — 옮긴이)과 이마니시 긴지(今西錦司, 일본 생태학자이자 문화인류학자. 독자적인 진화설을 주장 — 옮긴이)의 진화론은 기본 개념이 완전히 달라 어느 것이 맞느냐는 결론은 아직 내

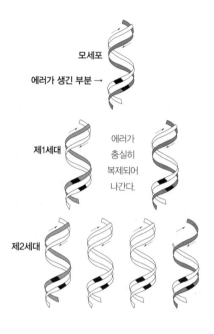

모세포

에러가 생긴 부분 →

제1세대

에러가
충실히
복제되어
나간다.

제2세대

려지지 않았다. 그 외에도 진화론에 관한 가설은 온갖 학설이 분
분하여, 많은 생물학자며 철학자까지 가세한 해석 논쟁이 현재까
지도 이어져 왔다. 하지만 결정적인 증거가 없으니 분자생물학의
성과로 미루어 진화의 원인이 돌연변이와 유전자 변환에 있는 것
같다고 최근에서야 겨우 밝혀지고 있는 상황이었다.

"돌연변이가 그 시작이겠지."

안도는 자신 있게 대답했다. 암호의 답이 뮤테이션이었기 때문
에 더욱 이야기의 방향을 쉽게 알 수 있었다.

"맞아. 돌연변이가 진화를 발생시키는 방아쇠가 되지. 그럼 대
체 돌연변이는 어떻게 생기지?"

미야시타가 생맥주를 들어 들이켜고 가슴 주머니에서 볼펜을

꺼냈다.

'돌연변이가 일어나는 이유?'

안도가 대답하는 것보다 빨리 미야시타가 그림에 뭔가 볼펜으로 뭘 적어 넣고 있었다. 안도는 볼펜을 쥔 손 위에서 그림을 들여다보았다.

"우연에 따른 유전자의 결손, 변환 등 뭔가 오류가 생겨서 그 오류가 그대로 복사되면 돌연변이가 되는 거지. 봐 봐, 지금 생각하는 돌연변이의 메커니즘이야."

그림을 볼펜으로 짚어 가며 미야시타가 다짐하듯 말했다. 안도는 설명을 들을 것도 없는 내용이었다. 우연히 유전자에 일어나는 사고(事故)는 X선이나 자외선을 비추어 인공적으로 일으킬 수도 있다. 하지만 대부분의 경우 우연히 일어나게 된다. 제대로 복사되어 자손에게 전달되어야 할 DNA 염기배열에 우연히 오류가 일어나게 되고, 그것이 자꾸 복제되어 감에 따라 결국 새로운 종으로 발전하게 된다.

그것이 바로 진화로 이어지는 순간이라고 여겨지고 있었다.

"비슷하지? 유사하잖아."

미야시타가 귓가에 대고 속삭였다. 안도도 드디어 생각이 났다. 미야시타가 하려는 말의 의미를. 무엇과 무엇이 비슷하다는 것인지. 그러고 보니 확실히 똑같아 보였다.

"비디오테이프 복사 말이지?"

이제서야 알아차리다니.

"어때, 똑같지 않아?"

미야시타는 우설 두 장을 한 번에 입에 집어넣으며 맥주를 들이켰다.

안도는 유사점을 정리하려고 카운터에 펴 놓은 메모를 뒤집어 미야시타의 볼펜을 빌려서 도식을 만들어 보려 했다. 다 알고 있는 내용이긴 해도 생각을 정리하는 데 그림이 도움이 되는 법이다.

8월 26일 미나미하코네 퍼시픽랜드의 빌라 로그캐빈에서 비디오테이프가 하나 생겨났다. 그런데 29일 밤 같은 곳에 숙박한 네 남녀가 장난을 쳐서 "이 영상을 본 사람은 일주일 이내 복사해서 다른 사람에게 보여 줘야만 한다."라는 메시지가 나온 마지막 일부분을 지우고 거기 TV 광고로 바꿔 버렸다. 비디오테이프 입장에서는 예기치 않은 우연한 사고로 테이프의 유전자라고도 할 수 있을 영상에 오류가 발생한 셈이었다. 그리고 오류를 일으킨 그대로 아사카와의 손으로 복사되었다. 당연히 오류도 그대로 복사되었다. 그 과정은 DNA가 자기 복제하는 것과 완전히 똑같았다. 그리고 비디오테이프 마지막에 들어 있던 메시지가 테이프 자기 복제에 대해 매우 중요한 역할을 맡고 있다. DNA로 예를 들면 조절유전자라고도 할 수 있는 부분이다. DNA의 경우, 조절유전자가 타격을 받으면 돌연변이를 일으킬 가능성이 높아진다. 똑같이 마지막에 타격을 받아서 비디오테이프가 돌연변이를 일으켰다? 미야시타는 그렇게 말하려는 건가?

안도는 거기서 펜을 멈췄다.

"잠깐 기다려. 비디오테이프는 생명도 뭣도 아닌데?"

미리 준비라도 해 놓았는지, 미야시타의 답은 간발의 차이로 들려왔다.

"생명을 정의해 보라고 누가 그러면, 넌 뭐라고 대답할래?"

생명의 정의는 자기복제능력과 겉을 이루는 틀이 있을 것, 크게 말해 이 두 가지였다. 한 세포를 예로 들어보면 자기 복제를 담당하는 것은 DNA이며, 겉껍질을 이루는 것은 단백질이다. 그런데 비디오테이프는…… 확실히 플라스틱으로 된 껍질을 가지고 있다. 대개의 경우 틀은 장방형이며 검고 단단하다. 하지만 자기 복제능력을 갖고 있으리라고는 생각할 수 없었다.

"자기 스스로 복제하는 힘은 비디오에 없어."

"그러니까……."

미야시타는 감질 난다는 듯이 말했다.

"그러니까 말이야, 바이러스랑 똑같다고 하고 있잖아."

안도는 비명을 지를 뻔했다. 바이러스는 정말 기묘한 생물이라, 스스로 증식하는 힘은 없고 그 부분을 놓고 보면 생물과 생물이 아닌 것의 중간에 있는 존재였다. 하지만 바이러스는 다른 생물 세포 안에 침입하여 그 세포를 이용함으로써 증식해 갈 수 있다. 증식 능력을 가지고 있지 않은 비디오테이프가 '일주일 이내에 복제하지 않으면 죽는다.'는 위협의 주문으로 속박하여 인간의 손을 빌려 증식해 가는 과정과 완전히 똑같지 않은가.

"그런데……."

안도는 부정하고 싶었다. 뭐라도 좋았다. 지금 여기서 부정하지 않으면 말도 안 되게 위험한 사건이 닥쳐올 것 같은 기분이 들었다.

"그런데, 비디오테이프는 전부 파괴되었더라고."

그러니 이제 아무런 위험도 없다. 안도는 스스로를 타일렀다. 비디오테이프가 바이러스와 같은 생명력을 가지고 있다고 쳐도, 이제 멸종했다.

이 세상에 존재했던 비디오테이프 네 개는 모두 소멸되었다.

"확실히 그 비디오테이프들은 다 멸종됐지. 근데 그건 낡은 종(種)이었어."

맥주를 마실 때마다 미야시타의 뺨에 떠오르는 땀방울은 커져만 갔다.

"낡아?"

"그래, 돌연변이를 일으킨 비디오테이프는 복사되는 동안 진화하고 신종으로 다시 태어나서 지금도 어딘가에 잠복해 있을 거야. 이전 것과는 완전히 달라진 형상을 하고서. 나는 그런 생각이 계속 들더군."

안도는 입을 반쯤 벌린 그대로 아무 대답도 할 수 없었다. 술잔은 아까부터 비어 있었다. 좀 더 알코올 도수가 높은 술을 마시고 싶었다. 소주를 얼음잔으로 주문하려 했지만 도중에 목소리를 낮춘 바람에 술집 주인에게 들리지는 않았다. 대신해서 미야시타가 손을 들어 "소주."라고 짧게 외치고 검지와 중지를 펴서 보였다. 소주 두 잔이 카운터에 놓이자마자 안도는 바로 팔을 뻗어 단숨에 3분의 1 정도를 삼켰다. 그 모습을 곁눈질로 보며 미야시타가 말했다.

"비디오테이프가 돌연변이를 일으켜서 복사되는 중에 다른 매체로 진화했다고 치면, 낡은 종이 멸종하지 않으면 곤란해지겠지. 들어 봐, 류지 정도 되는 녀석이니 DNA 염기배열을 써서 저승에서 말을 걸어 온 거라고. 다르게 해석할 수 없잖아? 아니면 너는 '뮤테이션'에 대해 다른 해석을 할 수 있겠어?"

물론 그럴 수 없었다. 될 리가 없잖은가. 얼음잔에 담긴 소주를 몇 번이나 홀짝여도 아직 취하려면 멀었는지 머리가 묘할 정도로 차게 식었다.

'그럴지도 몰라.'

안도 역시 미야시타의 생각으로 마음이 기울기 시작했다. '뮤테이션'이라는 키워드를 써서 류지는 경고를 하고 있었다.

'없어졌다고 안심하지 말라고. 돌연변이로 생겨난 신종이 네 주위에 나타날 테니까.'

빙글거리며 그렇게 말하는 류지 표정이 눈에 선했다.

예를 들면, 에이즈 바이러스는 수백 년 전에, 그때까지 존재하던 어떤 바이러스 종이 돌연변이를 일으켜 탄생하게 되었다고도 한다. 그 전에 있던 바이러스는 인간에게는 감염되지 않아 무해했을지도 몰랐다. 그러나 돌연변이가 일어나 에이즈 바이러스는 인간의 면역 계통을 갈기갈기 찢어 파괴하는 무서운 힘을 갖게 되었다. 똑같은 일이 비디오테이프에도 일어났다는 뜻이었다. 하지만 현실은 달랐다. 무해한 매체가 되기는커녕 돌연변이를 일으킨 비디오테이프는 그 영상을 본 사람을 복사해서 보여 주든 그렇지 않든 모두 죽여 버리는 존재로 변화했다. 훨씬 질이 나쁘지 않은가. 예외는 아사카와뿐이었다. 마이의 실종을 어떻게 판단하는가는 지금 단계에서 아직 뭐라 하기 어려우니 안도는 아사카와만 예외라고 판단했다.

"아사카와는 왜 살아 있는 거지?"

어제와 같은 질문을, 안도가 미야시타에게 털어놓았다.

"그게 바로 중요한 점이야. 비디오테이프가 뭘로 바뀌었는지 알 단서가 그것밖에 없어."

"아니, 한 명 더 있어."

안도는 다카노 마이라는 여성에 대해 간략하게 이야기를 꺼냈다. 아사카와가 복사한 비디오테이프는 류지와 손을 거쳐 다카노 마이라는 여성에게 건네졌고, 비디오를 본 흔적을 방에 남긴 채 그녀가 벌써 3주 가까이나 집을 비우고 있다는 이야기였다.

"그럼, 두 사람 있다는 말이군. 비디오테이프를 봤는데도 죽지 않은 사람이……."

"의식 불명의 중태라고는 해도 아사카와는 아직 살아 있지. 그런데, 마이 씨는 생사 불명이야."

"그 마이 씨가 살아 있으면 좋겠군."

"왜?"

"당연하잖아. 힌트는 하나보다 둘 있는 게 좋으니까."

맞는 말이었다. 마이가 지금도 살아 있다면 그녀와 아사카와의 공통점을 찾아서 답을 낼 가능성이 높아지리라. 하지만 안도는 뭣보다 순수하게 마이가 무사하기를 빌었다.

제4장
진화

1

11월 26일 월요일, 오후

강에서 익사한 소년의 해부를 마치고 안도는 소년의 아버지에게 자세한 사정을 들으며 해부 보고서를 작성하고 있었다.

소년의 생년월일과 이름을 확인하거나 사고 당일 행동을 물었지만, 아버지가 말하는 방식에 어딘가 요령이 없어서 업무는 좀처럼 진척되지 않았다. 소년의 아버지는 대화가 끊어지면 눈을 창밖으로 향하며 하품을 씹어 삼키는 표정 같은 것을 짓기도 했다. 온몸에서 힘이 빠져나가서 졸려 보이기까지 했다. 안도는 일 따윈 때려치우고 약해질 대로 약해진 아버지를 위로해 주고 싶었다.

감찰의무원이 갑작스레 소란스러워졌다. 신원 불명 여성의 시체가 또 한 구 들어와서 시신 처리와 해부 준비가 동시에 진행되고 있기 때문이었다. 신원 불명의 여성을 해부할 담당 의사는 안도의 선배 나카야마였다. 여성의 시체가 빌딩 옥상 배기구에서 발견되었다며, 방금 전에 경찰이 연락을 해 왔다. 이어서 두 구의 해부가 시행됨에 따라 조수들이나 경찰관 등의 출입이 갑자기 많아졌다.

"여성의 시체가 도착했습니다."

해부 조수의 목소리가 감찰의무원에 울려 퍼지자 안도는 흠칫 진저리를 치고서 목소리가 들려온 쪽을 쳐다봤다. 문을 반쯤 열고 나카야마에게 고개를 향한 해부 조수 이케다가 서 있었다. 안도는 왠지 자기한테 말하는 것처럼 들렸다.

"알았습니다. 준비 진행해 주세요."

그렇게 답하며 나카야마는 천천히 일어서려 했다. 나카야마는 감찰의무원에서는 안도의 2년 선배이며, J의대 법의학 교실에 적을 두고 있다.

조수가 사라지자 대신 경찰관 한 명이 와서 나카야마에게 다가왔다. 인사를 나누고 나서 경찰관은 가까운 의자를 끌어당겨 나카야마 가까이에 앉았다.

안도는 고개를 도로 돌리고 자기 업무로 돌아갔다. 하지만 나카야마와 경찰관의 대화가 등 뒤에서 들려오니 신경이 쓰여 견딜 수가 없었다. 대화가 단편적으로 안도의 귀에 들어왔다. 경찰관은 이제부터 해부에 들어갈 나카야마에게 시신 발견 당시의 간략한 설명을 하고 있는 것 같았다.

안도는 종이 위를 달리던 펜을 멈추고 귀를 기울였다. '신원 불명', '젊은 여자'라는 말이 반복되고 있었다.

"근데, 왜 빌딩 옥상에 있었을까?"

그렇게 묻는 사람은 나카야마였다.

"글쎄요. 무슨 이유로 올라갔는지는 모르겠습니다. 어쩌면 자살 기도가 있었을지도 모릅니다."

경찰관이 답했다.

"유서 같은 건?"

"현재까지는 발견되지 않았습니다."

"빌딩 옥상 배기구라고요? 거기서는 구조 요청도 들리지 않았을 텐데."

"주택가가 아니라 더 그렇더군요."

"장소는 어딥니까?"

"시나가와 구에 있는 히가시오이 해안을 따라 난 길에 14층짜리 낡은 건물이 있는데 거깁니다."

안도는 퍼뜩 고개를 들었다. 뇌리에 떠오른 것은 게이힌 급행선에서 바라본 풍경. 주택가를 빠져나가자마자 해안길이 나오는데, 창고나 빌딩이 군데군데 세워져 있었다. 마이가 사는 아파트에서 바로 코앞이었다. 신원 불명의 젊은 여자, 해안가 빌딩 옥상 같은 말을 마음속으로 몇 번이나 되뇌었다.

"수고 많으셨습니다. 여쭤 볼 일이 있으면 다시 전화 드리겠습니다."

소년의 아버지 전화를 끊고, 안도는 여태 하던 업무를 접었다. 등 뒤에서 들려오는 나카야마와 경찰관의 대화가 신경이 쓰여 보고서를 작성하고 앉아 있을 수가 없었다. 아직 더 물어봐야 할 부분도 있었지만 나중에 어떻게든 채워 넣으면 되리라.

파일에 서류를 끼워 넣고 자리에서 일어섰다. 동시에 나카야마와 경찰관도 일어섰다. 안도는 두 사람에게 가까이 다가가 나카야마의 어깨를 툭 쳤다. 동시에 아는 얼굴인 경찰관에게도 가볍게 인사를 나누고 나서 "지금 해부할 여자가 신원 불명이라고요?" 하고 물으며 검시실에서 해부실까지 이어진 복도를 함께 걷기 시작했다.

"그렇습니다. 신원을 증명할 물건은 아무것도 지니고 있지 않았더군요."

안도의 질문을 받은 사람은 경찰관이었다.

"몇 살 정도 되는 여자였습니까?"

"젊죠. 20세 전후가 아닐까 합니다. 살아 있을 때 꽤나 미인이었겠던데요."

20세 전후⋯⋯. 다카노 마이는 22세였지만 10대 전후로 봐도 충분한 동안이었다. 안도는 침이 목구멍에 휘감겨 내려가는 감각을 느꼈다.

"다른 특징은 없습니까?"

시신을 직접 보기만 하면 바로 알 수 있을 터였다. 하지만 그 전에 마음의 준비가 필요했다. 가능하면 그녀가 아니라는 확증을 얻고 나서 시체를 확인한 뒤 자리를 뜨고 싶었다.

"왜 그래, 안도 선생."

나카야마가 싱긋 웃으며 안도의 표정을 바라보았다.

"젊은 미녀라니까 흥미진진한가 봐?"

"아니, 신경이 좀 쓰여서요."

농담에 휘말리지 않고 진중하게 대꾸했다. 안도의 진지한 표정을 보고 나카야마는 올라갔던 입꼬리를 바로 끌어당겼다.

"아, 그러고 보니 좀 이상한 점이 있었습니다. 이건 나카야마 선생님께 꼭 말씀드려야겠네요."

"뭡니까?"

"사실, 속옷을 입지 않고 있었습니다."

"속옷……. 위아래 둘 다요?"

"아뇨. 아래만요."

안도와 나카야마의 머릿속에 동시에 같은 생각이 떠올랐다. 젊은 여자가 빌딩 옥상에서 강간을 당하고 배기구에 던져졌을 거라는 가능성.

"옷은 흐트러지지 않았고, 외견상 강간 흔적은 없었습니다."

"옷은요?"

"두툼한 점퍼스커트에 니삭스, 위에는 셔츠에 트레이닝복. 아주 평범한, 어떻게 보면 수수한 차림이라고 할 만했습니다."

하지만 여성은 팬티만은 입지 않았다. 11월, 쌀쌀한 계절에 노팬티에 점퍼스커트라니. 그게 평소 차림이었을까?

"도대체 모르겠단 말입니다. 빌딩 옥상 배기구라니."

안도는 시체가 발견된 장소를 도저히 머릿속으로 그려 낼 수가 없었다.

"깊이 3미터, 폭 1미터밖에 안 되는 배기구가 옥상 공조실 옆에 있는데 말이죠. 평소에는 금속으로 된 덮개로 덮여 있었다고 하는데, 어떻게 일부분이 벌어져 있는 상태였습니다."

"그럼 그 틈으로 추락했다는 말입니까?"

"아마 그런 것 같습니다."

"미끄러져 떨어질 만한 장소였나요?"

"아니요, 어지간한 일이 아니면 누가 가까이 가지도 않을 겁니다. 뭣보다, 엘리베이터에서 내려서 옥상 입구로 나오는 길엔 열쇠로 잠겨 있었으니까요."

"그럼 어떻게 그렇게?"

"비상용 나선계단이 난 장소에서 빌딩 벽에 파묻힌 수직 사다리를 타고 올라간 것 같습니다. 그거 말고는 방법이 없어요."

아직도 알 수 없었다. 그 여자는 그런 곳에서 뭘 하려다가……

"그런데 속옷 말입니다만, 그녀가 배기구에서 고의로 속옷을 벗었다고는 생각할 수 없을까요?"

배기구 깊이가 3미터라고 했다. 굴러 떨어졌으면 당연히 다쳤을 텐데. 속옷을 벗고 부상당한 부위에 붕대 대신 감았을 가능성도 없진 않았다. 아니면 배기구에서 탈출을 하기 위해 뭔가로 사용했다든가……

"찾아봤습니다. 배기구 안이나 옥상까지 구석구석 다요. 만약을 위해 빌딩 주변까지도요."

"빌딩 주변요?"

나카야마가 끼어들었다.

"쇳조각이라도 넣고서 밖에 집어 던졌겠다 싶었습니다. 배기구 바닥에서 소리쳐 봤자 잘 안 들립니다. 그럼 자기 있는 장소를 알리기 위해 밖으로 뭔가 눈에 띄는 것을 집어던질 수밖에 없으니까요. 근데 결국 그것도 불가능하더군요."

"왜 불가능합니까?"

"배기구 바닥에서 일어서서 집어 던졌다 해도 옥상 테두리를 넘어서 바깥까지 날아가는 일은 있을 수가 없습니다."

아마 각도 문제일 거라고 생각하고 안도는 구태여 이유를 묻지 않았다.

"그럼 그 여자는 집을 나왔을 때 이미 팬티를 입고 있지 않았다……. 그렇게 생각하는 편이 훨씬 자연스럽겠군요."

"지금 상황으로는 달리 해석할 방법이 없군요."

세 사람은 해부실 앞에서 멈춰 섰다.

"안도 선생님도 입회하겠나?"

나카야마가 물었다.

"네, 좀."

달리 대답할 말이 궁했다. 시체가 다카노 마이가 아니면 가슴을 쓸어내리며 안심하고 자리를 뜰 것이고, 만약 다카노 마이라 하더라도 나카야마에게 맡기고 역시 이 자리를 뜰 생각이었다.

어찌되든 안도가 할 수 있는 일은 시체 확인밖에 없었다.

늘상 지나던 길, 수도꼭지에서 콸콸 쏟아져 나오는 물소리가 문 건너편에서 들려오고 있다. 안쪽 상황에 귀를 기울이는 동안, 이 자리에서 도망치고 싶다는 생각이 들었다. 위산이 역류하며 손발 끝이 조금씩 떨렸다. 그렇지 않기를 빌 뿐이었다. 다카노 마이가 아니길.

안도가 미처 각오를 굳히기도 전에 나카야마가 문을 열고 첫번째로 해부실에 들어갔다. 그다음으로 경찰관이었다. 안도는 들어가지 않고서 열린 문 사이로 해부대 위에 누운 하얀 나신을 힐끔 쳐다보았다.

2

언젠가 이런 날이 오리라 생각했다……. 그런 예감을 품고 있던 안도였지만 실제로 그 젊은 여자의 시체를 가까이 보고 너무 충격적이라 온몸이 얼어붙었다. 나카야마와 경찰관 뒤에서 천천히 시체에 다가가, 아직 받아들일 수 없다는 생각으로 하얀 얼굴을 여러 각도에서 바라보았다. 후두부 부근에는 머리카락에 묻은 진흙이 바싹 말라 굳었다. 발목이 부자연스러운 모양으로 구부러져 그 부분만 피부색이 변했다. 골절이나 염좌이리라. 목을 졸린 흔적도 없었고 다른 외상도 없었다. 사후경직이 완전히 풀린, 사후 90시간 이상 경과한 시체였다.

안도는 생전에 생생했던 피부색을 알고 있다. 가능하면 이 몸을 끌어안고 살갗을 마주하고 싶었다고 몇 번이나 망상을 품었던 일도 있었다. 하지만 그럴 기회를 영원히 잃어버렸다. 자르르 흐르던 윤기가 사라진 말라 빠진 시체……. 사랑을 불러일으킬 정도로 아름다웠던 여자가 이처럼 변해 무참한 모습을 하고 있다니. 이 현실을 참을 수 없어서 격렬한 분노가 솟아올랐다.

"제길! 이게 무슨 일이야!"

안도 입에서 탄식이 새어 나오자 나카야마와 경찰관이 동시에 뒤돌아봤다.

"아는 사람입니까?"

놀람을 감추지 않는 표정으로 경찰관이 물었다. 안도는 가볍게 눈짓으로 인정했다.

"세상에……."

나카야마는 이 여자와 안도가 얼마나 친밀한 사이였는지 알수 없어서 애매하게 말을 흐렸다.

"저, 이분 연락처는 아십니까?"

천천히 말을 더듬으며 경찰관이 물었다. 주저하는 말투 뒤에 기대감이 깃들어 있었다. 안도가 신원을 알고 있다면 이 뒤에 이어질 머나먼 신원 확인 작업에서 해방되기 때문이었다.

안도는 말없이 수첩을 꺼내 페이지를 넘겼다. 다카노 마이의 고향집 전화번호는 확실히 수첩에 적혀 있을 터였다. 번호를 찾아서 메모하여 그에게 건넸다. 경찰관은 메모의 이름과 전화번호를 보며 다시 확인했다.

"확실히 맞는 거죠?"

역시 정중한 말투였다.

"틀림없습니다. 이 사람은 다카노 마이 씨입니다."

안도가 단언하자 경찰관은 부리나케 밖으로 나갔다. 집에 연락해서 딸의 죽음을 알리기 위해서였다.

전화벨이 울려 수화기를 들어 올렸더니 경시청의 누구라고 이름을 대는 자가 거들먹거리는 말투로 딸이 죽었다고 전한다니…….. 그 순간을 상상했더니 안도는 소름이 끼쳤다. 마이의 어머니가 너무 불쌍했다. 난리를 피우지도 않고, 그렇다고 울지도 않고, 스스로를 감싼 경치가 스윽 아래로 꺼져 버리는 것 같은 시간을, 이제부터 맛보게 되리라.

이 이상 해부실에 있고 싶지 않았다. 다카노 마이의 몸에 메스를 찌르기만 해도, 방 안에 지금 진동하는 시취와는 비교도 되지 않을 정도로 심한 악취가 날 것이다. 거기다 내장을 파헤쳐서 위나 장의 내용물을 조사하게 되면 그 악취는 그야말로 어마어마하다. 냄새의 기억은 의외로 오래오래 기억에 남는 법이다. 안도는 그 냄새를 맡고 싶지 않았다. 아무리 청초하고 아름다운 몸이었어도 결국엔 참을 수 없는 악취를 풍기게 되는, 그리고 그것이 살아 있는 존재가 응당 맞이해야 할 운명이라고도 충분히 알고 있다. 하지만 이번만큼은 풋풋한 감성을 지키고 싶었다. 마이에 대한 추억에 냄새의 기억이 붙는 일은 기필코 피하고 싶었다.

"저는 이만 실례하겠습니다."

나카야마의 귓가에 그렇게 속삭였더니 나카야마는 의아하다는 표정으로 물었다.

"어? 입회 안 해?"

"연구실에 할 일이 좀 남아 있어서요. 나중에 자세히 들려주십시오."

"그래. 알았어."

안도는 나카야마의 어깨에 손을 얹고 귓가에 대고 말했다.

"심장 부근의 관동맥에 주의를 기울여 주십시오. 그 부분 조직 표본을 꼭 잊지 마시고요."

왜 안도가 사인에 관한 말을 입에 담는지 나카야마는 이해할 수 없었다.

"이 사람, 협심증이었어?"

안도는 그 질문에는 답하지 않고 어깨에 얹은 손에 꾹 힘을 실었다.

"부탁드립니다."

이유를 물어도 곤란하다. 안도의 눈이 그렇게 호소하고 있었다.

나카야마는 그 심중을 헤아려 두 번 이어서 끄덕였다.

3

감찰의무원 사무실에 들어오자마자 안도는 나카야마 옆 책상
에서 의자를 끌어당겨 등받이를 끌어안는 자세로 앉았다. 그 자
세 그대로 나카야마가 서류 작성을 마치기를 잠시 기다렸다.

"어지간히 신경이 쓰이는가보군."

나카야마가 보고서를 쓰다가 고개를 들지 않고 말했다.

"네에."

"볼래? 해부보고서."

나카야마가 안도 앞으로 서류뭉치를 내밀었다.

"아뇨. 요점만 말씀해 주세요."

나카야마는 안도 쪽을 바라보고 말했다.

"단도직입적으로 말하지. 사인은 관동맥 폐색으로 인한 심근경
색이 아니었어."

안도는 해부하기 전에 관동맥 폐색이 원인일지도 모른다며 나
카야마에게 암시를 주었지만 사인은 그렇지 않다고 했다. 이 일
을 어떻게 해석해야 할지 안도가 잠시 생각에 잠겼다.

'그럼, 마이 씨는 그 비디오테이프를 보지 않았단 말인가. 아니
면 혈액 흐름이 멎을 정도로 육종이 성장하지 않았을까.'

"관동맥 내부에 육종이 없었어요?"

그 점을 확인해 보았다.

"내가 본 바로는 없군."

"전혀요?"

"아니, 확실한 건 조직 표본이 완성되어야 말할 수 있겠지."

마이의 혈관에는 육종으로 보이는 것은 지금 상황에서 발견되지 않았다는 말이었다.

"그럼 그녀의 사인은요?"

"아마 동사겠지. 상당히 쇠약해진 끝에."

"외상은 없나요?"

"왼쪽 발목 골절, 양 무릎 열상. 이건 아마 굴러 떨어질 때 다쳐서 그랬을 거야. 상처에 콘크리트 파편이 박혀 있었으니."

굴러 떨어져서 다리까지 부러졌으니 마이는 그대로 일어날 수 없었다. 깊이 3미터, 폭 1미터짜리 구멍 바닥에서 그녀는 혼자 힘으로 탈출도 못 하고 빗물만으로 연명하고 있었지만 며칠간 살아 있었으리라.

"구멍 바닥에서 마이 씨는 며칠이나 살아 있었을까……."

나카야마에게 하는 질문이라기보다 옥상 바닥에 혼자 남겨진 사람의 불안과 절망을 떠올리며 안도는 혼잣말처럼 중얼거렸다.

"아마 열흘 정도 있었겠지."

위와 장의 내용물이 없었으며 피하지방도 완전히 사라져 있었다고 했다.

"열흘."

안도가 수첩을 폈다. 가령 추락한 후 열흘이 지나 사망했고, 사후 5일가량 지나 발견되었다고 하면, 마이가 실종된 날은 11월 10일 전후라는 계산이 나왔다. 안도와 데이트 약속을 했던 날이

11월 9일이며 그날 하루 종일 전화를 받지 않았으니 그녀의 실종은 그보다 이전에 일어났다고 추정할 수 있었다. 마이의 아파트 우편함에는 8일부터 신문이 방치되어 있었다.

그렇다면 8일에서 9일 사이, 마이의 신변에 무슨 일이 생겨서 집을 나왔다는 뜻이다.

안도는 수첩에서 11월 8일과 9일에 표시를 했다.

'이 3일간, 그녀에게 무슨 일이 일어났다.'

안도는 마이의 입장에서 상상력을 동원해 봤다. 발견되었을 당시의 마이는 트레이닝 슈트에 점퍼스커트 차림으로 집 앞에 무심코 산책하러 나온 모습이었다. 게다가 이상하게도 속옷을 입고 있지 않았다.

안도는 마이의 집을 찾아갔을 때 느꼈던 인상을 생생하게 뇌리에 떠올렸다. 그녀의 집을 방문했던 때가 11월 15일이었다. 해부 결과를 믿는다면 그때 이미 마이는 빌딩 옥상에 갇혀서 구조를 기다리고 있었다. 며칠 동안 주인이 없었다는 사실은 확실히 증명되었다. 그럼에도 안도는 그 집에 어떤 이상한 존재를 느꼈다. 아무도 없었던 집에 뭔가 살아 숨 쉬는 그 기척을 안도는 확실히 피부에 직접 느꼈다.

"아, 그리고."

나카야마가 한 가지 더 중요한 생각이 났다는 것처럼 검지손가락을 세워 보였다.

"왜요?"

"안도 선생은 생전의 그녀와 친했었지?"

"아니, 친하다고 할 정도는 아니었죠. 두 번 만나 봤을 뿐입니다."

"그래? 마지막으로 만났을 때가 언제였는데?"

"지난달 말이었던가 그랬습니다."

"그럼 사망하기 20일 정도 전이었겠군."

말해야만 하는 중요한 사항을 말하기를 꺼려하고 있다……. 나카야마의 태도가 그렇게 느껴졌다. 안도는 진지한 눈빛을 선배에게 보내며 '자, 괜찮으니 말씀해 주세요.' 하고 재촉하듯이 바라보았다.

"임신했었지?"

나카야마가 빠르게 그렇게 말했다. 안도는 나카야마가 누구 얘기를 하고 있는지 순간 알 수가 없었다.

"누구요?"

"당연히 다카노 마이 씨 말이야."

놀라워하는 안도의 모습을 보며 나카야마가 말했다.

"몰랐나?"

"……."

"명백히 만삭인 여자의 특징을 놓칠 리가?"

"만삭……."

안도는 대답할 말도 잊은 채 천장을 바라보며 마이의 신체 곡선을 정확히 떠올리려고 노력했다. 상복을 입고 있을 때, 원피스를 입고 있을 때 항상 잘록한 허리가 꼭 조여 있었다는 생각이 들었다. 전체적으로 날씬했던 마이는 잘록한 허리가 특히 매력적이었다. 안도는 마이의 육체에 깃든 처녀의 향기를 맡았다. 헌데 그때 임신한 상태였단 말인가.

'게다가 만삭이라고?'

지그시 주의하여 관찰한 적은 없었다. 생각을 거듭하면 할수록 이미지가 흐릿해져서 애매해졌다. 아니, 역시 아니었다. 만삭이었을 리가 없다. 일단 이 눈으로 마이의 시체를 봐야겠다. 그녀의 배는 거의 등에 닿을 정도로 홀쭉했었다.

"만삭이었을 리가 없습니다."

안도가 부정했다.

"가끔 있지, 그런 사람. 만삭인데 별로 배가 안 나오는 여자 말이야."

"정도의 문제가 아닙니다. 저도 그녀의 시신을 직접 눈으로 봤으니까요."

"뭐?"

나카야마는 안도의 오해를 깨닫고 "아니, 그게 아니라." 하고 손을 내저으며 세 가지 사실을 천천히 열거했다.

"자궁이 커져 있고 태반이 떨어져 나가서 상흔이 나 있더군. 질 내부는 갈색 분비물로 가득했어. 질 내부에 작은 살덩어리가 남아 있었는데 그건 아무래도 탯줄 같더군."

'말도 안 돼.'

안도가 속으로 그렇게 외쳤다. 하지만 나카야마 정도 되는 법의학자가 초보적인 실수를 범할 리가 없었다. 마이의 몸속에 세 가지 증거가 각인되어 있었으면 추측되는 사실은 한 가지뿐이었다. 구멍에 떨어지기 직전에 다카노 마이가 아이를 낳았다는 뜻이었다.

만약 출산한 게 사실이라고 한다면, 마이의 발자취는 어떻게 해석해야 할까. 이번 달 7일경, 마이는 갑자기 산기를 느끼고 당연히 산부인과로 직행했다. 그리고 출산. 대엿새간 입원한 후 12일에서 13일경 퇴원했다. 혹시 아기가 사산되었는지도 몰랐다. 그녀는 너무나 큰 슬픔 때문에 비척거리며 빌딩 옥상에 올라 배기구에 떨어졌다. 열흘가량 구멍 속에 살아 있었다가 오늘 아침에야 시체로 발견되었다.

시간적으로 그렇게 불가능하진 않았다. 출산 사실을 인정하면 실종의 수수께끼도 풀렸다. 당연히 고향에 계신 어머니도 비밀리에 동행했으리라.

그래도 석연치 않았다. 마이의 배가 크게 부풀지 않았다고 하는 점은 개인차도 있으니 문제가 되지 않았다고 해도, 첫인상을 잊을 수가 없기 때문이었다.

마이와 처음으로 만났던 것이 지금 있는 이 사무실이었다. 다카야마 류지를 해부하기 직전, 시체 발견자인 마이에게서 현장 상황을 자세히 듣기 위해 담당 형사에게 인도되어 이 방에 들어왔다. 그때, 마이가 의자에 앉으려 했을 때 비틀거리다 옆에 있는 책상에 손을 짚었다. 안색을 보자마자 알 수 있는 빈혈이었다. 안도는 마이의 몸속에서 피냄새를 맡고 생리 때문에 일어난 빈혈일 거라 짐작했다. "죄송합니다. 조금……." 하고 부끄러운 듯이 말하는 마이의 표정을 봐도 확실했다. 순간, 안도와 마이는 눈빛을 나누며 이심전심으로 대화를 했었다.

'여자에게 오는 그것이니까, 신경 쓰지 마세요.'

'알겠습니다.'

감찰의무원이라는 장소 성격상, 소란을 피우면 안 된다는 생각에 마이는 눈짓으로 그렇게 호소했었다. 말로 하지 않고 의미 전달이 일어났던 체험이라, 묘하게 기억 속 밑바닥에 남아서 안도는 지금도 확실히 떠올릴 수 있었다. 류지를 해부한 날이 지난달 20일이니까, 신기하게도 이번 달 아이를 낳은 여성이 지난달 하순에 생리하던 중이었다는 말이 되었다. 물론 그런 일이 있을 리 없다. 임신과 동시에 여성의 생리는 멈추기 때문이다.

'내가 오해했나? 서로 뜻이 통했다는 생각에 빠진 나머지 그저 단순하게 혼자 판단한 것을 잘못 이해했었나.'

생각하면 생각할수록 석연치 않았다. 안도는 그때 들었던 직감을 강하게 확신했다.

하지만 해부 결과에서 도출된 사실은 안도의 직감을 부정했다.

안도는 의자에서 일어나 해부보고서를 가리켰다.

"일단 이거 복사해도 되죠?"

집에 돌아가서 찬찬히 살펴보고 싶었다.

"그럼."

나카야마는 서류 뭉치를 다시 내밀었다.

"아, 그리고 또 하나."

안도가 금방 생각났다는 듯이 덧붙였다.

"혈액 샘플 채취하셨어요?"

"응, 당연하지."

"조금 나눠 주실 수 있으세요?"

"조금이면 괜찮아."

안도는 마이의 혈액 속에도 유사 천연두 바이러스가 발견될지, 지금 당장이라도 조사해 보고 싶었다. 바이러스가 발견되면 마이가 그 비디오테이프를 봤다는 증거가 된다. 마이를 휩쓸어 간 비극이 비디오테이프를 본 일 때문에 일어났는지, 아니면 비디오테이프와는 완전히 별개의 원인에 의한 것인지 확실히 해야만 했다. 지금 할 수 있는 일은 확실한 자료를 하나하나 늘려 가는 일 뿐이었다. 비디오테이프와 관련성이 있다는 사실이 명백해지면 '돌연변이'의 수수께끼에 한 발짝 더 다가갈 수 있을 것 같았다.

4

다카노 마이의 시체가 발견된 게 어제인데, 잇달아 아사카와 가즈유키가 사망했다는 사실을 통보받았다. 상태가 악화되어 시나가와 재생병원에서 S대학 부속병원으로 옮겨지자마자 그렇게 되었다. 전에 안도는 아사카와의 용태에 변화가 있으면 바로 연락을 달라고 손써 뒀었다. 그 덕에 알게 되었지만 설마 이렇게 어이없이 죽어 버릴 줄은 생각지도 못했다. 담당의의 설명에 따르면 감염증으로 인해 마치 노쇠하여 죽는 것처럼 쉬이 숨을 멈추었다고 했다. 사고로 잃은 의식은 마지막까지 돌아오지 않았다.

안도는 S대 부속병원으로 가서 아사카와를 병리해부할 때의 주의점 몇 가지를 담당의에게 알려 주었다. 육종에 의한 관동맥 폐색이 있는지, 병변 부위에서 천연두와 비슷한 바이러스가 발견되는지, 지금 상황에서 예측하기에는 그 두 사실이 중요한 정보가 될 터였다. 안도는 담당의에게 그렇게 당부한 뒤 S대 부속병원을 뒤로했다.

역으로 걸어가다 문득 그제서야 후회가 들기 시작했다. 아사카와의 의식이 끝내 회복되지 않은 것이 너무나 안타까웠다. 아사카와는 본인만 아는 중요한 정보를 아무에게도 알리지 않고 죽었다. 행여나 그의 입으로 정보를 들을 수 있었다면 앞으로 일어날 일을 예측할 수 있었을지도 몰랐다. 안도에게 미래는 너무나 막연했다. 상상조차 할 수 없는 상황이었다.

일단 우선적으로 아사카와의 죽음이 우연일지, 필연일지에 대해 판단을 내리는 데 몰두했다. 그것은 마이에게도 적용되었다. 아사카와의 경우에는 교통사고가, 마이의 경우에는 굴러 떨어진 사고가 방아쇠가 되어 둘 다 쇠약해진 끝에 목숨을 잃었다. 죽는 방법에 공통점이 있었다. 그리고 그들 두 사람의 죽음에 비디오 테이프를 본 일이 원인이 되었는지, 도저히 판단을 내리기가 어려웠다.

걸어가다 문득 떠올랐다. S대 부속병원에서 그렇게 멀지 않은 곳에 마이의 시체가 발견된 빌딩이 있다는 사실을. 마이가 어쩌다 낡아 빠진 상가 빌딩 옥상에 올라가게 되었는지 계속 마음에 걸렸다. 현장을 보면 그 이유를 알 수 있을지도 모른다. 그것도 흔적이 전부 사라지기 전에 되도록 빨리 가는 것이 좋았다.

안도는 큰길로 돌아와서 택시를 잡으려 했다. 여기서 현장까지 10분이면 갈 수 있다.

도중에 꽃집에 들러 작은 꽃다발을 산 뒤 택시를 타고 T운송회사 창고 앞에서 내렸다. 감찰의무원에서 들었던 사항은 운송회사 이름뿐이었고 빌딩의 이름은 몰랐다. 문제의 빌딩은 창고 바로 앞 남쪽 옆이라고 들었다.

길에 서서 남쪽에 접해 있는 빌딩을 올려다보았다. 확실해 보였다. 층수를 헤아려 보니 14층이었고 밖으로 드러난 비상계단은 창고 사이의 좁은 공간에서 나선형으로 솟아올라 있었다.

안도는 정면 현관으로 들어가려다 발을 멈추고 비상계단 입구 부근까지 되돌아왔다. 아마 다카노 마이가 어떤 방법으로 옥상까지 올라갔는지 그 부분을 확인해 보기 위해서였다. 엘리베이터로 14층까지 올라가서 다시 비상계단으로 나와 옥상으로 올라가는 사다리를 타고 올라갔는지, 아니면 1층부터 비상계단을 사용했는지. 밤이 되면 정면 현관 셔터를 내리니까 엘리베이터에 타기 위에서는 경비원이 있는 문을 지나야 했을 터였다. 심야라면 경비원이 없고 문도 닫힌다. 따라서 올라갔을 때가 밤이었다면 비상계단을 사용했을 터.

비상계단의 2층 부분 앞에 격자로 짜인 철책이 보여서 그 위로는 올라갈 수가 없어 보였다. 안도는 일단 2층까지 올라가 보기로 했다. 철책에는 손잡이가 있었다. 돌려봤지만 움직이지도 않았다. 외부 침입자를 막기 위해 안쪽에서 열쇠를 잠가 둔 것 같았다. 하지만 철책은 1.8미터 정도라, 몸이 가벼운 사람이라면 간단하게 넘을 수 있는 높이였다. 중고등학교 때 육상부에 있었던 다카노 마이라면 별로 어렵지 않게 넘을 수 있었을 터였다.

눈을 돌려 옆을 바라보니 빌딩 내부로 통하는 문이 있었다. 손잡이를 돌려 봤지만 역시 이쪽 문도 잠겨 있었다. 다카노 마이가 언제 이 빌딩에 올라갔을까. 낮이었다면 14층까지 엘리베이터를 타고 갔겠지만 밤이면 철책을 넘어 비상계단을 오르는 방법 말고는 길이 없다.

안도는 정면 현관으로 돌아와서 빌딩에 들어와 엘리베이터 홀에 섰다. 엘리베이터는 두 대 있었지만 둘 다 정지되어 있었다. 상가 빌딩답게 층마다 사무실 이름이 적혀 있었다. 하지만 그 반수 가까이 지워져 있다. 기존 세입자가 나간 뒤 새로 새로 들어오지 않은 모양이었다. 빌딩 전체가 한산한 상태라 인기척이 너무 없었다.

엘리베이터를 타고 14층에서 내려 깜깜한 복도를 걸으며 옥상으로 나가는 계단을 찾았다. 한 바퀴 둘러보았지만 보이지 않았다. 일단 비상계단으로 나갈 수밖에 없었다. 복도 막다른 곳에 있는 문을 열고 밖으로 나가자 바다에서 불어오는 강한 바람에 무심코 코트깃을 세웠다. 빌딩 맨 위층으로 나오자 그제서야 도쿄만이 바로 근처에 있다는 것을 알았다. 게이힌 운하 건너 오이 부두가 있는 바로 앞에 도쿄 만 터널이 바다 속으로 푹 파묻혀 있었다. 검게 뚫린 터널의 두 입구는 이 위치에서는 부자연스럽게 보였다. 수면에 떠오른 익사체의 콧구멍 같았다.

빌딩 규모에 비해 14층이 좁았던 것도 수긍이 갔다. 다른 층에 비해 14층만 실내 면적이 절반 정도에 불과했고 나머지 공간은 발코니 형태로 사방을 둘러싸고 있었다. 발코니의 한쪽 모퉁이에 있는 층계참은 비상계단으로 이어졌다. 하지만 다카노 마이의 시체가 발견된 장소는 이보다 한 층 위였다.

문 바로 옆에 위로 올라가는 사다리가 벽에 딱 붙어 있었다. 수직으로 3미터 정도 높이였다.

안도는 되도록 다카노 마이의 입장에 서서 사다리를 타고 올라갔다. 꽃다발을 입에 물고 두 팔 힘으로 몸을 끌어당겼다.

'대체 왜 이런 곳에 올라가야 했을까.'

일단 몸을 끌어올리는 일에 의식을 집중시켰다. 마이는 투신자 살을 하려던 게 아니었다. 이 빌딩 구조가 그렇게 증명하고 있었다. 14층에서 한 층 더 올라간 옥상에서 몸을 던져 봤자 2, 3미터 아래인 바로 아래 발코니에 떨어질 뿐이었다. 비상계단으로 이어지는 14층 층계참에서 뛰어내리면 몸은 지면까지 떨어져 내릴 수 있다.

이곳은 옥상이라고 할 만한 장소가 아니었다. 방수용 도료가 벗겨져 있었고 걸음을 걸을 때마다 울퉁불퉁한 바닥 때문에 기분 나쁜 감촉이 발바닥을 감쌌다. 주변에 난간이 없어서 사방에 발코니가 뻗어 있다는 것을 알고 있어도 가장자리 쪽에는 가고 싶지 않았다.

방파제에 있을 법한 울퉁불퉁한 콘크리트 블록이 비슷한 간격으로 놓여 있었다. 무슨 용도인지는 모르겠지만 앉기에는 딱 괜찮은 크기였다. 가장자리로 가 보는 대신 그 돌기 하나 위에 올라 사방을 둘러봤다. 5시가 되기 조금 전, 1년 중에 가장 빨리 해가 저무는 이 계절에 빌딩이나 상점 거리에는 서서히 불이 켜지기 시작했다. 운하 반대쪽에는 고가 역을 지나는 붉은 게이힌 급행열차가 보였다. 공중에 떠있는 역 승강장을 급행열차가 통과하는 참이었다. 마이의 아파트에 찾아갔을 때마다 몇 번 내려 본 그 승강장은 가물가물한 흰 빛으로 둘러싸여 있다.

이 시간치고 인적이 드물었다.

역을 기점으로 길을 거슬러 올라가 마이가 살던 아파트로 시선을 옮겼다. 직선거리로 300~400미터, 바로 엎어지면 코 닿을 곳에 마이의 아파트가 있었다. 거기서 더 시선을 이동했다. 상점가를 벗어나 해안선 길을 오른쪽으로 꺾어서 100미터. 그게 지금 서 있는 빌딩의 위치였다.

빌딩 옥상이라면 여기가 아니더라도 많이 있다. 올라가려면 마이가 살던 아파트 옥상도 좋지 않았을까. 다시 한 번 눈을 돌려 마이가 살던 아파트 옥상을 봤다. 천장이 낮은 원룸 아파트라서 그런지 7층 건물이라고 해도 지금 서 있는 이 건물의 반 이하 높이였다. 그래도 옥상이라고 할 만한 공간이 있긴 했다. 하지만 번잡한 상점가에 위치해 있기 때문에 사방에 고층 빌딩이나 아파트가 있어서 서쪽에 있는 9층 건물에서 그 옥상을 바로 내려다 볼 수 있었다. 그게 이 빌딩과의 차이점이었다. 해안선 따라 형성된 창고 지대는 여기 말고 높은 빌딩이 별로 없어서 누가 내려다볼 염려는 전혀 없었다.

안도는 콘크리트 블록에서 내려와서 나란히 지어져 있는 두 건물 사이에 섰다. 하나는 엘리베이터 기계실, 다른 하나는 공조기기들이 갖춰진 것 같았다. 남쪽에 위치한 구조물 위에는 꽤 커다란 물탱크가 자리 잡고 있었다.

두 구조물 사이에는 배기구 역할을 하는 깊은 구멍이 있다. 안도는 한 발짝, 한 발짝 조심히 발을 디디며 나아가서 구멍 직전에 멈춰 섰다. 철제 그물망으로 덮여 있지만 군데군데 구멍이 나 있었다.

빌딩 관계자 이외에는 아무도 이런 곳에 올라오지 않을 거라 여긴 것인지, 구멍이 빠끔히 방치되어 있었다. 어두운 직사각형 테두리에 발을 걸친 것만으로 균열 저 밑바닥으로 꺼져 내려 갈 것만 같아서, 안도는 그 이상 가까이 다가갈 엄두가 나지 않았다. 앞으로 숙인 자세를 취하고 조심조심, 구멍 중 하나에 들고 있던 꽃다발을 집어넣고 마이의 명복을 빌며 손을 합장했다. 분명 어제 엘리베이터 점검 기사가 여기에 올라오지 않았다면 시체 발견이 훨씬 늦어졌을 터였다.

빠르게 주위가 어두워졌다. 근처는 완전히 어둠에 휩싸였고 세 방향이 콘크리트로 둘러싸인 좁은 공간에 바닷바람이 휘몰아쳤다. 안도는 추위에 몸을 떨었다. 더 이른 시각에, 해가 꼭대기에 떠 있을 무렵에 와야 했다. 하지만 지금 해가 높다 해도, 구멍 바닥을 들여다볼 용기는 나오지 않았을 터였다. 어제까지 시체가 방치되어 있었던 구멍. 이렇게 전신에 소름이 쭉 끼치는 이유는 그 선입견 때문만이 아니었다. 좁은 공간에서 죽음을 기다린다는 상황이 공포심을 불러일으켰다. 떨어질 때 충격으로 발목이 부러졌고 맘대로 일어설 수도 없이 3미터 상공의 좁다란 하늘을 바라보면서, 다카노 마이는 죽기까지 며칠이나 여기서 보냈을까. 공중에 떠 있는 관에 산 채로 갇혀 서서히 희망이 사라져 간다……. 안도는 목이 졸리는 듯한 압박감에 뒤덮였다. 사고라고 부르기에는 너무나 상황이 부자연스럽다.

구조물 내부에서 키이잉 하고 와이어가 감기는 소리가 들려 왔다. 엘리베이터라도 움직이는 걸까. 안도는 뒤쪽으로 슬슬 발을 끌며 구조물 사이에서 나오려 했다. 꺼칠한 구조물 표면은 거무스름하게 변색되어 군데군데 칠이 벗겨 떨어져서 사람이 절대 오지 않는 장소라는 사실을 알려 주고 있었다.

안도는 빠른 걸음으로 그 자리를 벗어나, 옥상에서 14층 발코니로 이어진 사다리를 타고 내려갔다. 사다리 마지막 칸이 바닥에서 1미터 높이에 있으니 뛰어내릴 수밖에 없었다. 착지를 잘 못해서 장딴지가 저려 몸을 굽혔다. 그랬더니 바로 눈앞에 녹슨 사다리가 있었다.

안도는 비상계단을 딛고 14층에 들어가, 엘리베이터 홀까지 걸었다. 두 대 있는 엘리베이터 중 하나가 천천히 올라오고 있었다. 안도는 그쪽의 버튼을 누르고 문 앞에서 기다렸다.

엘리베이터를 기다리면서, 마이가 왜 이 빌딩 옥상에 올라갔는지 이런저런 상상을 해 봤다. 먼저, 누군가에 쫓기고 있었으리라는 가능성이 떠올랐다. 심야 창고 지역에는 거의 인적이 없었다. 보도를 걷다가 누군가 쫓아오자 철책 너머 비상계단을 발견했다고 가정했다. 마이 본인은 철책을 넘을 수 있지만 추격자가 넘을 수 없을 것 같다고 판단했을 경우, 몸이 가벼운 마이라면 넘었을지도 모른다. 그러나 마이의 예상을 뒤엎고 추격자도 철책을 넘었다고 해 보자. 마이는 갈 곳을 잃고, 계단을 한층 더 위로 오르지 않을 수 없게 되었다. 처음에 잘못 내린 판단이 그녀를 막다른 골목에 몰아넣었다. 그때 남은 마지막 희망이 옥상에 이르는 사다리였다. 첫 번째 칸이 바닥에서 1미터나 떨어져 있다. 이번에야말로 추격자도 단념하리라고 확신하고 올라갔다. 과연 추격자가 오를 수 있었을지는……. 수직으로 설치된 사다리를 오르기 힘들어하는 생물이 대체 뭐였을까. 안도는 다리 넷 달린 맹수밖에 떠오르지 않았다.

거기까지 생각했을 무렵, 엘리베이터 문이 열렸다. 엘리베이터는 비어 있지 않았다.

발치로 향했던 시선을 올렸더니, 안도의 눈과 젊은 여자의 눈이 마주쳤다. 여자가 마치 기다리고 있었다는 듯이 시선을 이쪽을 향하고 있었다. 잘못 볼 리가 없었다. 전에 한 번, 이번과 똑같은 상황으로 마주쳤던 여자. 다카노 마이네 집에서 나타나 엘리베이터를 함께 탔던 여자……. 손톱은 갈라졌고 여태 한 번도 맡아 본 적 없는 향기가 감돌았다. 그 특이한 분위기는 잊을 수가 없었다.

여자 바로 앞에서 우뚝 선 상태로 움직일 수 없었다. 머리가 혼란스럽고 잘 돌아가지 않았다. 몸의 자유를 잃은 것 같은 상태였다.

'왜 이런 곳에?'

안도가 필사적으로 이유를 찾았으나 애초부터 찾아질 리도 만무했다. 지금 그에게 무서운 것은 '이유가 없다'고 하는 사태였다. 설명만 잘 되면, 대개의 경우 공포를 쫓아낼 수 있다.

두 사람이 마주 보고 있는 동안 엘리베이터 문이 닫히기 시작하자, 여자가 팔을 쭉 뻗어 문을 눌러 다시 열린 상태로 유지했다. 그 몸짓이 유연했고 능숙했다. 푸른 물방울무늬의 스커트 아래로 시원하게 쭉 뻗은 다리가 보였다. 역시 스타킹을 신지 않은 맨다리였다. 오른손으로 문을 누르고 있고 왼손에는 작은 꽃다발을 들고 있었다.

'꽃다발!'

꽃다발에서 눈이 멎었다.

"전에 한 번 뵈었죠?"

여자가 먼저 입을 열었다. 매력적인 목소리였다. 날씬한 몸매치고는 저음이었다.

입을 반쯤 벌리고 있던 상태로 멍하니 있다가, 바싹 마른 목 안쪽에서 간신히 소리가 나왔다.

"아…… . 마이 씨의 언니십니까?"

그러길 바란다는 뜻을 담아 물었다. 눈앞을 막아선 여자가 마이의 자매라고 하면 일의 앞뒤가 맞았다. 마이의 집에서 나온 일, 오늘 이 빌딩 옥상에 올라온 일, 꽃다발을 손에 들고 있는 상황…… . 전부 설명이 되었다.

그렇게 묻자, 여자는 고개를 미묘하게 움직였다. 분명히 끄덕이는 것도 아니고, 긍정과 부정, 어느 쪽으로도 받아들일 수 있는 행동이었다. 허나 안도는 긍정의 의미로 받아들이기로 결정했다.

'마이가 죽은 빌딩의 옥상에 꽃을 바치기 위해 그녀의 언니가 왔다.'

그렇게 생각하는 것이 가장 자연스러웠고, 납득할 수 있는 상황이었다. 누구나 납득할 수 있는 것을 믿는 법이다.

일단 그런 생각을 하자마자 지금까지 겁먹었던 일이 우습다는 생각이 들었다. 뭘 그렇게 두려워했었는지 그때 심리를 잘 설명할 수 없었다. 첫 대면 때는 여자의 온몸에서 강한 요기를 느꼈다. 하지만 수수께끼가 풀린 지금, 요기는 거짓말처럼 사라지고 오히려 여자의 미모만 두드러져 보였다. 가늘고 쭉 뻗은 콧날, 완만하게 동그란 뺨의 곡선, 약간 눈초리가 올라간 큰 눈과 쌍꺼풀. 응시하는 것도 아니고, 일부러 초점을 흐리고 있는 것 같기도 한 요염한 눈빛을 담고 있었다.

'그래. 눈이다.'

요전에 마이네 집 앞에서 만났을 때에는 선글라스를 쓰고 있어 눈을 볼 수 없었다. 지금 처음으로 그녀의 눈을 본 셈이었다. 끌어들여질 것 같은 시선을 정면으로 받자 거북함을 느꼈다. 가슴이 크게 고동쳤다.

"실례합니다만 누구시죠?"

여자가 말끝을 올리며 턱 끝을 옆으로 기울였다. 아마 마이와의 관계를 묻는 것이겠지.

"K대학 의학부의 안도라고 합니다."

안도는 자기 신분을 알렸다. 마이와의 관계가 제대로 드러나지는 않았다.

여자는 엘리베이터 밖으로 나와 문을 누르며 눈으로 재촉했다. 엘리베이터를 타라고 권하고 있다. 따르지 않을 수 없었다. 여자의 우아한 움직임에는 거역하기 어려운 힘이 있었다. 지시하는 대로 엘리베이터를 타자 서로 조금 전과 반대의 위치에서 마주 보았다.

"다음엔 부탁을 드리러 찾아뵙겠습니다."

문이 닫히기 직전, 여자가 그렇게 말했다. 잘못 들은 게 아니라 확실히 그렇게 말했다. 닫혀가는 문이 마치 카메라 셔터 같았다. 시야에서는 사라졌지만 안도의 뇌리에는 여자의 모습이 증명사진처럼 선명히 남았다.

부드럽게 하강하는 엘리베이터 안에서 억제할 수 없을 정도로 강한 욕정이 안도의 온몸속을 휘젓고 있었다. 가족이 깨어진 이래 성적 대상으로서 망상했던 사람은 마이가 처음이었지만 그 강렬함은 이번이 보다 정도가 심했다. 겨우 수십 초의 만남임에도 불구하고, 맨발에 아무렇게나 신은 펌프스에서 뻗어 나온 발목의

굴곡, 눈초리에 이르기까지 그녀의 전신이 극명하게 기억에 남았다. 그녀의 사진은 아무리 시간이 흘러도 희미해질 것 같지 않다. 갑자기 덮쳐 온 성적 충동을 참을 수가 없어, 빌딩 바깥으로 나오자마자 택시를 잡아 귀가를 서둘렀다.

택시 안에서 여자가 마지막에 꺼낸 말이 떠올랐다.

'다음엔 부탁을 드리러 찾아뵙겠습니다.'

부탁이라니 대체 뭘까, 찾아온다니 도대체 어디로 찾아온다는 말일까. 그저 인사치레로 한 말일까.

여자의 시선에 떠밀리듯이 엘리베이터를 타고 빌딩을 나와 택시를 잡아 버렸다. 적어도 이름과 전화번호 정도는 물어봐 둘 걸 그랬다며 후회했다. 왜 그렇게 하지 않았을까. 너무 이상했다. 그녀가 옥상에서 내려오기를 기다려도 괜찮았을 터였다. 그러나 '그렇게 하지는 않았다'라기보다는 '할 수 없었다'는 말이 맞았다. 여자의 동작 하나하나에 조종되어 자신의 뜻과 반대로 움직여 버렸다는 생각이 들었다.

5

마이를 해부하고 나서 일주일이 지나 12월에 접어들자 완연한 겨울 날씨가 되었다. 안도야 원래 겨울을 싫어했고 봄과 여름 사이의 계절을 좋아했지만, 아들을 잃고 나서는 계절 변화에 무관심했었다. 하지만 오늘 아침 갑작스레 추위가 느껴져서, 싫어도 겨울이 왔다는 것을 실감했다. 아파트를 나와 대학으로 향하는 도중, 스웨터를 가지러 다시 돌아갈까 생각하며 몇 번이나 발을 멈추었을 정도였다. 결국 그렇게 하지 않았던 이유는 귀찮았던 탓도 있지만, 걷고 있는 사이에 몸도 따뜻해졌기 때문이었다.

산구바시에 있는 아파트에서 대학병원까지는 걸으려 마음먹으면 걸을 수 있는 거리였다. 가깝다기보다는 전철 환승도 번거로운 편이니 운동 부족도 해소할 겸, 걷거나 달리면서 집과 직장을 오간 적이 꽤 있었다. 오늘 아침도 그렇게 할까 싶었지만 도중에 기분이 바뀌어 요요기부터 JR선 전철을 탔다. 아무래도 가능한 빨리 대학에 도착하고 싶었다.

두 번째 역에서 내려야 했기 때문에 전철에 몸을 맡기고 천천히 여유 있게 생각을 정리할 여유가 없었다. 오늘 오전에 미야시타와 전자현미경 전문가 네모토와 함께, 마이와 류지의 세포를 전자현미경으로 확인하기로 되어 있다. 그것을 생각하니 설렘을 억누를 수 없었다.

지금까지 비디오테이프를 본 사람 말고는 유사 천연두 바이러스가 발견된 예가 없었고 신체 접촉에 의한 감염은 아직 보고되어 있지 않았다. 게다가 마이의 집에는 삭제된 비디오테이프가 있었다. 그 두 사실을 보아 만약 마이의 혈액 세포에 유사 천연두 바이러스가 발견되면 마이가 비디오의 영상을 보았다고 단정해도 될 터였다. 즉, 그녀의 몸에 생긴 이변은 비디오테이프 때문이라고 여겨도 된다.

하마터면 한 정거장 지나칠 뻔했지만 문이 닫히기 직전에 승강장으로 뛰쳐나왔다. 그대로 인파의 흐름을 타고 개찰구로 나왔다. 역 바로 앞에 위용을 자랑하는 대학병원이 우뚝 서 있었다.

연구실에 들렀더니 미야시타가 상기된 얼굴을 들었다.

"야, 기다리고 있었어."

지난주 일주일을 꼬박 걸려 미야시타와 네모토가 전자현미경 준비를 진행하고 있었다. 바이러스의 경우는 보고 싶다고 곧바로 전자현미경으로 들여다볼 수 있는 것이 아니었다. 원심분리기에 돌리거나 세포를 절단하는 등 손이 많이 가는 작업이 잔뜩 있다. 전공자가 아닌 안도가 감당할 수 있는 것이 아니었다. 미야시타 본인조차 이 순간을 기다리고 있었다는 듯이 오늘 아침 일찍부터 나와 작업을 하고 있었다.

"방의 조명을 낮춰 주세요."

네모토의 지시에 미야시타도 "오케이." 하며 가볍게 대답하고 조명을 끄러 갔다. 얼굴에는 황홀한 표정을 짓고 있었다. 염기배열은 이미 해석이 끝났지만 직접 눈으로 보는 것은 처음이었다. 이제 곧 안도와 미야시타는 류지와 마이의 혈액에서 발견된 바이러스를 보게 된다.

네모토가 혼자 암실로 가서 초박 절편을 홀더에 고정했다. 그동안 안도와 미야시타는 한마디도 꺼내지 않고서 콘솔 앞에 걸터앉아 무아지경으로 스크린을 응시하고 있었다.

스크린에게는 아직 아무것도 비치지 않았다. 하지만 둘의 머릿속에서 이런저런 영상이 떠오르고 있는 듯, 눈빛이 생생했다.

잠시 지나 네모토가 돌아와서 직접 마지막 남아 있던 조명을 끄러 갔다. 준비가 완료되었다. 세 명은 마음 졸이며 스크린을 응시했다. 이윽고 세포의 초박절편에 전자빔을 쏘자 마이크로의 세계가 눈앞에 나타났다.

"누구 거야?"

미야시타가 네모토에게 물었다.

"다카야마 류지 씨입니다."

먼저 준비된 것은 류지 세포의 절편이었다.

스크린에 비추어진 녹색의 화상은 그 자체로 하나의 우주를 이루고 있었다. 콘솔에 있는 다이얼을 돌리자, 스크린에는 세포의 표면이 비추어졌다. 이 안 어디엔가 바이러스가 숨어 있다.

"배율을 올려 봐."

미야시타가 지시를 내리자 네모토가 곧바로 9000배까지 확대했다. 계속 표면을 훑었더니 죽어 가는 세포의 상황을 선명하게 확인할 수 있었다. 세포질은 밝게 빛나며, 작은 기관들이 검은 덩어리가 되어 붕괴하고 있었다.

"오른쪽 위에 있는 세포질에 맞춰서 더 배율을 올려."

그렇게 지시를 내리는 미야시타의 얼굴은 죽어 가는 세포의 빛을 받아 동상처럼 둔하게 빛나고 있었다. 네모토가 1만 6000배로 배율을 올렸다.

"더."

2만 1000배.

"거기다, 스톱."

미야시타는 목소리를 높이며 안도 쪽으로 슬쩍 고갯짓을 했다. 안도는 몸을 내밀고 얼굴을 스크린으로 바싹 갖다댔다.

'있어. 우글대고 있어!'

죽고 있는 세포 속에서 그것은 무수한 뱀처럼 우글우글 돌아다니면서 염색질의 표면을 먹어 치우고 있었다.

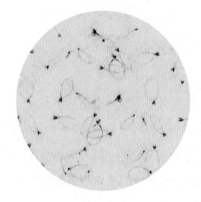

링 바이러스(21000배)

오싹하고 오한이 들었다. 지금까지 본 적 없는 종류의 바이러스였다. 천연두 바이러스를 전자현미경으로 직접 들여다보았던 적은 없었지만 의학부 시절 교과서로 두세 번 본 것이 다였다. 하지만 분명하게 다른 모양이었다.

"놀랍군."

미야시타가 입을 반쯤 벌리고 길게 한숨지었다.

이 바이러스가 혈관 내부를 타고 관동맥으로 흘러가 혈관 중간에 붙어 그 부분의 세포에 변이를 일으키고 종기를 만들어 내었다, 라고 그 흐름 자체야 이해할 수는 있었지만 진짜 불가사의한 부분은 지금 보고 있는 바이러스가 '의식(意識)'의 작용으로 생겨났다는 점이었다.

외부로부터 침입해 들어온 것도 아니었고 비디오테이프의 영상을 본 행위에 대한 의식 작용으로 일어난 일이니 불가사의를 넘어서 경악을 금치 못할 일이었다. 무에서 유로, 관념에서 물질로의 변화. 지구가 탄생한 이래로 이런 일이 일어난 적은 생명이 생겨났던 순간밖에 없을 것이다.

'그렇다면 생명이 태어난 순간에도, 어떤 의식 작용이 있었던 것일까.'

안도가 문득 다른 생각을 하고 있었더니 미야시타가 중얼거렸다.

"링이라고 하면 어떨까?"

안도가 스크린으로 눈을 돌렸다. 무슨 말인지 곧바로 감이 왔다. 바이러스의 모양이 뭘로 보이는지, 구불구불하게 항아리처럼 보이는 것도 있었지만 대부분은 둥그런 반지 같은 형태를 하고 있었다.

분명 반지라고 하는 편이 제일 딱 맞는 것 같았다. 반지에 붙은 보석 부분처럼 보이는, 부풀어 오른 부분까지 있었다. 전체적으로는 반지나 꼬리를 문 뱀, 바닥에 뿌려진 고무밴드 같은 모양이었다.

발견자인 안도와 미야시타는 이 기묘한 바이러스에 이름을 붙이려 하고 있었다.

'링 바이러스'라고.

"어때?"

미야시타가 안도의 판단을 물었다. 분명 딱 맞는 이름이지만, 그것이 반대로 안도를 불안하게 만들었다. 지나치게 딱 맞아떨어지면 '신'과 같은 존재의 힘이 작용하는 것이 아닐까 의심이 들 정도였다. 애초에 이 일의 발단이 뭐였더라? 생각을 더듬었다. 류지의 배에서 튀어나온 신문지에 적힌 숫자인 178, 136을 영어로 고치면 링이었다. 게다가 「링」이라는 제목이 붙은 보고서의 발견과 거기에 쓰인 놀랄 만한 사실. 그리고, 지금 보고 있는 이 영상이 나타났다. 링 모양 바이러스의 군집. 윤회를 거듭할 때마다 형태를 바꾸어 보다 강대한 것으로 다시 태어나려고 하는 의지를 상징하고 있는 것 같았다.

마이크로 세계에는 주기적인 구조가 반복되는 아름다움도 분명 존재하지만, 지금 보고 있는 모습은 그 반대쪽 극단에 있는 추악함이었다. 인간은 추악함을 일부러 의식해서 추악하다고 판단하지 않는다. 뱀을 닮은 생명체에 본능적으로 혐오감을 느끼는 것처럼, 거의 모든 사람이 아무런 선입관 없이 이 영상을 봤다 하더라도 공포심을 느꼈을 터였다.

그 증거로 바이러스의 출처를 잘 모르는 네모토조차 평소와 달리 촬영하는 손이 어렴풋이 떨리고 있었다. 그동안 기계만이 아무 감정 없이 흑백 필름을 토해 내고 있었다. 일곱 장을 촬영하고 나서 네모토는 흑백 필름을 암실로 가져갔다. 그렇게 현상을 하며 이번엔 다카노 마이의 혈액 세포 초박절편을 홀더에 세팅했다. 기계 앞으로 돌아와서 그는 서서히 스위치를 켰다.

"이번엔 다카노 마이 씨의 세포입니다."

류지의 세포를 볼 때처럼 서서히 배율을 올려갔다. 그러자 곧바로 보였다. 분명 똑같은 바이러스였다. 이 역시 우글거리며 군집하고 있었다.

"똑같아."

안도와 미야시타가 동시에 입을 열었다. 두 사람의 눈에는 완전히 동일한 것으로 밖에 안 보였다. 하지만 전자현미경을 다루는 데 전문가인 네모토는 미묘한 차이를 느꼈다.

"이상하다."

턱에 손을 대고 네모토가 고개를 갸웃하자 미야시타가 물었다.

"뭐가?"

"아뇨, 아직은 확실하게 말할 수 없습니다. 사진으로 차분히 비교해 봐야겠네요."

매사에 신중한 네모토는 먼저 본 류지의 바이러스만으로 판단을 서두르고 싶어 하지 않았다. 과학자라면 느낌만으로 판단해서는 안 된다. 제대로 된 근거가 필요하다.

이것이 그의 지론이었다. 하지만 그것은 차치하고, 네모토의 눈에는 아무래도 수에 차이가 있는 것처럼 보였다. 바이러스 전체의 수가 아니라 류지에 비해 마이의 바이러스 쪽이, 고리가 풀려 있는 비율이 많다고 느껴졌다. 류지의 바이러스에도 고리의 일부가 끊어져 C자와 같은 모양이나 똬리를 튼 뱀 같은 모양도 있었지만, 대부분 확실하게 고리 형태를 취하고 있었다. 그런데 마이의 바이러스는 링의 일부가 끊어져 끈처럼 길게 뻗은 모양이 매우 많았다.

네모토는 본인이 받았던 인상을 다시 확인할 수 있도록 특징이 뚜렷이 나타난 한 세포를 정하고 초점을 맞추었다. 반지에 비유하면, 보석 바로 옆에서 끊어져 보석을 머리로 삼아 구불구불 물결치는 한 마리가 스크린에 크게 비추어졌다.

흡사 머리에서 편모가 뻗어 나와 물결치는 형태 같았다. 이것과 꼭 닮은 형상을 한 것을 안도나 미야시타, 네모토는 잘 알고 있었다. 세 사람은 동시에 같은 것을 연상하고 있었지만 감히 입밖으로 꺼내지는 않았다.

네모토가 처음 받았던 인상은 링 바이러스를 촬영한 사진을 비교해 보자 곧 증명되었다. 명백하게 지금 보고 있는 부분만 봐도, 류지의 것보다 마이 쪽이 고리가 끊어진 바이러스(끈 모양이 된 바이러스)가 많았다. 통계를 내 보니, 류지 쪽에 한 10분의 1정도의 비율로밖에 존재하지 않는 고리가 끊어진 바이러스가, 마이의 경우에는 거의 반이나 되는 비율로 분포되어 있었다.

아무 이유 없이 이렇게 차이가 확실하게 나타날 리가 없었다. 안도는 비디오테이프를 보고 사망한 사람의 세포를 모두 전자현미경으로 촬영하라고 요청했다.

데이터가 모두 갖춰진 것은 새해가 되어 연휴가 끝난 주의 금요일이었다.

연구실 창문으로 내다보니 어젯밤 내린 눈이 쓸쓸한 메이지신궁 뜰의 앙상한 나뭇가지에 아직 조금 남아 있는 것이 보였다.

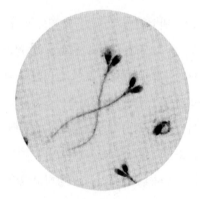

원이 끊어진 링 바이러스(100000배)

사진을 분석하다 지치면 안도는 창가로 가서 바깥 경치를 보며 눈을 쉬었다. 그동안에도 미야시타는 쉬지 않고 사진을 한 장 한 장 책상에 늘어놓으며 신중하게 비교하고 있었다.

아사카와와 마이를 포함해 비디오테이프와 관련되어 죽은 사람이 열한 명이나 되었다. 모든 사람의 세포에서 같은 바이러스가 발견되었으니 사망 원인이 이 바이러스인 것은 이제 의심할 나위 없었다.

그런데 고리가 끊긴 바이러스의 비율은 두 그룹으로 나누어졌다. 마이와 아사카와의 세포에서 고리가 끊어진 바이러스는 거의 반이나 되었지만, 그 밖의 인원은 모두 10퍼센트 이하의 분포 밖에 되지 않았다. 논리적이긴 했다. 생과 사의 갈림길은 그 부분에 있는 것 같았다.

고리가 끊어진 바이러스가 어느 일정한 비율을 넘어서면 심근경색에 의한 죽음을 면할 수 있다고 통계가 말하고 있었다. 어느 일정한 비율이 구체적으로 어떻게 되는지는 현재 불분명했다.

마이와 아사카와는 비디오테이프의 영상을 봤고 몸속에 링 바이러스가 생겨났다. 거기까지는 다른 아홉 명과 일치했다. 그런데 어떤 사정으로 바이러스의 고리가 끊어져서 끈 모양으로 성장하기 시작했고 그 수가 일정 비율을 넘었다. 비디오테이프를 보았지만, 마이와 아사카와가 심근경색으로 죽지 않았던 것은 그 때문이었다. 문제는 왜 마이와 아사카와의 체내에서만 바이러스의 고리가 끊어졌는가 하는 점이었다. 다른 아홉 명과 두 사람은 어딘가 차이가 있을 터였다.

"면역계의 차이일까?"

안도가 묻자 미야시타가 고개를 기울이며 말했다.

"면역계라……."

"아니면……."

안도가 주저하며 말을 꺼냈다.

"아니면, 뭐?"

"그보단 바이러스 자체의 성질 때문인 것 아닐까."

"내가 보기에도 그래."

미야시타가 큰 배를 쑥 내밀고 앞에 있는 의자에 두 다리를 얹으며 맞장구쳤다.

"애초부터 처음 봤던 어린 놈들 넷이 장난질을 쳐 놔서 어차피 비디오테이프는 소멸되도록 운명 지어졌고. 바이러스는 출구를 찾아내기 위해 돌연변이를 피할 수 없게 됐어. 여기까지는 류지의 DNA에서 해석한 메시지가 가르쳐 준 내용이었지. 그럼 대체 어떠한 돌연변이가 일어났고 바이러스가 어떤 것으로 진화된 걸까. 그것을 푸는 열쇠가 다카노 마이와 아사카와 가즈유키의 링 바이러스야. 그중에서도 바로 그 특징적인 모양이 아닐까?"

"바이러스의 특징은 숙주의 세포를 빌려 증식하는 거야."

"당연하지."

"그 증식은 때때로 폭발적으로 일어날 수도 있어."

이 또한 당연한 말이었다. 중세 시대에 유행했던 흑사병, 또는 근대에 일어났던 스페인 독감의 예를 들지 않더라도 바이러스가 때에 따라 폭발적으로 유행했던 일이 있었다.

"그래서?"

미야시타가 재촉했다.

"생각해 봐. '일주일 이내에 복사하지 않으면 죽는다'라는 말에 따라서 한 개의 테이프가 두 개로 늘어났다고 해도 증가하는 속도는 진짜 느려. 그 명령에 충실히 따랐다고 해도 한 달에 겨우 네 개씩 증가하는 게 고작이잖아."

"그건 그렇군."

"그런 건 무섭지가 않지."

"바이러스답지 않다고 말하고 싶은 거야?"

"그래. 기하급수적으로 증가되는 것도 아니니 증식 축에도 못 끼지."

"대체 무슨 말을 하고 싶은 거야?"

미야시타가 안도의 눈을 지그시 바라봤다.

"아니, 그냥……."

'그냥 뭐?'

무슨 말인지 안도 스스로도 잘 알 수 없었다. 사물을 그저 나쁘게 보려다가 든 생각인가. 단 하나의 바이러스가 순식간에 수천만으로 증식하는 경우도 있었다. 바이러스의 존재 이유는 거기 있다. 자가 복제를 동시에 대량으로 만들어 내는 것이다. 하지만, 비디오테이프를 하나하나 복사하는 일은 너무 비효율적이었다. 실제로 생겨난 지 불과 3개월밖에 되지 않았지만 비디오테이프가 전부 소멸되지 않았는가. 만약 돌연변이로 새로이 재탄생했다면…….

"왠지 안 좋은 예감이 들어서."

안도는 링 바이러스의 사진으로 눈을 돌렸다. 방대한 수의 바이러스 입자가 겹겹이 얽혀 있다. 여러 개 얽혀 있는 모습이 비디오테이프가 풀려 엉켜 버린 것처럼도 보였다. 야마무라 사다코라는 초능력자는 죽기 직전에 어떤 정보를 영상으로 바꿔 우물 바닥에서 특정 종류의 에너지를 남겨 놨다.

그 에너지에 촉발되어 생겨난 비디오테이프. 그리고 비디오 영상을 봄으로 인해 생겨난 링 바이러스. 늘어나는 것은 물질이 아니었다. 테이프나 DNA에 새겨진 정보량이었다.

저도 모르는 새 그런 말도 안 되는 변이가 일어나고 있을 거라고는 생각지도 못했다. 안도는 마이의 집에도 찾아갔고 그녀가 떨어진 옥상 배기구도 직접 확인했었다. 집 분위기나 옥상에 물컹했던 감촉을 직접 겪어 봤다. 그 탓인지 다가오는 위기감을 미야시타보다 훨씬 강하게 느끼고 있다. 땅 밑에서 꿈틀거리는 태동이 들려오는 것 같았다.

"카타스트로피(작은 변화에 의한 급격한 상태의 전환 — 옮긴이)의 예감인가?"

미야시타가 느긋한 표정으로 거대한 파국을 입에 담았다.

"그로테스크하네. 굉장하군. 달리 할 말이 없을 정도야."

류지의 시체를 해부한 이후로 안도는 본의 아니게 그로테스크한 세계로 넘어가 버렸다. 단단할 터인 콘크리트까지 부드럽게 달에 감겼고 아무도 없어야 할 방에서 생명의 냄새를 맡아 버렸다. 설명할 수 없는 것들 투성이였다. 특히 마이가 낳은 '것'을 떠올리면 소름 끼칠 정도였다. 마이가 죽고 나서 한 달 반이 지났지만 낳은 것에 대해서는 아무런 단서가 없는 상황이었다. 행여라도 귀여운 아기가 태어났으리라고는 생각할 수가 없었다.

"그렇게 심각해지다니. 돌연변이가 일어났다고 하더라도 그놈이 환경에 잘 적응했다고 볼 수만은 없지."

"그럼 변이체도 함께 소멸했다고?"

"가능성이 없지는 않아."

"낙천적이구만. 너는."

"1918년에 크게 돌았던 스페인 독감하고 똑같은 바이러스가 1977년 미국에서 발견되었지만 이때는 아무도 죽지 않았어. 전 세계에서 2000만에서 4000만 정도의 인간을 살육한 바이러스가 60년 뒤에 거의 무해한 바이러스가 되어 발견된 적도 있잖아."

"돌연변이로 힘을 잃었을 가능성도 없지는 않겠지."

분명 마이의 시체가 발견된 이래로 전혀 수상쩍은 변사 사건을 본 적이 없었다. 신문뿐만 아니라 경찰 쪽 연줄을 활용한 정보 수집도 계속 신경 쓰고 있었지만, 지금까지 이렇다 싶은 사건이 전혀 없었다. 미야시타가 말하는 대로 다시 태어난 변종이 극히 짧은 시간 동안에 환경에 적응하지 못하여 감염력을 잃고 소멸했을 가능성도 있었다.

"이제 어디 짚이는 곳은 없고?"

미야시타가 회전의자를 다리로 돌렸다.

"한 가지 잊고 있었던 일이 있군."

"뭔데?"

"다카노 마이가 언제 어디서 비디오테이프를 손에 넣었는지 찾아보는 일."

"중요한 일이야?"

"응. 신경이 쓰이더군. 날짜만은 확실히 해 두고 싶어."

사실은 더 빨리 확인해야 했지만 바이러스를 분석하느라 바빠서 잊고 있었다. 지금은 달리 할 수 있는 일도 없었다. 마이가 본 비디오테이프가 류지의 것임은 거의 확실하다 해도, 그녀가 언제 어디서 그것을 손에 넣었는지가 문제였다.

7

의외로 손쉽게, 마이가 언제 어디서 비디오테이프를 입수했는지 알 수 있었다.

류지 사후 이삼일 안에 비디오테이프를 포함한 류지의 가재도구가 전부 고향집으로 옮겨졌을 테니, 마이가 비디오테이프를 얻게 된 장소는 그곳밖에 없다고 생각되어 안도는 일단 류지의 고향집에 전화를 걸었다.

류지의 어머니는 안도가 아들과 대학 동창생이었다는 사실을 알자마자 친근감을 드러냈다. 전에 다카노 마이라는 여성이 찾아왔던 적이 없었는지 물었더니 어머니는 "맞아, 분명 그 사람이에요."라고 대답하며 가계부에 붙여 놓은 조각 케이크의 영수증을 보고 정확한 일자를 확인해 주었다. 작년 11월 1일. 마이가 류지의 고향집에 방문한 날이었다. 안도는 수첩에 그 날짜를 메모했다.

"그런데 마이 씨는 무슨 일로 찾아뵌 겁니까?"

그렇게 물었더니 류지의 어머니는 류지가 연재하고 있던 논문의 정서를 마이가 돕고 있었다던가, 그 원고에 낙장이 있었다는 이야기를 했다.

"그렇다면 마이 씨는 빠진 원고를 찾기 위해서 왔었겠군요."

그렇게 확인하면서 안도는 류지가 연재하고 있던 월간지와 출판사의 이름을 메모했다.

그 정도의 정보를 얻자마자 곧바로 전화를 끊었다. 다카노 마이의 근황을 물으면 곤란하기 때문이었다. 그녀의 죽음을 알게 되면 틀림없이 질문 공세를 퍼부을 터였다. 하지만 상대를 납득시킬 만한 대답을 준비하고 전화를 건 상태가 아니었다.

전화를 끊고 안도는 수화기 위에 잠시 손을 얹고 서 있었다.

'11월 1일에 마이는 류지의 집에 가서 잃어버린 원고를 찾다가 그 비디오테이프를 발견하고 자기 집으로 가져갔겠지. 아마 그날 바로 그 영상을 본 것이 확실하고.'

안도는 11월 1일을 출발점으로 하여 가설을 계속 세워 보았다. 바이러스의 효력은 일주일째에 최고치에 다다른다. 즉, 11월 8일에 그녀의 육체에 어떠한 변화가 일어났다고 생각하는 것이 옳으리라. 마이와 데이트의 약속을 했던 날짜가 11월 9일이었다. 이날 몇 번이나 전화해도 받지 않았으니 논리적인 생각이긴 했다. 방에 있지만 전화를 받을 수 없는 상태였거나 아니면 이 때 이미 빌딩 배기구에 떨어져 있었으리라.

그렇게 거꾸로 헤아려서 사건 일시를 확인할 수 있었다. 마이의 시체를 해부한 덕에 그녀가 배기구 바닥에서 얼마 동안 살아 있다가 죽었으며, 사후 얼마나 지난 후에 발견되었는지 대략적으로는 알고 있었다.

해부 결과에 따르면 사망한 시각이 11월 20일 전후였으니, 배기구에 떨어졌을 때는 그보다 열흘 정도 전이라는 것이 된다. 그러면 11월의 8일이나 9일에 사고가 일어나 배기구에 떨어졌다고 가정하고 계산해 보면 아무런 오류도 생기지 않는다. 마이가 비디오테이프를 본 날을 11월 1일로 잡아도 틀리지 않을 것 같았다.

그리고 나서 도서관 잡지 코너로 가서 류지의 논문이 게재된 월간지를 찾았다. 작년 11월 20일에 발행된 호에 「지식의 구조」라는 제목으로 류지 논문의 마지막회가 게재되어 있었다. 그것을 보고 하나의 정보를 얻었다.

'마이는 류지의 원고를 정서하여 담당 편집자에게 건네줄 수 있었군.'

비디오테이프를 보고 나서 죽기 전까지의 얼마 동안 마이는 분명히 누군가를 만났다는 뜻이 되었다.

안도는 월간지 편집부에 전화를 걸어 담당 편집자와 약속을 잡고 출판사를 방문하기로 했다. 전화를 통하지 않고 직접 만나서 이야기를 듣고 싶다는 충동에 사로잡혔기 때문이었다.

JR선을 타고 스이도바시 역에서 내려 주소를 더듬어 가며 5분 정도 걸었더니 종합 출판사 S출판의 11층짜리 빌딩이 보였다. 인포메이션 부스에서 월간지 《조류(潮流)》의 편집자인 기무라를 호출하고 로비를 둘러보면서 기다렸다. 기무라가 곧 내려온다고 했다. 한 번도 본 적 없는 모르는 사람이라도 면회에 흔쾌히 응해 주어 기뻤다.

전화 목소리로부터 판단하건대 아직 20대 청년 같았지만 전화 응대에 빈틈은 없었고, 똑부러진 사람이라는 인상을 받았다. 덕분에 은테 안경을 쓴 잘생긴 젊은이의 모습이 떠올랐다.

하지만 나타난 사람은 체크 바지에 멜빵을 맨, 한겨울었지만 훤한 이마가 땀으로 번들거리는 작고 뚱뚱한 남자였다. 어딜 봐도 일류 출판사에서, 거기다 현대 사상을 취급하는 월간지의 편집자답지 않았다. 그 남자는 "이런, 기다리게 해서 죄송합니다."라고 얼굴 한가득 미소를 띠며 주머니에서 명함을 꺼냈다. 기무라 사토시라는 이름 위에 부편집장이라는 직함이 있었다. 목소리를 듣고 상상했던 것보다 나이는 훨씬 들어 보였다. 곧 있으면 40세 정도 될까.

안도도 명함을 내밀며 밖으로 나가자고 했다.

"바쁘신데 죄송합니다. 어디 이 근처 찻집이라도 가실까요?"

"아, 이 근처에는 좋은 가게가 없어요. 괜찮으시면 저희 라운지로 가시죠?"

"그렇군요."

안도는 편하게 기무라의 제의를 받아들이기로 하고 안내에 따라 엘리베이터에 탔다.

맨 꼭대기 층에 있는 라운지는 정원에 붙어 있는, 꽤 호화로운 구조였다. 소파에 앉아 주위를 둘러 보자 잡지나 신문에서 봤던 얼굴이 하나 둘 보였다.

작가와 담당 편집자가 협의하는 장소로 주로 사용되는지, 원고를 들고 있는 사람도 여럿 있었다.

"실로 아까운 사람을 잃었습니다."

그 말을 듣고 산만했던 정신이 집중력을 되찾아 정면에 앉아 있는 기무라의 기름진 얼굴로 시선을 되돌렸다.

"사실 저와 다카야마 류지는 대학 동창이었습니다."

이렇게 말하면 아마 효과가 있을 거라 미리 생각해 뒀다. 이 이야기로 지금까지 몇 명이나 되는 류지와 아는 사람의 호의를 얻었다.

"네, 그렇습니까, 다카야마 선생님과……"

기무라가 손에 들고 있던 안도의 명함으로 살짝 눈을 돌리더니 납득하며 끄덕였다. 거기에는 안도가 소속된 대학 이름이 기록되어 있었다. 류지가 같은 대학의 의학부 출신이라는 사실을 떠올렸을 터였다.

"게다가 그의 시체를 해부한 사람이 저였습니다."

기무라가 몹시 놀라서 턱을 쭉 내밀고, 뭐라 형용할 수 없는 신음을 흘렸다.

"그것 참……"

기무라가 커피 잔을 들고 있는 안도의 손을 물끄러미 바라보았다. 류지의 육체를 절개한 그 손가락에 흥미를 느끼는 것 같았다.

"하지만 오늘 찾아뵌 것은 류지의 이야기를 듣기 위해서가 아닙니다."

안도는 컵을 놓고 두 손을 깍지 껴 탁자 위에 고였다.

"그럼 어떤 일이십니까?"

"제자인 다카노 마이 씨 건으로 좀 여쭤 보고 싶은 것이 있어서요."

마이의 이름이 나오자 기무라는 아주 약간 표정을 풀고 몸을 앞으로 내밀었다.

"마이 씨가 무슨?"

'이 남자는 아직 마이의 죽음을 모른다.'

그렇게 직감했다. 하지만 조만간 알게 될 수밖에 없을 터였다.

"마이 씨가 돌아가셨다는 것을 모르셨습니까?"

기무라는 아까보다 더 기묘한 신음 소리를 내며 앉은 자리에서 반쯤 일어났다. 표정이 꽤 풍부한 사람이었다. 희로애락에 따라 천차만별로 변하는 표정이 우습기까지 했다. 코미디언을 해도 꽤 잘 나가리라 생각될 정도였다.

"그럴 수가, 마이 씨가 죽었다니."

기무라가 비탄이 가득한 목소리로 말했다.

"작년 11월에 다카노 마이 씨가 빌딩 배기구에 떨어져 사망했습니다."

"아아, 그래서 아무리 연락해도 받지 않았었군요."

이 사람도 자신과 마찬가지였다는 친근감이 밀려왔다. 이 남자가 결혼을 했는지는 모르겠지만, 아마 기무라도 마이에게 어렴풋이 연심을 품고 있었음이 확실했다.

"마지막으로 마이 씨를 만났던 때가 기억나십니까?"

감상에 잠길 틈을 주지 않고 질문을 시작했다.

"그게, 신년호의 교정 완료 직전이었으니까, 11월 초였습니다."

"정확한 날짜를 알 수 있을까요?"

기무라가 작년 수첩을 꺼내서 페이지를 찾았다.

"11월 2일이군요."

11월 2일. 마이가 류지의 집에 찾아가서 비디오테이프를 가지고 돌아온 날의 다음 날이었다. 그때 이미 비디오테이프의 영상을 보고 난 뒤였을 터였다.

"실례지만 어디서 만나셨지요?"

"마이 씨에게서 원고 정리가 끝났다는 전화를 받자마자, 제가 직접 찾아가 뵈었습니다."

"그녀의 아파트에서 보셨나요?"

"아닙니다. 역 앞 카페에서 봤습니다. 항상 그렇게 해 왔었으니까요."

기무라는 혼자 사는 마이의 집에 들어갔던 적이 없다고 강조하는 것 같았다.

"마이 씨를 보셨을 때, 뭔가 평상시와 다른 점은 없었습니까?"

기무라가 괴이쩍다는 표정을 지었다. 질문의 의미를 잘 이해할 수 없었나 보다.

"그게 무슨 말씀인가요?"

"실은, 그녀의 사인에 의심스러운 점이 있어서 그렇습니다."

"의심스러운 점이라니."

기무라가 팔짱을 끼고 골똘히 생각에 잠겼다. 말하려는 내용이 다카노 마이의 해부 결과에 영향을 주는 것은 아닐지 더 신중해진 태도였다.

"아니, 뭐든 괜찮습니다. 뭔가 신경 쓰였던 점이 있으시다면 말씀해 주세요."

그를 편하게 해 줄 요량으로 일부러 웃음을 지어 보였다.

"확실히, 그날 마이 씨는 평소와 달랐어요."

"구체적으로 어떻게 다르게 느끼셨습니까?"

"안색도 나빴고, 토할 것처럼 손수건으로 입을 누르기도 했습니다."

안도는 토할 것 같았다는 부분이 마음에 걸렸다. 다카노 마이의 집에 찾아갔을 때, 욕실 바닥에 토사물로 보이는 갈색 덩어리가 있었던 것이 떠올랐기 때문이었다.

"속이 안 좋은 이유를 물으셨습니까?"

"아뇨. 별로 그렇게 묻진 않았습니다. 그도 그럴 것이 만나기 직전까지 밤새 다카야마 선생님의 원고를 정리해서 그렇다며, 본인이 먼저 몸 상태가 안 좋다고 말을 꺼냈으니까요."

"그렇군요. 수면 부족 때문에 그렇다고 했군요."

"그렇습니다."

"그 밖에 뭔가 다른 이야기는 없었습니까?"

"저희도 꽤 바빠서요. 원고 고맙다고 하고, 앞으로 단행본을 어떻게 하겠다는 계획 이야기도 하고 그만 일어섰습니다."

"단행본이라면 류지의 책인가요?"

"네, 처음부터 단행본으로 출간할 생각으로 시작된 연재였으니까요."

"언제 출간됩니까?"

"다음 달부터 서점에 진열될 예정입니다."

"잘 팔리면 좋겠네요."

"책이 좀 딱딱한 내용이라 그렇게까지 기대할 수는 없을 겁니다. 완성도는 훌륭하지만요."

그때부터는 이야기가 다른 쪽으로 흘러, 류지 생전에 있었던 에피소드까지 말을 꺼내며 좀처럼 화제를 벗어날 수 없었다. 다카노 마이를 포함해 두 사람 사이가 어땠는지 이것저것 화제에 올리다가 시간이 지나서 약속했던 한 시간이 순식간에 지나가 버렸다. 이번에는 이렇다 할 정보를 얻을 수가 없었지만, 다시 만날 일이 생길 수도 있으니 좋은 인상을 주기 위해서라도 끈질기게 달라붙어 있기는 어려웠다. 안도는 인사를 하며 이만 일어나기로 했다.

막 일어서려 할 때, 로비로 들어오는 세 남녀에게 눈길이 갔다.

두 남자와 한 여자였는데, 셋 다 기억에 있는 얼굴이었다. 여자 쪽은 작품이 영화화된 덕에 단번에 유행 작가 반열에 올라선 논픽션 작가라 TV나 잡지에서 몇 번이나 본 적이 있는 얼굴이었다. 다른 한 남자는 그녀의 작품을 영화화했던 감독이었다. 안도가 깜짝 놀란 이유는 영화감독 옆에 있는 40대 남자 때문이었다. 얼굴은 기억이 나는데 이름이 떠오르지 않았다. 그 역시 작가나 비슷한 사람이리라 생각하며 골머리를 썩고 있었더니, 기무라가 지나가는 그들에게 말을 걸었다.

"아사카와 씨, 잘됐네요. 기획이 통과돼서요."

'아사카와.'

생각이 났다. 아사카와 가즈유키의 형, 아사카와 준이치로가 아닌가.

「링」이 보존되어 있던 플로피디스켓을 받기 위해 간다에 있는 그의 아파트를 방문했던 때가 작년 11월 중순이었다. 목적했던 것을 드디어 손에 넣었다는 기쁨에 인사도 허둥지둥하고 작별했었지만, 다음에 디스켓을 돌려보낼 때는 감사의 말을 정중하게 덧붙였다.

게다가 아사카와 준이치로에게서 받았던 명함에 여기 S출판사의 직함이 있었다는 사실도 떠올랐다. 우연의 일치, 아니면 형제의 연줄로 그렇게 되었는지 류지는 친구의 형인 아사카와의 형, 준이치로가 근무하는 출판사에서 책을 내게 되었다.

준이치로도 안도를 알아차렸는지, 놀란 표정으로 순식간에 사라졌다.

"아, 그때는 감사했습니다."

안도도 고개를 숙이며 디스켓을 빌렸던 것에 대한 감사와 새해 인사를 하려 했지만, 준이치로는 눈을 피하며, 상대가 입을 열기도 전에 "그럼, 실례하겠습니다."라며 몸을 돌리고 여류 작가와 영화감독을 재촉하며 빈 테이블에 앉아 버렸다. 왠지 안도를 피하는 것처럼 느껴졌다. 다시 한 번 자리에 앉아 있는 준이치로에게 눈을 돌렸지만 그는 영화감독과 이야기를 하느라 이쪽으로 얼굴을 향하려 하지 않았다. 명확하게 거부 의사를 가지고 얼굴을 돌렸다는 투였다.

준이치로가 자신을 피할 일이 있는지 기억을 더듬어 봤다. 디스켓을 빌렸던 인사는 정중하게 전달되었을 것이고, 실례되는 행동을 했던 기억도 없었다. 도무지 이해가 되지 않았다. 그의 부자연스러운 태도에 고개를 갸웃거리며 안도는 기무라와 함께 로비를 벗어났다.

8

그날 밤, 안도는 아파트로 돌아와서 오랜만에 욕조에 뜨거운 물을 받았다. 아들이 살아 있었을 때는 매일 저녁 함께 목욕을 했었다. 혼자가 되고 나서는 뜨거운 물을 받는 것조차 귀찮아서 샤워만으로 끝냈던 적이 많았다.

목욕탕에서 나와 전자현미경으로 촬영한 사진 사본을 벽에 붙여 놓고 조금 거리를 두고 바라보기로 했다.

한쪽 벽은 책장으로 가득 메워졌지만, 침대가 붙은 쪽 벽에는 아무것도 없이 흰 스크린처럼 되어 있었다. X선 사진에 백라이트를 비추는 것처럼 벽에 사진을 붙여 갔다.

1만 7000배, 2만 1000배, 10만 배로 배율의 순서에 따라 마이의 혈액에서 분리된 바이러스의 사진을 붙이고 시선을 떼지 않고 몇 발짝 뒤로 물러섰다. 링 모양 바이러스가 겹치는 부분은 나선형 계단처럼 보이기도 했다. 뭔가 짚이는 곳이 있을지 몰라 정신을 집중시켰다. 이전에 간과하고 지나쳤던 뭔가가…….

방의 조명을 낮추고, 스포트라이트를 비추어 봤다. 빛을 비추니 흰 벽 위를 거대한 바이러스가 실제로 기어 다니고 있는 것처럼 보였다.

4만 2000배로 확대된, 고리가 끊겨서 끈 모양으로 펴진 바이러스의 사진에 스포트라이트를 비췄다. 마이와 아사카와의 혈액에서만 많이 볼 수 있었고 류지를 포함한 다른 아홉 명에게서는 거의 볼 수 없었던 타입이었다. 마이의 경우에는 관동맥이 좁아진 흔적이 전혀 없었지만, 아사카와의 경우 혈관 중간에 작은 혹 같은 것이 생겨나고 있었다. 마이와 아사카와조차 증상이 미묘하게 차이가 났다.

'왜 마이의 혈관은 전혀 이상이 없었을까.'

안도의 의문은 그 한 가지로 좁혀졌다. 지금 보고 있는 끈 모양 바이러스는 마이의 관동맥 중막을 공격하지 않았다. 다른 사람은 모두 그 부분에 타격을 받았는데 어째서 그녀만이 예외일까.

뭔가 마음에 걸렸다. 10월 말에서 11월에 걸친 마이의 행동을 기록한 수첩을 펴서 빛에 비추어 봤다. 처음 만났던 때가 10월 20일, 다카야마 류지를 해부하기 직전 감찰 의무원에서였다. 그

290

때, 마이의 안색은 별로 좋지 않았다. 왜 안 좋았었는지 자기 나름대로 추측 가는 바가 있었다. 생리가 확실했다. 그 생각에 자신이 있었다.

벽에 붙은 사진으로 눈을 되돌렸다. 10만 배로 확대된 끈 모양의 바이러스. 대학에서 처음 이것을 보았을 때 어떤 인상을 받았더라?

뭔가와 비슷하다고 생각하지 않았던가? 타원형 머리를 갖고 편모를 구불거리며 아우성치는 모습. 이 녀석들은 마이의 혈관 속에서 우글우글 헤엄치고 있었지만 관동맥 중막을 공격하지는 않았다.

'그럼, 어디를 공격했지?'

순간 머리가 뜨거워지는 것을 느꼈다. 아주 작은 구멍이 천천히 커져서 그 틈으로 빛이 내려오는 느낌이었다. 지금까지 보이지 않았던 것이 보이는 순간이었다. 다시 수첩으로 눈을 돌렸다. 마이가 비디오테이프를 봤다고 생각되는 날짜. 11월 1일 밤은 마이가 생리였던 날부터 헤아려 12, 13일째에 해당되었다.

안도는 벽으로 한 발짝, 두 발짝 다가갔다. 편모를 물결치며 헤엄치는 링 바이러스.

'거의 똑같지 않은가. 이놈은 자궁을 향해 헤엄치는 정자의 모습과 판박이다.'

"정자?"

안도는 감히 그 말을 입 밖으로 꺼냈다.

'배란일 때문이다.'

개인차는 있지만, 대부분의 여성은 월경일로부터 2주가량 경과

되었을 무렵에 난자를 내보낸다. 난자가 난관에 머물러 있는 시간은 길어야 24시간이다. 만약, 마이가 비디오테이프를 본 날 밤, 그녀의 난관에 난자가 있었다고 한다면.

링 바이러스는 그 즉시 출구를 찾아내 관동맥에서 난자로 공격 대상을 변경했으리라. 안도는 커친 호흡으로 침대에 주저앉았다. 이젠 수첩이나 사진을 볼 필요가 없었다. 비디오테이프를 보았을 때 마이는 배란일이었을 가능성이 있다. 운이 좋은 경우인지 나쁜 경우인지, 한 달에 한 번밖에 없는 배란일에 우연히 그 영상을 봤다면? 그래서 그녀만이 예외가 되었다. 비디오테이프를 본 여자 중에서 정확히 배란일에 본 사람은 마이뿐이었다.

'그리고.'

그 후의 일을 생각하자, 안도의 등골에 소름이 끼쳤다. 하지만 생각을 멈출 수가 없었다.

무수한 링 바이러스는 마이의 난자에 침입했고 DNA에 파고들어서……

'수정되었다.'

진화했지만 링 바이러스의 기본 성질은 남아 있다. 정확히 일주일이 지난 뒤 수정란은 최대로 성장했고, 체외로 배출되었다. 해부 결과, 마이의 육체에 출산 직후의 흔적이 남아 있던 것은 그 때문이었다.

'그런데 마이는 대체, 무엇을 낳았지?'

더 격하게 몸이 떨려 왔다. 발끝에 닿았던 감촉이 생생하게 떠올랐기 때문이었다.

'나는 분명 그것과 접촉했다!'

마이의 아파트에 갔을 때 아무도 없었어야 할 집에서 생명이 살아 숨 쉬는 기척을 느꼈다. 욕실에서 변기를 들여다보려고 어렵사리 몸을 굽혔다가, 처진 양말 틈으로 나온 아킬레스건 근처를 부드러운 뭔가가 어루만졌다. 아마 분명 그것이 그랬으리라. 슬쩍 방을 둘러 본 것 만으로는 깨닫지 못할 정도 작은 것. 아니면 아직 성장 단계였을까. 옷장 속에 간단하게 숨을 수 있는 크기의 생명체가 확실한 감촉을 남기며 피부 표면을 꿈틀거리며 지나쳤다.

떨림이 줄어들 기미가 없어 안도는 한 번 더 욕조에 들어가기 위해 파자마를 벗었다. 마개를 뽑지 않아서 아직 뜨거운 물이 남아 있었다. 수도꼭지를 돌려 80도로 뜨거운 물을 틀고 욕조물이 더 뜨거워지자 몸을 담갔다. 물 밖으로 다리를 올려 억지로 굽혀서 아킬레스건의 근처를 관찰하고 문질렀다. 물론 표면상으로는 아무 변화도 생기지 않았다. 허나 그렇다고 해서 불안이 사라진 것은 아니었다.

안도는 다리를 뜨거운 물에 담그고 무릎을 안는 자세를 꽤 오래 유지했다. 그러고 앉아 있었더니 새로운 의문이 두각을 드러냈다. 마이가 예외인 이유는 알았다. '그러면 아사카와는 어째서?'라는 의문이 떠올랐다.

"아사카와는 남자가 아닌가."

그렇지 않으면 그 역시 무엇인가를 낳았다는 의미일까?

물이 너무 뜨거웠는지 안도는 목이 탔다.

제5장
징조

1

월요일인 성인의 날까지 포함한 연휴 첫날, 안도는 미야시타에
게 전화로 함께 드라이브를 가지 않겠냐는 권유를 받았다. 연휴
를 어찌 보낼지 골머리를 썩고 있던 안도로서는 당연히 거절해야
할 이유가 없었다. 뭔가 숨기고 있는 미야시타의 태도가 조금 신
경이 쓰였지만 우선 가겠다고 하고 나서 "어디 가려고?"라고 물
었다.

"어디 좀, 네가 확인해 줬으면 하는 것이 있어서."

그렇게만 말하고 어디에 가는지 알려 주려 하지는 않았다. 안
도는 뭔가 이유가 있으리라 생각하고 따져 묻지는 않았다. 직접
만나서 물으면 될 터였다.

아파트까지 데리러 와 준 미야시타의 차에 탑승하자마자 목적
지를 물었다.

"근데, 어디 가려고?"

"좀 이유가 있어서 말이야. 그냥 조용히 따라와."

출발할 때조차 알려 주지 않았다. 결국 안도는 목적지도 모르는 채로 드라이브를 하게 되었다.

제3게이힌 고속도로를 지나 차는 요코하마 신도로에 들어갔다. 후지사와 방면으로 향할 생각 같았다. 당일치기 범위로는 그렇게 멀리 가는 것도 아니었다. 오다와라, 하코네에 가게 되리라. 설령 이즈에 가는 거라 해도, 기껏 아타미나 이토 근처까지일 터였다. 안도는 이리저리 행선지를 예상하며 미스터리 투어를 즐기기로 했다.

길이 합류하는 지점을 코앞에 두고 차가 우뚝 서버렸다. 요코하마 신도로 입구 부근이야 항상 밀리는 곳이었다. 연휴 첫날이라 유독 교통량이 많았다. 핸들을 잡고 있는 미야시타가 지루하지 않도록 며칠 전에 떠오른 가설을 미야시타에 이야기해 보기로 했다. 비디오테이프를 보았는데도, 왜 다카노 마이의 심장 혈관에는 이상이 일어나지 않았던 것일까. 영상을 본 날이 정확히 그녀의 배란일이며, 링 바이러스는 심장의 관동맥으로부터 난자로 공격 목표를 변경했기 때문이 아닌가 하는 추측. 그래서 옥상 배기구로 떨어지기 직전에 마이가 미지의 생명체를 출산했다. 태내에 겨우 일주일 품고 있었던 생명체. 출산 직후인 것을 감안하면 마이가 속옷을 입지 않았던 일도 설명이 다 되었다…….

이야기를 거의 다 듣고 나서도 미야시타는 잠자코 있었다. 귀염성 있는 동그란 눈으로 앞을 줄곧 바라보고 있는 줄 알았는데,

그 표정과는 반대로 민첩하게 움직여 차선을 바꾸고 추월하는 차량 행렬에 끼어들었다.

"전자현미경으로 다카노 마이의 링 바이러스를 봤을 때, 사실 나도 그런 느낌을 받았어."

뒤따라오는 차가 빵빵거려도 안색 하나 바꾸지 않고서 미야시타가 말했다.

"그런 느낌?"

"어디선가 본 적이 있다, 그래, 이건 정자를 닮았다고."

"나도 동감이야."

"네모토도 똑같은 말을 하던데."

"세 명이 전부 같은 인상을 받았다는 뜻인가."

"그래, 직감이 중요하지."

미야시타는 조수석에 앉는 안도를 바라보며 피식 웃었다. 앞을 보지 않아 주의가 소홀해졌다.

"야, 똑바로 앞을 보라고."

빨간색 브레이크 등이 가까워지자 안도는 무의식중에 두 다리에 힘을 주고 있었다.

"괜찮아, 아사카와가 한 실패를 똑같이 하겠냐."

브레이크를 밟으면서 미야시타는 여유 부리는 것처럼 보일 생각이었다. 허나 앞 범퍼가 금방이라도 앞차와 닿을 만큼 가까워지고 있었다. 안도는 식은땀을 흘리며 미야시타에게 거리감이 없는 건 아닐까 의심했다. 이런 식으로 운전하다가는 언젠가 사고를 낼 것이 확실했다.

"아사카와, 그 사람은 왜 심근경색으로 죽지 않았을까. 이상하지?"

"남자라 배란일이 없어서?"

"다카노 마이처럼 몸에 무슨 이변이 생긴 건지도 모르지."

"아마 바이러스는 출구를 찾았을 거야."

"출구?"

"그래. 훨씬 더 많이 증식하기 위한 출구."

호도가야 우회 도로로 가는 출구를 지나자 정체가 해소되어 도로 흐름도 좀 순조로워졌다. 미야시타는 도로 표지판을 보고서 '출구'라는 단어를 쓰게 되었으리라.

미야시타가 계속해서 말했다.

"이봐, 우리들은 그 답을 찾아야 해."

그의 말투에는 지금까지 있던 태평한 느낌이 사라졌다.

"물론 그래야지."

"올해 신년 휴가, 너는 어떻게 지냈어?"

미야시타가 갑자기 화제를 바꾸었다.

"흠, 그냥 뒹굴거렸지, 뭐."

"그래? 나는 가족들 다 데리고 미나미이즈에 있는 어촌에서 보냈어. 여행 안내책에도 실리지 않을 것 같은 작은 민박집에서. 왜 그런 촌구석을 택했냐면, 내가 좋아하는 소설 중에 그 어촌을 무대로 한 게 있어서 전부터 한 번 찾아가 보고 싶었거든. 소설에서는 '어촌에서 수평선을 바라보면 신기루가 보인다.'라고 쓰여 있었어. 나는 그 말을 믿었지."

안도는 이 이야기가 어떻게 진행될지 전혀 짐작이 되지 않았다. 그저 맞장구도 치지 않고 조용히 귀를 기울이고 있었다.

"너에게 이런 이야기를 하는 게 가혹할지도 모르지만 가족이란 정말로 좋은 거야. 민박집에서 파도 소리가 들려오더라. 한밤중에 문득 눈이 떠져서 아내와 딸 얼굴을 바라보고 있었더니 절절하게 그 소중함을 알겠더군."

안도는 그 소중함을 너무나 잘 알고 있다. 신기루가 보인다는 미나미이즈의 어촌에서 가족과 함께 맞이하는 새해……. 혼자 있으면 쓸쓸하기만 할 어촌 여행도 사랑하는 가족과 함께라면 분명 따뜻하게 지낼 수 있으리라. 의식 한구석이 무너져 내린 가정 쪽으로 쏠리려 했다. 하지만 미야시타는 그럴 틈을 주지 않고 안도에게 물었다.

"야, 우리 와이프, 미인이라고 생각하지 않아?"

"정말 그래."

안도는 미야시타의 아내가 아니라 이혼한 아내의 얼굴을 떠올리면서 끄덕였다. 처음 만났을 무렵의 생생한 표정이 눈에 선했다.

"나는 이렇게 키 작고 뚱뚱한 데다가 얼굴이 이렇지만, 그 사람은 달라. 예쁘고 성격도 말할 것도 없지. 난 정말 행운아라고 생각한다니까."

미야시타의 아내는 미야시타보다 키가 크고, 어느 인기 여배우를 쏙 빼닮은 얼굴이었다. 그에 비해 미야시타의 겉모습은 상당히 부족한 감이 있다. 하지만 그는 이대로 가면 의학부 교수의 지위를 손에 넣을 사람이었다.

그렇게 빠지는 것도 아니라며 안도는 쓴웃음을 내비쳤다.

"그러니까, 죽고 싶지 않아. 좀 지나치게 낙관적이었나? 나는 계속 이번 사건에서 내가 방관자 입장으로 있으리라 생각했어. 아니, 오히려 일이 돌아가는 걸 보며 재미있어하기까지 했지."

안도는 사태를 그보다는 더 심각하게 받아들이고 있었지만, 방관자라는 입장에서는 미야시타와 마찬가지였다. 아사카와나 류지의 입장과는 근본적으로 다르니 사건을 해결하려 하지 않아도 피해를 직접적으로 받을 일은 없다고 생각하고 있었다.

"그건 나도 똑같지."

안도는 미야시타의 생각에 동감했다.

"근데 안이했다는 생각이 문득 들더라."

"언제?"

"휴가 아침이 되어 미나미즈의 어촌에서 돌아오고 나서."

"어촌에서 뭘 본 거야?"

"신기루를 못 봤어."

안도는 표정을 찌푸렸다. 이야기를 따라가기 힘들었다.

"신기루?"

"넌 소설 속 장소에 실제 가 본 적 있어?"

"어, 있지."

누구나 한 번쯤은 좋아하는 소설에 나온 장소에 찾아가 보고 싶다는 생각은 해 봤을 터였다.

"그래서 어땠어?"

"그냥, 이런 건가 싶었지……."

"생각했던 것과 달랐어?"

"완전 다를 경우가 훨씬 많겠지."

"즉, 소설을 읽고 떠올랐던 풍경하고 실제 현실 풍경은 다르다는 뜻이지."

"일단 똑같이 일치하는 경우가 없다고 생각해."

"나도 그랬어. 미나미이즈에 지내면서 '아, 여기가 그 소설 속 무대였구나.' 하고 위화감이 들더라. 생각했던 거랑 상당히 달랐고, 신기루도 못 봤지."

입 밖으로 꺼내지는 않았지만, 안도는 미야시타가 말하는 내용이 너무 유치하다는 생각이 들었다. 작가는 자신의 필터를 통해 풍경을 보고 표현한다. 그 필터가 작가의 독자적인 것인 만큼 독자가 멋대로 상상하는 장소와 현실의 장소가 차이 나는 건 당연한 일이지 않은가. 사진이나 비디오카메라로 촬영하는 등의 수단에 의하지 않으면 타인에게 모습을 정확하게 전할 수 없다. 글이라는 매체에는 한계가 있다.

"거꾸로야. 어쩌면, 만약에……."

미야시타가 고개를 안도 쪽으로 확 들이밀었다.

"야, 앞을 보면서도 이야기할 수 있잖아."

질린 표정으로 안도가 앞을 가리키자 미야시타는 속도가 느린 차선으로 차를 붙였다.

"「링」을 언제 읽었는지 기억나?"

안도는 날짜까지 정확하게 기억하고 있었다. 아사카와의 형 준이치로에게 플로피디스켓을 빌린 다음 날이었다. 워드프로세서가 출력하는 시각도 아깝게 여기며 읽어내려 갔다.

"그럼. 날짜까지 확실히 기억 나. 작년 11월 19일이잖아."

"나는 그 보고서를 한 번 대충 읽어 본 게 다야."

그거야 안도도 마찬가지였다. 딱 한 번 읽은 게 다였고 다시 읽지는 않았다.

"그게 왜?"

"그런데 말이야, 그 장면들이 선명하게 남아 있어. 지금도 가끔 떠올라."

역시 안도도 그랬다. 「링」이 그린 세계는 영상적이었고, 머릿속에 달라붙어 있기라도 하듯이, 한 장면 한 장면이 남아 있었다. 떠올리라고 누가 그러면 지금도 생생하게 떠올릴 수 있었다. 확실히 영상적인 글이었다.

'근데 정말 그래서 그런 걸까?'

미야시타의 의도를 읽어 낼 수 없으니 대답이 궁했다.

"그러니까, 만약에 말이야. 「링」이라고 하는 보고서가 모습을 정확하게 전하고 있는 게 아닐까, 하고. 문득 그런 의문이 들더라고."

그가 꺼낸 말의 중대성에 비해 미야시타의 옆얼굴은 묘하게 평온했다.

안도는 미야시타가 떠올린 의문점을 음미해 봤다. 만일 「링」을 읽고 나서 떠오르는 풍경이 실제 풍경과 전혀 차이 없이 겹칠 경우, 그게 뭘 의미하는지.

일단 그런 일이 가능할까.

"만일 그렇다면?"

안도의 목소리가 갈라졌다. 히터를 켜 놓은 덕에 차 안 온도는 적절하게 유지되고 있었지만 조금 건조했다.

"어쨌든 우선 확인해 보고 싶어서 말이야."

"과연, 그래서 나를 데리고 온 거로군."

안도는 그제서야 간신히 이번 드라이브의 목적지를 알아차렸다. 「링」의 주 무대였던 미나미하코네에서 아타미에 이르는 그 일

대이리라. 실제 장소를 이 눈으로 보고 확인하기 위해서였다. 그러려면 혼자보다 두 사람인 편이 바람직했다. 안도와 미야시타의 눈으로 확인하고 서로가 받은 인상을 나누어 정확하게 판단하기 위해서였다.

"사실은 도착할 때까지 입 다물고 있으려 했어. 이상한 선입견을 가지면 곤란하니까."

"괜찮아."

"깜빡하고 못 물어봤는데, 너는 미나미하코네 퍼시픽랜드가 처음이지?"

미야시타가 물었다. 미나미하코네 퍼시픽랜드. 악마의 비디오테이프를 탄생시킨 유원지 이름이었다.

"물론. 너는?"

"이름도 몰랐지. 그걸 읽기 전까지는."

둘 다 가 본 적이 없는 장소였다. 하지만, 눈을 감으면 안도의 뇌리에 완만한 경사면에 건축된 임대 별장 빌라 로그캐빈의 한 채, 한 채가 또렷이 떠올랐다. 그중 한 채인 B4호에서 이 놀라운 사건의 막이 올랐다. 마루 밑에 빼끔히 입을 연 지하 5, 6미터 깊이의 낡은 우물. 25년 전, 강간을 당하고 우물에 내던져진 야마무라 사다코라는 여성의 원한이 천연두 바이러스의 증식 욕구와 융합한 지하 동굴이다. 미야시타는 지금 그런 장소에 가자고 하고 있었다.

구름이 드리운 하코네 산을 오른쪽에 보였고 미야시타가 운전하는 차는 마나즈루를 지나 아타미로 향했다. 「링」에는 아타미에서 넷칸 도로로 접어들면 곧바로 미나미하코네 퍼시픽랜드로 가는 안내판이 나온다고 쓰여 있었다. 안도와 미야시타는 그 길대로 가기로 했다.

넷칸 도로를 지나는 것은 안도나 미야시타 둘 다 처음이었다. 그럼에도 안도는 전에 한번 이곳을 지난 적이 있는 것 같은 착각에 빠졌다. 아사카와 가즈유키가 차를 몰고 이 길을 지났을 때는 작년의 10월 11일 밤이었다. 그는 미나미하코네 퍼시픽랜드의 빌라 로그캐빈 B4호에 도사리고 있는 존재를 전혀 모르는 채, 하지만 왠지 모를 걱정을 품고서 지금 거슬러 올라가고 있는 길을 똑같이 더듬어 가고 있었다. 지금 시각은 정오에 가까운데다 날씨도 화창했다. 작년 10월 11일은 비가 오다 말다 하고 있었다고 했고 아사카와가 운전하는 차 앞유리에 와이퍼가 작동하고 있었다. 최소한 안도가 기억하기로는 「링」에 그렇게 적혀 있었다. 아사카와는 불안한 기분으로 와이퍼가 창을 닦아 내는 모습을 보고 있었다. 시간도 날씨도 달랐지만 안도의 머릿속으로 어둡고 흐린 풍경이 플래시백처럼 스쳐 지나가기 시작했다.

산의 경사면에서 미나미하코네 퍼시픽랜드 안내판이 눈에 들어왔다. 흰 바탕판에 검은 페인트로 쓰여 있는 독특한 글씨체조차 본 기억이 있다. 미야시타 또한 마치 아는 길을 가고 있는 것처럼, 주저 없이 좁다란 비탈길 왼쪽으로 꺾었다.

계단식 밭을 지나자 길은 더욱 좁아졌고 비탈도 가팔라졌다. 리조트 클럽에 가는 길이라고는 상상도 못 할 정도로 정비되지 않은 험로였다. 멋대로 자라난 나뭇가지나 마른풀이 길의 양쪽에 자라 차 바닥에 스쳐서 귀에 거슬리는 소리를 냈다. 올라가면 올라갈수록 안도의 기시감은 강해졌다. 처음으로 지나는 길이었지만 전에 한 번 이 길을 지나 본 것 같은 느낌이 강하게 느껴졌다.

"기시감이 느껴지지 않아?"

안도가 목소리를 낮추고 미야시타에게 물었다.

"나도 지금 같은 걸 물으려던 참이었어."

미야시타도 같은 느낌을 받았다. 기시감을 느꼈던 경험이야 몇 번인가 있었지만 안도는 이만큼 길게 그 느낌을 오랫동안 받았던 적이 없었다. 게다가 길을 따라갈수록 더욱 강해졌다. 안도는 길을 다 올라가면 보일 인포메이션 센터의 외관이 생생하게 떠올랐다. 전면에 검은 유리로 도장된 3층짜리 멋진 빌딩이다.

주차장 로터리에 나오자, 안도가 상상한 그대로의 모습으로 빌딩이 정면에 나타나기 시작했다. 인포메이션 센터였다. 로비의 안쪽에 있는 레스토랑까지 떠올릴 수 있었다. 더 이상 확인할 필요는 없다는 생각이 들었다. 「링」을 읽은 덕에 안도와 미야시타의 머릿속에 이 장소의 풍경이 생생하게 각인된 것이다. 그것 말고는 달리 생각할 수가 없었다.

2

미야시타가 운전하고 있는 차는 산에서 내려와 아타미를 빠져나가, 해안선을 따라 나 있는 마나즈루 도로를 달려서 오다와라 방면으로 향하고 있었다. 바로 좀 전에 봤던 광경과, 바로 좀 전에 본 얼굴들을 마음속으로 돌이켜 보고 있는 탓인지 두 사람의 대화가 끊어지기 일쑤였다. 깨끗하고 맑은 겨울 바다를 바라볼 여유도 없이 안도는 오늘의 드라이브가 가져온 사실 때문에 골머리를 썩고 있었다. 방금 전 찾아갔던 미나미하코네 퍼시픽랜드의 빌라 로그캐빈이나, 마루 밑에 뻐끔히 입을 연 낡은 우물 모습이 흙 냄새와 함께 신기루처럼 바다 위에 떠올랐다가 사라졌다. 그리고 본 기억이 있는 남자의 얼굴이 끊임없이 떠오르고 있었다.

미나미하코네 퍼시픽랜드의 각 시설은 인포메이션 센터에서 호텔로 가는 길 양쪽에 점점이 흩어져 있었다. 테니스 코트, 수영장, 체육관, 개인 별장 등 대부분이 산 쪽이나 골짜기 경사면 같은 곳에 세워져 있었다. 그중에서 빌라 로그캐빈이 있는 경사면은 꽤 완만한 편이었다. 도로에서 로그캐빈이 있는 계곡을 내려다보니저 멀리 아래쪽에 간나미에서 니라야마에 이르는 지역 일대에 무수히 늘어서 있는 비닐하우스가 보였다. 비닐하우스의 하얀 지붕이 겨울 오후의 햇볕을 받아 반짝반짝 빛나고 있었다. 어딜 보나 안도와 미야시타가 본 기억이 있는 경치였다.

두 사람은 B4호로 내려갔다. 문손잡이를 돌렸지만 열쇠가 잠겨 있어 열지 않고 그냥 발코니 아래로 돌아 들어가기로 했다. 허리를 굽혀 들여다보자마자 기둥과 기둥 사이 벽 판자가 떨어져나가 구멍이 크게 뚫려 있는 부분이 보였다. 누가 고의로 뜯어 낸 모양이었다. 누가 그랬는지는 분명했다. 안으로 들어가기 위해 다카야마 류지가 열어젖힌 것이다. 작년 10월 18일, 류지와 아사카와는 이 구멍을 통해 마루 밑바닥으로 기어들어 우물 안으로 밧줄을 타고 내려가서 야마무라 사다코의 유골을 수습한다고 하는, 상상만으로도 온몸의 털이 쭈뼛 서는 아찔한 일을 해 냈다.

미야시타는 준비해 온 손전등을 차에서 꺼내 와서 그 틈 사이에 넣고 마루 밑바닥을 비추었다. 거의 가운데 부분에 시커멓게 불쑥 튀어나온 것이 곧바로 눈에 들어왔다. 낡은 우물 윗부분이었다. 그 옆에는 콘크리트 뚜껑이 덩그러니 뒹굴고 있었다. 「링」에 적혀 있는 대로였다.

안도는 마루 밑바닥을 기어서 우물 테두리까지 다가가 안을 들여다볼 생각은 들지 않았다. 그 느낌은 마치 다카노 마이의 시체가 발견된 옥상 배기구를 들여다볼 마음이 생기지 않았던 때와 똑같았다. 가까이 다가가는 것이 고작이며, 도저히 불가능하다고 할 것까진 아니었지만 바닥을 들여다볼 용기는 나지 않았다. 야마무라 사다코라고 하는 여성은 우물에 내던져져 둥근 테두리 속에 갈무리된 하늘을 보면서 짧은 삶을 마쳤다. 한편으로 다카노 마이는 직사각형으로 테두리가 쳐진 콘크리트 상자 바닥에서 숨이 끊어졌다. 산속 결핵 요양소 가장자리 깊숙한 낡은 우물과 물가 빌딩 옥상. 한쪽은 깊은 산 숲 속이라 우물 위가 사방으로 막혀 있었고 다른 한쪽은 바닷바람이 감도는 해안길이라 하늘을 가로막는 것은 아무것도 없었다. 한쪽은 땅속 깊이 파고들어 간 원통형 관이었으며, 한쪽은 하늘에 붕 뜬 직육면체 관이었다.

야마무라 사다코와 다카노 마이가 숨을 거둔 장소는 기묘하게 대비되는 부분이 있어서 오히려, 그 선명한 대비가 둘 사이의 유사성을 강하게 두드러지게 했다.

안도는 돌연 심장이 빠르게 뛰기 시작했다. 마룻바닥 아래 습기 찬 공기나, 손과 무릎에 닿는 지면의 감촉이 견딜 수 없이 싫었다. 흙냄새가 진절머리가 나서 저도 모르게 호흡조차 멈추고 있었다. 질식할 것 같았다.

그러나 미야시타는 돌아가려는 안도는 내버려 둔 채 마룻바닥 아래로 뚱뚱한 몸을 집어넣으려 하고 있었다. 우물이 있는 곳까지 가 볼 생각인가 싶어 놀라서 강한 어조로 그를 말렸다.

"그만두자, 이제 충분하잖아."

미야시타는 불편한 자세 그대로 움직임을 멈추고는 좀 망설였다가 "그도 그렇군." 하고 순순히 안도의 충고에 따라 뒤로 물러섰다. 확실히 이젠 충분했다. 더 이상 뭘 더 확인할 필요가 있는가? 두 사람은 발코니 아래에서 기어 나오자마자 바깥 공기를 마음껏 들이마셨다. 대화를 나눌 필요는 없었다. 「링」에 쓰여 있던 내용은 자세한 부분까지 모두 사실에 입각한 것임이 뚜렷했다. 그리고 문장을 읽고 떠오른 풍경이 현실의 풍경과 전부 똑같이 일치하리라는 가설은 바로 입증되었다. 모두 있어야 할 장소에 그대로 존재하고 있었다. 「링」을 읽음으로 인해 안도와 미야시타는 이 일대의 풍경을 이미 한 번 '보았다'는 뜻이었다.

습기 찬 마루 밑 냄새와 발 언저리의 감촉에 이르기까지, 아사카와 가즈유키가 경험했던 것과 같은 감각을 다시 체험해 버린 셈이었다.

그런데도 미야시타는 아직 부족했는지 "모처럼 여기까지 왔는데, 나가오 조타로의 얼굴도 보고 가자."라며 안도를 데리고 갔다.

'나가오 조타로.'

안도는 그 이름을 잊어 가고 있었다. 하지만 「링」으로 읽은 것 말고는 본 적도 없는 사람인데도 얼굴을 똑똑히 떠올릴 수 있었다. 머리는 꽤 벗어졌고 57세로 보기에는 꽤나 혈색 좋은 번듯한 얼굴, 겉으로 보이는 인상은 뺀질거리는 모습이었고 말하는 모습도 겉모습과 비슷한 느낌이었다. 어째선지 그의 말버릇까지 알고 있었다.

20년 전까지 현재의 미나미하코네 퍼시픽랜드가 있는 자리에 결핵 요양소가 있었다. 아타미에서 개인 병원을 경영하고 있는 나가오는, 이전에 그 요양소에서 의사 생활을 하다가 아버지 문병 때문에 찾아왔던 야마무라 사다코를 강간하고 우물에 던졌다. 또한 그는 일본 마지막 천연두 환자라고 했다.

「링」에는 "기노미야 역 앞에 있는 도로를 들어가자 작은 한 층짜리 가옥이 있었는데, 현관 입구에는 '나가오 의원, 내과, 소아과'라는 간판이 걸려 있었다."라고 적혀 있다. 류지는 거기서 나가오 조타로를 밀어붙여 그 입으로 25년 전에 범한 죄를 자백하게 했다. 미야시타는 그 장소를 찾아가 나가오 조타로의 얼굴을 보자고 했다.

그러나 막상 가 봤더니 병원 현관에는 커튼이 쳐져 있었다. 휴일이라 진료를 쉬는 것 같지는 않았다. 오랫동안 문이 열리지 않은 듯 문 밑 틈새에는 모래 먼지가 쌓여 있었고 창문에는 군데군데 거미줄이 있었다. 오랫동안 휴업했거나 폐업한 듯한 분위기가 현관 근처뿐만 아니라 건물 전체에 짙게 깔려 있었다.

안도와 미야시타는 여기서 나가오를 만나기는 무리라며 체념하고 주차해 둔 차로 돌아갔다. 그러나 바로 정면에서 아타미 국립 병원으로 가는 비탈길을 따라 내려오는 휠체어가 눈에 들어왔다. 휠체어에는 머리가 벗어진 노인이 옹송그려 앉아 있었고, 뒤에서 밀고 있는 사람은 30세 전후로 보이는 품위 있는 여성이었다. 텅 비어 초점이 맞지 않는 노인의 두 눈은 멍하니 무기력함에 뒤덮여 있어 한눈에도 정신적으로 장애가 있어 보였다.

안도와 미야시타는 노인의 얼굴을 보고 동시에 소리를 지르며 얼굴을 마주 보았다. 늙기는 했지만, 순간적으로 두 사람 다 그가 나가오 조타로라는 사실을 깨달았다. 나가오는 겨우 세 달 만에 눈에 띄게 늙어서 스무 살은 더 먹어 버린 것처럼 보였다. 안도와 미야시타는 늙기 전 그의 얼굴이 똑똑히 떠올랐고, 지금 얼굴 모습과 그때의 모습이 겹쳐 보였다.

미야시타는 노인에게 다가가서 "나가오 선생님." 하고 말을 걸었다. 노인은 아무 반응도 없었지만 나가오의 딸처럼 보이는 시중 드는 여성이 발걸음을 멈추고 소리가 들려온 쪽을 보며 다가왔다. 여성과 눈이 마주친 미야시타가 가볍게 인사를 했더니 여성도 맞추어 인사했다.

"건강은 좀 어떠십니까?"

미야시타는 이전부터의 아는 사람인 척하며 나가오의 용태를 물었다.

여성은 "예, 덕분에요."라고만 대답하고 달갑지 않은 듯이 허둥지둥 떠나갔다. 그래도 수확은 충분했다. 작년 10월, 나가오는 아사카와와 류지가 찾아와서 25년 전 지었던 죄를 자백한 충격이 발단이 되어 정신 이상이 된 것이 확실했다. 지금 나가오에게 바깥세상을 지각할 힘은 거의 없어 보였다.

나가오와 딸은 의원의 옆을 지나 안쪽의 골목으로 들어갔다. 안도와 미야시타는 나가오의 뒷모습을 지켜보면서 같은 생각을 하고 있었다. 나가오 생각은 아니었다. 휠체어를 탄 노인을 본 순간 곧바로 나가오라고 인식해 버렸다는 놀라움에 다시 사로잡혔다. 「링」은 풍경 묘사뿐 아니라, 인간의 얼굴까지도 정확하게 '기록'하고 있었다는 뜻이 된다.

'오다와라 아쓰기 도로 입구'라는 표지판을 보고 안도는 미야시타의 옆얼굴을 슬쩍 들여다봤다. 피로가 비쳐 보였다. 아침 일찍부터 핸들을 잡고 놓지 않았으니 무리도 아니었다.
"오다와라에서 내려 줘."
안도는 그렇게 말을 꺼냈다. 미야시타는 미간을 찌푸리며 '왜냐?'라고 말하려는 듯이 얼굴을 약간 옆을 향했다.
"사양하지 않아도 괜찮은데. 너네 아파트까지 데려다 줄게."
"그러면 너무 돌아가잖아. 오다와라에서 오다큐 선 전철 타면 코앞이라 괜찮아."
안도의 제안은 미야시타의 체력을 염려해서 꺼낸 제안이었다. 쓰루미에 사는 미야시타에게 요요기까지 바래다 주길 바라는 것은 몇십 킬로나 필요 이상 돌게 만드는 짓이었다. 육체적으로나 정신적으로 현저하게 피로해 보이는 미야시타의 몸을 생각하면 빨리 돌아가 쉬어 주었으면 하고 바라고 있었다.
"뭐, 그렇게까지 말하니 오다와라에서 내려 줘야겠군."
내심 도심 한가운데를 왕복하는 수고가 줄었다고 안심한다든가 하는 모습은 전혀 내보이지 않고, 네가 그렇게까지 고집을 부리니 어쩔 수 없이 들어 준다는 태도였다. 늘 그랬다. 미야시타는 좀처럼 고맙다 어떻다 예의 차리는 말은 입에 담지 않았다. 고맙게는 생각해도 솔직하게 표현하기는 서툴렀다.

오다와라의 시가지를 빠져나가자 역까지 가서 미야시타가 툭 하고 말을 꺼냈다.

"연휴가 끝나면 우리도 혈액 검사를 받는 편이 좋을지도 몰라."

무슨 말인지 물어볼 필요도 없었다. 안도도 같은 생각을 하고 있었다. 안 좋은 예감이 들었다. 방관자 입장이었는데 당사자 입장으로 내몰렸다. 악마의 비디오테이프는 전부 이 세상에서 모습을 감추었고, 본인들은 그 영상을 보지 않았으니 재앙에 휩쓸릴 일이 없었을 터였다. 그런데 「링」이라는 제목의 보고서에 풍경과 인물이 정확하고 객관적으로 묘사되어 있었다. 에이즈 환자를 진찰하는 의사 입장에서만 접하고 있다가, 지금까지 알려져 있지 않은 경로로 에이즈 바이러스가 침입한 상황이나 마찬가지였다. 아직 확실하게 증명된 사실도 아니었고 그런 의심이 조금 들게 된 것뿐이었다.

하지만 안도는 몸속으로 이물질이 비집고 들어왔다는 느낌에 겁이 났다. 전자현미경으로 들여다보던 링 바이러스 같은 이물질이 피부의 안쪽, 혈관의 속을 흘러 세포를 침범하고 온몸 속을 돌아다니고 있는 것 같은 망상에 좀 전부터 쭉 시달리고 있었다. 미야시타도 같은 생각을 한 것이 확실했다.

안도는 저자 아사카와 가즈유키를 제외하고 제일 처음 「링」을 읽은 사람이다. 그리고 「링」에는 비디오테이프 영상이 극명하게 묘사되었다. 묘사는 무자비할 정도로 정확했고, 단 한 번 봤는데도 나가오 조타로라는 인물을 알아볼 수 있었다. 그 덕에 자연스레 「링」을 읽으면 비디오테이프를 보는 것과 같은 효과가 일어나는 것은 아닐까 하는 의문이 들었다.

하지만 「링」을 읽은 건 작년 11월 19일이었다. 벌써 두 달이 지났다. 그런데 아무런 변화가 없었다. 비디오테이프를 본 사람들은 정확히 일주일이 지난 시점에 관동맥 폐색을 일으켜 사망했다. 돌연변이가 일어나서 잠복 기간이 길어졌을까? 아니면 바이러스의 숙주만 되었고 발병은 하지 않은 상태일까?

미야시타가 말한 대로 연휴가 끝나면 대학으로 돌아가 당장이라도 혈액 검사를 받을 필요가 있었다. 만약 체내에 링 바이러스가 발견된다면 빨리 조치를 취해야만 한다. 하지만 대체 어떤 방법이 있지?

"혹시라도 양성이면, 너는 어쩔 건데?"

안도가 절망적으로 물었다.

"어찌 되었건 간에 손 놓고 있을 수는 없잖아. 뭔가 방법을 찾아야지."

미야시타가 단호하게 말했다. 죽음이 두렵기는 안도보다 훨씬 두려울 터였다. 아내와 어린 딸이 있는 몸이니까. 그가 말을 할 때마다 은연중에 그런 생각이 느껴졌다.

차가 오다와라 역 앞 로터리로 진입해서 일반 도로로 들어가 유턴해서 멈추었다. 조수석에서 내린 안도는 가볍게 손을 흔들어 주고 떠나가는 미야시타의 차를 지켜보았다.

'휘말려 버렸는지도 몰라.'

비로소 안도는 아사카와가 어떤 기분이었는지 이해되었다. 문득 자신과 미야시타의 모습이 아사카와와 류지의 모습에 겹쳐 보였다. 두 사람의 육체적인 특징이나 성격을 떠올리자 진짜 비슷하게 느껴져서 웃겼다. 그렇게 보면 안도는 아사카와 역할이고 미야시타는 류지 역할이었다. 그리고 그 두 사람은 둘 다……. 어색하게 올라가던 입꼬리가 멈칫했다. 두 사람 다 죽었다. 게다가 직접 류지를 해부하기까지 했다.

오다와라 역의 개찰구를 지나 승강장 의자에 걸터앉자 등받이의 차가운 감촉이 등에 느껴져서 '해부대 위에 누우면 이런 느낌이겠지.' 하고 죽은 사람이라도 된 심정으로 생각했다. 의심이 의심을 불러들이게 되어 더욱 괴롭다. 예를 들어 내가 암이 아닐까 의심하고 있는 상황이 확실히 암 선고를 받는 상황보다 훨씬 괴롭게 마련이다. 사람은 재앙을 현실에서 막상 맞닥뜨리면 어느 정도 버틸 수 있지만, 어중간한 상황은 견디기 어려워하는 기묘한 특징을 가지고 있다.

링 바이러스에 벌써 감염된 건지 아닌지 안도 입장에서 그 괴로움을 극복하는 방법은 단 하나, 본인 생명에 더 이상 미련을 갖지 않는 것이다. 부주의로 어린 아들을 죽음으로 내몰았다는 후회를 거듭할수록 목숨에 대한 집착이 확실히 가벼워질 터였다.

추운 승강장에서 오다큐 급행열차를 기다리는 동안 그렇게 계속 생각했지만 떨림이 멎질 않았다.

3

안도는 급행선 좌석에 앉아 창밖 경치를 바라보는 일 말고는 할 일이 없었다. 평소였으면 독서를 하며 갔겠지만 책을 준비할 새도 없이 곧바로 미야시타 차에 탔고 설마 전철을 타고 집에 가게 될 줄은 꿈에도 몰랐으니 읽을 책이 있을 리 없었다. 교외 경치를 바라보며 밀려오는 졸음에 저항하지 않고 그대로 눈을 감았다.

눈을 뜨자 지금 있는 곳이 어딘지 알 수가 없었다. 잠든 채 어디론가 멀리 이동해 버린 것 같은 불안감에 심장이 빨리 뛰었다. 고동 소리가 들려오는 것 같았다. 무심코 다리를 펴다가 앞자리 등받이에 부딪히자 깜짝 놀랐다. 전철 특유의 진동이 밑에서 울렸고 멀리서는 건널목 차단기가 다가오고 있었다.

'전차 안이구나.'

마음이 놓이는 동시에 겨우 두 시간 전에 오다와라에서 미야시타와 헤어지고 운 좋게 급행 전철을 잡아탄 사실이 떠올랐다.

벌써 며칠은 지난 느낌이었다. 미야시타와 함께 미나미하코네 퍼시픽랜드를 방문한 게 옛날 일처럼 느껴졌다. 장소도 아득하게 먼 느낌이 들었는데 고원의 경치와 나가오 조타로의 얼굴만은 강하게 망막에 남아 있었다.

안도는 손등으로 눈을 비비고 창밖으로 눈을 돌렸다. 밤거리 풍경이 천천히 흘러갔다. 종점인 신주쿠가 가까운 탓에 전철 속도는 많이 느려져 있었다. 땡땡거리며 차단기에 있는 경보기가 울리고 빨간불이 깜빡이고 있었다. 안도는 물끄러미 지금 지나는 역의 이름을 읽었다.

'요요기 하치만'

안도의 집이 있는 산구바시 역 바로 전 역이었다. 산구바시에서 내리면 편하겠지만 급행 전철이라 신주쿠까지 직통으로 가 버린다. 일단 종점까지 갔다가 다시 두 정거장 되돌아오기 귀찮았다.

요요기 하치만에서 오다큐 선로가 거의 직각으로 꺾이고 어둠에 잠긴 요요기 공원의 녹음과 나란히 달리기 시작했다. 익숙한 거리였다. 지금 안도 자리에서는 잘 안 보였지만 오른쪽 자리에서는 목적지인 그의 집이 보일 터였다. 매일 타고 내리는 역을 지나칠 때, 안도는 왼쪽 창에 뺨을 기대고 승강장을 바라보고 있었다.

그러다 벌떡 일어나 상체를 돌려 창에 얼굴을 더 바싹 갖다 대다가 뺨이 부딪혔다. 본 적 있는 젊은 여자가 승강장에 우두커니 서 있었기 때문이었다. 여자는 겨울밤인데도 짧은 재킷 하나 걸친 가벼운 차림을 하고 있었다.

여자는 전철과 스칠 것 같은 아슬아슬한 위치에 천연덕스러운 표정으로 서서 급행열차를 바라보고 있었다. 속도가 느려지긴 했어도 열차 안에서 보면 승강장에서는 사람 따위는 순식간에 지나가 버린다. 하지만 그 한순간 여자는 안도와 눈을 마주쳤다. 착각이 아니라 시선이 마주쳤을 때 보이는 반응이 분명히 있었다.

여자와 만나기는 이번이 세 번째였다. 첫 번째는 마이의 아파트에서 나와 엘리베이터에 함께 탔을 때였다. 두 번째는 마이의 시신이 발견된 빌딩의 꼭대기층에서 엘리베이터 문이 열림과 동시에 마주쳤다. 모습을 본 적은 단 두 번이었지만 안도는 아직도 여자의 얼굴을 기억 속에 담아 두고 있었다.

10분 뒤, 신주쿠에서 갈아타고 돌아와 산구바시 역에서 내렸을 때 승강장 사이에는 상, 하행선 전차가 동시에 들어와 시야를 가로막고 있었다. 안도는 개찰구로 향하는 승객들의 물결에 맞서서 승강장 가운데 우두커니 서서 전차가 출발하기를 기다렸다.

반대쪽 승강장에 여자가 있는지 확인하기 위해서였다. 안도에게는 10분이 지난 지금도 여자가 같은 장소에 계속 서 있을 것 같은 기분이 계속 들었다. 아마 다시 한 번 보고 싶다는 마음에 그런 생각이 들었으리라.

벨이 울리고 상, 하행선이 동시에 출발하자 마치 문이 열리듯 승강장 너머가 보였다. 전차가 지나간 후의 여운이 감도는 와중에 안도는 여자의 눈과 다시 마주쳤다. 감이 들어맞았다. 여자는 아까와 똑같은 자리에 서서 기다리고 있었다는 듯이 시선을 건넸다. 그 시선을 받고 안도가 끄덕였다.

여자가 내린 지시에 알았다는 의사 표시를 한 셈이었다.

안도는 천천히 개찰구로 향했다. 여자가 안도의 움직임에 맞추는 것처럼 계단을 내려왔다. 두 사람은 개찰구 바로 앞에서 만났다.

"또 뵙네요."

마치 여자는 우연히 만났다는 듯이 말했다. 하지만 안도는 이 만남이 우연이라고 생각할 수가 없었다. 급행열차를 타고 산구바시 역을 지난다는 사실을 미리 알고 기다리고 있었다……. 정말 그렇게 생각되었다. 하지만 눈앞에 선 여자의 매력에는 저항하려는 시도조차 헛수고였다. 두 사람은 나란히 개찰구를 지나 상점 거리로 들어갔다.

4

아침에 일어나자마자 안도는 옆에 자고 있던 여자의 부탁에 지난주 개봉한 영화를 보러 갔다. 휴일이긴 해도 조조상영이라 아직 극장은 한산했다.

여자는 좌석 하나를 사이에 두고 안도와 떨어져 앉았다. 영화관에 들어갈 때까진 팔짱을 꼭 끼고 매달리듯이 걷고 있었는데 영화관에 들어오니 갑자기 서먹하게 굴며 자리를 사이에 하나 비워 놓고 앉다니. 자리도 넓고 편안한 자리였으니 결코 자리가 좁았기 때문은 아니었다. 여자의 행동을 이해할 수 없었다. 하지만 여자의 부자연스러운 행동을 하나하나 들자면 끝이 없었다.

안도가 알아낸 사항은 그 여자가 다카노 마이의 언니이며 마사코라는 이름 정도였다.

영화를 보긴 해도 내용이 머리에 들어오지 않았다. 졸린 탓도 있지만 그 이상으로 옆에 앉은 마사코의 존재가 신경이 쓰였다. 어젯밤 산구바시 역에서 만나 어쩌다가 집까지 데리고 들어가게 되었는지 안도는 잘 기억이 나지 않았다. 역 근처 술집으로 이끈 것도 안도였다. 거기서 맥주를 마시며 그 여자의 이름을 물었다.

"다카노 마사코. 마이의 언니예요."

안도가 추측한 대로였다. 마이보다 두 살 많고 도쿄에 있는 여대를 나와 증권회사에 취직했다고 했다. 그런데 그다음 일이 모호했다. 만취할 만큼 술을 마시지도 않았는데 단편적으로만 기억이 남아 있었다. 누가 먼저 말을 꺼냈는지 몰라도 어쨌든 마사코는 안도의 집까지 오게 되었다.

그다음으로 기억나는 장면은 물소리였다. 단편적인 기억이지만 그 부분은 선명했다. 마사코는 샤워를 하고 있고 안도는 침대에 앉아서 그녀가 오기를 기다렸다.

물소리가 그치고, 마사코는 복도 그늘에 모습을 드러내며 아무 거리낌 없이 불을 꺼 버렸다. 불이 꺼져서 캄캄해지는 그 순간이 강하게 기억에 남았다. 그리고 곧바로 마사코가 알몸 상태로 다가와 상반신을 눌렀다. 수건으로 젖은 머리카락을 묶고 있다가 풀어지려는 것을 왼손으로 붙잡고 오른손으로는 안도의 얼굴을 끌어안았다. 부드러운 피부가 밀착해 오자 코와 입이 막혀 질식할 것 같아 그 몸을 밀어내고 겨우 숨을 들이마셨다. 풋풋한 살 냄새를 맡으며 안도는 마사코의 등에 두 팔을 둘렀다.

영화는 내버려 두고 어젯밤 마사코와 벌인 일을 조각조각 기억해 내고 있었다. 여성과 살을 맞대기는 1년 반 만이었다. 기억하는 한, 안도는 세 번 사정했다. 그냥 정력을 자랑할 생각으로 하는 말이 아니었다. 곧 있으면 서른다섯 살이 될 남자가 하룻밤에 세 번이나 할 수 있던 것은 본인 체력이 좋아서라기보다 상대에게 매력이 있었기 때문이다. 그런데 돌이켜보면 어젯밤 침대에서 있었던 일은 칠흑 같은 어둠 속에서 이루어졌다. 아무리 마사코가 아름답고 도발적으로 행동했다고 해도, 그 육체를 직접 눈으로 보고 즐길 수 없었다. 불만 끈 게 아니라 마사코는 머리맡에 있던 탁상시계도 수건으로 덮어서 방을 완벽한 어둠으로 꾸며 놓았다. 그녀는 시계 문자판에서 새어 나오는 빛조차 용납하지 않았다. 행동 하나하나에 암흑에 대한 집요한 집착이 느껴졌다.

안도는 영화를 보는 척하면서 아까부터 줄곧 옆자리를 바라보았다. 어둠 속에서 마사코의 아름다움이 도드라져 보였다. 어둠이 어울리는……. 이 여자는 실로 암흑이 어울렸다.

영화를 보면서 마사코는 자주 눈을 감았다. 자는 게 아니었다.

그 증거로 눈을 감고서 입술을 달싹거리고 있었다. 뭔가 말을 하고 있는 것 같은데 알아들을 수가 없어서 왼쪽 팔꿈치에 체중을 싣고 상체를 그쪽으로 기울였다.

영화 화면과 비교해 보고 겨우 알 수 있었다. 마사코는 영화 등장인물의 대사를 입속으로 작게 반복하고 있었다.

화면에는 왈가닥 소녀였던 주인공이 국가 조직에 의해 살인머신으로 단련되어 첫 임무를 맡아 출발하는 장면이 나오고 있었다. 검은 드레스로 몸을 감싼 여주인공이 핸드백에 대형 권총을 숨겨 고급 레스토랑에 들어가는 긴장감 넘치는 장면으로, 짧은 대사가 계속 빠른 속도로 나오고 있었다.

안도는 영화는 제쳐 두고 주인공의 대사를 반복하는 마사코를 관찰했다. 그러다가 순간 마사코의 목소리와 영화의 주인공의 목소리가 겹쳐졌다. 영화 대사는 프랑스어였지만, 거의 동시에 마사코가 일본어로 바꿔 말하고 있었다. 아름답고 조화로운 제창이었다. 때로는 자막보다 먼저 마사코의 입이 열리기도 해서 안도는 깜짝 놀랐다. 이미 몇 번이나 보고 대사를 외우지 않으면 불가능한 기술이었다.

마사코는 황홀하고 행복한 표정으로 영화 주인공이 되어 있었는데, 자신의 옆얼굴에 쏟아지는 안도의 시선을 깨닫자 깜짝 놀라 입을 다물었다. 이후 두 번 다시 마사코는 입을 열지 않고 말없이 화면을 바라보았다.

영화관을 나와 마사코는 눈을 가늘게 뜨며 하품을 억지로 삼키면서 안도의 팔짱을 꼈다. 휴일의 겨울볕이 따뜻해 팔짱보다 마사코의 살을 맞대고 싶어져서 팔을 풀고 손을 잡았다. 처음에는 차갑다는 느낌을 받았지만 체온이 금방 나눠져서 안도의 긴 손가락 속에서 여자의 손이 부드럽게 녹아 갔다.

성인의 날이라 후리소데(여성들이 입는 화려한 전통 기모노 예복—옮긴이)를 입고 다니는 젊은 여성이 많았다. 유라쿠초에서 긴자 쪽으로, 안도와 마사코는 사람들이 가는 흐름에 거스르지 않고 함께 걸었다. 어디 가서 점심을 먹을 생각이었지만, 딱히 갈 곳을 정한 것도 아니니 그냥 걷다가 적당한 레스토랑을 찾아볼 생각이었다.

마사코는 좌우로 연신 고개를 두리번거리며 호기심을 감추지 않고 긴자의 거리에 관심을 갖다가 가끔 한숨을 쉬기도 했다. 대화다운 대화는 없었지만, 거북한 상황도 아니었고, 안도는 묘하게 만족스러운 기분으로 날씨 좋은 휴일 낮 긴자 거리를 거닐었다.

마사코는 길모퉁이에 있는 햄버거 집 앞에서 발을 멈추고 입간판에 붙은 포스터를 진지하게 바라보았다. 햄버거의 포스터를 뚫어지게 바라보는 표정이 10대 청소년처럼 천진난만해 보였다.

"여기서 먹고 싶어?"

안도가 묻자 마사코가 크게 끄덕였다.

"응."

싸게 먹혀 좋다는 생각을 하며 안도는 햄버거집에 들어갔다.

마사코의 식욕은 놀라웠다. 눈 깜짝할 사이에 햄버거 두 개와 감자튀김을 먹어 치우더니 더 먹고 싶은 표정으로 카운터를 노려보았다.

더 먹고 싶냐고 물었더니 아이스크림이 먹고 싶다 해서 갖다

줬는데, 이번에는 금방 다 먹기 아까운 듯이 아주 천천히 먹었다. 신중하게 먹고 있었지만 녹기 시작한 아이스크림이 한 순가락 뚝 하고 무릎에 떨어졌다. 스타킹 표면을 딸기 알갱이가 섞인 유백색 액체 방울이 미끄러져 흘렀다.

마사코가 검지손가락으로 닦아 올려 핥고서 정강이를 두 팔로 끌어안으면서 무릎에 입을 바로 대고 핥았다. 그 자세 그대로 눈을 치켜떠서 안도의 표정을 살피며 의미 있는 시선을 던졌다. 도발적인 눈이었지만 안도는 마사코의 시선을 피하려 하지 않았다. 그녀가 마저 아이스크림을 핥아먹고 무릎을 원래대로 내려놓자, 산 지 얼마 안 된 스타킹인데 줄이 나가 있는 것이 보였다. 송곳니에 걸린 모양이었다.

오늘 아침 나가면서 역 앞 편의점에서 안도가 사 준 스타킹이었다. 마사코는 스타킹이 없는지 한겨울인데도 맨다리를 내놓고 있었다. 보는 사람이 추울 정도라 의향을 묻지도 않고 사 주었는데, 마사코는 받자마자 화장실로 뛰어가서 신고 오더니 그 후로 벗으려 하지 않았다.

마사코는 스타킹이 신경 쓰이는지 계속해서 무릎 언저리를 손가락으로 더듬었다.

안도는 마사코의 몸짓 하나하나를 보고만 있어도 싫증이 나지 않았다.

'어디서 온 건지도 모를 여자에게 이렇게 확 빠져 버려도 될까.'

그렇게 자문해 봤다. 빠졌다기보다는 자포자기의 힘이 큰지도 몰랐다. 「링」이라는 기묘한 이야기를 읽고 링 바이러스의 숙주가 되어 서서히 몸이 잠식되는 상황이라면 갓 싹튼 쾌락의 씨앗을 그렇게 빨리 버릴 이유가 없었다.

학창 시절에 산간 마을이 무대로 나오는 소설을 읽었다. 이야기 속에도 지금 안도 앞에 마주 보고 있는 여자와 비슷한 여자가 나왔다. 뛰어난 미모의 소유자였지만 보통 사람과는 다른 언동 탓에 마을 사람들로부터 '미쳤다'는 평가를 받던 여자는 정해진 상대 없이 남자들의 노리개가 되었다. 집도 절도 없이 아무렇게나 입고서 숲을 헤매다가 이 사람 저 사람 가리지 않고 마을 남자들을 받아들이는 모습은 사람들이 사는 데서 멀리 떨어진 산간이라는 설정도 거들어, 에로티시즘을 그윽하게 자아내고 있었다. 산간마을을 무대로 해야만 가능한 인물 설정과 풍경의 조화가 훌륭했다. 현대의 대도시에 그런 여자를 배치했다간 금세 그 분위기가 사라졌으리라. 안도가 책을 읽고 난 감상은 그랬다.

여기는 도쿄 한복판 긴자였지 산간마을이 아니었다. 소설 주인공이 가진 분위기는 마사코와 비슷했다. 그러나 현대적인 미인인 마사코는 아무 위화감도 없이 햄버거 가게 스툴에 걸터앉아 있다.

안도는 문득 소설의 결말이 떠올랐다. 여자는 아버지가 누군지도 모르는 아이를 혼자 산속에서 낳았다. 아기의 첫 울음소리가 숲을 빠져나가 먼 산자락에 메아리치는 동안 이야기가 끝났다.

'그렇게 되도록 하면 안 돼.'

돌이켜보고 안도는 스스로에게 경고했다. 마사코의 몸이 상하지 않게 세심하게 주의를 기울여야 했다. 안도는 어젯밤 일을 생각하고 있었다. 관계하게 되어 얻은 기쁨과 흥분이 너무 컸던 나머지 자제를 하지 못하고 피임을 소홀히 했다.

마사코는 무릎을 손가락으로 문지르며 원을 그리면서 스타킹

구멍을 점점 넓히고 있었다. 찢어진 틈으로 보이는 다리는 그 부분만 하얗게 도드라져 보였다. 스타킹으로 감싸 놓기 아까워질 정도로 하얀 다리였다.

구멍은 자꾸자꾸 커져 갔다. 마사코의 손 위에 안도가 손을 얹어 움직임을 멎게 하고 나서 말했다.

"아까 극장에서 뭐하고 있던 거야?"

영화의 등장인물의 대사를 반복하는 일에 어떤 의미가 있는지 묻고 싶었다. 하지만 그에 대한 마사코의 대답은 "서점에 데려가 줘요."였다. 늘 이렇게 질문하면 어물쩍 말을 돌렸다. 질문에 답하기보다 뭔가 바라는 것을 안도에게 조르는 일이 훨씬 잦았다. 그리고 안도도 물론 싫다고는 할 수 없었다.

긴자에서 제일 큰 서점에 데려갔더니 마사코는 책장 사이사이를 돌아다니며 한 시간이나 넘도록 서서 읽는 데 빠졌다. 서서 읽기에 그렇게 몰입하지 못한 안도는 무료하게 여기저기 어슬렁거리다 계산대 옆에 놓여 있는 S출판사의 소책자를 발견했다. 불과 며칠 전에 방문했던 곳이라서, 무료로 배포되는 그 책자를 집어들었다.

소책자에는 짧은 에세이도 실려 있었지만 대부분의 페이지는 S출판사에서 출판 예정인 책 광고로 뒤덮여 있었다.

'어쩌면 다카야마 류지의 이름이 올라 있을지도.'

안도는 그 기대로 페이지를 넘겼다. 류지의 유작인 철학 논문집이 다음 달 발매 예정이라고 요전에 만났던 담당 편집자 기무라에게 들었다. 친구의 이름을 활자로 보는 것도 즐거운 일이었다.

하지만 이름을 찾아내기도 전에 안도는 마사코에게 이끌려 서점 밖으로 나갔다.

"괜찮으면 영화 한 편 더 볼래요?"

부드럽게 조르고는 있지만 대답도 듣지 않고 팔을 잡아끌고 가는 행동은 완강하기 짝이 없었다. 아마 잡지를 보다가 갑자기 또 보고 싶어졌으리라. 안도는 소책자를 코트 주머니에 넣고 마사코에게 물었다.

"뭘 보고 싶은데?"

대답도 없이 마사코는 안도의 손을 잡아끌며 갔다.

"멋대로구만."

안도는 몸을 돌리다가 마사코의 손에 정보지가 들려 있는 것을 보고 발을 멈추었다. 어젯밤부터 마사코는 한푼도 사용하지 않았다. 돈을 낼 의향도 먼지만큼조차 보이지 않고 모두 안도가 내도록 맡겨 왔다. 그런 그녀의 손에 정보지가 있다니. 돈을 내고 구했다는 생각이 들지 않았다. 그 증거로 서점에서 담아 주는 봉투도 없이 그대로 정보지가 그녀의 손에 말려 있었다.

'이 여자, 훔쳐왔나 보군.'

안도는 서점을 되돌아봤다. 쫓아오는 사람은 전혀 없었다. 점원의 눈을 잘 피했나 보다. 겨우 300엔밖에 되지 않는 잡지였다. 들켰다고 해도 별일 없으리라. 마사코에게 손이 잡혀 끌려가는 동안 안도는 지금까지 없었던 대담함이 생겨나는 것을 느꼈다.

5

구멍에 열쇠를 꽂았을 때, 집 안에서 전화 벨소리가 들려왔다. 아마 제때 받을 수 없으리라 단정하고 서두르지 않고 문손잡이를 돌렸다. 집이 얼마나 좁은지 아는 친구라면 대여섯 번 울리면 그냥 끊어 버릴 테니, 그렇게 끊는다면 안도는 누구 전화인지 대충 짐작할 수 있었다. 생각대로 문을 열자마자 전화 벨소리가 멎었다. 틀림없이 집 넓이를 아는 사람이었으리라. 안도의 집에 방문한 적이 있는 사람은 별로 많지 않았다. 아마 미야시타일 것이라고 짐작하고 시계를 확인했다. 저녁 8시를 조금 지난 참이었다.

문을 크게 열어 마사코를 들이고 불을 켜며 온도조절장치 스위치를 켰다. 오늘 아침에 집을 나왔을 때와 마찬가지로 옷을 여기저기 벗어 던져 둔 모습이었다. 마사코는 오늘 밤도 안도의 집에 묵으려는지 짐을 놔두고 있었다.

오전과 오후, 두 번 연속해서 영화를 봤더니 어깨와 등 전체가 뻐근했다. 욕조에 몸을 담그고 싶었다.

안도는 코트를 벗으려다가 주머니에서 S출판사의 소책자가 있는 것을 깨닫고 꺼내서 침대 옆 탁자에 올려 두었다. 목욕을 마치고 천천히 읽어 볼 요량이었다. 사려고 마음먹은 류지가 쓴 책 제목과 발매일을 다시 한 번 확인하고 싶었다.

셔츠 한 장만 걸치고 팔을 걷어서 욕조를 씻어 내고 온도를 맞춰 따뜻한 물을 채웠다. 좁은 욕조는 바로 따뜻한 물로 가득 차고 욕실 전체가 증기로 뿌옇게 되었다. 환기팬을 돌려도 별로 효과는 없었다. 마사코가 먼저 씻었으면 해서 방을 바라보니 마사코는 침대 끝에 앉아 스타킹을 벗고 있었다.

"먼저 씻을래?"

안도가 그렇게 묻자 마사코가 일어섰다. 그리고 동시에 전화벨이 울렸다.

전화로 다가가는 안도와 교대하듯이 마사코는 욕실로 모습을 감췄고 욕실 커튼을 닫았다.

생각했던 대로 전화를 건 사람은 미야시타였다. 수화기를 귀에 대자마자 미야시타가 소리쳤다.

"하루 종일 어딜 그렇게 돌아다닌 거야?"

"영화 보러."

예기치 못한 대답을 들어서 그런지 미야시타가 어리둥절한 목소리로 말했다.

"뭐어? 영화?"

"두 편. 연달아서."

"뭐야? 태평하구만."

미야시타는 질렸다는 듯이 그렇게 말하더니 투덜거렸다.

"전화를 얼마나 했는데."

"항상 집에 있으란 법은 없지."

"뭐 됐고, 근데 내가 지금 어디 있는지 알아?"

미야시타가 전화를 걸고 있는 장소. 집은 아니었다. 길가 공중전화에 있는지 자동차 지나는 소리가 수화기 너머로 들려오고 있었다.

"설마 근처까지 왔다고 우리 집으로 오려는 건 아니겠지."

지금은 안 된다. 마사코가 씻고 있다. 온다고 해도 거절할 참이었다.

"멍청이, 그런 게 아니고, 극단이야. 극단."

"뭐, 극단?"

이번엔 안도가 어리둥절해질 차례였다. 영화를 보고 온 사람을 태평하다며 웃던 녀석이 연극 구경이라니 무슨 얼빠진 소리람. 하지만 미야시타는 연극을 보러 간 것이 아니었다.

"히쇼 극단 사무실 앞이야."

히쇼 극단이라는 이름은 어디서 본 기억이 있다. 어디였더라? 맞아, 생각났다. 그 이름은 「링」에 기재되어 있었다. 야마무라 사다코가 죽기 직전까지 몸담고 있던 극단이 분명 히쇼 극단이라는 이름이었다.

"그런데까지 가서 뭐하고 있는 거야?"

"어제 「링」에 나와 있던 묘사가 완전히 비디오카메라로 본 것처럼 객관적이고 정확했지."

"그건 나도 알아."

왜 또 같은 일을 반복하려는지 궁금해하며 안도는 문득 눈에 들어온 S출판사의 소책자를 집어들고 그 여백에 볼펜으로 메모하기 시작했다. 안도에게는 메모를 하며 전화하는 습관이 있었다. 그렇게 하면 묘하게 기분이 가라앉았다. 왼쪽 어깨로 수화기를 끼우고 오른손에는 볼펜을 쥐는 것이 그 특유의 습관이었다.

"또 하나 확인해 볼 게 있다는 생각이 오늘 들었지. 역시 사람의 얼굴인데, 일부러 아타미까지 가지 않아도 확인할 수 있는 사람 얼굴이 가까이 있었어."

안도는 감질나서 견딜 수가 없었다. 미야시타가 무슨 말을 하고 싶은 건지 당최 이해가 되지 않았기 때문이다.

"모르겠으니까 확실히 말해 줘."

"야마무라 사다코야."

미야시타가 내뱉듯이 그 이름을 말했다.

"이봐이봐, 야마무라 사다코는 1966년에 죽었……."

안도가 거기서 말을 멈췄다. 왜 미야시타가 히쇼 극단을 방문했는지 그 이유를 갑자기 이해했다.

"그렇군, 사진?"

「링」 안에는 M신문사 요코스카 지국의 기자인 요시노가 히쇼 극단의 연습실을 찾아가서 과거에 재직했던 야마무라 사다코의 이력서를 봤다는 에피소드가 있었다. 입단 시에 제출하는 이력서에는 상반신 사진과 전신사진 두 장이 첨부되어 있어서 요시노가 그 자리에서 사본을 받았다는 이야기였다.

"드디어 알았나 보군. 우리는 야마무라 사다코의 얼굴을 손쉽게 찾아볼 수 있다고."

안도는 야마무라 사다코의 인물상을 떠올렸다. 「링」을 읽고 야마무라 사다코의 얼굴이 강렬한 이미지로 머릿속에 남아 있었다. 늘씬하고 키가 컸고 가슴은 크게 부풀지는 않았지만 균형 잡힌 몸매가 아름다웠다고 했다. 얼굴은 중성적이고 이목구비는 완벽해서 흠잡을 곳이 없었다. 가까이 하고 싶은 미인이라는 이미지였다.

"그래서, 어떻게 됐어? 너 사진 받았지?"

안도가 기세 좋게 물었다. 미야시타는 사진을 봤다. 그리고 생각한 대로 야마무라 사다코의 얼굴은 그가 품고 있던 이미지와 딱 맞아떨어졌다. 그것을 보고하기 위해 구태여 전화를 건 것이었다. 안도는 미야시타가 전화를 건 이유를 그렇게 납득했다.

하지만 수화기 너머에서 들려온 것은 깊은 한숨이었다.

"달라."

"다르다니, 뭐가?"

"얼굴이 달랐다고."

"……."

안도는 다음 말이 나오지 않았다.

"으음, 뭐라고 해야 하나, 사진에서 본 야마무라 사다코는 내가 상상하던 야마무라 사다코하고 달라. 미인인 건 맞지만. 뭐라고 해야 되나……."

"무슨 말이야?"

"무슨 말이냐니, 혼란스러워졌어. 그냥 문득 떠오른 생각이야. 내 친구 중에 초상화 잘 그리는 녀석이 있는데, 어려운 얼굴 따위 없다던데. 어떤 얼굴이라도 그 나름의 특징이 있고 그림과 실물을 비슷하게 하는 건 간단하다나. 근데 정말 없냐고 물었더니 제일 그리기 어려운 게 자기 얼굴이라고 하더라고. 특히 그리는 사람의 자의식이 강할 경우 자기 얼굴과 그림이 점점 달라지다가 다른 사람처럼 되어 버린다더라고."

"그래서?"

"그게 이번 경우와 무슨 상관이 있다는 거야?"

"아니, 아무것도 아냐. 그냥 좀 생각이 났을 뿐이야. 악마의 비디오테이프도 그렇겠지. 그건 비디오카메라로 촬영한 영상이 아니라 야마무라 사다코의 눈과 마음으로 만들어 낸 거니까. 그런데도……."

"그런데도?"

"배경이나 인물을 충실하게 재현하고 있어."

"실제로 영상을 본 건 아니잖아."

"그렇지. 그런데 「링」에는 그렇게 쓰여 있어."

안도는 약간 화가 나려 했다. 미야시타의 말투에는 어딘지 주저하는 기색이 있었다. 가고 싶지만, 무서워서 한 발짝도 뗄 수 없는 어린이처럼.

"이봐, 미야시타. 네가 지금 무슨 생각을 하는 건지 똑바로 말해 봐."

수화기 너머로 미야시타는 숨을 들이마시더니 멈췄다.

"「링」을 쓴 사람이 진짜 아사카와 가즈유키일까?"

'그럼 누군데.'

그렇게 말을 하려는데, 공중전화가 끊기려는 신호음이 울렸다.

"아, 안 되겠다. 카드 다 됐다. 야, 너네 팩스로 사진도 받을 수 있지?"

미야시타가 급하게 물었다.

"응. 돼. 그렇다는 광고 문구에 낚여서 산 거니까."

"그럼 지금 보낼게. 너도 바로 확인해 줬으면 해. 상상한 것과 사진에 있는 얼굴이 다른지 어떤지. 나만 하면 너무……."

거기서 전화가 끊어졌다.

수화기를 어깨에 끼운 그대로 안도는 잠시 멍하니 있었다. 욕실에서 들려오던 샤워 소리가 멎고 방에는 정적이 감돌고 있었다.

스스 하는 바람 소리가 참 좋아서 창문 쪽을 보니 새시가 살짝 열려서 그 틈으로 겨울밤의 공기가 방으로 흘러 들어오고 있었다. 멀리 도로에서 경적 소리가 들려왔다. 살벌하고 메마른 소리였다. 바깥 공기가 건조하다는 사실을 소리가 단적으로 전달하고 있다. 그에 비해 집 안의 공기는 습기를 머금고 있었다. 욕실에서 새어 나온 김으로 집 안 공기가 축축해졌다. 마사코가 꽤나 오래 목욕을 하고 있었다.

안도는 미야시타에게 들었던 내용을 머릿속에서 반추해 보았다. 그의 심리 상태는 잘 이해할 수 있었다. 아마 오늘 하루 종일 정신이 없었으리라. 「링」을 읽어서 자기 몸속에 링 바이러스가 들어와 버린 건 아닌가. 이런저런 생각은 그만하고 그는 일단 움직였다. 그리고 히쇼 극단의 사무실에 야마무라 사다코의 사진이 보관되어 있다는 사실을 깨닫고 확인을 할 생각으로 방문한 것이다. 그런데 어찌 생각이나 했으랴, 상상하던 모습과 사진이 달랐다. 그는 자기만 문제인지 아닌지 판단을 내리기 어려운 나머지 안도에게도 확인시켜 보고자 사진을 복사했다. 그렇게 지금 팩스를 보내려는 것이다.

안도는 팩시밀리를 힐끔 쳐다보았다. 아직 움직이지 않았다.

기계에서 고개를 돌리자 S출판사의 소책자가 눈에 들어왔다. 시간을 때우기 위해 집어들고 팔락팔락 페이지를 넘겨 보았다. 신간안내는 마지막 부분에 실려 있었다. '2월에 나오는 책'이라는 제목으로 열 몇권의 책 제목과 저자 이름이 있었고 책 내용을 열 자 안팎으로 소개하고 있다. 순서대로 보다가 정확히 한가운데 다카야마 류지의 이름을 찾았다.

책 제목은 '지식의 구조'이며 내용 설명으로는 '현대 사상의 최전선'이라고 되어 있다. 연애 소설과 TV 프로 뒷이야기를 모은 에세이 사이에서 류지의 작품은 유난히 딱딱한 인상을 주고 있다. 친구의 유작이다. 어렵다 해도 읽지 못할 일은 없다. 안도는 류지의 책 제목에 볼펜으로 표시하려 했다.

머릿속에 뭔가 번쩍 터지는 느낌이 들었다. 뭐였지? 안도는 펜을 쥔 손을 멈추고 생각했다. 이 소책자의 똑같은 페이지에 익숙한 단어를 본 것 같은 기분이 들었다. 시선을 아래로 내렸다. 아랫단에는 3월에 출판 예정인 책 제목이 윗단보다 작은 글씨로 적혀 있다. 그 마지막에서 세 번째 제목…….

안도는 너무 놀라 눈을 번쩍 떴다. 그저 우연인가 싶었지만 저자 란에 적힌 이름을 보니 그럴 수도 없었다.

이렇게 적혀 있었다.

'3월에 나올 책'

……

……

링, 아사카와 준이치로가 선보이는 전율의 컬트호러…….

안도는 무심코 손에서 소책자를 떨어뜨렸다.

'출판할 셈인가!'

S출판사 라운지에서 아사카와 준이치로와 마주쳤을 때, 그는 무척 냉담하게 안도를 피하는 태도를 취했다. 그 이유를 드디어 알게 되었다.

준이치로는 동생 가즈유키가 쓴 「링」이라는 보고서에 손을 대

소설화하여 발표하려 하고 있다. 동생의 작품을 무단 도용한 사실을 아는 사람은 안도밖에 없다. 그래서 준이치로는 안도에게 냉담한 태도로 인사조차 하지 않고 자리를 뜨게 되었으리라. 이야기를 길게 하다간 화제가 그쪽으로 옮겨져서 동료 편집자에게 알려질 수도 있다. 그는 어디까지나 스스로 써 낸 소설로 책을 내고 싶었을 테니.

"출판하게 돼선 안 돼!"

안도가 짧게 외쳤다. 적어도 「링」이 인체에 무해하다고 증명될 때까지 출판을 연기해야만 했다. 그것이 의사로서의 사명이었다. 내일 안도와 미야시타는 혈액 검사를 받게 된다. 결과가 나올 때까지 며칠 걸릴 테지만 혹시라도 양성…… 다시 말해 링 바이러스의 숙주라고 판명될 경우, 그 출판은 엄청난 파국을 초래할 터였다. 최초로 탄생한 마의 비디오테이프는 한 편뿐이었다. 복사한다 해도 하나씩 늘어나는 데 그쳤다. 하지만 출판이라면 그 자릿수부터 달랐다. 최저 1만, 많으면 수십만, 수백만 단위까지 늘어난다. 동시다발적으로 그만한 숫자가 전국에 퍼져 나간다니.

안도의 어금니가 딱딱 부딪혔다. 그가 상상한 것은 거대한 해일이었다. 높이 치솟은 시커먼 해수면이 소리도 없이 밀려오는 해일. 안도는 파도의 압력으로 솟아오르는 바람을 몸으로 받고 있는 기분이었다.

창가에 기대 열려 있던 창을 꽉 잠갔다. 그 위치에서 안을 바라보니 수건을 허리에 감고 손을 가방에 집어넣고 있는 마사코의 옆얼굴이 보였다. 속옷이라도 찾는 중인지 마사코는 가방에 손을 넣고 달그락거리며 뒤적이고 있었다.

전화가 울렸다. 안도는 수화기를 귀에 댔다가 팩스라는 것을 깨닫고 수신 모드를 전환했다. 미야시타가 사진을 보내고 있다.

몇 초 후, 팩스가 지직거리는 소리를 내며 출력을 하기 시작했다. 안도는 직립부동 자세로 새까만 기계에서 출력되는 흰 종이를 내려다보았다. 등 뒤에 사람이 다가서는 기척을 느끼고 돌아보았다. 마사코는 반바지만 입고서 그때까지 허리에 감고 있던 타월을 어깨에 둘러 안도의 등 뒤에 서 있었다. 상기된 얼굴에서 눈 속에 여태껏 보지 못했던 빛이 감돌고 있었다. 끌어당겨서 눈꺼풀에 입 맞추고 싶어질 정도로 윤기 나는 눈. 어딘가 각오를 다짐한 표정으로도 보였다.

삐이, 소리를 내며 팩스가 출력이 끝났음을 알렸다. 안도는 종이를 잡아 뜯어 침대에 걸터앉아 그것을 보았다. 출력물에는 두 장의 사진이 있었다. 사진과 똑같다고는 하기 어렵지만 화질은 꽤 선명했다. 거기 찍혀 있는 야마무라 사다코의 얼굴과 전신.

안도는 비명을 질렀다. 분명 그가 상상했던 야마무라 사다코와는 다른 사람이 찍혀 있었다. 하지만 그가 비명을 지른 이유는 그 때문이 아니었다. 팩스에 인쇄된 두 장의 사진은 틀림없이, 지금 눈앞에 서 있는 여자의 모습이기도 했다.

그 여자는 안도의 앞에 서서 그의 손에서 팩스 용지를 집어 사진을 들여다보았다. 안도는 힘 없이, 어머니에게 혼난 어린아이 같은 기분으로 여자를 올려다보다가 목구멍 안쪽에서 겨우 소리를 만들어 내보냈다. 마이의 언니라는 것도, 마사코라는 이름도 다 거짓말이었다.

"야마무라 사다코······였나?"

여자의 입가가 부드럽게 곡선을 그렸다. 속아 넘어간 안도가 우스워서 비웃는 것처럼 보였다.

안도의 머릿속이 새하얗게 변했다. 머잖아 35세가 되는 인생에서, 의식을 잃기는 이번이 처음이었다.

6

안도가 정신을 잃고 있던 시간은 1분도 되지 않았지만 그걸로 충분했다. 갑작스레 들이닥친 현실에 대처할 도리가 없으니 일단 사고력을 멈출 수밖에 없었다. 좀 더 여유가 있었다면 그의 의식이 버텼을지도 모른다. '어쩌면……' 하고 가능성을 미리 생각했었다면 의식을 잃게 되지는 않았을 터였다.

하지만 모든 것이 너무 갑작스러웠다. 25년 전에 죽었다는 여자가 눈앞에 서 있고, 거기다 어젯밤 그 여자와 몇 번이나 살을 섞었던 일이 뇌리에 떠올랐다. 그러다 갑자기 미쳐 버릴 것 같아 어쩔 수 없이 사고회로가 일시적으로 정지했다. 밤중에 화장실에 서서 뒤를 돌아보았을 때 죽은 사람이 서 있다면 대부분의 사람이 쓰러져 의식을 잃게 되리라. 그렇게 인간은 눈앞에 제시된 공포로부터 도망칠 수 있다. 의식을 잃으면 받아들이기 어렵던 공포를 견딜 필요가 없다. 한 박자 쉬고 나서 현실을 받아들이는 태도를 가다듬을 수밖에 없다.

의식을 되찾았을 때 안도는 코 안쪽에서 피부가 타는 냄새가 나는 것을 느꼈다. 침대에 쓰러져 있었지만 어느새인가 똑바로 눕

혀져 있었다. 스스로 몸을 바로 했거나 아니면 누군가 그를 똑바로 눕혀 줬거나 둘 중 하나였다. 상반신은 침대에 걸쳐져 있었지만 다리는 바닥에 쭉 뻗고 두 다리가 가지런히 되어 있었다. 안도는 꼼짝도 않고 코를 킁킁대며 귀를 기울였다. 눈은 거의 감은 그대로였다. 감각을 모두 일깨우려고는 하지 않고 서서히 받아들일 생각이었다. 그렇지 않았다간 같은 반응을 반복하게 된다.

수도꼭지에서 물이 떨어지는 소리가 들렸다. 욕실인지 멀리서 울리는 것이 들려왔다. 물소리에 밤의 도시 속 소음이 사라졌다. 평소였다면 수도 고속도로를 달리는 차량 흐름이 좀 더 가깝게 느껴질 터였다. 슬쩍 눈을 떠 보니 천장 한가운데에 있는 20와트짜리 형광등 두 개에 불이 들어와서 눈부시게 밝았다.

안도는 드러누운 채 눈만 움직여서 방 상황을 확인하다가 두려움에 떨며 상반신을 일으켰다. 눈이 닿는 범위에는 아무도 없었다. 여우에게 홀린 기분이라고 생각하자마자 물소리가 멎었다. 그는 무의식적으로 숨을 멈췄다.

복도 모퉁이에서 여자가 얼굴을 내밀었다. 아까와 똑같이 옷을 아래만 걸친 모습으로 손에는 수건을 들고 있다.

소리를 지르려 했지만 안도의 목구멍에서는 소리가 나오지 않았다. 젖은 수건을 내미는 손을 뿌리치고 비틀거리며 일어서서 한쪽 벽에 등을 붙이고 섰다. 안도는 여자의 이름을 외치려 했지만 목소리가 안 나왔다.

'야마무라 사다코.'

그렇게 그녀의 이력을 생각나는 대로 떠올렸다. 25년 전 낡은 우물에 내던져지고 죽었던 여자. 악마의 비디오테이프를 염사한 장본인. 희대의 초능력자이나 고환성여성화증후군……. 즉 반은 남자인 여자. 안도는 여자의 하반신을 노려보았다. 하얀 셔츠로 감싸인 허벅지 사이에 부풀어 오른 것이 보이지 않았다. 고환을 가졌다고는 해도 외부에 눈에 띌 정도는 아니었다. 뭣보다 안도는 어젯밤 몇 번이나 그쪽을 만지고 계속 애무했다. 묘한 위화감을 느끼지도 않았고 그녀의 여성은 완벽하다고 생각했다. 하지만 확실하게 눈으로 보지는 못했다. 어젯밤의 행위는 모두 어둠 속에서 이루어졌다. 안도는 불현듯 알아차렸다. 보이고 싶지 않았기 때문에 여자가 집요하게 어둠을 고집했던 건지도 모른다고.

여자와 처음으로 만났을 때 느낀 요기는 역시 옳았다. 다카노 마이의 아파트 엘리베이터에서 함께 타게 되었을 때, 분명 지금과 같은 모습으로 그녀에게 1센티미터라도 멀어지려 했었다. 여자는 다카노 마이의 방에서 솟아난 것처럼 나타났다. 대체 어디서 나온 거지?

묻고 싶은 것이 산더미였지만 안도는 숨 쉬는 게 고작이었고 아직 입을 열 수 있는 상태가 아니었다. 약간이라도 방심했다간 그 자리에서 쓰러질지도 몰랐다. 그렇게 순간이라도 멈칫했다간 사다코의 술수에 빠지게 되리라. 사다코보다 높은 위치에 시선을 두고 내려다보려 했다. 위엄을 유지하기 위한 최대한의 반항이었다.

안도는 여자에게서 결코 시선을 떼려 하지 않았다.

아랫도리만 걸치고 있는 살갗이 형광등 아래에서 훨씬 희게 보였다. 보드라운 육체의 존재감은 실제 같았고 유령이 아님을 강하게 어필하는 느낌이었다. 어젯밤 몇 번이나 서로 팔과 팔을, 다리와 다리를 얽고 있었던 육체가 생생하게 압도해 왔다. 주박에서 벗어나려면 무엇을 해야 하나. 답은 하나다. 도망치자. 일단 이 자리를 모면하는 수 말고 다른 방법이 떠오르지 않았다. 눈앞에 괴물이 있다. 25년간 죽어 있다가 되살아난 여자…….

안도는 등을 벽에 붙인 채 옆으로 움직여 현관으로 다가갔다. 사다코는 안도의 움직임을 눈으로 좇을 뿐 움직이려고는 하지 않고 시선만 마주하고 있다. 안도가 문을 바라보았다. 집에 들어왔을 때 열쇠를 잠갔었던가? 그런 기억은 없었다. 손잡이만 돌리면 바로 열 수 있으리라. 안도는 방심하지 않고 조심조심 이동했다. 코트를 챙겨 입을 여유는 없었다.

여자와 거리가 2미터 이상 벌어지자 문으로 돌진해서 집 밖으로 뛰쳐나갔다. 바지에 스웨터만 걸쳐서 겨울밤 돌아다니기엔 너무 추운 차림이었지만 개의치 않고 아파트 계단을 뛰어 내려갔다. 로비를 빠져나가 길로 나가서야 겨우 안도는 뒤를 돌아보았다. 뛰어오는 기척은 없었다. 올려다보니 집에서 불빛이 새어 나오고 있다. 사람들이 있는 곳으로 가고 싶었다. 아무튼 역 방향으로 뛰어갔다.

7

차가운 밤바람이 뼛속까지 사무쳤다. 어딘가 갈 곳이 있는 것도 아니었다. 요요기 공원에 울창한 나무숲을 등지고 안도의 눈은 자연히 밝은 쪽으로 향했다. 신주쿠 도심 속 마천루는 여러 겹의 검은 그림자가 되어 서 있었지만 그 바로 앞 산구바시 역 방향이 떠들썩했다. 좁은 길에 상점가가 주택지 한가운데 생겨나서 휴일 밤이라도 열려 있는 가게가 한둘 있는 모양이었다. 안도의 다리가 자연스레 사람들이 있는 쪽으로 향했다.

역 티켓 발매기 앞에 선 뒤에야 비로소 지갑을 안 가져왔다는 사실을 깨달았다. 집으로 가지러 갈 수도 없으니 반대쪽 주머니를 뒤졌다. 손에 잡히는 물건은 면허증이었다. 어제 미야시타와 함께 운전할 때 운전을 하게 될지도 몰라 주머니에 넣고 그대로 꺼내기를 잊었나 보다.

5000엔짜리 지폐가 한 장 있다. 집에서 가지고 나온 재산은 이게 전부였다. 추위보다 불안이 더욱 사무쳤다. 오늘 밤 어디서 묵어야 할지. 5000엔으로는 캡슐 호텔조차 갈 수 없다.

도움을 요청할 사람은 미야시타밖에 없었다. 먼저 전철표를 산 뒤, 공중전화 상자에 들어갔다. 아직 집에 들어가지 않았을 테니 별로 기대하지 않고 번호를 눌렀다. 예상대로 미야시타는 아직 집에 들어가지 않았다. 무리도 아니었다. 아까 요쓰야에서 전화를 받은 지 얼마 되지 않았다. 지금쯤 그는 서둘러 집에 돌아가고 있으리라 짐작하고 쓰루미에 있는 미야시타의 아파트로 가려 했다.

밤 9시가 지나, 안도는 전철 좌석에 깊숙히 몸을 묻었다. 눈을 감자 조건반사처럼 야마무라 사다코의 얼굴이 떠올랐다. 한 여자에 대한 감정이 이토록 짧은 시간 동안 획획 바뀌기는 처음이었다. 첫 만남 때 느꼈던 얼어붙을 것 같은 요기는 두 번째 만남에서 희미해지고, 대신해서 그녀에 대한 욕망이 생겨났다. 세 번째 만남에서 그 욕망을 이루자 어렴풋하게나마 연심마저 피어올랐다. 그러던 상황이 갑작스레 뒤집혔다. 높이 띄워졌다가 완전히 장

난감 신세가 되어 결국은 나락으로 떨어졌다. 25년 전에 죽은 여자와 살을 섞었다는 현실을 견딜 수가 없었다. 시간(屍姦)이라는 말이 떠올라 버렸다. 그녀는 대체 어디서 왔을까. 25년 전에 죽었다는 글이 틀린 내용일까? 아니면 정말 저승에서 되살아난 걸까.

휴일 저녁이라 서 있는 승객이 몇 명밖에 없었다. 안도 바로 앞 의자에는 세 명이 앉을 자리를 차지한 노무자 행색의 남자가 드러누워 두 눈을 굳게 감고 있었다. 자는 것 같지는 않았다. 그 증거로 차 안을 오가는 승객들이 지나갈 때마다 슬쩍 눈을 떠서 주변을 살폈다. 산 건지 죽은 건지 알 수 없는 흐린 눈. 안도는 남자에게서 눈을 돌렸다. 그 남자뿐이 아니었다. 차 안에 있는 승객은 모두 죽은 사람 같이 핏기가 없었다.

안도는 두 팔을 어깨에 두르고 떨리는 몸을 억눌렀다. 그렇게 하지 않으면 남들 눈초리에 상관없이 비명을 질렀으리라.

미야시타에게서 브랜디 잔을 받아들고 알코올 한 모금이 목을 타고 넘어가는 감각을 느끼고 나서 남은 술을 단숨에 마셨다. 겨우 정신이 들었지만 아직 몸은 조금씩 떨리고 있었다.

"어때, 기분이?"

미야시타가 물었다.

"간신히 살았다는 기분이야."

"엔간히 추웠나 보군."

미야시타는 아직 몰랐다. 겨울 밤 코트도 걸치지 않고 찾아온 이유를……

"추워서 그런 게 아니야."

안도가 들어와 있는 곳은 미야시타가 서재로 쓰고 있는 방이었다. 예비로 사용하려고 구석에 두고 있는 파이프 침대에 앉아, 안도는 오늘 밤 신세 지게 될 그 침대에서 아직 떨고 있었다. 두잔째 브랜디를 마시고 나서야 겨우 떨림이 줄어들었다.

"무슨 일이 있었는데?"

미야시타가 편한 말투로 물었다.

안도가 설명했다. 어젯밤부터 오늘에 이르는 사건을 자세하게…….

이야기가 끝나고 안도는 침대에 벌렁 드러누워 모기만 한 목소리로 말했다.

"난 기권이야. 야, 네가 좀 설명해 봐. 도대체 이게 무슨 일이냐?

"거 참."

이야기를 듣고 미야시타는 기가 막힌 모양이었다. 이런 때 인간은 얼결에 쓴웃음을 짓기 마련인가 보다. 미야시타는 계속 힘없이 웃었다. 웃음이 그치니 뜨거운 커피에 브랜디를 넣어 홀짝홀짝 핥듯이 마셨다. 그렇게 가만히 생각에 빠져 있었다. 합리적인 답, 앞뒤가 맞는 답을 찾기 위해서.

"문제는 야마무라 사다코가 어디에서 왔는가야."

말투로 보아 미야시타는 어떤 결론을 내린 듯했다.

"가르쳐 줘. 그 여자는 어디에서 왔어?"

"알잖아?"

미야시타가 안도에 물었다.

"아니."

안도는 누운 채 고개를 저었다. 금방이라도 울 것 같은 표정이었다.

"정말로 몰라?"

"말해. 그 여자는 어디서 왔어?"

"다카노 마이가 낳은 거야."

안도는 순간 숨을 멈췄다. 그리고 다른 해석이 있을지 차근차
근 검토했다. 하지만 머리가 움직이지 않았다. 사고력이 사라졌다.
기껏 같은 말을 반복하는 것 말고는 할 수 있는 것이 없었다.

"다카노 마이가 낳아?"

"악마의 비디오테이프는 야마무라 사다코의 염력으로 탄생한
물건이야. 다카노 마이는 정확히 배란일에 영상을 보고 나서 몸
속에 생겨난 링 바이러스의 침입을 받아 수정했지. 아니, 수정이
라기보다는 마이의 난자핵 부분이 야마무라 사다코의 유전자와
완전히 바뀌어 버렸다는 뜻이지."

"너는 그 메커니즘을 설명할 수 있어?"

"기억해 내면 좋겠군. 우리는 링 바이러스를 염기자동해석장치
에 넣고 분석했잖아. 그 결과 천연두의 유전자와 인간의 유전자가
일정한 비율로 혼합되었다는 사실을 발견했지."

안도가 침대에서 일어나 잔을 들어 올리려 했다. 잔은 비어 있
었다.

"그, 인간의 유전자란……."

"그래. 수십만 개로 조각 난 야마무라 사다코의 유전자."

"수십만 개의 링 바이러스가 잘게 나뉜 야마무라 사다코의 유
전자를 옮겼다는 말이군."

"DNA 바이러스였지만 링 바이러스는 역전사 효소를 갖고 있

었잖아? 옮긴 조각을 하나하나, 다른 세포핵에 끼워 넣을 수도 있을 테고."

한 개의 바이러스로는 DNA에 쓰여 있는 인간의 모든 유전정보를 다 옮길 수가 없다. 인간 DNA의 크기가 월등하게 크기 때문이다. 하지만 인간의 DNA를 수십만 조각으로 잘라서 한 조각을 바이러스가 한 개씩 담당한다고 하면……. 전자현미경 렌즈에는 군집하여 우글거리는 무수한 링 바이러스가 비치고 있었다. 뿔뿔이 흩어진 야마무라 사다코의 유전자를 품고서 마이의 난자에 몰려들었다.

안도는 일단 일어서려 했지만 생각을 바꿔 다시 주저앉았다. 반론하려고 하는 참이니 그렇게 움직이면 침착성이 없어 보일 터였다.

"하지만 야마무라 사다코는 25년 전에 죽었어. 이제 와서 그녀의 유전정보가 발현될 리가 없잖아."

"그거야. 야마무라 사다코는 대체 왜 비디오테이프에 그런 영상을 염사했다고 생각해?"

죽기 직전에 우물 바닥에서 야마무라 사다코는 무엇을 바랐을까. 대중에 대한 원한을 영상에 담고 영상을 본 인간 한 사람 한 사람에게 공포를 주려 했을까? 사실 그런 일을 하면 무슨 소용이 있을까? 영상에는 더 중대한 뜻이 들어 있었다……. 미야시타가 무슨 말을 하려는지 안도는 잘 상상이 되지 않았다. 그가 말하고 싶은 뜻은…….

"그녀는 겨우 열아홉이었어."

미야시타가 대답을 유도했다.

"그래서?"

"죽고 싶지 않았겠지."

"음, 죽긴 너무 어렸지."

"야마무라 사다코는 자기 유전정보를 암호화해서 에너지로 그 자리에 남겨 두었다고 생각할 수는 없을까?"

"······."

아무 대답도 하지 않고 안도는 그저 한숨만 쉬었다.

'자기 유전정보를 영상으로 번역해서 염사했다?'

분명 다카야마 류지는 DNA의 염기배열을 'MUTATION'이라는 영단어로 암호화해서 메시지로 전달하는 데 성공했다. 하지만 인간의 유전정보는 방대하다. 비디오테이프 한 개에 번역할 수 있는 양이 아니다.

"불가능해. 인간의 유전자는 너무 거대해."

안도가 간신히 그렇게 반론했다.

미야시타가 두 팔을 펼쳐 방 안 구석구석을 가리켰다.

"예를 들면 이 방에 있는 모든 정보를 문자로 표현한다고 가정하자."

서재는 네 평 정도 되는 넓이고 파이프 침대 한쪽에 책상이 있었다. 책상 위에는 컴퓨터가 있고 옆에는 책꽂이에 사전이 쌓여 있었다. 하지만 뭣보다 큰 것은 벽 일면을 가득 메운 책꽂이였다. 소설에서 의학 전문서적에 이르기까지, 수천 권은 족히 되어 보이는 책이 빈틈없이 가득 꽂혀 있었다. 제목과 저자 이름만 적어도 하루는 꼬박 걸릴 터였다.

"정보량이 엄청나겠지."

안도가 인정했다.

"그런데 찰칵."

미야시타가 카메라 셔터를 누르는 몸짓을 했다.

"사진으로 찍으면 순간에 끝나. 겨우 사진 한 장으로 이 방 정보를 거진 표현할 수 있지. 그게 계속 이어지는 영상이라면 허용량이 방대하겠지. 야마무라 사다코의 암호화된 모든 유전자도 불가능하진 않아."

"좀 생각할 시간을 줘."

안도가 고개를 내저었다. 지금까지 있었던 일을 나름대로 다시 한 번 순서대로 되짚어 보고 싶었다.

"생각해 봐. 나는 오줌 누러 간다."

미야시타가 문을 열어 두고 복도 쪽으로 사라졌다.

미야시타의 말은 물론 가설에 지나지 않았다. 그가 설명하는 메커니즘의 진위는 둘째치고, 다카노 마이는 수정 후 일주일 만에 야마무라 사다코를 낳았다는 말이었다. 그것만큼은 확실했다. 수정 후 출산까지 일주일밖에 걸리지 않았다. 세포 분열을 촉진하는 어떠한 작용이 있었다. 세포핵에는 핵산이라고 하는 화합물이 많이 들어 있는데, 핵산의 양이 일정 이상을 넘어서야만 세포분열이 일어난다. 따라서 분열의 횟수를 비약적으로 증가시키기위해서는 핵산을 더 공급할 필요가 있다. 링 바이러스는 어떤 방법으로 그 부분을 해결해서 태아를 무서울 정도로 속성 재배하는 일을 가능하게 하는지도 모른다.

처음 다카노 마이의 집에 갔을 때 아무도 없었는데도 누군가 숨어 있는 기척을 느꼈다. 기척은 분명 착각이 아니었다. 그때 마이의 집에는 갓 태어난 야마무라 사다코가 숨어 있었다. 그땐 아직 어렸으리라. 숨어 있다는 사실을 알았다면 장소야 금방 찾을 수 있다. 옷장도 있고 개수대 밑 찬장도 있었다. 그런 곳까지 찾아보지는 않았다. 하지만 그녀는 어린애일 적에 욕실에서 어리석은 짓을 하는 안도를 보고 무심코 웃었다. 안도의 아킬레스건을 만졌던 존재……. 그것이 아마도 야마무라 사다코의 손이었으리라.

그녀는 주인 없는 집에 눌러앉아 남들 눈에 띄지 않고 성장했다. 성인 여자로 자랄 때까지 일주일이었으면 충분했으리라. 그렇게 두 번째 다카노 마이의 아파트에 찾아갔을 때 야마무라 사다코가 성숙한 여자가 되어 문에서 모습을 나타냈다.

그때까지의 내용을 안도는 몇 번이나 머릿속으로 반추했다. 야마무라 사다코의 탄생과 성장은 어떻게든 이해가 된 셈이었다. 자신이 체험한 사건과 맞춰 봐도 모순점이 없었다.

하지만 그 전의 일은 어떠한가. 일주일 만에 성인으로 성장했고 그 후에도 같은 속도로 성장을 했다고 하면 그녀의 수명이 몇 주밖에 되지 않았으리라. 야마무라 사다코가 되살아난 때가 작년 11월 초순이었다. 이미 10여 주나 지났다. 그런데도 그녀의 살결은 19세의 젊음을 유지하고 있었다. 성인이 되어 죽었을 때의 연령에만 이르면 더 이상 성장하지 않는 건가?

미야시타가 젖은 손을 털며 화장실에서 돌아오더니 곧바로 입을 열었다.

"또 하나 잊어선 안 되는 사실은, 천연두 바이러스가 중요한 역할을 했다는 사실이야."

"확실히 천연두 바이러스와 야마무라 사다코는 강한 협력 관계였겠지."

죽기 직전에 나가오 조타로에게 천연두 바이러스가 옮았고, 우물 바닥에서 천천히 시간을 들여 융합되었고 숙성되었으리라. 원하지 않았던 멸망으로 내몰린 그 둘은 어느 날엔가 되살아나려는 공통의 생각을 품게 되었다.

"거기서 문제로군. 아사카와 준이치로가 「링」을 출판한다는 게 정말이야?"

"확실해. S출판사 책자에 소식이 실려 있었어."

"그렇군. 야마무라 사다코와 천연두……. 두 가닥의 끈이 한 가닥으로 엮여서 악마의 비디오테이프가 되었다고 하면, 지금 엮여 있던 실이 풀리고 진화해서 두 가닥의 끈으로 되돌아가려 하고 있어. 한 가닥은 물론 야마무라 사다코. 다른 한 가닥은 「링」이지."

이 점에 대해서 안도는 이견이 없었다. 생물과 무생물의 경계선을 떠도는 바이러스란 존재는 대부분 유전정보만 남아 환경에 좌우되면서 역동적으로 자신을 변화시켜 가는 존재다. '비디오테이프'라는 형태가 '책'이라는 형태로 변했다고 하더라도 이제 놀랄 일도 아니었다.

"그래서 아사카와 가즈유키가 살아 있었구나."

수수께끼가 풀렸다. 즉, 출구는 두 가지였다. 하나는 야마무라 사다코, 또 다른 하나는 「링」이라는 보고서. 그래서 다카노 마이와 아사카와 가즈유키는 관동맥 폐색에 의한 죽음을 면했다. '낳는다'라는 행위를 맡게 된 이상 그렇게 간단하게 목숨을 빼앗지는 않는다. 당연한 일이었다. 다카노 마이의 몸에 침입한 링 바이러스가 자궁으로 갔다면 아사카와 가즈유키의 몸에 침입한 링 바이러스는 뇌로 갔다. 「링」을 쓴 사람은 아사카와 가즈유키가 아니었다. 그는 그저 시켜서 썼을 뿐이었다. 그의 뇌에 들어가 글을 쓴 존재는 야마무라 사다코의 DNA다. 보고서는 마치 비디오카메라로 촬영한 것처럼 정확하게 묘사되어 있었다. 하지만 주체인 야마무라 사다코의 인물 묘사만이 정확도가 결여되어 있었다. 카메라 파인더를 들여다보는 사람이 결코 필름에 찍혀 있지 않는 것과 같은 이치였다.

안도와 미야시타는 잠자코 이후 전개를 예상했다.

야마무라 사다코와 「링」은 인류에게 어떤 영향을 주려 하고 있는가. 내일 이후 혈액 검사 결과를 기다릴 것도 없이, 마땅한 수단을 강구하여 「링」의 출판을 멈춰야만 했다. 아사카와 준이치로는 자기 이름으로 출판될 책이 인류에게 어떤 재앙을 초래하게 될지 전혀 이해하지 못하고 있다. 일단 그 부분을 노려야 하리라. 저자 본인을 설득하여 출판할 의지를 꺾게 해야 했다. 과연 그가 그 제안을 받아들일까. 일단 이런 황당무계한 이야기를 그렇게 간단하게 믿지도 않으리라.

"자, 가자."

힘껏 무릎을 탁 치며 미야시타가 일어섰다.

"가자니, 어디로?"

"당연하잖아. 너네 집."

"말했잖아. 우리 집에는 야마무라 사다코가 있다고."

"그러니까 가야지. 맞서자."

안도는 망설였다.

"자, 잠깐 기다려 봐."

야마무라 사다코에게서 금방 도망쳐 온 참이었다. 그렇게 간단히 돌아가고 싶지 않았다.

"꾸물거릴 시간 없어. 야, 모르겠냐? 우리는 이제 완전히 휘말려들었어."

의심의 여지가 없었다. 「링」을 읽은 이상, 어떤 영향이 나타나고 있는지 눈으로 봤다. 하지만 안도는 이제 아무렇지도 않았다. 죽음 자체는 그렇게 두렵지 않았다. 아들이 살아 있고 아내에게 사랑받던 시절, 안도는 죽음을 지나치게 두려워했었다. 하지만 지금이라면······.

미야시타는 안도의 옆구리에 팔을 찔러 넣어 힘껏 일으켜 세웠다.

"빨리해, 지금 마지막 기회일지도 몰라."

"기회?"

"야마무라 사다코가 자처해서 너네 집으로 간 거잖아?"

"어어, 맞아."

"그럼, 뭔가 이유가 있어서 찾아온 거야."

"무슨?"

"내가 어떻게 아냐. 어쨌건 너에게 용건이 있었겠지."

안도는 생각이 났다. 두 번째 만났을 때 그녀가 이렇게 말했다.

'다음에 부탁을 드리러 찾아뵙겠습니다.'

미야시타에게 이끌려 서재를 나오고 나서 생각했다. 무슨 부탁인진 모르지만 별로 듣고 싶지 않다고.

8

요요기 공원 옆 도로에 차를 세우고 보도에 내려서서 안도와 미야시타는 아파트를 올려다봤다. 안도의 집은 불이 꺼져 있었다. 맨몸으로 간신히 도망치고 나서 벌써 세 시간이 지나 오전 1시가 다 된 시각이었다.

"어이, 정말 놈이 있을까?"

미야시타가 목소리를 낮춰서 물었다. 야마무라 사다코를 '놈'이라고 한 건 곧 만나기 전에 용기를 북돋기 위해서였으리라.

"자고 있을지도 몰라."

집은 쥐 죽은 듯 고요했다. 겉으로 봤을 때 그녀가 있는지 없는지 판단할 수 없었다.

"죽음에서 되살아난 괴물도 잘 땐 자야 하는 건가."

미야시타가 하는 말에는 냉소가 들어 있었다. 이런 곳에서 자고 있을 생각이었다면 일부러 긴 잠에서 깨어날 필요도 없었다며.

인적이 끊긴 길에 서서 안도와 미야시타는 잠시 4층 창을 올려다보고 있었다.

"자, 갈까?"

미야시타가 사기를 북돋으며 걷기 시작했다. 안도는 잠자코 뒤를 따를 수밖에 없었다. 밤은 점차 깊어만 갔고 뼛속까지 시려서 이 이상 길에 계속 서 있을 수도 없었다. 좀 따뜻했다면 안도는 자기 집으로 돌아가기를 계속 망설이고 있었으리라.

미야시타가 재촉하는 바람에 안도는 각오를 다지고 문손잡이를 돌렸다. 문은 안쪽에서 잠겨 있지도 않아 싱겁게 금방 열렸다.

사람이 있는 기척은 없었다. 현관 바닥에 구두가 없고 야마무라 사다코가 소지하고 있던 유일한 물건인 작은 보스턴백도 사라져 있었다. 집을 뛰쳐나갈 때 안도는 분명 보스턴백이 현관 쪽에 아무렇게나 놓여 있었던 것을 본 기억이 있었다.

안도가 먼저 서서 안으로 들어가 불 스위치를 켰다. 예상대로 텅 비어 있었다.

긴장의 실이 끊어진 안도는 비틀비틀 침대에 털썩 주저앉았지만 미야시타는 오감을 집중해서 욕실과 발코니를 들여다보고 있다.

"없나 보군."

눈으로 직접 확인하고 미야시타는 겨우 납득한 모양이었다.

"어디로 가 버렸나 봐."

안도는 그렇게 말해 보았다. 사실은 사다코가 어디로 갔든 아무래도 좋았다. 솔직히 말해 이 이상 엮이고 싶지 않았다.

"짚이는 데는 없어?"

"없어."

안도가 즉시 고개를 저었다. 그러다 문득 보게 되었다. 창가 책상 위에 노트가 펼쳐져 있는 모습을. 안도는 한동안 노트를 펼쳐 본 적이 없었다.

안도가 일어서서 노트를 집어 들었다. 글씨가 몇 장에 걸쳐서 어지러이 쓰여 있었다. 수신자는 '안도 씨'이고 마지막에는 야마무라 사다코의 서명이 있었다. 야마무라 사다코가 안도에게 보내는 편지였다.

처음 한 줄을 묵묵히 읽고 나서 안도는 미야시타에게 노트를 내밀었다.

"뭔데."

"야마무라 사다코가 보내는 메시지야."

"호오."

미야시타는 노트를 받아들더니 시키지도 않았는데 소리 내어
읽기 시작했다.

안도 님께.

이 이상 놀라게 해 드릴 수 없어서 편지를 놓고 가는 고풍스러
운 방법을 택했습니다. 부디 냉정한 머리로 읽어 주세요.

제가 어디서 왔는지는 이제 아마 알아차리셨을 거라 생각합니
다. 다카노 마이라는 여성의 배를 빌려 현세에 재생을 이루었습니
다. 무슨 조화로 돌아올 수 있었는지는 저 자신도 당황스러울 따
름입니다.

미나미하코네 요양소에 입원한 아버지를 문안하면서, 의학부
부교수셨던 아버지께 유전자에 대한 이야기는 자주 들었습니다.
그래서 유전자에 관한 지식이 다소 있습니다. 허황된 공상일지도
모르지만 제 염사 능력으로 모든 유전자 정보를 다른 무언가에
새겨 넣게 되었다고 생각할 수 없을까요. 지금에 이르러 돌이켜보
면 죽음의 문턱에서 분명 제 유전정보가 어떠한 형태로 남기를
염원했습니다. 재생을 바랐다기보다는 야마무라 사다코라는 생명
정보가 아무도 모르게 우물 바닥에서 스러져 버린다는 것이 참
을 수 없이 싫었습니다. 그 결과 어찌 되었는지······. 아마 전문가
이신 당신이 훨씬 제 몸에 일어난 일을 잘 설명할 수 있지 않을까

합니다.

오래된 우물 바닥에서 죽었던 제 마음은 어떠한 여성 안에서 서서히 형태를 이루어 갔습니다. 자신을 의식할 수 있게 되자 거울 안에 보이는 모습은 제 얼굴이 아니었습니다. 처음에는 대체 무슨 일이 일어났는지 전혀 알 수 없었습니다. 얼굴도 몸도 제가 아닌 다른 여자의 것, 하지만 그렇게 생각하는 존재는 분명 저 자신. 거기다 익숙하지 않은 거리, 현대적인 차량 행렬, 콘크리트로 된 작은 집, 전기 기구. 방의 달력을 보니 순식간에 25년 가까이 흘러 있었습니다. 아무래도 제 영혼은 시체에서 빠져나와 25년 뒤에 다른 사람의 육체에 깃들게 된 것 같았습니다. 육체를 빼앗긴 불쌍한 사람은 다카노 마이라는 여성이었습니다.

다카노 마이가 저를 낳고 나서 제 의식이 탄생한 것이 아닙니다. 그녀의 자궁 안에 야마무라 사다코라는 씨앗이 싹트고 성장함에 따라 제 의식이 점점 커져서 다카노 마이라는 육체의 주인이 되었습니다. 출산되기 직전, 저는 다카노 마이의 자궁에 자리 잡아 그녀를 완전히 지배하고 있었습니다.

저는 모체와 태아 양쪽의 시점에서 물건을 만지고 느낄 수 있었습니다. 작은 손으로, 저는 양수에 흔들리는 난관의 벽에 닿아 부드러운 감촉을 느끼기도 했습니다.

그런데 출산이 다가오자 저는 한 가지가 마음에 걸렸습니다. 태어났을 때 다카노 마이의 몸은 어떻게 되는가 하는 의문이었습니다. 다카노 마이의 혼이 다시 돌아오거나, 다시 다카노 마이라는 인격이 완성되는 것인지……. 도저히 그렇게는 생각되지 않았습니다. 왠지 모르게 지금 빌린 이 육체가 나비로 치면 번데기처

럼 느껴졌습니다. 나비가 장성하면 번데기만 살아갈 수 없는 것과
마찬가지로 역할을 마친 육체는 그저 벗어 버리면 사라질 존재
같았습니다. 멋대로, 제 형편에 맞춘 해석인지도 모르겠지만 다카
노 마이라는 사람은 혼을 잃고 죽었다고 판단했습니다.

다시 생각하면 '자신이 어디서 태어나야 하는가?'라는 의문이
들었습니다. 다카노 마이의 집에서 태어나면 결국 썩게 될 육체를
처리하기 곤란해집니다. 태아가 성장하는 속도를 생각하면 성인이
될 때까지 별로 시간이 필요하지 않을 것 같았지만 생활할 장소
는 확보해야만 했습니다. 그 장소로 가장 좋은 곳이 다카노 마이
의 집이었습니다.

그렇다면 근처 사람의 눈에 띄지 않는 곳에서 조용히 태어나
사체를 그곳에 남기고 자신만 집으로 돌아가는 것 이외에 방법이
없다는 생각을 했습니다. 딱 그 빌딩 옥상이 제격이었습니다. 옥
상 배기구라면 시체가 금방은 발견되지 않고 그동안 다카노 마이
의 집을 자유롭게 쓸 수 있으리라 생각했습니다.

산달이 다가오자 저는 준비에 만전을 기해 한밤중에 빌딩 옥
상에 올라 끈을 철망에 묶고 배기구 안으로 내려갔습니다. 도중
에 발이 미끄러져 삐어 버렸지만 모체에 영향은 없었고 예정대로
저는 이 세상에 재생을 이루었습니다. 자궁에서 기어 나와 저는
입과 손으로 탯줄을 끊고 준비해 두었던 수건으로 몸을 닦았습니
다. 태어났을 때가 날이 밝기 직전 새벽이었고 위를 올려다보고서
그제야, 자신이 죽었던 우물 바닥과 빌딩 배기구가 똑같다는 것을
깨닫고 놀라 버렸습니다.

마치 하늘이 준비한 통과의례 같았습니다. 자력으로 구멍 바닥

에서 기어 나와라, 그렇게 하지 않으면 새로 태어나도 이 세상에 적응할 수 없다……. 신이 준 일종의 시련처럼 느껴졌습니다. 허나 어렵지는 않았습니다. 배기구 테두리에는 끈이 늘어뜨려져 있었습니다. 저는 끈을 붙잡고 어렵지 않게 구멍 밖으로 나갈 수 있었습니다. 동쪽 하늘이 서서히 밝아오고 거리도 함께 눈을 뜨고 있었습니다. 공기를 마음껏 들이마셨어요. 글자 그대로 되살아난 기분.

그 후 일주일 동안, 저는 죽었을 때와 같은 나이로 성장했습니다. 신기하게도 저는 재생하기 전 기억이 전부 남아 있었습니다. 이즈의 오시마 사시키지에서 태어났던 일, 초심리학 피험자인 어머니에게 이끌려 각지를 돌아다니던 생활, 만년에 아버지와 요양소에서 생활……. 전부 기억하고 있었습니다. 어찌 된 일일까요. 기억이라는 것은 뇌의 한쪽에 새겨져 있는 것이 아니라 유전자 속에 축적되어 있는 것일까요?

또 하나, 이전의 저와 다른 점을 제 육체 안에서 느낄 수 있었습니다. 자신의 육체 변화에 대해서는 그저 직감으로밖에 이해할 수 없었습니다. 하지만 틀림없습니다. 이전의 제 몸과 달랐습니다. 아무래도 자궁과 고환 양쪽을 갖고 있는 것 같습니다. 이전의 저는 자궁이 없었습니다. 하지만 다시 태어난 저는 둘 다 가지고 있습니다. 완전한 양성구유. 게다가 제 안의 남성은 사정도 가능했습니다. 그 점은 당신과 행위할 때 확인했습니다.

미야시타는 그 대목에 이르자 노트에서 고개를 들어 안도의 안색을 살폈다. 안도는 야마무라 사다코와 살을 섞은 일을 놀리려는 생각이라 착각하고 재촉했다.

"됐으니까 계속 읽어."

하지만 미야시타는 다른 부분에 흥미를 가진 듯했다.

"완전한 양성구유……. 혹시 그 여자, 아니 이제 여자라고 할
수 없지. 그놈이 생식 행위 없이 아이를 낳을 수 있다면 대단한
일인 걸."

암수가 결합 없이 생식할 수 있는 생명은 하등생물 중에 많은
데, 예를 들어 지렁이는 자웅동체로서 알을 낳는다. 단세포 생물
이 세포분열하는 것도 무성생식의 하나다. 남녀의 성행위 없이 자
식을 낳을 수 있다면 출생하는 아이는 부모와 같은 유전자를 갖
게 된다. 즉 야마무라 사다코가 야마무라 사다코를 낳는다. 과연
그런 일이 있을 수 있을까.

"그렇게 되면……."

안도의 불안한 시선이 허공을 맴돌았다.

"이제, 야마무라 사다코를 인류라고 부를 수는 없겠지. 새로운
종이야. 신종 생물은 돌연변이로 생겨나지. 우리는 지금 진화의
현장을 직접 보고 있다고."

안도는 그다음에 일어날 일을 생각해 봤다. 문제는 야마무라
사다코라는 신종이 어떻게 정착하게 되는가다. 돌연변이로 새로
운 종이 등장했을 경우 어떤 개체를 선택해서 번식해야만 하기
때문이다.

예를 들어 수천 마리의 흰 양 무리에 딱 한 마리 검은 양이 태
어났다고 하자. 그 검은 양은 흰 양과 번식할 수밖에 없지만 태어
날 아이가 흰색이나 회색이라면 번식을 거듭하는 동안 '검은색'이

라는 특색은 엷어지다가 이윽고 사라지게 된다. 동시에 암수 두 마리 이상의 검은 양이 태어나지 않는다면 '검은색'이라는 특색이 다음 세대로 이어지지 않게 된다.

야마무라 사다코의 경우에는 이 난관은 이미 극복했다. 그녀가 무성생식이 가능하다면 특정 개체를 선택해 번식할 필요가 없다. 혼자서 마음대로 증식한다면 '야마무라 사다코'라는 특색을 그대로 다음 세대에 전할 수 있다.

그러나 야마무라 사다코가 야마무라 사다코 하나를 낳는다고 해도 그 증식 방법은 느리다. 비디오테이프를 하나하나 복사하는 거나 마찬가지다. 우물쭈물하는 동안 인류에게 쫓겨나서 멸종당할 우려가 있다. 이미 악마의 비디오테이프는 섬멸당했다. 정착하기 위해서는 동시다발적일 정도로 비약적인 증식이 불가결하리라. 야마무라 사다코는 인류가 사는 곳을 빼앗고 그 틈바구니로 순식간에 흘러 들어갈 방법을 취해 생존의 장을 확보해야만 할 터였다. 폭발적으로 번식할 방법을, 야마무라 사다코는 찾아냈을까.

안도의 생각을 막기라도 하듯이 야마시타는 편지 다음 구절을 읽기 시작했다.

이렇게 길게 썼지만 지금까지 내용에 거짓은 없습니다. 저는 그저 제 몸에 일어난 이변을 정직하게 당신에게 이야기한 것뿐입니다. 어째서 그렇게 해야만 했는지……. 당신이 이해해 주길 바랐습니다. 이해를 하셨다면 진심으로 당신에게 부탁하고 싶은 일이 있습니다. 어째서 당신이어야만 했는지. 당신이 전문 지식을 가진 전문가라고 믿기 때문입니다.

'드디어 나왔군.'

안도는 본능적으로 자세를 바로 했다. 만일 자신이 감당할 수 있는 '부탁'이라면? 그 생각을 떠올리니 한층 더 불안해졌다.

우선 첫째로, 「링」의 출판을 막지 말아 주세요.

'딱히 불가능한 일은 아니다. 아무것도 안 하면 된다.'

그 이외에도, 제가 하려고 하는 일을 막지 말고 협력을 해 줬으면 좋겠어요.

그래 주실 수 있으세요? 협박할 생각은 없지만 저를 방해하면 당신에게 좋지 않은 일이 일어날 겁니다. 뭣보다, 당신은 이미 「링」이라고 할 수 있는 것을 읽어 버렸습니다. 이제 늦었다고 생각하세요. 거꾸로 말하면 당신의 몸에 어떤 이변이 일어납니다. 그래도 용감한 당신은 죽음을 각오하고 저에게 반항하지 않으리라 확신할 수도 없습니다. 그래서 부탁을 들어줄 경우에, 저는 당신에게 보답을 해야만 한다고 생각합니다. 공짜로 부탁할 수는 없죠. 어떠세요? 제가 당신을 위해 할 수 있는 일은 분명 당신이 가장 바라던 일, 그것은……

미야시타는 거기서 읽기를 멈추고 안도에게 노트를 내밀었다. 그다음 내용을 직접 보라는 뜻이었다. 쓰여 있는 문장이 눈에 들어오자마자 안도는 노트를 떨어뜨렸다. 순간 사고력이 사라지고 몸에서 모든 힘이 빠져나가 버렸다. 설마 이런 조건을 제시할 줄은 꿈에도 생각하지 못했다.

미야시타는 안도의 마음을 헤아렸는지 말을 걸지 않았다.

안도는 어느새 눈을 감고 있었다. 야마무라 사다코는 인류를 배신하라고 달콤하게 귓가에 속삭이고 있다. 야마무라 사다코라는 새로운 종과 한편이 되어 움직이라고 하고 있다. 인류 측에 협력자가 몇 명 없으면 '야마무라 사다코'라는 종이 살아남을 수 없다는 사실을 그녀는 정확히 이해하고 있다. 예를 들면 「링」을 출판하려 하는 아사카와 준이치로는 이미 그녀의 손발이 되어 일하고 있다. 그 스스로는 아직 의식하지 않고 하는 일이겠지만 그를 움직이는 사람은 틀림없이 야마무라 사다코였다.

하지만 혼을 파는 대가가 너무나 감미로웠다. 그런 꿈이 이루어지길 얼마나 많이 빌었던가. 결코 이루어질 수 없는 꿈.

'가능할까?'

자문해 봤다. 눈을 뜨고 정면에 있는 책꽂이를 바라보았다. 책과 책 사이에 끼워진 봉투에는 그것이 들어 있다. 의학적으로는 가능하다. 야마무라 사다코의 힘을 빌리면 정말 손에 넣을 수 있을지도 모른다.

'하지만, 그렇다 해도.'

안도는 깊은 고통의 신음을 토했다. 지금 야마무라 사다코를 저지하지 않으면 인류에게 얼마나 큰 재앙이 일어날지 모르지는 않았다. 인류의 일원으로서 그런 배신행위가 허락될 리 없다. 야마무라 사다코를 저지하는 방법…… 최종적으로는 말살하는 것 이외에는 없으리라. 하지만, 그녀의 육체가 사라져 버리면 영원히 안도의 꿈은 이룰 수 없게 된다. 그녀의 육체를 건강하게 놔두지 않으면 꿈은 절대 이룰 수 없다.

안도의 고민은 오열로 이어졌다. 침대에 엎드려 몸을 떨고 있는 그의 눈에 한 얼굴이 떠올라 지워도 지워도 사라지지 않았다.

"미야시타. 내가 어떻게 해야 할까?"

혼자 결정을 내리기는 어려웠다. 그는 눈물 젖은 목소리로 미야시타에게 기댔다.

"네 문제야."

차가운 말투는 아니었지만 미야시타의 목소리는 침착하고 냉정했다.

"모르겠다고. 어떻게 해야 하는지."

"생각해 봐. 야마무라 사다코를 막는 편에 서면 나와 너는 순식간에 죽을 테고 그 여잔 다른 협력자를 찾겠지. 그냥 그뿐이야."

확실히 미야시타가 하는 말이 맞을 것 같았다. 냉정히 생각하니 명백했다. 지금까지 있었던 안도와 야마무라 사다코의 만남은 딱히 우연도 뭣도 아니었다. 이미 간파당했었다. 다카노 마이의 아파트에서 만났던 일도, 빌딩 옥상에서의 만남도, 산구바시 역에서의 만남도 모두 우연이 아니었다. 그녀는 안도가 냄새를 맡고 진상에 가까워지리라 예상하고 미리 선수를 쳤다. 야마무라 사다코를 앞지르는 일 따위 절대로 불가능하리라. 묘한 움직임만 보여도 체내에 침입한 링 바이러스가 날뛰기 시작할 것은 불 보듯 뻔했다.

야마시타는 이 점을 지적하며 벌써부터 결론 지었으나 안도는 아직 결단을 내릴 수 없었다.

"그녀에게 협력하라는 말이야?"

"달리 방법이 없어."

"그럼 인류는 어떻게 되는데?"

"야, 야, 전 인류 대표 같은 표정 짓지 마. 일단 너는 벌써 정해져 있을 거 아냐. 그만한 포상을 받잖아. 기회를 놓치겠다는 거야?"

"불공평해. 너는 아무것도 받는 게 없잖아."

"보험은 되겠지. 여차할 땐 말야. 미리 준비만 게을리하지 않는 다면 말이야."

안도는 자기가 빠져나갈 수 없는 입장에 몰려 있음을 실감했다. 몇 년, 몇십 년이 지나서 자기 이름이 역사에 새겨져 있을지도 모르는 일이다. 영웅으로서가 아니다. 인류를 멸망의 늪으로 몰아넣은 배반자라는 꼬리표가 붙어서……. 하지만 그것도 이후 인류가 존속한다고 가정했을 때의 이야기다. 절멸한다면 역사 자체가 사라져 버린다.

'애초부터 어쩌다 이 일에 발을 들이밀게 되었던가.'

후회와 함께 안도는 이 일의 발단이 무엇이었나 돌이켜보았다. 첫 시작은 잊을 수가 없다. 해부 직후 류지의 배에서 튀어나온 '링'이라는 암호였다. 그 암호 덕에 안도는 「링」이라는 문서가 존재한다는 사실을 알고 읽게 되었다. 읽지만 않았다면 휘말리지도 않았다. 읽지만 않았다면…….

안도의 생각이 일단 끊어졌다.

'잠깐만. 뭔가 이상해.'

"류지……."

입 밖으로 꺼내 읊자 미야시타가 이상하다는 듯이 안도를 쳐다보았다. 안도는 아랑곳 않고 생각을 확장시켰다.

우연이라고 생각했던 일의 배후에 하나의 의지가 숨어 있는 것이 보였다. 류지가 순전히 호의로 'RING'또는 'MUTATION'이라는 암호를 보낸 것일까? '조심해'라는 주의를 주기 위해서? 뭔가 아닌 것 같은 기분이 들었다. 다른 길로 새려고 한 순간, 궤도를 수정하라는 것처럼 메시지를 보낸 거로밖에 보이지 않았다. 왜, 그 녀석이 그런 짓을 했을까.

또 하나. 애초에 다카노 마이가 악마의 비디오테이프를 보게 된 원인이 뭐였지? 베란일에 비디오테이프를 본다는 우연이 겹쳐지지 않았다면 야마무라 사다코가 태어나지도 않았다. 다카노 마이는 어디서 테이프가 생겼지?

'류지네 집이다.'

다카노 마이는 왜 류지네 집으로 갔더라?

'류지의 원고에 낙장이 있어서였지.'

정말 낙장이었을까?

'류지만이 알고 있겠지.'

모두 류지가 관여되어 있다.

'류지, 류지, 류지.'

다카노 마이와 친하게 지냈던 류지라면 마이의 생리 주기를 알고 있었더래도 이상한 일이 아니었다. 다카노 마이는 딱 그날 류지에게 이끌려 갔다.

'이 무슨 일인가.'

이상하다는 듯이 눈을 가늘게 뜨고 있는 미야시타를 바라보며 안도는 쥐어짜는 목소리로 그 이름을 꺼냈다.

"야, 류지야."

미야시타는 무슨 뜻인지 몰라 더 눈을 가늘게 떴다.

"모르겠어? 류지야. 야마무라 사다코 뒤에서 실을 쥐고 조종하고 있는 게 류지라고."

반복해서 같은 이름을 말하는 동안 안도는 자신의 가설이 진실이라고 확신하게 되었다. 모두 류지에게 조종당하고 있었다. 시나리오를 쓴 사람은 그 녀석이다.

창밖에는 도회지의 밤 소음이 낮게 굽이치고 있다. 수도 고속도로를 지나는 차가 뭔가 무거운 물건을 끌고 귀에 거슬리는 소리를 내고 있었다. 유리를 손톱으로 할퀴는 것 같은 기분 나쁜 소리였다. 그 소리가 남자의 높은 웃음소리처럼 들려왔다. 아득히 먼 곳에서 솟아오르는 불길한 소리. 류지의 목소리와 비슷했다. 안도는 허공을 응시했다.

"류지, 거기 있구나."

물론 대답은 없었다. 하지만 안도는 확실하게 기척을 느낄 수 있었다. 야마무라 사다코와 손잡고 인류를 사냥하는 놀이에 빠져 있는 남자는 지금 이 방에 깃들어 동향을 살피고 있다. 이제 깨달아 봤자 늦었다고 비웃으면서……

안도는 알아차렸다. 지금 당장 류지가 바라는 것이 무엇인지. 자신이 손을 빌려줘야만 류지는 그것을 손에 넣을 수 있다. 안도는 류지가 세운 책략을 겨우 이해했다. 하지만 그렇다고 해도 속수무책이다. 이제 손 쓰기엔 너무 늦어서 이쪽에서 수를 취할 수도 없다. 안도는 어둠에 몸을 담그고 큭큭 입속으로 웃고 있는 류지가 하는 말을 듣는 수밖에 아무런 방법이 없었다.

장마라고는 생각할 수 없을 정도로 맑게 갠 날, 안도는 바다를 찾아왔다. 2년 전 오늘, 이 해변에서 아들이 물에 빠졌다. 아들을 익사시킨 마땅히 혐오해 마지않아야 할 바다. 작년에는 오지 않았다. 그러나 올해 제삿날에는 아무래도 여기에 꼭 와 봐야 하는 이유가 있다.

2년 전과는 완전히 변한 태도로, 조용하게 다가가고 있다. 넓은 백사장에서는 몇 명의 낚시꾼이 낚싯줄을 던지고 있었다. 여름이라고 하기엔 아직 일러서 해수욕하는 사람은 아무도 없었다. 두셋 되는 가족이 돗자리를 펴고 피크닉을 즐기고 있을 뿐이다.

안도는 2년 전의 그날로 돌아간 것 같은 감회에 사로잡혔다. 파도 크기도 달랐고 언제 만들어졌는지 모를 방파제가 해안 쪽으로 뻗어 있는 탓에 해변 모양새도 변했다. 그러나 안도에게는 모든 것이 똑같게 느껴졌다. 요 2년 동안 악몽에서 계속 봐서 그렇다. 그렇게밖에 설명할 수 없다.

해안이 내려다보이는 제방에 걸터앉아서 마치 한여름 같은 햇살을 정면으로 받고 있었다. 손으로 햇빛을 가리며 물가에서 놀고 있는 작은 그림자를 지그시 바라보았다. 물가라고 해도, 작은 그림자는 결코 물에 가까이 가지는 않고서 맨발로 마른 모래 바닥에 웅크리고 앉아 두꺼비집을 짓거나 모래성을 쌓기도 하며 놀고 있다. 안도는 거기서 눈을 뗄 수 없었다.

문득 안도는 누가 자기 이름을 부르는 느낌이 들었다. 환청이라고 생각했으나 고개를 들어 주위를 둘러보았다. 제방 위를 일직선으로 뛰어오는 땅딸막한 남자가 눈에 들어왔다.

남자는 줄무늬 긴소매 셔츠를 입고 단추를 맨 위까지 꽉 채워 놨다. 가슴에서 팔 위쪽까지 형성된 근육이 탄탄했다. 짧은 목에 숨이 끊어질 듯 헐떡이며 남자는 편의점 비닐봉지를 앞뒤로 흔들며 오고 있었다.

본 기억이 있다. 그 얼굴을 마지막으로 본 건 작년 10월, 감찰의무원에서였다.

남자는 옆에 걸터앉더니 안도 어깨에 닿으며 바싹 다가앉았다.

"야, 오랜만이네."

"……."

안도는 남자를 바라보려고도 하지 않고서 물가에서 놀고 있는 작은 그림자만을 눈으로 쫓고 있었다.

"행선지도 알리지 않고 사라지다니, 우리가 남이냐?"

남자는 그렇게 말하고서 비닐봉지에서 시원한 우롱차를 꺼내

꿀꺽꿀꺽 마셨다. 순식간에 다 마시더니 다시 한 병을 꺼내서 안도 쪽으로 내밀었다.

"마실래?"

안도는 잠자코 받더니 남자의 얼굴을 보지도 않고 캔 뚜껑을 젖혔다.

"여긴 어떻게 알았어?"

가라앉은 목소리로 안도가 물었다.

"미야시타한테 들었어. 오늘이 네 아들 기일이라며. 대충 상상 되지, 뭐. 네가 생각하는 것 정도는."

남자는 그렇게 말하며 웃었다.

"그런데 무슨 일인데?"

억눌린 목소리로 안도가 물었다.

"기차에 버스까지 갈아타면서 여기까지 왔다고. 좀 환영해 줄 생각은 없냐?"

"전혀."

안도는 가차 없이 내뱉었다.

"쳇, 박정한 놈."

엷게 웃으며 남자는 입을 삐죽 내밀었다.

"박정해? 그런 말이 잘도 나오는군. 누구 덕에 이렇게 있을 수 있게 되었다고 생각하지?"

"너에겐 감사하고 있어. 내 기대대로 움직여 주었으니까."

안도는 이 남자가 자기를 가지고 놀았다는 사실을 새삼스럽게 통감했다. 학창 시절 암호놀이에 빠져 있던 때에 출제된 암호를 도저히 풀 수 없어서 거꾸로 꼬고 꼬아서 만들어 낸 암호를 단숨에 간파당했을 때, 울화가 치밀기도 했지만 그 좋던 수완이 상쾌하기까지 했었다.

하지만 지금은 달랐다. 멋대로 이용되고 모욕당했다는 생각만 강하게 들어 칭찬받는 기분 따위일절 들지 않았다.

안도는 자신들의 손으로 태어나게 한 남자, 다카야마 류지의 옆얼굴을 바라보았다. 볼 수만 있다면 류지의 머릿속을 들여다보고 싶었다. 그리고 이 남자가 무슨 생각을 하는지 알고 싶었다. 안도는 작년 10월에 실제 류지의 대뇌를 손가락으로 만진 기억이 났다. 손가락으로 만질 때 이 남자가 하는 생각의 일부라도 알게 되었다면 그런 일은 없었다. 모르는 채 받아든 암호를 풀다가 이번 사건에 휘말려 버렸다. 혹시 그날, 감찰의무원에서 다카야마 류지의 시신을 해부하지 않았다면 관여되는 일 없이 끝났을 것이다.

"너로서도 이제 괜찮을 텐데?"

생색내는 말투로 류지가 말했다.

"모르겠다."

정말로 알 수가 없었다. 이것으로 잘된 것인지 아닌지를.

파도가 칠 때마다 작은 그림자가 일어서서 안도 쪽으로 손을 흔들어 보였다. 그에 대해 고개를 길게 뻗자 모래를 헤치며 작은 그림자가 가까이 다가왔다.

"아빠, 목 말라."

안도는 류지에게서 받은 우롱차를 아들에게 건넸다. 받아들자마자 아들은 캔을 입으로 가져갔다.

바로 눈앞에 아들의 하얀 목이 뻗어 있었다. 차가운 액체가 목을 타고 내려가는 것이 보이는 것 같았다. 근육이 확실하게 움직였다.

류지의 얼굴에 떠오른 기름진 땀에 비하면 세 살 반이 된 아들의 목을 따라 흐르는 땀방울은 마치 수정 같았다. 안도에게는 이것이 같은 땀이라고는 생각할 수도 없었다.

"여, 동류(同類). 한 병 더 마실래?"

류지가 아들에게 말을 걸어 비닐봉투를 든 손을 들어서 버석대며 뒤졌다.

'동류'라는 말이 안도는 마음에 걸렸다. 확실히 두 사람은 같은 자궁에서 탄생했다. 그 사실만큼은 두려웠다.

아들은 류지를 보며 고개를 가로젓더니 마시던 우롱차를 눈 위치로 올렸다.

"이거, 다 마셔도 돼?"

"그럼, 돼."

안도가 말하니 아들은 캔을 흔들면서 파도가 치는 해안으로 다시 돌아가려 했다. 빈 캔을 모래에 넣고 놀려는 생각이리라. 안도는 그 등에다 대고 외쳤다.

"다카노리!"

아들이 멈춰 서서 뒤로 돌아본다.

"왜?"

"아직 바다엔 들어가지 마라."

'알았어.'라고 말하듯이 방긋 웃으며 아들이 다시 등을 돌렸다. 구태여 당부할 필요도 없었다. 물에 빠졌던 순간이 떠오르는지, 아들은 아직도 물을 무서워했다. 스스로 바다로 들어갈 일은 없는 것이다. 알고는 있어도, 안도는 무심코 쓸데없이 잔소리를 하게 된다.

"참 귀여운데?"

류지가 그렇게 말해 줄 필요까지도 없었다. 당연히 귀엽지 않겠는가. 보물이다. 한 번 잃어버렸던 더할 나위 없이 소중한 보물. 그리고 그 존재를 되찾기 위해 안도는 인류를 배신했다. 그래도 되는 것인지, 그의 마음속은 지금도 흔들리고 있었다.

협력자가 되는 보답으로 야마무라 사다코가 제시한 포상은 2년 전에 익사한 아들의 부활이었다.

반년 전, 자기 집에 있던 야마무라 사다코의 편지를 미야시타와 함께 읽고 나자마자, 안도는 이런 말도 안 되는 내용을 믿을 수가 없었다. 하지만 그것도 순간이었고, 그러고 나서는 바로 부활을 믿는 쪽으로 돌아섰다. 일단 야마무라 사다코라는 증거를 눈으로 직접 보았다. 게다가 아들의 DNA가 들어 있는 머리카락이 책꽂이에 소중하게 보관되어 있었다. 아들의 세포가 완전하게 남아 있지 않았으면 부활은 불가능했다. 바다 속에서 머리카락이 손에 잡혔다가 손가락에 엉켜 빠진 머리카락이 없었다면, 아들의 유전정보는 영구하게 잃어버렸을 것이다.

과학적으로 보면 그렇게 어려운 일은 아니었다. 단 하나 필요한 것은 야마무라 사다코라는 특이한 기능을 가진 모체이며, 그것만 있다면 현대 의학으로 충분히 처리할 수 있는 작업이었다.

일단, 자웅 양쪽의 기능을 갖춘 야마무라 사다코의 자궁에서 정자와 난자를 수정시킨다. 남녀 상대 없이도 그녀는 혼자서 수정란을 자궁에 착상시킬 수가 있었다. 다음에 이 수정란을 꺼내서 수정란의 DNA와 재생시키려는 개체의 DNA를 바꾼다. 세포 융합 기를 써서 다카노리의 머리카락 세포에서 핵만을 추출하여 사다코의 수정란 핵과 완전히 바꾸는 작업은 세밀한 기술이 필요하다. 하지만 전문가의 손에서는 그렇게 어려운 일도 아니었다. 이론적으로는 DNA만 남아 있으면 아득히 먼 옛날 멸망한 공룡을 부활시키는 일조차 가능하다.

핵을 교환한 뒤, 수정란은 원래대로 사다코의 자궁에 되돌려지고 그 후에는 출산을 기다리기만 하면 된다. 태아는 거의 일주일 만에 사다코의 자궁에서 기어나오고, 다음 한 주 동안 DNA가 마지막으로 개체에서 분리되었던 시점의 나이까지 성장한다. 다카노리의 경우, 바다에 잠겼을 때 머리카락이 빠져서 안도의 손가락에 걸렸었다. 그 머리카락 세포에서 DNA를 추출했으니 재생된 다카노리는 물에 빠진 순간까지의 나이로 성장하게 된다. 그리고 기억이 DNA상의 인트론(유전정보를 코드하지 않은 부분 — 옮긴이)에도 축적되어 있었는지, 물에 빠져 죽었던 순간까지의 기억을 완벽하게 되찾았다.

안도가 지금 보고 있는 아들은 전의 그 아들과 완전히 동일하다고 봐도 틀림이 없었다. 말을 쓰는 습관이나 버릇까지, 머리끝부터 발끝까지 옛날 그대로였다. 부모와의 추억도 완전하게 그의 가슴속에 깃들어 있었으며, 대화를 해도 위화감이 들지 않았다.

아들을 안도에게 돌려주자마자 사다코는 곧바로 보답으로서 다음 요구를 제시했다. 안도가 예상했던 대로의 전개였다.

그녀가 바란 것은 같은 방법으로 다카야마 류지를 부활시키는 일이었다. 다카노리를 재생했던 일은 포상이라기보다는 실전에 대비한 연습이기도 했다. 애초에 해부 뒤 배에서 숫자를 튀어나오게 한 것도 링 바이러스 DNA에 일부러 암호를 삽입한 것도 재생하고 싶어 한 류지의 바람이 있었기 때문이었다. 그렇게 생각했던 대로 그는 그 바람을 이루어 현실의 육체를 손에 넣고, 지금 안도의 옆에 앉아 있다. 류지야말로 야마무라 사다코의 강력한 파트너였다.

재생하고 나서 류지를 보기는 이번이 처음이었다. 안도는 류지의 DNA와 수정란 DNA를 교환하는 작업이 끝나는 것을 확인하자마자 나머지를 미야시타에게 맡기고 행선지도 알리지 않고 아들을 데리고 그들 앞에서 모습을 감추었다. 류지를 탄생시킨 시점에서 자신의 역할이 끝났다고 판단한 것이다. 류지만 있으면 이제 자기가 도울 일은 없다. 야마무라 사다코에게 최대의 희망은 류지라는 믿음직스러운 파트너를 갖는 일이었다.

대체 언제, 야마무라 사다코와 다카야마 류지가 결탁을 하게 되었을까. 아마 DNA 차원에서 교신이 이루어졌고 그들은 파트너로서 상대의 가치를 확인한 뒤 협력하면 서로에게 이득이 되리라 생각한 것이리라.

어느 쪽이건 안도에게는 관심 없는 문제였다. 그가 지금 가장 관심을 갖고 있는 것은 이제부터 어떻게 아들을 키울지에 대해서였다. 생각할 시간을 갖기 위해 안도는 두 달 전에 대학 강사직을 사임하고 정처 없이 전국을 유람했다. 전혀 생각 없이 떠난 것은 아니다. 류지와 야마무라 사다코에게서 되도록 멀리 떨어져 있고 싶었을 뿐이었다.

류지가 주머니를 뒤지더니 앰플을 하나 꺼내더니 안도 앞으로 내밀었다.

"자."

"뭔데."

"링 바이러스 백신이야."

"백신……."

안도는 유리로 된 작은 앰플을 받아 이리저리 살폈다.

안도와 미야시타도 혈액 검사를 했더니 양성 진단이 나왔다. 예상대로 「링」이라는 보고서를 읽어서 링 바이러스의 숙주가 된 것이다. 언제 폭발할지 모르는 바이러스를 몸속에 끌어안고 있자니 계속 신경이 쓰였었다.

"그 녀석을 먹으면 바이러스를 억제할 수 있을 거야. 이제 걱정하지 않아도 돼."

"너, 이걸 갖다 주려고 일부러 여기까지 온 거야?"

"뭘, 가끔 바다도 보고 그러는 거지."

류지는 그렇게 말하며 쑥스럽다는 듯이 웃었다. 안도는 약간 마음이 풀리는 것을 느꼈다. 가족과 함께 어딘가 이주를 하려 해도 링 바이러스의 숙주인 상태에서는 안심할 수가 없었다.

"가르쳐 줄래? 이제부터 세계가 어떻게 될지."

가슴 주머니에 앰플을 넣고 단추를 채웠다.

"몰라."

류지가 단박에 대답했다.

"모를 리가 없잖아. 너는 야마무라 사다코와 손을 잡고 생물계를 디자인할 생각일 텐데."

"가까운 장래의 일이라면 알지. 하지만 그러고나서 나중 일은…… 나로서도 알 도리가 없지."

"그럼 가까운 장래라도 좋으니 알려 줘."

"『링』이 100만 부를 넘겼어."

"100만 부?"

신문 광고 등을 보고 안도도 이미 알고 있었다. 신문에 인쇄된 '증쇄 발간'이라는 글자가 눈에 들어올 때마다, 그의 뇌리에는 '증식'이라는 말이 떠올랐다. 순식간에 『링』이 증식됨에 따라 바이러스 숙주가 100만 명을 넘어선 것이다.

"그리고 영화화도 된다."

"영화화? 『링』이?"

"응. 주인공 사다코 역할은 일반 공모 오디션으로 뽑혔어."

"일반 공모……."

안도는 아까부터 류지가 하는 말을 그대로 따라하고 있다.

류지가 갑자기 허리를 꺾으며 웃었다.

"일반 공모라고. 누가 야마무라 사다코 역을 땄는지, 너 알아?"

안도는 예능계 사정을 잘 몰랐다. 누가 오디션을 통과했는지 그런 일을 알 리 없었다.

"누군데?"

류지가 웃으며 옆으로 굴렀다.

"둔한 녀석. 너도 잘 아는……."

"야마무라 사다코?"

그 이름을 입에 올리자마자 안도는 사태의 심각성을 알았다. 야마무라 사다코는 원래 여배우 지망생이었고 고등학교를 졸업하자마자 동시에 극단에 들어갔다. 일반인이 아니라 연기 소양을 쌓은 사람이었다. 오디션을 받았다고 해도 그렇게 이상한 일은 아니었다. 그녀의 특이한 능력을 쓰면 심사위원들의 마음을 사로잡는 것쯤은 일도 아닐 것이다. 거기다 야마무라 사다코 역할. 자기 역할을 스스로 연기한다……. 무엇을 위해서일까. 안도는 그 감추어진 의도를 바로 알 수 있었다. 비디오 영상에 염(念)을 싣기 위해서다. 악마의 비디오 영상에 그녀는 다시 자기 유전정보를 염사할 생각인 것이다. 일시적으로 사라졌던 악마의 비디오테이프를 또다시 대거 부활시키게 되리라.

그 결과가 어떻게 될까. 영화가 얼마나 히트칠지는 모르겠지만 상당한 여성들이 극장에 들어갈 것이다. 영화를 봤을 때, 그때가 배란기인 사람들은 모두 야마무라 사다코를 낳고 몸이 번데기가 되어 스러질 것이다.

그리고 이것이 비디오화되어 대여점에 배부되거나 TV에서 방영되기라도 하면 비디오테이프를 복사하는 것과는 차원이 다른 속도로 영상이 침투될 것이다. 동시다발적, 폭발적인 증식. 거기다 증식한 야마무라 사다코는 독자적으로 아이를 낳는 일도 가능하다. 순식간에 세계를 석권할 방법을 손쉽게 손에 넣은 것이다.

"매스미디어와 야마무라 사다코의 교배다."

류지는 천천히 미소를 지으며 고개를 들었다.

"얼마 안 가 발각되어서 그런 영화는 순식간에 퇴출될 거야."

영화뿐만이 아니다. 지금 돌아다니는 책들도 회수되어 소각시켜야만 한다. 안도는 인류가 반격할 수 있다는 가능성을 믿고 싶었다.

"무리지. 이봐, 미디어 문화를 창조하는 사람들은 이미 100만 명이나 있어.『링』을 없앤다고 해도 링 바이러스에 감염된 인간들 손으로 계속 변형된 미디어가 나타날 거야. 비디오테이프가 책이라는 형태로 변이된 것처럼 말이지. 음악, 게임, 컴퓨터 네트워크, 어디로든 침입 가능하지. 그리고 새로이 태어난 미디어와 야마무라 사다코의 교배로 인해 또 새로운 미디어가 탄생하고, 그것을 접한 배란기 여성들이 야마무라 사다코를 낳는다."

안도는 가슴 주머니에 손을 넣어 링 바이러스 백신을 확인했다. 이 백신이 효과를 거두는 것은 링 바이러스에 대해서만이지, 변형된 미디어에 대해서는 아무런 효과가 없다. 어떤 미디어로 변이할지 예상할 수 없는 이상, 사전에 백신을 개발하는 것은 불가능하다. 인간은 항상 뒷북을 치는 존재일 수밖에 없다. 이렇게 해서 야마무라 사다코라는 신종은 인류의 자리를 서서히 빼앗아 번식하고 이윽고 인류를 멸망의 나락으로 떨어뜨릴 것이다.

"넌 아무렇지도 않아? 그렇게 돼도."

인간은 죽고 그 틈새를 야마무라 사다코가 차지하는 것을 보고 평온할 리가 없다. 자신이야 어찌되었건 적극적으로 일을 추진하는 류지의 기분을 이해할 수가 없었다.

"너는 인간의 시점으로 보고 있어. 그런데 나는 달라. 한 사람이 죽으면 한 사람의 야마무라 사다코가 태어난다. 플러스 마이너스 제로지. 아무런 문제없어."

"모르겠어. 나는 아무래도 이해가 안 돼."

류지가 땀이 배어 나오는 얼굴을 안도 쪽으로 획 가까이 들이밀었다.

"어이, 이제 와서 새삼스레 그런 이야길할 거냐. 너는 이쪽 사람이잖아."

"어떻게 할 생각인데. 그런 짓을 하다니."

"진화에 개입하는 거야. 그것만으로도 가치가 있어."

"진화……. 이게 진화야?"

각양각색의 DNA가 야마무라 사다코라는 하나의 DNA로 수렴하여 획일화되는 일을……, 과연 이것이 진화라고 할 수 있을까. 하지만 생각해 보면 그 점이 바로 취약점이다. 다양성이 있기 때문에 페스트에 감염되어 죽는 사람도 있고, 살아남는 사람도 있는 것이다. 지구가 빙하로 뒤덮인다고 해도 이누이트라면 살아남을지도 모른다. 그 또한 인간이라는 종의 다양성이다.

하지만 다양성이 없으면 아주 약간의 기회만으로도 종 전체가 멸망할 가능성이 있다. 혹시 만약, 야마무라 사다코가 면역 계통에 결함을 가지고 있다면 그 결함이 모든 개체에 계승되어 겨우 감기에 걸렸을 뿐인데도 크게 피해를 입을 수도 있다.

그렇게 바랄 수밖에 없었다. 야마무라 사다코라는 종의 수명이 다하기를 기다리며 근근이 살아갈 수밖에, 인간이 살아남을 길은 달리 없는 것이다.

"생물이 어째서 진화하는지 알아?"

류지가 묻기에, 안도는 잠자코 고개를 저었다. 전 세계에 다 묻고 다녀도 이 물음에 절대적으로 확신을 갖고 대답할 만한 사람은 없다.

하지만 류지는 자신을 갖고 말했다.

"예를 들면, 눈이야. 해부학적으로 너에게 꼬치꼬치 설명할 필요도 없겠지만 인간의 눈은 끔찍할 정도로 복잡한 메커니즘을 가지고 있어. 우연히 피부 일부가 각막이나 동공으로 변화해서 시신경이 안구에서 뇌까지 이어져서 볼 수 있게 되었다고는 절대로 말할 수 없지. 눈이라는 메커니즘이 생겨났기 때문에 물건이 보이게 된 것이 아니야. 그 이전에, 보고 싶다는 의지가 생명의 내부에서 떠오르지 않았다면, 그런 복잡한 메커니즘이 생겼을 리가 없어. 바다 생물이 육지로 올라온 것도, 파충류가 하늘을 날게 된 것도, 우연이 아니야. 그러고 싶다는 의지가 있었기 때문이야. 이런 말을 하면 대부분 학자 양반들은 웃겠지. 신비적인 목적론, 추잡한 사상이라고.

눈이 없는 생물의 세계를 상상할 수 있어? 땅속을 기어 다니는 지렁이에게는 암흑 속에서 몸에 닿는 것만이 세상의 전부야. 해저에서 물결치는 말미잘이나 불가사리도 들러붙어 있는 돌덩어리의 감촉이나 바닷물 흐름만이 세상의 전부라고. 그런 생명에게 '본다' 같은 개념이 간단하게 생겨날 거라고 생각해? 상상을 뛰어넘는 것이나 마찬가지라고. 우주의 끝이 보이지 않는 것과 똑같이, 절대로 인식할 수 없는 종류의 감각이야. 하지만 지구상의 생명은 진화 과정의 어느 한 시점에서 '본다'는 개념을 손에 넣었어. 뭍에 오르고, 하늘을 날고, 마지막에 문화를 손에 넣을 수 있었지. 오랑우탄은 바나나를 인식할 수는 있어. 그렇지만 문화라는 개념을 인식하는 것은 절대로 불가능해. 인식조차 불가능한데도 그것을 가지고 싶다는 의지만이 어디선가 생겨나는 거야. 대체 어디서 생겨나는 것인지, 나로서도 모르겠어."

"후, 너도 모르는 게 있구나."

비웃음을 담아 안도가 물었다.

"그러니까, 잘 들어. 인류는 멸망하고, 그 틈을 야마무라 사다코의 DNA가 빼앗는다고 하면, 그건 다시 말하면 인류의 의지라는 뜻이야."

"멸망을 바라는 종도 있냐?"

"무의식중에 그렇게 바라고 있는 것이 아닐까? 하나의 DNA로 통일되면 개체차가 완전히 없어지지. 모두 같은 체형, 능력이나 미추(美醜)의 차이도 없어. 사랑하는 사람에 대해 집착하는 일도 없고, 전쟁은커녕 싸움도 일어나지 않지. 생과 사를 초월한 절대 평화의 평등 세계. 죽음은 이제 두려워할 일도 아니야. 거 봐, 너희들도 그걸 바라고 있지 않아?"

류지는 안도의 귀에 입을 가까이 대고 속삭이듯이 말했다.

다카노리는 아까부터 같은 자세로 빈 캔을 모래에 묻으며 놀고 있다. 안도는 그 모습을 줄곧 바라보며 대답했다.

"나는 달라."

아들의 존재는 각별했다. 안도는 아들을 다른 인간과 동등하게 보는 시점을 갖고 있지 않다. 지금, 그는 자신 있게 그렇게 말할 수 있다.

"헤헤, 뭐, 됐어."

류지는 애매하게 중얼거리더니 일어났다.

"이제 가?"

"그럼. 슬슬 가야지. 그런데 너는 이제부터 어쩔 건데?"

"미디어가 닿지 않는 무인도나 어딘가에서 일가족이 단란하게 살아가는 수밖에 없겠지."

"헤, 너답구나. 나는 인류의 최후를 끝까지 지켜볼 거야. 갈 때까지 가면, 인지(人智)가 미치지 않는 의지의 힘이 쏟아질지도 모르지. 놓칠 수 없잖아? 그 순간을."

류지는 제방 위에 서서 걷기 시작했다.

"잘 지내. 미야시타한테 안부 전해 줘."

안도의 목소리를 듣고 류지가 발을 멈췄다.

"마지막으로 하나 더 가르쳐 주지. 인간이 어째서 문화적으로 진보를 하게 되었는지. 인간은 대부분의 것들은 감당할 수 있어. 하지만 단 하나, 지루함만은 참을 수 없는 동물이야. 모든 것의 출발점은 거기 있어. 지루함을 쫓아 버리기 위해 진보할 수밖에 없는 거지. 단 하나의 DNA에 지배된다면 오죽 지루할까. 개체차 따위는 되도록 많은 편이 좋은 거야. 그래도, 뭐, 하는 수 없나. 그걸 바라는 인간이 있으니. 그런데 너, 무인도에서 살면 엄청 지루하겠다."

한 손을 획 들더니 그렇게 류지는 떠났다.

어디에 살 거라고 확실하게 계획을 세운 것은 아니었다. 미래는 너무 막연했다. 자세한 계획을 세운다 해도 그것이 실현될 거라는 전망은 없었다. 그저 되는 대로 살 수밖에 없다.

안도는 셔츠와 바지를 벗고 달랑 트렁크 차림이 되어 아들 쪽으로 뛰어갔다. 그리고 아들 손을 잡고 일으켜 세웠다.

"자, 가자."

지금부터 하려는 일을 오늘 몇 번이나 아들에게 이야기해 주었다. 2년 전과 똑같이 바다로 헤엄쳐 나가서 물에 빠지기 직전에 이번엔 확실하게 그 손을 붙잡을 것이다. 2년 전에 놓쳤던 손을,

이번에야말로 서로 꼭 쥐는 것이다.

야마무라 사다코는 빌딩 옥상 배기구에서 다시 태어났을 때의 상황이, 자신이 죽은 우물 바닥과 똑같았다고 편지에 적어 놓았다. 그리고 그녀는 자신의 힘으로 바닥으로부터 탈출하고 나서 처음으로 새로운 세상에 대한 적응이 가능하다는 직감을 얻었다. 그렇다면 아들에게도 같은 의식(儀式)이 필요하지 않을까. 안도는 그렇게 생각했다. 2년 전과 똑같은 상황을 반복 경험시키는 것이다.

아들은 이상할 정도로 물을 두려워하고 있었다. 극복하지 않으면 일상생활에 지장을 줄 정도로. 젖은 모래 위를 걸으며 바닷물이 발목을 적시는 것만으로도 쥐고 있는 손에 꾹 힘이 들어갔다.

"약속이야, 아빠."

입술을 떨며 다카노리가 다짐했다.

"그럼, 꼭 지킬 거야."

아버지가 기대하는 대로 아들이 물의 공포를 극복할 경우 주어질 상을 미리 준비해 두었다. 엄마와 만나게 해 주는 것이다.

"엄마가 깜짝 놀랄 거야."

헤어진 처는 아직 아들이 다시 살아난 사실을 모른다. 아내와 아들이 재회하는 그 순간을 떠올리면 안도의 기분이 고양되었다. 이야기가 말이 되도록 맞춰 놔야만 했다. 예를 들어, 익사했으리라 생각했던 아들이 사실 어선에 구조를 받아서 기억 상실로 2년 동안 다른 장소에서 지냈다는 설정으로 해도 문제는 없다. 얼마나 황당무계한 억지 이야기라도 다카노리라는 살아 있는 육체를 만지는 순간 진실로 탈바꿈하리라.

부부로서 다시 시작할 수 있을지는 또 다른 이야기였다. 안도에게는 그럴 의지가 있었다. 아내를 설득할 자신은 반반이었지만.

갑자기 큰 파도가 와서 아들의 몸이 슥 하고 떠올랐다. 작게 비명을 지르며 허리에 달라붙는 아들을 옆으로 안고서 안도가 바다로 걸어갔다. 피부를 통해 아들의 맥박이 전해졌다. 붕괴해 가는 세계를 앞에 두고 단 하나 확실한 것은 이 고동밖에 없다. 살아 있다는, 확실한 감촉이 있었다.

〈끝〉

옮긴이 | 김수영

서일대학 일본어과, 한국디지털 대학교 실용외국어학과를 졸업했다. 사카구치 안고의 『백치』를
공역했고 『6시간 후 너는 죽는다』, 『도쿄 섬』, 『제노사이드』를 번역했다.

링 2

1판 1쇄 펴냄 2003년 9월 5일
2판 1쇄 펴냄 2015년 9월 25일
2판 3쇄 펴냄 2024년 1월 24일

지은이 | 스즈키 고지
옮긴이 | 김수영
발행인 | 박근섭
편집인 | 김준혁
책임편집 | 장은진
펴낸곳 | 황금가지

출판등록 | 2009. 10. 8 (제2009-000273호)
주소 | 06027 서울 강남구 도산대로 1길 62 강남출판문화센터 5층
전화 | 영업부 515-2000 **편집부** 3446-8774 **팩시밀리** 515-2007
홈페이지 | www.goldenbough.co.kr

도서 파본 등의 이유로 반송이 필요할 경우에는 구매처에서 교환하시고
출판사 교환이 필요할 경우에는 아래 주소로 반송 사유를 적어 도서와 함께 보내주세요.
06027 서울 강남구 도산대로 1길 62 강남출판문화센터 6층 민음인 마케팅부

© 황금가지, 2015. Printed in Seoul, Korea
ISBN 979-11-5888-003-3 04830 (2권)
ISBN 979-11-5888-001-9 (set)
㈜민음인은 민음사 출판 그룹의 자회사입니다.
황금가지는 ㈜민음인의 픽션 전문 출간 브랜드입니다.